中找到例证。在对托尼·库什纳《天使在美国》的评论中，蒋天平、胡启海借助病毒学、免疫学知识，解读剧中美国帝国政治肌体遭受众多"病毒"侵袭、免疫系统抵御"病毒"的方式和过程，挖掘作者如何通过艾滋病等医学现象解构帝国政治的意图。王韵秋从"癌症叙事丛"与性别政治的历史关系切入，聚焦于玛格丽特·阿特伍德《肉体伤害》中对乳腺癌的描写，分析阿特伍德借助"癌症隐喻"揭露医学知识话语对女性的"微观"规训，批判并剥离附着于疾病之上的意识形态。任冰将残疾研究的视角拓展至石黑一雄《莫失莫忘》中的克隆人群体，段燕、王爱菊则将残障与动物属性建立联系，均将众多的社会内涵注入对残疾的文学研究之中，展开的是对整个人类文明的思考。

后疫情时代，文学以其叙述性的实质承担着讲述与疗救的使命，这也督促我们在文学研究中既领悟审美、记忆历史，关注对人类生命体验的探幽。新世纪外国文学呈现出一种更为复杂多元的景观，研究者们应注意开拓全球视野，从更深层次理解与把握新时代外国文学研究的趋势及其文化意蕴。希望文集能够于理论与阐释方面协助我们拓展理论内涵，创新研究思路，在中外比较视野下进一步提升中国学者的学术研究水平，推动新时代外国文学研究向更积极的方向发展。希望这本文选能给读者带来启示，引发更多的思考，更有助于构建中国学者的学术话语体系。

在编辑过程中，我们得到了《当代外国文学》编辑部的支持。南京大学出版社施敏主任和责任编辑刘慧宁就本书的出版提出了许多好的意见和建议；张诗苑、赵阳、孙琪、陈丽羽、池慧仪、王航和周嘉颖做了大量的文字整理和校对工作。在此一并致谢。

杨金才

2021 年 5 月于南京大学侨裕楼

目 录

历史与记忆

空间与城市

生态与田园

国家社科基金资助期刊《当代外国文学》建设系列成果

新时代外国文学研究

主编

——

杨金才

理论与阐释

南京大学出版社

图书在版编目(CIP)数据

新时代外国文学研究：理论与阐释／杨金才主编
. 一南京：南京大学出版社，2023.8
ISBN 978 - 7 - 305 - 25383 - 6

Ⅰ. ①新… Ⅱ. ①杨… Ⅲ. ①外国文学－文学研究
Ⅳ. ①I106

中国版本图书馆 CIP 数据核字(2022)第 018125 号

出版发行　南京大学出版社
社　　址　南京市汉口路 22 号　　　　邮　编　210093
出 版 人　王文军

XINSHIDAI WAIGUO WENXUE YANJIU: LILUN YU CHANSHI
书　　名　**新时代外国文学研究：理论与阐释**
主　　编　杨金才
责任编辑　刘慧宁　　　　　　　　编辑热线　025 - 83592148

照　　排　南京南琳图文制作有限公司
印　　刷　盐城市华光印刷厂
开　　本　718 mm×1000 mm　1/16　印张 22.5　字数 300 千
版　　次　2023 年 8 月第 1 版　2023 年 8 月第 1 次印刷
ISBN 978 - 7 - 305 - 25383 - 6
定　　价　80.00 元

网址：http://www.njupco.com
官方微博：http://weibo.com/njupco
官方微信号：njupress
销售咨询热线：(025) 83594756

序

自 20 世纪 70 年代以来，世界文坛受多元文化思潮的影响呈现出一个显著的特点，即原先壁垒分明的界限已被打破，严肃文学与通俗文学的界限也越来越模糊。有些起初比较边缘的文学作品正逐步走向经典化，具有艺术生命力的作品和思想深刻、观点独特的文学理论流派也将逐渐确立起自己的文学传统，而国内学术界对该阶段文学的研究，总因停留在个别作家研究、单部作品介绍或某个引进层面而显得单薄，缺乏深入、系统的研究。我们应该关注当下文学理论发展动向，从全球化和本土视角对 20 世纪 70 年代以来的外国文学进行系统的阐释，揭示文本创作、民族文化形塑与社会现实之间的互动关系，分析不同国家独特的文化传统、思维方式、价值取向、审美价值，进而把握文化现象背后的思想观念，客观审视当代外国文学的发展轨迹与嬗变趋势。

当代西方文学批评理论因文化研究的渗透而发生变异并逐渐呈

多元化态势。当前理论界关注的全球范围内文本的流通与跨文化影响、重视跨国界环境的生态批评和强调语言翻译和文化互动课题等都在不同程度上吸收了文化研究的成果。同时，许多以文化视角为立足点的研究模式也得到了重视。他者、性别、身体、身份等众多文化研究术语已为目前人文研究建构了涵盖多个学科领域的话语网络，提供了切入文学文本、沟通历史与当下的新路径。我们既可关注当代文学理论的前沿及其走向，又可以某个或若干文化研究术语为研究对象，重点梳理并揭示它或它们在当代外国文学研究领域所形成的特殊话语机制及其理论意义，从而在方法论的高度上把握当代外国文学研究的基本走势。

随着中国与世界各国的文化交流日益加深，新时代外国文学研究呈现出勃勃生机的面貌，既有对经典作品的创新解读，亦能把握当代文学创作的律动。文学理论在 20 世纪于西方学界成长为繁盛之树，如今已经发展出可观的批评概念，如生态、城市、身体、伦理、消费文化和认知批评等。而理论之树一方面擎起批评者放眼远眺，拓宽研究视域，并为文学批评提供范式与框架的庇护；另一方面，亦在一定程度上将当下文学研究置于幽暗的阴影，即受理论裹挟而难免陷入程式化，导致文学文本丧失自主性，沦为理论的注脚。因此，如何剪权分枝，使文学之光透过理论的掩映漫洒开来，是新时代外国文学研究亟待解决的问题。《当代外国文学》一直致力于考察并践行扎实的文本细读与文学批评理论前沿问题的协作开掘，强化外国文学研究的深度与广度。我们以"理论"与"阐释"为关键词，撷取 24 篇研究论文，在观照社会现实的同时，深化文学研究的审美内涵，展现新时代外国文学研究的原创性、自主性与多元性。

俄国形式主义与新批评作为 20 世纪文学理论的发轫均强调文学形式的重要性，文学形式下辖文本的语言技巧、修辞、结构等，是文学性最为直观的展现。新批评代表人物克林斯·布鲁克斯将形式直接推衍为意义，而新时代外国文学研究在此则经历了更为曲折的内容探讨与深刻的现实观照。张琳、季明举以苏珊-洛莉·帕克斯《维纳斯》中的脚注形式为切入点，揭示历史叙事的复调性和杂语性，脚注脱离文本边缘，进入主文本，使历史与虚构交织，体现后现代诗学特征。对文学形式的探讨展演出文学批评的诗性与审美意蕴。黄炜星论述奥尔加·托卡尔丘克《太古和其他的时间》的文体实验，该小说营构一种独特的"星群"框架，采取"温柔"的叙述手段，体现出轻盈化的叙事风格，并以诗性思维强调非线性、不稳定和无序的意义，折射出深刻的混沌诗学思想。

　　文学不仅是语言的艺术与实验，亦是对社会现实与个人经验的深情描摹。当今世界，全球化进程不断加深，一方面，人口流动与文化沟通打造生气勃勃的国际舞台；另一方面，如霍米·巴巴所言，从视觉角度着眼"身份问题即形象问题"①。族裔形象至今仍是镌刻于个人身份之上的标签，携带着傲慢与偏见的文化符码，拷问着全球化浪潮中个人的主体性与归属感。文学研究追问文化霸权、文化帝国主义所造成的不平等，反思强制流动、民族主义与排外情绪，审视世界主义精神，拓展文化身份的第三空间。在对扎迪·史密斯《摇摆时光》的讨论中，王卓考察史密斯第一人称叙事所蕴含的叙事伦理，及其对建构英国当代黑人女性多元身份政治的独特价值，叙事的身份建构性和生产性与史密斯对身份多元性和复杂性的理解和追求不谋而合。刘鲁蓉、黄忠挖掘澳大利亚华裔作家布莱恩·卡斯特罗跨国写作中所暗示的跨文化身份前景，以人类学中研究身份过渡状态的阈限理论为分析工具，从社会学中的感官空间概念"嗅觉景观"入手，展现小说中嗅景对种族、阶级等界限的渗透与侵蚀，探究跨文化身份

---

① Homi Bhabha. *The Location of Culture*. London: Routledge, 1994, p. 49.

的未来可能。

历史为文学创作提供源源不断的素材与灵感，同时亦是文学研究的视阈与锚点。"新世纪作家对历史所做的反思和拟写在一定程度上就是以对当下问题的政治关怀为指向的历史再现与想象。"①新时代的历史写作有历史编纂元小说的拼贴戏仿、新维多利亚小说的腹语术、对博物学与科学的情有独钟，以及现实主义的沉浸体验。与此同时，记忆亦是通向历史景深的重要载体：皮埃尔·诺拉将逐渐淡出的历史与生活的碎块召回记忆之场，阿莱达·阿斯曼以文化记忆锚定时代证人的经验记忆，阿维夏伊·马各利特经由遗忘与宽恕剖析记忆的伦理。陈俊松在《罗森堡间谍案——后现代书写与文化记忆的建构》一文中梳理并探讨历史学家、独立调查者、新闻记者和后现代小说家笔下有关该案的著作，揭示有关该案的非虚构性作品对纪念罗森堡夫妇产生了实际的负面作用，而后现代作家笔下的虚构性"罗森堡文本"却能促成有关美国历史上这一黑暗时刻文化记忆的建构。但汉松讨论村上春树《刺杀骑士团长》对历史与当代艺术的复杂关系所进行的深入言说，隐含的叙事进程关乎艺术家如何通过绘画与艺术性想象再现并传递历史的创伤记忆，体现作者对历史记忆和艺术再现的本体论思考，昭示历史自身的复杂维度。

如果说历史研究是纵向的时间之轴，那么横向的空间在都市文化兴起的新时代背景下同样引人注目。波德莱尔笔下的漫游者或阿杰特镜头下的巴黎街头，均为文学想象与生活体验打开了另一维度。余玉萍选取阿拉伯布克奖获奖小说《拱与蝶》中与城市空间艺术相关的重要意象，如拱梁、蝶楼、马赛克地板画与酒神雕塑，揭示城市文本所具有的复合隐喻，以及其中所蕴含的权力关系和文化价值观，映射

---

①　杨金才：《21 世纪外国文学：多样化态势鲜明》，《文艺报》，2017 年 9 月 4 日第 007 版。

出当代摩洛哥城市发展进程中所遭遇的各种难题。不只是建筑空间,人的存在亦是至关重要的城市文化表现。本雅明的拱廊街并非对物理建筑的单纯描述,而是面向人的观看与感觉。卢盛舟关注德国作家米夏埃尔·勒斯《黑分五色》中主人公在南京城中的"行走"与"游荡",这两种状态分别表现了主人公寻觅异质空间的日常生活美学实践,及其对现代都市及现代性本身的矛盾性体验。主人公的双重空间实践亦构建出南京作为文学空间的第三重维度,呈现出古典与现代杂糅的迷人城市意象。

城市化进程的加快带来过度开发及环境污染等问题,生态批评在当代成为显学。生态研究中,田园寄托了对自然与文化的美好愿望。在《后田园主义的中间风景理想——兼评贝瑞农耕小说》一文中,方红展现了田园由阿卡狄亚到带机器的花园的过渡,兼备自然与文化特性的中间风景成为联系与区分田园文学与后田园文学的重要标志。姚成贺、杨金才经由拜厄特《孩子们的书》与威廉·莫里斯《乌有乡消息》的互文沟通,挖掘田园意象如何激发莫里斯的乌托邦理想,其中蕴含对自然与土地的眷恋、对花园社会的憧憬、对美好设计的追求,最终实现"为生活而艺术"。然而,生态政治乌托邦在杨梅、朱新福对保罗·巴奇加卢皮《水刀子》的讨论中走向反面:极度缺水导致的生态崩溃促成了反乌托邦的城市书写和人类世想象,气候变化小说作为生态批评第三次浪潮的重要文学形式试图颠覆人类中心主义的叙事模式。

2020 年新冠肺炎疫情的爆发与全球大流行促使文学研究回应疫病、残疾、健康等生命议题。事实上,近年来残疾研究、医疗人文一直是西方文学批评的前沿话题。现实已经证明,疾病从来不只是生理上的痛苦,亦牵涉社会角色、机制区隔、看护伦理等众多社会问题,而这均可在塔尔科特·帕森斯的医疗社会学,以及桑塔格的疾病隐喻

文学与形式

《维纳斯》中的脚注与后现代历史叙事

张 琳 季明举

脚注作为副文本往往居于文本页下方,对正文本特定话语进行意义阐释和信息补充,从而与正文本形成应答关系,为正文本意义生产服务。在后现代意义语境中,脚注作为文本边界受到广泛关注,其文本内指性与外指性形成的叙事张力不仅为后现代作家建构双重乃至多重文本叙事开拓了创作空间,也为后现代理论家阐发文本意义的延宕性及文本互文性提供了新的角度。

苏珊-洛莉·帕克斯(Suzan-Lori Parks,1963—)就是一位熟谙脚注的当代美国黑人剧作家。脚注在她的戏剧作品中随处可见:在早期剧作《第三王国难以察觉的变化》(*Imperceptible Mutabilities in the Third Kingdom*,1989)中,帕克斯首次将脚注嵌入正文本,使其成为正文本的历史背景注释;在《美国戏剧》

（*The America Play*，1993）中，她尝试在脚注处建构起另一种历史可能性；在《维纳斯》（*Venus*，1996）中，她再次集中运用脚注，并赋予其独特文本叙事和戏剧叙事功能。关于脚注，帕克斯回应说："我喜欢用脚注，脚注特别有意思，但这并不意味着倘若想看懂我的戏剧，你就得去读脚注。我戏剧中的大部分脚注纯属虚构，荒诞可笑。"（Pearce 48）尽管这一解释轻描淡写，但脚注已然成为帕克斯戏剧的风格标签。当代著名美国剧作家托尼·库什纳（Tony Kushner）就明确指出，"帕克斯是唯一使用脚注的美国剧作家"。（63）

　　在帕克斯创作的全部剧作中，《维纳斯》中的脚注运用最具代表性。该剧以沙提婕·巴特曼（Saartjie Baartman，1789—1815）事件为原型，对相关历史进行了文学再现。剧中帕克斯借助脚注将其历史观念与戏剧理念融合，使脚注不仅成为巴特曼事件的历史语境注释，而且成为有效的历史叙事手段。不少学者关注过该剧的脚注问题，如乔安娜·弗兰克（Johanna Frank）指出脚注讲述了一个过去的故事，具有双重叙事功能（165‑166）；安东尼·里德（Anthony Reed）认为脚注涉及知识生产及历史的虚构性问题（167）；吕春媚把脚注归结为能够呈现历史事件的嵌入式叙述框架（93‑94）。这些发现令人信服，但也存在缺憾，因为这些研究没有对剧中的脚注进行全面梳理，更没有从脚注文本本身，以及其在戏剧中的叙事功能层面进行深入探究。鉴于此，本文尝试从脚注文本中巴特曼事件的复调叙述，脚注文本中的历史话语踪迹，以及脚注的戏剧叙事功能三个方面探讨《维纳斯》中的脚注如何成为有效的历史再现手段，并呈现历史叙事的后现代特征。

一、脚注文本中巴特曼事件的复调叙述

19世纪初,黑人女性巴特曼被两名白人从南非老家带到伦敦。她因硕大的臀部被冠以"霍屯督维纳斯"的名号,并被迫在马戏团进行人体表演,轰动一时;后辗转巴黎继续表演,不久身染重疾病逝。死后,她的遗体被法国博物学家乔治·居维叶(Georges Cuvier)解剖,其大脑和性器官经医学处理后存放巴黎人类博物馆供人观看,时间长达一个半世纪。当偶然得知巴特曼的历史遭遇时,帕克斯下决心把她写进戏剧里。然而,在查阅大量历史文献后,帕克斯发现在庞杂的文本中竟没找到来自巴特曼本人的任何声音,"所有文本在讲述她的经历时都消除了她的主体性"(Catanese 118)。因此,赋予巴特曼言说权、重现被抹除的历史声音成为剧作家创作《维纳斯》的驱动力。

对帕克斯而言,巴特曼只是众多"其历史没有被记录,或被割裂,甚至被抹除"的黑人中的一员(Parks, "Possession" 4)。面对黑人历史的缺席,帕克斯认为自己有责任去"寻找祖先的坟冢,挖掘先人遗骨,聆听遗骨歌唱,将其写下来"(4)。在追寻祖先遗迹的过程中,帕克斯一再声称:"历史在哪儿? 我看不到。既然我看不到什么历史,那么我只能编造了。"(Pearce 46)尽管剧作家反复强调她编造的历史是"虚构的缺场"(Drukman 296),但在创作中她还是以现存历史文献为抓手重访历史,在历史文本的话语踪迹之间搭建起合乎情理的历史想象。

《维纳斯》中的历史文献大多集中在脚注处。全剧共九个脚

注,贯穿剧本始终（Scene 30,28,27.1,27.2,24,20A,13,12,10①),内容全部与巴特曼事件相关;所有脚注都根据其文本内容进行了分类,大部分还标注了出处。除脚注 8♯涉及一个医学术语外,其他均清楚标注为"历史文献摘录",并细分为戏剧类（脚注1♯）、医学类（2♯、7♯、9♯）、文学类（3♯、5♯）、报纸广告类（4♯）,以及音乐类（6♯）。具体来说,戏剧类历史文献涉及与巴特曼伦敦人体展同步上演的一出戏剧;医学类来自居维叶撰写的巴特曼尸体解剖报告;文学类包括一则民间杂记和从一本巴特曼传记中摘录的一句描述;报纸广告类摘选了一则巴特曼表演广告;音乐类选自一首为巴特曼法庭审判②编写的民谣。这些文本类型迥异,体裁纷杂。从文本来源看,既有来自官方档案的医学报告,又有散落民间的文本素材。从文本内容看,既有巴特曼事件的现实记录,又有围绕其展开的虚构。从文本类型的数量看,民间叙述文本比官方叙述文本多,虚构文本与档案文本持平。由此不难看出,相比官方档案,帕克斯更乐于关注民间杂闻逸事;相比权威客观叙事,她更青睐虚构的文本叙事。

　　事实上,帕克斯在脚注文本的选择上带有明显新历史主义倾向。首先,像新历史主义者一样,帕克斯特别重视"被遮蔽、被驱逐到褶缝、边缘、罅隙和断裂处的东西",坚持认为"历史不是恢宏故事,而是一堆边边角角的素材和微不足道的玩意儿"（Savran 96）。在《维纳斯》创作中,她将目光更多投向作为历史边缘文本的民间杂闻逸事,譬如杂记、报纸广告、民谣等,意图"通过对既往正史或难以发现,或识而不察,或不屑一顾的隐而不彰的历史碎片和边缘

———————————

① 《维纳斯》全剧 31 幕的编号次序是按倒计时方式编排。

② 由于英国早已通过《废除奴隶贸易法案》,伦敦废奴主义者为核实巴特曼的表演是否出于本人意愿、是否具有合法性,将此事诉诸法庭。

题材的发掘来为文学作品构设话语语境"(张进 33)。其次,帕克斯的脚注文本选择显露出历史虚构性。脚注中戏剧类、文学类、音乐类等虚构性极强的文本被剧作家刻意转换为历史文献,并充当巴特曼事件的阐释媒介。如此一来,由虚构文本入手洞察的历史必然存有疑问,历史叙述的不可靠性不言自明;同时,这种不可靠叙述又给试图探寻历史真相的观众设置了重重障碍。最后,类型繁杂的脚注文本凸显了历史叙述的复调化。官方叙述与民间叙述的并置使巴特曼事件不再仅仅存在于官方档案里,而是被拆解为若干由不同叙述者讲述的故事,这在一定程度上强化了巴特曼事件的多重话语叙述,实现了历史叙述的去中心化。

二、脚注文本中巴特曼事件的历史话语踪迹

由于《维纳斯》中的脚注文本被剧作家明确标注为历史文献,因而借用米歇尔·福柯(Michel Foucault)提出的从历史档案"注释化的逆过程"①中去探寻历史话语踪迹的方法能够更好地"捕捉那些几乎能够贴近实际经历的踪迹"(Gallagher 30),从而为巴特曼事件提供一个更加完整的历史语境。

脚注 2♯、7♯、9♯出自巴特曼尸体解剖报告。这份报告于巴特曼去世两年后公开发表,在 19 世纪的欧洲风靡一时。报告中研究者对巴特曼的"非人类"特征和"非正常"女性性征进行了厚描。脚注 7♯高频使用"monkey"一词,称巴特曼的体貌特征有别人类而更接近猴子,如耳朵像猴子耳朵、动作敏捷像猴子、像猴子一样

---

① 福柯认为语言原本有注释和论说两大基本功能;他试图把注释化语言的注释框起来,在注释化还原过程中得到论说,这就是注释化的逆过程。具体内容详见于奇智:《凝视之爱:福柯医学历史哲学论稿》,北京:中央编译出版社,2002 年,第 6-7 页。

习惯向前努嘴巴(*Venus* 109 - 110)。脚注 9♯ 则重点描述巴特曼的女性性征。研究者背离科学原则,连续使用了一系列主观情感色彩强烈的形容词对巴特曼女性性征的"异常化"进行定义,如"peculiar""remarkable"(124)。这些描述将研究者的科学种族主义意图暴露无遗,即"企图通过确立黑人女性身体类型的差异建立人种优劣等级秩序,从而强化白人种族至上论"(张琳 208)。

西方白人世界的种族话语无孔不入,连民间文化也浸淫其中。《维纳斯》脚注中的民间历史叙述虽然散落在社会文化边缘,但它们与官方档案共谋书写巴特曼的"种族低劣性"。脚注 1♯ 出处不详,大致内容如下:在某小镇,有一位非洲土著女人裸露臀部进行表演;同一时间,小镇居民观看了一场不同寻常的戏剧演出(*Venus* 24)。此条信息虽然没有提及巴特曼,也没有提及戏剧演出细节,但根据脚注后插入的"剧中剧"——《为了维纳斯的爱》(*For the Love of Venus*)[①]的剧情判断,脚注 1♯ 提到的戏剧应该与白人戏仿巴特曼有关。不难看出,巴特曼一进入欧洲,其形象就被纳入白人大众文化的生产和传播机制,成为白人文化强行刻写的对象。

脚注 3♯ 来自 19 世纪苏格兰作家罗伯特·詹伯斯(Robert Chambers)所著的《时日之书》(*Book of Days*)。此书有个较长的副标题,即"民间遗风杂记日签:含逸闻逸事、传记与历史、奇物与文学、怪人怪癖"。仅凭标题看,该书的民间性和奇闻性一目了然。在这个文本中,詹伯斯一方面流露出对巴特曼的同情,叹其为"可怜、悲惨的女人",但另一方面又声称"她那无比丑陋的身形,完全

---

① 《为了维纳斯的爱》剧情大致为:一个白人年轻人不再爱他的未婚妻,一心想要得到霍屯督维纳斯。未婚妻为挽回爱情,装扮成维纳斯的样子供年轻人观赏。当未婚妻卸掉伪装时,年轻人醒悟,于是两人重修旧好。

背离欧洲人的审美认知"(Venus 36)。显然,作者满嘴人道主义不过是白人种族优越感的幌子。脚注 5♯ 同属文学类,选自一本作者不详、题为"一个名叫霍屯督维纳斯的女人亲述的一生"(The Life of One Called the Venus Hottentot as Told by Herself)的传记。该脚注只引用了小说中的一句话:"人们所看到的不尽相同,但没人注意到她(巴特曼)的脸上流淌着泪水。"(54)尽管文本显性信息很难传递出作者的写作意图,却包含一个不争事实:白人看客肆无忌惮地窥探巴特曼的一切,全然不顾她作为一个有尊严个体的感受。

脚注 4♯ 是一则报纸广告,出自丹尼尔·莱桑斯(Daniel Lysons)的《选集:含各类主题的报纸广告及短评,伦敦 1809》[Colletanea: A Collection of Advertisements and Paragraphs from the Newspapers Relating to Various Subjects (London, 1809)]。广告除介绍巴特曼表演信息外,末尾还添加了警示语:"除非必要,女性请勿参与"(44)。警示语包含两层含义,一是强调巴特曼是专属白人男性的观看客体,二是暗示巴特曼的身体集合了一切威胁白人女性道德标准的危险观念,对白人女性有害。该警示语再次印证了无处不在的种族话语。

脚注 6♯ 选自 R. 图尔·司格特(R. Toole Scott)撰写的《马戏与艺术荟萃》(The Circus and the Allied Arts, 1958)中的一首民谣,歌名为"霍屯督女士与她的庭审日及法官审判之歌"。作为法庭审判场景序曲,歌谣回顾了庭审的前因后果,之后作者在结尾处写道:"好心的人们,让我们去/看看这精彩的一幕/我们要仔细盯着她瞧,扔块糖果给她/这种小乐子应该不会被责罚……"(63)不难从歌词中体会到作者在诙谐调侃的口吻中将个人的叙述声音消融在集体话语中,认为是"我们"所有人把法庭变成另一个可以窥探女性身体、猎奇取乐的场域；法庭的严肃正义性不攻自破。

从医学到戏剧，从文学到报纸，以及音乐，不同媒介从不同角度对巴特曼进行描述和刻画，既形成了自身特定的话语意义，又无一例外地与其他文本联袂，强化了西方白人文化表述系统中的种族话语，在白人社会中促成一种近乎全民性的集体认同。通过对《维纳斯》中的脚注文本进行细致梳理，我们不难发现无论是官方档案还是民间文本，其本身就构成一个个文本事件，成为巴特曼事件生产和传播的推手。这些文本彼此勾连，对勘映射，合力对巴特曼的"他者"形象进行定义和强化，从而形成一张由历史复线编织而成的种族主义话语网络。

三、脚注中巴特曼事件的戏剧叙事功能

脚注脱离文本边缘，进入正文本是文学作品的特权。在莎丽·本斯托克（Shari Benstock）看来，"文学文本中的脚注并非总遵循批评文本中的注释规范：它们有时为正文本提供引证、解释、阐述或定义，但有时不会；它们有时参照'标准形式'，但有时也会背离标准；它们有时从属它们所依附的正文本，但有时也会脱离开来"。（204）由此可见，文学的虚构性与包容性为帕克斯对脚注的运用提供了巨大的创作空间。

《维纳斯》中的脚注脱离文本边缘位置直接进入文本中心。这一特殊文本位置安排颠覆了传统意义上的文本布局，解构了以往脚注位置所暗示的"常规化、合法化、合理化的空间安排"（Derrida, "This Is Not an Oral Footnote" 193）。《维纳斯》的文本布局打破了文本中的等级秩序，模糊了中心与边缘的界限，甚至实现了边缘对中心的僭越；而这一点恰恰折射出剧作家"编造"历史

的创作意图，即把那些被遗弃在历史边缘的人和事推向舞台的中心，从而借助边缘力量质疑已知历史中"合法化、合理化"的知识，打破观众对历史"常规化"的认知定见。

关于脚注的文本叙事功能，雅克·德里达（Jacques Derrida）有一段精彩的论述：

> 脚注印证了正文本的非完整性，说明正文本需要进一步补充。脚注本身的定义模棱两可，它的存在破坏了正文本构建的确定性：脚注究竟是在正文本的脚下、文本之下、文本之外，还是它本身就是正文本的一部分，就是文本主体固有的一只脚？脚注既是对所谓文本主体的补充，同时又是它的组成部分。这样一来，文本主体成了一堆零散的骨架，残肢断臂，完全变成了一个异体。（qtd. in Royle 151）

在这段极具后现代解构特征的论述中，尽管德里达夸大了脚注的阐释作用、贬低了正文本自身生产意义的动力，但脚注对正文本意义的生成所发挥的既建构又解构的双重叙事作用不容小觑。

《维纳斯》的剧情大致按照巴特曼生平的先后顺序进行。事实上，整出剧是由"维纳斯"（以巴特曼为原型的戏剧人物）的身体表演与戏剧外各类历史文本的引用或改写杂糅而成。在马戏团、法庭、医学解剖室三个主场景中，维纳斯的身体表演是最重要的历史再现载体。当她的身体表演无法全面表述历史时，表演的空隙处就会被填塞进包括脚注在内的各类嵌入式文本，并由它们作为戏剧情节的一部分推动剧情发展，建构戏剧意义，从而实现哈琴所称的"向心性"叙事效果（Hutcheon 305）。

然而，剧中的脚注在嵌入正文本的同时又悖论式地背离剧情发展，使戏剧叙事呈现出"离心性"轨迹（Hutcheon 305）。首先，与《维纳斯》整体性线性叙事（包括事件的开头、中间和结尾）相对照，脚注文本明显缺头少尾、呈碎片化，潜在地消解了正文本建构意义和秩序的意图。其次，正文本中没有明确脚注阐释对象，很难厘清脚注为何而注，脚注与其上文之间的逻辑明显断裂。更具悖论意味的是，有些脚注由于自身嵌入的突兀性及意义不确定性反倒成为下文的阐释对象，从而引发后面剧情，顺势推动剧情发展；正如弗兰克所言："为使脚注呈现的碎片化叙述更完整，剧情必须向前推进，即便朝前发展的情节会使原本不完整的叙述变得更不完整，甚至朝向把维纳斯肢解的方向。"（168）最后，这些脚注将戏剧虚构的巴特曼事件延伸到戏剧之外一个更宏大的历史语境中，使得巴特曼事件"不再是一个完整的写作集合，也不再是被圈进一本书或书页空白之间的内容，而是一个延异的网络、一个有关踪迹的结构，漫无边际地指向除该文本本身以外的其他文本，指向延异的踪迹"（Derrida, "Living on" 83 – 84）。脚注的文本外指性使正文本试图构建的意义消弭在诸多"踪迹"的分岔处。

此外，脚注的嵌入和干预与剧中其他后现代戏剧手法（如停顿、剧中剧、演中有演等）相互交叉，合力解构戏剧意义的确定性，使全剧始终都在制造戏剧幻觉与消除戏剧幻觉两股力量的角力中摇摆。意义的不确定性必然给观众带来不小的挑战。一方面，观众是舞台上表演的维纳斯的现场看客，与剧中马戏团猎奇者、法庭围观者、解剖室医生等人的窥探情形相似，他们在不知不觉中沦为剧中窥探者的同谋，由此产生戏剧共情。另一方面，时常介入戏剧的脚注会中断戏剧表演的连贯性，将观众注意力转移到脚注这样"一种具有双重性或对话性的形式上"（Hutcheon 304），从而使观众意识到戏剧的虚构性，把他们从戏剧移情中拉回现实，暂时成为清醒的旁观者。就这样，观众在虚构与现实的张力场中不停转换角色，既参与了剧中事件的见证与建构，同时又对其真实性表示质疑。这种悖论性的观剧体验会使有经验的观众逐渐放弃对历史完整性和单一性的认同，转而去理解历史话语的碎片化和杂语化。

最后，从表演层面上看，《维纳斯》中的脚注实现了文本的表演化。帕克斯在剧中塑造了一个能自由出入戏剧的黑人掘墓人角色，由他宣读脚注文本。需要指出的是，这个黑人掘墓人既负责剧场演出报幕、剧情预告，又随时进入戏剧扮演其中一个道德有缺陷的角色，由他宣读脚注不可避免地会使原本问题化的历史事件变得更复杂。就这样，巴特曼事件在剧中"互相角力的多重论述与（身体表演）景观之间消解成碎片"（Elam and Rayner 267），历史真相更加难以触及。

结　语

在《维纳斯》中，帕克斯借助脚注将后现代历史书写中历史事实与文学虚构之间的张力发挥到极致，完美回应了作家书写历史题材时不得不考虑的一个重要问题，即"如何将历史交互文本、历史文献与历史踪迹合并在一个明显虚构的语境中，并以某种方式使它们仍能保持其作为历史文献的功能"（Hutcheon 302）。一方面，帕克斯利用脚注文本的历史文献功能为重访巴特曼事件提供了有迹可循的文本依据：官方历史档案与民间叙事文本互为参照，既显现出巴特曼事件的复调叙述，又呈现出西方白人主流话语对黑人女性"他者"形象强行定义的话语踪迹。另一方面，帕克斯将脚注嵌入正文本，与文学虚构的历史场景交叉、渗透，既推动剧情又阻碍剧情，既建构意义又消解意义，使巴特曼事件在虚实交错中消蜕成零散的文本碎片,历史真相真假难辨、扑朔迷离。

当然,帕克斯对脚注的偏爱或多或少反映出她作为美国黑人剧作家的新历史主义政治立场。无论如何,脚注总是与"边缘"(margin)一词产生关联,而"边缘"同时作为"被(中心)剥夺的位置"和"反抗(中心)的场所"颇具政治色彩(hooks 149)。从这一点看,帕克斯竭力挖掘《维纳斯》中脚注隐含的文本事件,以及脚注的复调叙事潜力,其最终目的是"摄照历史废墟和边界上蕴藏着异样的历史景观"(张进 33),并抵制社会文化体制中西方中心主义独白式的认知定势、思维模式和价值观取向。

引用文献 (Works Cited)

Benstock, Shari. "At the Margin of Discourse: Footnotes in the Fictional Text."*PMLA* 98. 2 (1983): 204 - 225.

Catanese, Brandi Wilkins. *The Problem of the Color (Blind): Racial Transgression and Politics of Black Performance.* Anne Arbor: University of Michigan Press, 2011.

Derrida, Jacques. "This Is Not an Oral Footnote."*Annotation and Its Texts.* Ed. Stephen A. Barney. Oxford: Oxford UP, 1990: 192 - 205.

---, and Harold Bloom, et al. "Living On." *Deconstruction and Criticism.* London: The Continuum Publishing Company, 2004: 62 - 142.

Drukman, Steven. "Doo-A-Diddly-Dit-Dit: An Interview with Suzan-Lori Parks and Liz Diamond." *A Sourcebook of African-American Performance: Plays, People, Movements.* Ed. Annemarie Bean, New York: Routledge, 2002: 284 - 306.

Elam, Harry, and Alice Rayner. "Body Parts: Between Story and Spectacle in Venus by Suzan-Lori Parks."*Staging Resistance: Essays on Political Theatre.* Ed. Jeanne Colleran and Jenny S. Spencer, Anne Arbor:

University of Michigan Press，1998：264－282.

Frank，Johanna. "Embodied Absence and Theatrical Dismemberment." *Journal of Dramatic Theory and Criticism* 21. 2 （Spring 2007）：161－171.

Gallagher，Catherine，and Stephen Greenblatt. *Practicing New Historicism.* Chicago：University of Chicago Press，2000.

Hooks，Bell. "Choosing the Margin as a Space of Radical Openness." *Yearning：Race，Gender and Cultural Politics.* New York：Routledge，2015：145－154.

Hutcheon，Linda. "Postmodern Paratexuality and History." *Texte：Revue de Critique et de Theorie Litterarie* 5. 6 (1986)：301－312.

Kushner，Tony. "The Art of the Difficult." Civilization 4 (1997)：62－67.

Lv，Chunmei. "The Anti-Convention Art：A Study of the Dramatic Narrative Structure in Venus." *Foreign Languages and Their Teachings* 2 (2013)：93－96.

［吕春媚：《反戏剧的艺术——论〈维纳斯〉之戏剧叙事结构》，《外语与外语教学》2013 年第 2 期，第 93－96 页。］

Reed，Anthony. *Freedom Time：The Poetics and Politics of Black Experimental Writing.* Baltimore：Johns Hopkins UP，2014.

Royle，Nicholas. *After Derrida.* Manchester：Manchester UP.

Parks，Suzan-Lori. "Possession." *The America Play and Other Works.* New York：Theatre Communications Group，1995：3－5.

—. *Venus.* New York：Theatre Communications Group，1997.

Pearce，Michele. "Alien Nation：An Interview with Suzan-Lori Parks." *Suzan-Lori Parks in Person：Interviews and Commentaries.* Ed. Philip C. Kolin and Harvey Young. New York：Routledge，2014：46－48.

Savran，David. "Suzan-Lori Parks." *Suzan-Lori Parks in Person：Interviews and Commentaries.* Ed. Philip C. Kolin and Harvey Young. New

York: Routledge, 2014: 78 - 98.

Zhang, Jin. *Literary Trends of New Historicism*. Guangzhou: Jinan UP, 2013.

［张进：《新历史主义文艺思潮通论》，广州：暨南大学出版社，2013 年。］

Zhang, Lin. "The Female Black Body in Venus and the Western Medical Discourse in the 19th Century." *English and American Literary Studies* 30 (2019): 201 - 213.

［张琳：《论〈维纳斯〉中的黑人女性身体与 19 世纪西方医学话语》，《英美文学研究论丛》2019 年第 30 期，第 201 - 213 页。］

作者简介：张琳，曲阜师范大学外国语学院副教授；季明举，曲阜师范大学外国语学院教授。

论奥尔加·托卡尔丘克
《太古和其他的时间》的文体实验

讲述世界是小说家展开文学创作的核心理念。奥尔加·托卡尔丘克(Olga Tokarczuk，1962—)宣称："我们缺乏讲述世界的崭新方式"(《温柔》12)。她在斩获波兰文学的最高荣誉尼克奖和布克国际文学奖后，于2019年获得诺贝尔文学奖。颁奖词指出，她的小说是一种富于百科全书式的想象力及跨越边界的生命形式。这不仅显示小说富有知识性、趣味性，更突出了其小说创作方式的独特性和复杂性，回应了作者对小说创作的看法，并揭示和肯定了"讲述世界"的价值和意义。托卡尔丘克的代表作《太古和其他的时间》是探索小说讲述世界的主要文本，以三代的家庭生活和战争故事展现了波兰的近百年历史，融合地方志、童话和神话等文体，显示了独特的创作方式。所以，探索该小说的文体实验，有助于深化对作家小说理念的理解，彰显其讲述故事的独特方式，进而为挖掘其他作品的研究范式铺下一条路径。

一、文本与星群结构

奥尔加·托卡尔丘克将自己创作的小说结构视为一个"星群"。她说："我们应该相信碎片，因为碎片创造了能够在许多维度上以更复杂的方式描述更多事物的星群。"（《温柔》27）《太古和其他的时间》正是这一种"星群"结构，它是由 86 个故事星粒拼贴而成的故事星群。其中，每个人物的故事被分割成数个，它们既可构建为一个独立的小故事，又可聚合成一个起承转合的大故事。如在"米霞的时间"中，一共有 8 个故事，分别讲述了米霞的诞生、成长、死亡，以及与其他人物之间的关系，整体串联起来则是她一生的写照。小说的星群结构还可细缕出三个特点：

首先，星群结构中故事星粒之间具有耦合性。其一，每一个故事可与上一个或下一个故事捏合。在小说中，"上帝创造世界"与"地主波皮耶尔斯玩游戏"的开端、尾声互为牵涉，都是为了认识、寻找"自我"存在的意义。其二，每一个粒子故事与另外一个不相连的粒子故事形成并置。"格诺韦法的时间"与"麦穗儿的时间"两个故事形成一种对比效果。在生活境遇上，格诺韦法拥有自己的家庭，并能够维持日常生计；而麦穗尔独自一人，食不果腹。产育后代时，天使以关爱的姿态守护着格诺韦法，而麦穗儿则独自在废弃瓦砾房里产婴，最终不幸难产。故事并置形成对比效应，这与故事胶合的相辅相成的效果，显示了小说星群结构的耦合特质。

其次，星群结构中的故事星粒具有增殖性。小说以太古的"时间"为起点,增殖出不同的主题,并衍生出不同的故事。厄勒·缪萨拉认为,增殖"把文本分割成各种各样毫不相干的、有时是短小和不完整的文本",并使"文本的一节产生了同一个文本的另外一节或另外几节"(166)。《太古和其他的时间》有多个主题:如"时间与领悟",上帝创造世界、地主波皮耶尔斯玩游戏、伊齐多尔探索事物的四重性,他们试图在时间的流逝中认识自己;"时间与成长",米霞、鲁塔、伊齐多尔三个人物都在由儿童到成人的时间里体悟身体的变化;"时间与欲望",格诺韦法对埃利的情欲、麦穗儿对恶人的原欲、鲁塔对乌克莱雅的钱欲,她们出于不同的需求,在不同的情境下暴露出自我的欲望。诸如此类,不同主题在小说中分层、迭代,构成一幅几何图案。另外,结构的增殖性具有增进叙事交流的作用。对于读者而言,他们以参与者的身份剖析故事的主题,并组装出故事的框架。尽管每一个故事的标题都以"某某的时间"来命名,且未标出章数,但通过"时间"予以增殖,既形成一种"聚中有散,散中见聚"的结构特点,又可透露出小说的趣味性。

最后,星群结构具有一种互文性的特质。"互文性是文学的根本条件,所有的文本都是用其他文本的素材编织而成的"(洛奇110)。《太古和其他的时间》暗含着《圣经》的隐形结构。在人物命名上,小说中的人物名称具有神话色彩:一是直接引入圣母、加百列、拉斐尔等神话形象;二是间接引用《圣经》人物,如以"博斯基"指代"上帝","塞拉芬"指代"六翼天使"(6)。在整体框架上,小说使用了神话的循环结构,即一种"无—有—无"的环形形式。太古小镇的诞生与家庭生活的缘起,犹如《创世纪》;太古小镇与店铺繁衍、府邸的修建、与人物命运的流转,犹如《出埃及纪》;人物的逐一衰老或死亡、房屋的荒废与坍塌,犹如《启示录》。承上两点,互文手法不仅使小说获得了象征结构的张力,还扩充了叙事的深层内涵。

　　总之，星群结构所规划、组织、排列小说的内容，构成一个网络系统，既能把人的命运、神话和错综复杂的历史事件交织在一起，又可以确切地、细腻地绘制每一个主题的布局。这一个个看似杂糅、错综的星粒故事中，暗含着阿多尔诺所言的"星群"思维。它不是一个概念，也并非一种本质，而是一种主客体互为平等的关系。这不仅要"阐明客体的特定性"（阿多尔诺 160），还要否定先在的规定性和同一性。小说中每一个星粒故事不强调主从的区分，如同散落于宇宙里的一颗颗恒星，既能互为独立，又能聚合成"星群"，从而呈现出一种辩证性质。

二、温柔的叙述：笔法的轻盈化

　　相较于以往的波兰作家，新一代的波兰作家以一种新的形式讲述波兰历史，而托卡尔丘克正是其中的佼佼者。译者易丽君曾谈道，波兰"年轻一代的作家淡化历史"，他们"拥有一种更轻松、自由的心态，把文学创作当成一件愉悦心灵的乐事"（《太古》2—3）。托卡尔丘克在叙述时试图以"轻盈"的方式，化解"沉重"的历史事件，达到一种"以轻击重"的叙事效果。"温柔是一种观察世界的方式，在这种方式之下，世界是鲜活的，人与人之间关联、合作且彼此依存"（《温柔》29）。"温柔"是一种轻盈的姿态，也是一种讲述故事的叙事手法。在《太古和其他的时间》中，"轻盈"笔法可分为"零度叙述"和"童话写实"两个层次。

　　以第一层次而言，"零度"最早由罗兰·巴尔特提出，这是"一种以沉默来表达存在的方式"（49）。在小说中，作者的叙述不掺杂个人情感，以节制的方式叙述故事。如在"库尔特射杀相识的老妇"这一情节中,老妇没有表露出惊慌的表情,而是"咧开没有牙齿的嘴巴,默默无言地冲他微笑"(《太古》142)。叙述者站在"零度"的立场上,以"微笑"一词,轻化"枪杀"这一个具有重量性的动作。同时,"零度"的叙述者强调叙述节奏的变化,简略、停顿和跳跃构成其特征。小说在描述指挥官库尔特临死前的一种假想状态时,叙述节奏突然加快,转向库尔特的死亡:"上帝从那些一颗又一颗的、偶然巧合的子弹中给他选定了一颗。"(143)"上帝"与"子弹"是一种虚体与实体的并置,巧妙地暗示着库尔特的死亡。接着,叙述节奏继续加快,直接讲述数月后"埋葬"的情节。承上,急遽的叙述节奏既避开了滞重与沉闷的血腥场景,又省略了人物死亡的直接描写。在另一个故事中,作者以"格诺韦法"为叙述视角,展现了一幅屠杀的画面:一群犹太人被残酷无情地镇压、扫射。叙述者以旁观者的身份观察屠杀场景中"蹲"、"瞄准"、"奔跑"、"躲过"等一系列动作,该细节使"枪杀"场景具体化,并缓慢推进叙述。这对亲历者和受害者的格诺韦法来说,无疑是一种重创,甚至濒临死亡。关于这一情节的叙述,在十三个星粒故事后才进行,这实现了情节的停顿与跳跃。这不但没有破坏其连贯性,还使其简洁而清晰、紧凑而有力,把故事讲述得一张一弛。

以第二层次而言,童话作为一种文体已有漫长的历史,其目标读者往往是儿童,因此讲述的方式呈现出一种简洁、轻快的风格。"写小说对我来说就像是在成年时代给自己讲童话故事。"(杜京)《太古和其他的时间》在讲述过程中,运用"童话写实"①的叙事手法,使小说风格轻盈化。处在儿童时期的鲁塔和伊齐多尔,常常到

---

① 这是由中国香港作家西西提出的概念,以示与马尔克斯的"魔幻写实"和略萨的"结构写实"区别。

森林里一同玩耍。"他们玩捉迷藏，玩假装树木，玩老鹰抓小鸡，用小木棍儿搭出各种造型，有的小得像手掌，有时搭出各种造型，占了一大块儿森林。"（125）这种叙述语调把读者领入一个童真、童趣的儿童世界里。小说以鲁塔儿童的视角，讲述她最喜欢蘑菇，常把埋在地下的蘑菇家族想象为一个王国，而冒出地面的蘑菇则想象为被国王惩罚、驱逐出的罪人。如果说这一段是童话化的写法，那么"写实"的部分则放在"搜寻蘑菇"、"观察蘑菇"、"采摘蘑菇"的过程，她知道如何从香味、方位、名字、颜色、形状等各个层面分辨出不同蘑菇的种类。可见，小说把儿童视角与写实手法相结合，呈现出一种趣味、欢快的叙述。

此外，小说的"童话写实"手法还体现在一种"非人化"的视角之中。童话叙事的方式并非固定于"人"的视角中，而是在大多数情况下以动物拟人化的形态出现。与之相比，托卡尔丘克创造出一种更为广阔的视角即"第四人称"，"不仅是搭建某种新的语法结构，而且是有能力使作品涵盖每个角色的视角，并且超越每个角色的视野，看到更多、看得更广，以至于能够忽略时间的存在"（《温柔》26）。《太古和其他的时间》的视角穿梭于"人"、"动物"、"植物"、"鬼魂"、"物质"之间，由此编织了一幅太古全景图和编年史。那么，这种视角是如何与"写实"结合的？又是如何让叙述变得轻盈化的呢？在"溺死鬼普卢什奇"的故事中，它生前是一个成人农夫，死后却形塑为一个顽童。作为孤寂的鬼魂，它在外漂泊，无人诉说，常常为排解无聊的情绪，以一系列玩耍的行为令生灵注意到它的存在，如惊吓马匹、戏弄瘦狗、翻转大车、溺死生人。特别是见到一群挣脱肉身的士兵灵魂后，它如同找到一群同伴，为之欣喜若狂，"在他们中间移动、吆喝、呵斥、旋转，玩得像乳臭小儿一样高兴"（177）。该细节片段所凸显的写实画面，让一个渴望被关注的儿童形象鲜明突出、活灵活现。这不仅展现出闹剧的游戏姿态,还为故事增添一种喜剧感。"童话写实"背后的跳脱性、轻快性,使叙述变得不那么凝重,从而生成一种轻盈之感。这是一种如维柯所言的"诗性智慧",这是一种如儿童般简单、"忠实于自然本性"的"忠实的叙述"(维柯 210)。"童话写实"寓真实于虚构中,呈现出一种直观可感的轻松效果。

由此可见,"轻盈"的叙事饱含艺术"说服力"。在略萨看来,"缩短小说和现实之间的距离,在抹去二者界线的同时,努力让读者体验那些谎言,仿佛那些谎言就是永恒的真理,那些幻想就是对现实最坚实、可靠的描写"(32)。托卡尔丘克不仅在小说的编织过程中,使其富有柔和的诗意,还使故事贴紧细节的地面,穿梭于真实与虚构之间。

三、诗性与科学:一种交织的混沌美学

"星群"、"温柔"、"第四人称"等叙事词汇构成了故事讲述的新谱系,体现出一种特定的诗性思维,彰显故事想象与创造的特色。在诗性叙述过程中,托卡尔丘克诠释了一种科学思维。她曾谈道:"'蝴蝶效应'的发现标志着一个时代的结束","它并没有消减人类作为建造者、征服者和发明者的力量,但令我们意识到,现实比我们任何时候想象的都要复杂。而人不过是这些过程的一小部分"(《温柔》25)。从量子物理学上来看,这是一种混沌思想的反映,用以揭示另一个世界:"一方面它是稳定的、遵循着基本的物理法则;但另一方面,它又蕴含着无序性、复杂性和不可预知性。"(萨达尔 4)《太古和其他的时间》的战争时间点就如同"蝴蝶效应"中的初始值,引发了人物的悲剧命运。但人物的日常生活在有序的情

境下，展现了一个与无序并存的"混沌"故事，并形成了一种如吉莱斯皮所言的"混沌美学"（Aesthetics of Chaos），旨在追求一种非线性、非确定性和复杂性的思维，并在隐蔽的内容中呈现出一种繁复交织且具有主观体验的审美满足（aesthetic gratification）之维（Gillespie 23）。细致而言，可分为两个方面：

其一，时间的不可逆性和复杂性。小说的"时间"在叙事中起到统一的作用，把人物和事件串联起来。其中，"太古"是一个以时间维度建构起来的"蠕虫世界"①，太古人民都无法抵挡时间的流逝，也就无法扭转时间之矢的箭头方向。譬如米哈乌为不让女儿米霞出嫁，试图延期三年建造房子，并想方设法给帕韦乌制造麻烦，但三年后，米霞的婚礼还是如约而至，可见米哈乌抗拒不了时间法则。即便是小说中的上帝，它也会有衰老的那一刻。这种"不可逆"的时间观，并非牛顿的"绝对时间"（Absolute Time）和拉普拉斯的"时钟霸权"（Clockwork Hegemony），而是普利高津的"混沌"②时间观——一种可拉、伸、折、叠的复杂性理念。与之相应的是小说的叙事时间，尤其呈现于女性人物。以格诺韦法、米霞、阿德尔卡及其后代所连成的女性群体，她们以生命的延续、繁衍来缝合叙事时间的中断，并实现时间的循环。在克里斯蒂娃看来，女性在文明史中保留了重复与永恒的时间形态（Kristeva 16），这是一种生理、妊娠以及季节规律的时间周期。

---

① 蠕虫世界是一个四维整体，具有三个空间维度和第四个时间维度。时间维度向过去和未来无限延伸。可参见张新军：《可能世界叙事》（苏州：苏州大学出版社，2011 年），第 21 页。

② "混沌"是时间之箭，它的出现是随机的，方向是不可逆的，而这正是"混沌中的秩序"。正因此，一切事物的形态、形式才得以出现，而人类才得以存在。"我们确实是时间之矢之子、演化之子，而不是其祖先。"（伊利亚·普里戈金等：《确定性的终结：时间、混沌与新自然法则》，湛敏译，上海：上海科技教育出版社，2009 年，第 3 页。）

当然,这并非一种静止的时间循环,而是一种动态的"绵延"。"绵延"是一种"时间流"的势能,从过去到现在并指向未来,连续不断地向前推进。但如果仅从"连续性"去认识该概念,那么则忽略了它的复杂性。柏格森指出,"时间,就是阻止一切突然地在一个瞬间全部给予。它延迟,或者它本身就是延迟。因此,时间应该就是渐渐实现"(94)。"绵延"包含着"延迟"的意味,并呈现出同时性的瞬间。这可使时间空间化,如同照相机的连续拍照功能,把多张相互独立的照片并排成一组画面,而每个画面的截面则是暂停的"瞬间"。小说中的梦境营造便是其中一种。以麦穗儿为例,她在废弃屋里的产婴前后,因剧烈的疼痛而发生了三次梦境的幻想。一是听到教堂里管风琴阵痛的声音;二是在幽暗的深井里,她化身为一条赤链蛇,守护着正在玩耍的男孩;三是梦到了一个吸血的幽灵孩子和一个给予她哺乳的神秘女子,等"她睁开眼睛,吓了一跳,原来时间停滞了,原来没有任何孩子"(《太古》18)。三个梦境接连发生,使时间延宕至近乎为零,并由教堂、深井的空间予以叙述。在此,叙事时间的"延迟"并未静止,而是不见踪迹的"缓慢",转由空间予以展示与叙述。

其二,混沌观是对宏观世界的重新认识与细分,形成"自相似性"的分形结构。托卡尔丘克指出,"微观和宏观尺度上都展示出了无限的相似性系统"(《温柔》25)。简单而言,一个系统里有多个相似的子系统,适当的放大或缩小尺寸,整体的构造基本不变,如"曼德布罗特分形图"、"科克雪花曲线"、"八卦图"等结构经过逐层,嵌套着多个相似性的图案,用以揭示混沌现象的本质。小说以太古作为小说世界的整体结构,它能够切分出不同的世界。一是以边界为太古的分割点,切出内外的两个世界;二是"多重世界"的包孕,如米霞的相片的十重世界、伊齐多尔的多张邮票的多重世界和上帝的游戏的八重世界。这些世界强调了混沌观的"自相似性",由此引申出更多的"复杂性"。如伊齐多尔发现世间的事物由四部分组成,由此摸索到事物的生成规律、秩序及更多的可能性。尤其在触碰到太古的边界时,他被分裂成一个太古以内和另一个太古以外的男孩。由此,宏观与微观的分形世界让小说呈现出一种混沌视阈下的"复杂性"。

小说基于混沌学的视野呈现出更多的探索性,展现了作者编织故事的另一个向度。正如帕克所言,"通过混沌理论所提供的视角,我们可以看出叙事上的无序中的秩序、复杂却优雅"的美学效果(Parker 2-3)。用无序概括有序,用复杂言说简单,用非线性凸显线性,传达出作者所认为的女性认识世界的方式。这正是一种"混沌美学"的集中展现,即审美主体与客体之间所产生的一种若即若离的朦胧美效果。

结语

托卡尔丘克的创作具有一种现实批判性,显示出对当下的同质化、单向度的世界的一种抵抗姿态。在作者看来,文学市场的商业化、膺服于市场规则和资本者垄断的互联网,使得"反复被欺骗,误传或误导"的读者失去了对虚构创作的信任。尤其是"灵性"创作的消弭、平庸与肤浅,作者为之发出一声振聋发聩的呐喊:"世界正在消亡,而我们甚至没有注意到这一点。"(《温柔》22)这是一种对人类社会的"现代性隐忧"。从工业革命到近现代的世界大战,再到当下的商业社会,人们对世界的认知已不再是一种现代性的首肯,而是走向一种后现代性的赋魅之路。在泰勒看来,个人主义、工具理性、政治生活是现代性的三个隐忧,这导致了现实意义的丧失，道德视野的褪色，目的的晦暗，自由的丧失(13)。当然，这些都是马尔克斯、略萨、博尔赫斯和卡尔维诺等前辈在他们的创作中常论及的问题。托卡尔丘克的独特之处，就在于她不但形成一种几何、精细和繁复的混沌思维，而且建构了一种异质、空灵和童心的诗性思维。这两种思维方式如 DNA(脱氧核糖核酸)双螺旋结构彼此交织在一起，使得作者手持一支想象力的画笔，绘制了一幅跨界的文学地图。

引用文献（Works Cited）

Adorno, Theodor W. *Negative Dialektik*. Trans. Zhang Feng. Chongqing: Chongqing Press, 1993.

［特奥多·阿多尔诺:《否定的辩证法》,张峰译,重庆:重庆出版社,1993 年。］

Barthes, Roland. *Le degrézéro de l'écriture*. Trans. Li Youzheng. Beijing: China Renmin UP, 2008.

［罗兰·巴尔特:《写作的零度》,李幼蒸译,北京:中国人民大学出版社, 2008 年。］

Bergson, Henri. *La pensée et le mouvement*. Trans. Deng Gang and Li Chengji. Shanghai People's Press, 2015.

［亨利·柏格森:《思想与运动》,邓刚、李成季译,上海:上海人民出版社, 2015 年。］

Du, Jing. "A Story-Telling Polish Woman Writer." *Journal of Literature and Art* 25 Oct. 2019: 4.

［杜京:《会讲故事的波兰女作家》,《文艺报》2019 年 10 月 25 日,第 4 版。］

Gillespie, Michael Patrick. *The Aesthetics of Chaos: Nonlinear Thinking and Contemporary Literary Criticism*. Gainesville: UP of Florida, 2008.

Kristeva, Julia. "Womens' Time." Trans. Alice Jardine and Harry Blake.

Signs 7. 1 (1981): 13 - 35.

Llosa, Mario Vargas. *Cartas a Un Joven Novelista*. Trans. Zhao Deming.
　Beijing: People's Publishing House, 2017.

［马里奥·巴尔加斯·略萨：《给青少年小说家的信》，赵德明译，北京：人民出
　版社，2017 年。］

Lodge, David. *The Art of Fiction*. Trans. Wang Junyan, et al. Beijing:
　Writers' Press, 1997.

［戴威·洛奇：《小说的艺术》，王峻岩等译，北京：作家出版社，1997 年。］

Musarra, Ulla. "Repetition and Proliferation: Postmodernism in Italo
　Calvino's Novels."*Approaching Postmodernism*. Ed. Douwe Fokkema
　and Hans Bertens. Trans. Wang Ning, et al. Beijing: Peking UP,
　1991. 159 - 185.

［厄勒·缪萨拉：《重复与增殖：伊塔洛·卡尔维诺小说中的后现代主义手
　法》，载佛克马、伯顿斯编《走向后现代主义》，王宁等译，北京：北京大学
　出版社，1991 年，第 159 - 185 页。］

Parker, Jo Alyson. *Narrative Form and Chaos Theory in Sterne, Proust,
　Woolf and Faulkner*. New York: Cornell UP and Palgrave
　Macmillan, 2007.

Sardar, Ziauddin. *Chaos*. Trans. Mei Jing. Beijing: Contemporary China
　Publishing House, 2013.

［齐亚乌丁·萨达尔：《混沌学》，梅静译，北京：当代中国出版社，2013 年。］

Taylor, Charles. *The Malaise of Modernity*. Trans. Chen Lian. Shanghai:
　Joint Publishing Company,2012.

［查尔斯·泰勒：《本真性的伦理》，程炼译，上海：三联书店，2012 年。］

Tokarczuk, Olga. *Primeval and Other Times*. Trans. Yi Lijun and Yuan
　Hanrong. Chengdu: Sichuan People's Publishing House, 2017.

［奥尔加·托卡尔丘克：《太古和其他的时间》，易丽君、袁汉镕译，成都：四川
　人民出版社，2017 年。］

---. "The Tender Narrator". Trans. Li Yinan. *World Literature* 2 (2020)：
9 - 29.

［奥尔加·托卡尔丘克：《温柔的讲述者》，李怡楠译，《世界文学》2020 年第 2
期，第 9 - 29 页。］

Vico，Giambattista. *The First New Science*. Vol. 1. Trans. Zhu
Guangqian. Beijing：The Commercial Press，2017.

［维柯：《新科学》（上册），朱光潜译，北京：商务印书馆，2017 年。］

作者简介：黄炜星，复旦大学中国语言文学系博士生。

生存状态的冷酷书写与"真实自我"
的不断探寻

——解读彼得·汉德克的"试论五部曲"

韩　伟　郑　睿

彼得·汉德克(Peter Handke,1942—　　)的"试论五部曲"第一次被介绍到中国是 2016 年上海人民出版社出版的汉德克文集第九卷,卷名为"试论疲倦"。这五部作品分别是《试论疲倦》(*On Fatigue*,1989)、《试论点唱机》(*On Jukebox*,1990)、《试论成功的日子》(*On the Day of Success*,1991)、《试论寂静之地》(*On the Silent Places*,2012)和《试论蘑菇痴儿》(*On the Mushroom Mania*,2013)。向来把文学语言和"主体性"放在首位的汉德克在创作"试论"系列的二十五年里,把触角伸向了电影、诗歌、文学批评等多个领域。各种创新性尝试的背后,隐藏着的是他一贯坚守的对各种生存状态的书写和对真实自我的深入挖掘。

"试论五部曲"从身体的感受和行为出发,敏锐地捕捉边缘个体的独特体验和被忽视的真实感受,冷峻地书写着个体不确定的生存处境。本文以身体美学为切入点,去发掘作者探寻的"真实自我"这个永恒主题。在重新界定和感知真实的基础上,作者以适宜个体成长的空间为依托,以对关键主题的质询为线索,从人的生存活动的具体显现中理解"自我",关注个体"存在"状态和发展,从而构建起新的自我与世界的关联。

一、重新界定和感知真实:以身体为媒介的书写方式

西方文化一直把身体视为心灵的枷锁或工具,但不可否认,文学创作中的许多形象都围绕着人的身体的感觉、经验和感受来书写,表现着身体整体的活动和存在状态。"身体美学"学科的首创者理查德·舒斯特曼把身体还原为"活生生的、敏锐的、动态的、具有感知能力的身体"(中译本序 1),主张从身体的感性审美欣赏和创造性自我塑造功能出发,强调自我意识和自我关怀。"我在观察。我在理解。我在感受。我在回忆。我在质问"(韩瑞祥)。重视和强调自身的个体经验,思考人类的身体感觉、经验、感受和存在状态,用文学手段捍卫人类体验的身体维度,这也是彼得·汉德克与世界相处的方式,是他在创作上的真诚态度。

在《试论疲倦》里,汉德克把"疲倦"的身体感觉确立为整部作品的主题,以此串联起各种不同的图景。舒斯特曼把能够明确意识到的"身体感觉区分为两类:一类是更多的受控于我们外在的或距离感官的感觉(如视觉、听觉等),另一类则更多地依赖于身体内在的感觉,如生理本体感受或肌肉运动知觉"(82)。疲倦的"获得并不仅是通过援用凝神的感觉或有辨别能力的、主题化的感知,而

且它本质上也依赖于身体审美感知系统(即生理上的本体感受或肌肉运动知觉)"(舒斯特曼 82)。这就意味着,疲倦作为身体的内在感觉,是身体审美感知系统的判断结果。此时身体已然成为审美主体,成为能够进行审美欣赏和塑造创造性自我的核心场所。从"疲倦"出发,最终思考"作为整体的身体如何体会意味、如何感受意义"(程相占 45)。

《试论寂静之地》则极具艺术创造性地把"厕所"设定为叙述中心,所探讨的核心依旧是身体感受。"这样或那样的寂静之地不仅仅是成为我的避难所、庇护所、藏身处、隐身地、保护所、隐居处。尽管从一开始,它们部分是这样。但是,同样从一开始,它们同时也是些完全不同的东西,更多,多得多。"(汉德克 215)正是这些与众不同的东西,支撑着叙述者的叙述与回忆。身体处在寂静之地与置身于外在世界,完全是两种感受。寂静之地更多是心理意义上的平静,提供给叙述者的是自我疗伤的环境与自我疗愈的能量。寂静之地内部凝聚的强大的生命力,是独属于他的精神空间,也成了他观察世界和感受人生的窗口。

《试论点唱机》里叙述者选择自我放逐,和《寂静之地》的主动逃离有异曲同工之妙。这一类身体行为,是"某种程度上将意识从行动世界中暂时撤离出来,这种撤退可以更大程度地促进我们的自身认识和自身使用,以便我们作为更灵巧的观察者和行动者再回到现实世界中来。这就是'以退为进'的身体逻辑"(舒斯特曼 106)。这两种动作指向同一种身体状态,表达着他们在思考自己与世界的关系,展现自己与世界的独特相处模式。而《试论成功的日子》围绕着"谁曾经历过一个成功的日子呢?"(133)这一问题展开试论,叙述者不停地自问自答。充溢着各种想法,他的身体与这些思考存在着一种共生关系,只有在思考中他才会富有生命力。

《试论蘑菇痴儿》的自传色彩最为强烈。在 2016 年汉德克的中国之旅中,有读者向汉德克提问说:"您是蘑菇痴儿吗?"汉德克笑而不语,而一旁的妻子回答说:"是,他是。"汉德克用各种不同的方式叠合自己的生命,在身体的双重隐喻中表达自己的审美理想与自我追求。

"对外部世界的审查和对人的心灵的内省始终存在着广度与深度的问题,作家在这些领域上取得的成绩,他的体验、认知所达到的程度,与他的世界观的性质,与他的精神境界,与他的观察、体验对象等有关。"(洪子诚 3)汉德克对外部现实的揭示始终没有离开过对个体心灵的审视,他在创作上的目标就是以叙述的方式揭示和反思自己的现实。"汉德克创作意图中更深一层的反传统,在于他对真实的理解。汉德克理解的真实是'体验''感知'和'感受'的真实,他甚至把表现真实感受视为叙事原则。"(聂军,《消解虚拟叙事》153)叙述在回忆中展开,凭借身体感觉的回忆和叙述,意味着再一次的体验。"它通过将我们暴露在世界面前而带给我们一个新的世界;它使我们不仅具有感知能力而且成为世界上敏锐的肉体。"(舒斯特曼 92)作者自觉反思身体审美感受,探求个体与外界事物之间的真实接触,旨在恢复我们对事物的真实感受,也让身体处在更加敏锐的状态中。

汉德克对作品真实感受的重视,意味着对身体感觉的敏锐化的重视,意味着身体形态与功能的艺术重塑的重视。作品对身体感觉和身体行为的细腻描述和画面展示,再加上议论性的分析和理性的思考,让人感受更为深刻、体验更为独特。早在 1979 年,彼得·汉德克就在他文学艺术观的纲领性作品《我是象牙塔中的一个居民》("I Am an Ivory Tower Dweller", 1966)中说:"对于我,最首要的是方法。我没有我想要写的主题,我只有一个主题,就是把我自己弄清楚,更清楚些。"(转引自高中甫 254)他注重叙述,观察世界,感受自己。彼得·汉德克对世界真实感觉的捕捉和感受,由身体出发,而最终的目的地,永远在"自我"上。这所有的一切都服务于一个宗旨,即回归一个古老的哲学主题:"认识你自己。"

二、"揭示我的现实":个人空间与真实自我的自由生长

从 20 世纪七八十年代开始,汉德克转向"新主体"文学之后,没有放弃语言和叙事上的实验,"在 40 多年的创作生涯中始终坚持的则是对个体经验和主体性的关注"(程心 107)。70 年代,汉德克带着悲观的眼光看待个体生存的处境和状态:"天堂的大门已经关闭,现代人已没有任何希望,他们的灵魂将永远在这个世界上徘徊游荡。"(转引自章国峰 303)而到写作"试论"系列作品时,这种悲观情绪消解了不少,对个体生存状态的书写往往是集中在对象征性主题和抽象题材的处理上。"作为作家,我对那种揭示或者把握现实的做法根本不感兴趣,而我所看重的,是揭示我的现实(即使不去把握它)。"(聂军,《汉德克的戏剧艺术》17)丰富的内涵和象征意味无疑会增加文本的阅读难度,但也让汉德克的作品更具价值和可读性。

《试论点唱机》里,汉德克通过对点唱机的回忆和描写,描绘出一幅幅关于叙述者的生命图景,把他无可挽回的时光和记忆全部浓缩在"点唱机"上。整个旅途过程,可以看作叙述者为自己创造的个人空间。他亲手为自己划定一个世界,而"点唱机"引领着他与真实的自我相遇。整篇小说,记录下逝去的时光,同时"反思自我与世界的格格不入与深切的孤独"(汉德克 7)。这样的设置实际上是想带自己离开这个沉寂的、垂死的、呆滞的世界,甚至是站

到这个世界的对面去。他与世界永远处在一种矛盾的关系中，他既置身其中又置身事外，既参与又保持距离。

《试论蘑菇痴儿》中，对自我与世界之关系的表达最为典型，也最具"汉德克"风格。这部作品创作于 2012 年底，是 70 岁的汉德克在回顾自己的文学生涯后创作的一部反思和总结的作品。他把自己对蘑菇的喜爱和痴迷转嫁到小说中的主人公身上，融入自己的真实生活体验和真切感受，使得人物更生动和极致。蘑菇痴儿寻找蘑菇的过程，实际上也是他寻找自我的过程，自我与世界的关系不断建立，又不断被打破。从和解到对立，对立之后再次和解。但在这个过程中，"在蘑菇痴儿不断的观察与寻找中，他逐渐摒弃了社会化过程中的自我，重建自我与世界的联系"（贾晨 16）。汉德克从一开始就点明，痴儿一直寻找的"自我"的核心，就是"独立"，作品的副标题"一个独立的故事"就是很好的注解。"独立自主的人则意味着：无论我在哪儿，我和我划定的圆圈、螺旋形和椭圆都是我的地盘。"（汉德克 357）对于蘑菇痴儿来说，森林就是属于自我逃避世界的最佳去处，也是寻找真实自我的安全地带，是真正属于蘑菇痴儿的地盘。这个空间也正是痴儿自己创造、逃离又不断回归的个人空间。

《试论寂静之地》围绕着厕所展开所有的图景描绘。"我"选择的寂静之地在寄宿学校、教堂、大学教学楼和日本的奈良寺院。尽管从本质上来讲，厕所属于私人化的、隐私性的场合，但它的大背景或大环境是开放性的公开场所。寂静之地，其实是隐私性与公共性的叠加，是公共场合的私人领域，也是隐私空间的公共场所。寂静之地，既隔断了明亮与黑暗、寂静与喧嚣，也明确区分自我与他者、个体与社会。寂静之地的强烈的空间划分和隔离，以明确的主体意识建立了边界，叙述者可以在寂静之地获取自由的意志。

身处寂静之地，意味着心灵向另一处空间开放。在成长历程中，"寂静之地"始终与我相伴，意味着"我"对隐秘内心空间的维护和对特定个人空间的坚决追寻。

不论是《试论疲倦》的叙述者，还是《试论点唱机》中苦苦追寻点唱机的"他"，在"寂静之地"中重获新生的"我"，还是终身痴迷的"蘑菇痴儿"，他们都是这个世界世俗眼中的"异类"，孤独而骄傲地坚持着自我，在与世界的对抗中艰难地生存着。这些角色大多处在边缘位置，害怕社交、远离人群，常常显得格格不入，然而这些存在并非一座座孤岛。"'自我'只有通过他人，从他人那里获得承认、确证时，才成其为自我，他不可能在抽象的自我关系中形成。"（贺来 22）主体与世界的关系，二者之间的冲突都是建立在相互承认的基础之上。"人只有在社会关系中，在相互承认中，才能实现自己，脱离社会关系的人、孤立的人不可能成为真实的人。"（李伟、卢婧一 42）"试论"系列作品的主角，他们的自我的形成、认识以及探寻都是建立在对世界和他者的不断清晰的认识中。没有世界，没有他者，也无所谓自我，无所谓对真实自我的追寻。

适宜个人成长的空间，是自我与他者、主体与世界相碰撞又和谐相处的空间。不论是"寂静之地"，还是蘑菇痴儿的那片森林，汉德克为叙述者创造的个人空间都带有一种过渡性、中间性。这种特性，首先是实体空间意义上的隔断与过渡，意味着个体与他者之间共生关系的突然中断；其次，它意味着个体与现实的半分离，主体的生存状态也是暧昧的；最后，它意味着"私人生活领域"的"个人自由"和"公共生活领域"的"社会正义"的相叠加。这种特性就预示着个体与社会、自我与他者之间不可调和的矛盾。正是这些矛盾与冲突的存在，才使得这一空间具备绝对多的可能性，才给主体的自我提供了自由生长的可能。

三、生存的真相:在"存在"本性上理解"自我"

汉德克一直在寻找"自我与他者"以及"自我与世界"的关系的理想形态,他自认为看到了世界的某种真相,并希望把这种真相以文学和叙述的方式传达给读者。"长期以来,文学于我是让我——当我不清楚自我的时候——更清楚认识自我的手段,它帮助我认识到,我在这里,我存在于世界之上……正是文学促使我产生了关于这一自我意识的意识。"(转引自梁锡江)对于汉德克来说,文学是不断认识自我的手段,也是观察和了解世界的窗口。文学让他保持着对语言的警觉和批判,重新界定和感知真实,以冷峻理性的姿态书写着个体的生存状态,也在"存在"的本性上理解主体的自我意识。从生存本性上理解"自我",意味着是把人当成真正"生命着"的个体,是活生生的存在,而不是抽象的、知性的概念。从人的生存活动的具体显现中理解"自我",就是关注个体的"存在"状态和发展,在书写其存在处境和状态之上,再建立新的自我与世界的关联,这是汉德克最深切的生命关怀。

"试论五部曲"中,"试论"的发出者既是作者,也是他创作的叙述者。这个叙述者既是故事的主人公,也是作家创作出来的隐含作者。在他的文学世界里:"只是我在说话。但是我不仅仅是我自己。两种伪装之下的'我'是这个世界上最不可信、最稍纵即逝的东西,但同时也是最无所不包的——最能让人卸下武装的。"(汉德克,《获奖演说》)"我"的"最不可信"和"最稍纵即逝"在于他把个体生命放到广袤的文学历史和世界里看到了自己的渺小,"最无所不包"和"最让人卸下武装"在于他永远关注人类生存的普世性命题。从自我出发,进而深化到更具哲思的"人类性"的命题上。

在 2016 年的中国之行中,汉德克一再强调"我是一个传统作家",企图以一种温和与幽默的方式撕掉他身上一系列与"先锋"、"后现代"相关的标签。在笔者看来,汉德克一再强调的"传统"的含义,即在于他对一些带有哲学意味的命题的思考和相关写作。"试论五部曲"的叙述者在碎片化情节和多重视角的叙述中展开关于各个主题的"试论"。《试论疲倦》里的"疲倦",《试论点唱机》里的"回忆",《试论成功的日子》里思考"成功",在《寂静之地》里"孤独"始终与之相伴,最后在《试论蘑菇痴儿》里讨论"独立"的意义。汉德克所描述的生存困境,是由他的个体生命体验出发上升到对人类生存困境的审视和追问,"这种困境既来自人类生命存在的'生存'问题,也来自人类生命存在的'发展'问题"(韩伟 125)。他对存在的询问和对生存和发展的探索最终会落到对一些主题词的审视上来,一个主题就是对存在的一种询问,"试论五部曲"富有深刻的思想蕴涵。

在《试论疲倦》中,作家冷静、客观地书写疲倦的各种体验,这种体验充满着生命的张力。他注重身体的媒介作用,但对身体的关注最终落到对人的生存状态的关注上。直面现实并审视生命的真实和根本境况,他在疲倦中寻找个体生命存在的意义,企图告诉读者关于人生的真相,即疲倦是人生常态,是每个个体的生存状态。《试论寂静之地》企图告知读者的是,在现实生活世界的压抑和逼迫下,个体无奈只能在"寂静之地"中才能够深呼一口气。生存空间的压榨,生命自由的束缚,这种生命状态,与精神世界的虚无和荒凉,对未来的疑虑紧密相关。但作者又在这种黑暗的现实中照进了一束光:在寂静之地遇到了两个特别的人,他们慰藉了"我"的孤独。《试论点唱机》中,面对易逝的时光,把生命记忆和对人生意义的询问投射在对一个物体的起源和历史的探寻上,生命一去不返,点唱机辉煌不在。在这里,不再是以物的不变和人的变化做对比,而是在点唱机的消亡流变中看到了人的逝去的年华。

在《试论成功的日子》里,汉德克追问的关键词是"成功"和"幸福"。在各种图景和感受的描述中,叙述者试图寻找到属于自己的"成功的日子"的答案。努力追寻,却又无可奈何。"成功的日子"给人希望和力量,但它是"一个冬天的白日梦"。"小说审视的不是现实,而是存在。而存在并非已经发生的,存在属于人类可能性的领域,所有人类可能成为的,所有人类做得出来的。小说家画出存在地图,从而发现这样或那样一种人类可能性。"(昆德拉 54)这部作品是对自我在某个时刻的真实感受的叙述,关于某个想法,某个思想。重要的不是"成功的日子"何时出现,而是如何去思考、去面对这种命题,即不从"是什么"而是从"如何"的意义上来予以理解。在汉德克看来,个体的存在可能性总是高于现实性,讨论"如何"的价值高于讨论"是什么"的价值,讨论可能性的价值高于讨论现实的价值。

《试论蘑菇痴儿》可以看作"试论五部曲"的总结和收官之作。痴儿一生追寻蘑菇,追求独立,在不断自我否定中自我超越。这一过程是人的存在的不断发展的过程,是人的"生存"本性的充分展现。主体的概念和自我意识,应该从价值层面着眼,真正具有自我意识的价值主体,就在于具有自由的、独立人格的个体。这样的生命个体意味着会思考如何去生活、如何去理解人生意义、如何规划人生道路,既有能力且有资格自我选择和自我决定。汉德克在一生的文学作品追求真实自我,这是他最后给出的答案。

结语

"试论五部曲"有直面日常的现实关怀，也有超脱现实的恣意洒脱；有感性的日常体验，也有冷峻理性的精神思考；既是最独特的"自我"，也是最普遍的"我们"。汉德克一直追求建构一种边缘性的、灰色的、自由的主体，以及敏锐、富有洞察力的强烈自我意识。他用充满哲思的双眼去观察"无辜的尘世之物"，以叙述的方式给日常生活常见之物以全新的面貌，从个体的生命体验出发，上升到对人类生存精神困境的审视和追问。汉德克始终以文学创作实践着自己的文学观，追求着自己的文学审美理想，他的作品体现了文学艺术之时代责任与价值担当。

引用文献（**Works Cited**）

Cheng，Xiangzhan. "On Three Levels of Somaesthetics. "*Theoretical Studies in Literature and Art* 6（2011）：42 - 47.

［程相占：《论身体美学的三层面》，《文艺理论研究》2011 年第 6 期，第 42 - 47 页。］

Cheng，Xin. "Language and Subjectivity：A Critical Review of Peter Handke Studies. " *Contemporary Foreign Literature* 4（2019）：104 - 11.

［程心：《语言和主体性：彼特·汉德克管窥》，《当代外国文学》2019 年第 4 期，第 104 - 111 页。］

Gao，Zhongfu，and Ning Ying. *History of 20th-Century German Literature*. Qingdao：Qingdao Press，1999.

［高中甫、宁瑛：《20 世纪德国文学史》，青岛：青岛出版社，1999 年。］

Han，Ruixiang. "Peter Handke：I Am Observing，Understanding，Feeling，Recalling，Questioning. " *Journal of Literature and Art* 24 May

2013：4.

［韩瑞祥：《彼得·汉德克："我在观察、理解、感受、回忆、质问"》，《文艺报》2013 年 5 月 24 日，第 4 版。］

Han，Wei．"Function of Literature and Thoughts on Liu Qing's Literary Creation．"*Novel Review* 2（2016）：124‑129.

［韩伟：《文学何为与柳青文学创作的启示》，《小说评论》2016 年第 2 期，第 124‑129 页。］

Handke，Peter．"Nobel Prize Speech．"*Book Review Weekly of the Beijing News* 8 Dec. 2019.〈https：//m. sohu. com/ a/359035158_119350〉.

［彼得·汉德克：《诺贝尔获奖演说》，《新京报书评周刊》2019 年 12 月 8 日。］

---. *On Fatigue*. Trans. Chen Min，et al. Shanghai：Shanghai People's Publishing House，2016.

［彼得·汉德克：《试论疲倦》，陈民等译，上海：上海人民出版社，2016 年。］

He，Lai. *A Contemporary Philosophical Perspective on Subjectivity*. Beijing：Beijing Normal UP，2013.

［贺来：《"主体性"的当代哲学视域》，北京：北京师范大学出版社，2013 年。］

Hong，Zicheng. *Writer's Gesture and Self-Awareness*. Beijing：Peking UP，2010.

［洪子诚：《作家姿态与自我意识》，北京：北京大学出版社，2010 年。］

Jia，Chen. "A Self-Inquisitive and Self-Reflective Novel：Peter Handke's *On the Mushroom Mania*." *Masterpieces Review* 20（2018）：15‑17.

［贾晨：《一部寻找与自我反思的小说——论彼得·汉德克长篇小说〈试论蘑菇痴儿〉》，《名作欣赏》2018 年第 20 期，第 15‑17 页。］

Kundera，Milan. *The Art of the Novel*. Trans. Dong Qiang. Shanghai：Shanghai Translation Publishing House，2014.

［米兰·昆德拉：《小说的艺术》，董强译，上海：上海译文出版社，2014 年。］

Li，Wei，and Lu Jingyi. "From Hegel to Horneth：The'Evolution'Process of Recognition Theory."*Social Sciences Review* 2（2007）：41‑42，47.

［李伟、卢婧一：《从黑格尔到霍耐特——承认理论的"嬗变"过程》，《社科纵横（新理论版）》2007 年第 2 期，第 41 - 42、47 页。］

Liang，Xijiang. "Peter Handke：Defending the Purity of Literature and Language." *Social Science Journal* 12 Nov. 2019：6.

［梁锡江：《彼得·汉德克——捍卫文学与语言的纯净》，《社会科学报》2019 年 11 月 12 日，第 6 版。］

Nie，Jun. "Decomposing Fictitious Narration and Reviving Real Experiences：An Interpretative Analysis of *The Hornets*." *Foreign Literatures* 4 (2012)：150 - 157.

［聂军：《消解虚拟叙事，重现真实感受——解读彼得·汉德克的小说〈大黄蜂〉》，《国外文学》2012 年第 4 期，第 150 - 157 页。］

—. "The Dramatic Art of Peter Handke." *Journal of Tongji University* (Social Science Edition) 6 (2018)：10 - 21.

［聂军：《汉德克的戏剧艺术》，《同济大学学报（社会科学版）》2018 年第 6 期，第 10 - 21 页。］

Shusterman，Richard. *Body Consciousness：A Philosophy of Mindfulness and Somaesthetics*. Trans. Cheng Xiangzhan. Beijing：The Commercial Press，2011.

［理查德·舒斯特曼：《身体意识与身体美学》，程相占译，北京：商务印书馆，2011 年。］

Zhang，Guofeng. "The Gate of Heaven Has Closed：Perter Handke and His Creation." *World Literature* 3 (1992)：289 - 303.

［章国峰：《天堂的大门已经关闭——彼得·汉德克及其创作》，《世界文学》1992 年第 3 期，第 289 - 303 页。］

作者简介：韩伟，西安外国语大学中国语言文学学院教授；郑睿，西北师范大学文学院博士生。

论约翰·阿什伯利"图说诗"的多元同构

张慧馨　彭　予

"图说诗"（ekphrasis）本是古希腊论辩术中的一种修辞工具，源自古希腊修辞术语"ekphassein"，"ek"意为"出来"，"phrasis"意为"说"，合之即为"全部说出来"（telling in full），其主要功能是通过调动听众的视觉想象进行更加有力的辩说；后来，图说诗被引进文学创作中，在借用了原有的修辞释义的基础上引申为让图说话，常用于与视觉艺术（绘画、雕塑、工艺品等）相关的文体（如诗歌）中（Fischer 2；Loizeaux 12－13）。传统意义上讲，图说诗是对视觉艺术的文字转换、注解和阐释，以使静态、沉默、不在场的艺术形式获得动态、有声、在场的言说，侧重于语言艺术对视觉艺术的模仿性再现，是自亚里士多德以来的模仿艺术的延伸——一种模仿艺术的艺术。在文学创作实践中，使视觉艺术得到诗化的阐发一直都是诗人们的关注点，荷马（Homer）、夏尔·皮埃尔·波德莱尔（Charles Pierre Baudelaire）、约翰·济慈（John Keats）等都曾为视觉艺术立言。进入 20 世纪，诗人们对视觉艺术表现出更加浓厚的兴趣，原因有二：其一，随着 20 世纪图像技术（摄影、电影等）的飞速发展，诗人如常人一样生活在无处不在的图形中，因此不可能漠视图像世界的存在，也愈加重视图像世界为其诗歌创作提供的素材；其二，诗歌的读者群体在逐渐缩小，而图说诗的对话性有利于恢复诗歌的交流功能，因此诗画的联姻为诗歌挽回了读者（Loizeaux 3－6）。可以这么说，视觉艺术将视觉体验带进语言体系，诱发诗人们去挣脱"语言的囚笼"，去发现语言表达的多重维度，有利于延伸诗歌创作的疆域，为诗人们摆脱封闭的艺术形式、探索新的艺术形式提供了可能性，同时也为诗人们摆脱程式化的现实、探讨新的现实提供了可能性。为此，很多诗人都尝试过图说诗的艺术，包括 W. H. 奥登（W. H. Auden）、华莱士·史蒂文斯（Wallace Stevens）、安妮·塞克斯顿（Anne Sexton）等。这已是"世界图象［像］的时代"（海德格尔 885）发展之应然。而在这些诗人中，尤以约翰·阿什伯利（John Ashbery，1927—2017）最为出众。

阿什伯利诗歌的图说倾向始于他本人对绘画的兴趣。阿什伯利自幼习画，成年后，他不仅有一群热爱绘画的诗人朋友，还有一群画家朋友。他们经常在位于纽约的"雪松酒吧"（Cedar Tavern）聚会，分享彼此的创作，成了阿什伯利寻求诗画联姻的契机。此外，他还担任过很多期刊的艺术评论员，这样的职业经历也极大地丰富了他对艺术世界的认知。正是基于其自身艺术修养、朋友圈的合作以及职业身份，阿什伯利得以创作出相较于其他诗人来讲更多的图说诗，如《凸面镜中的自画像》（"Self-Portrait in a Convex Mirror"）、《网球场宣誓》（"The Tennis Court Oath"）、《春天的双重梦想》("The Double Dream of Spring")、《奔跑的女孩》("Girls on the Run")等。当然,能让阿什伯利图说诗出众的并不仅仅是数量上的多寡,而在于他以传统的图说诗样式进行着一种后现代式的多元同构。传统的图说诗从"模仿"原则出发,是自然主义、现实主义式的再现,肯定了视觉艺术与语言艺术在再现过程中的对等性、稳定性,也确保了再现双方的二元等级关系,这意味着视觉艺术作为被模仿之物要高于实施模仿的语言艺术。如是,诗歌所诉诸的视觉形象往往占据着一种"图腾"的地位,诗歌对视觉形象的仿拟也总是亦步亦趋,而"逼真性"就是判断仿拟合格的标准。这种情形莫过于用贺拉斯(Horace)的"画如此,诗亦然"(ut pictura poesis)来形容,其中诗歌表达了对已然存在的视觉艺术的膜拜,其作用主要在于延续视觉艺术的生命,因此与视觉艺术相比难免会处于劣等地位,即使有些图说诗掺杂了诗人个人的想象,那也总是在原作基础上的生发。然而,阿什伯利的图说诗却拒绝了"图腾、膜拜、逼真性、等级化"。在他的图说诗中,诗画之间并不是孰优孰劣(或一方再现了另一方)的二元等级关系。进言之,阿什伯利既不认同贺拉斯视诗歌与绘画为难以分割的姐妹艺术的"诗画同质观",也不完全依附于莱辛(Lessing)的诗歌与艺术彼此难以交融的"诗画异质观"。他的图说诗作为诗歌与绘画的合体,体现更多的是一种多元性的态势,其中传统与先锋交汇,视觉与幻觉互动,自我与他者共谋。

一、"省略/循回"——传统与先锋的交汇

雅克·德里达(Jacques Derrida)曾用法语词"ellipse"的双重含义(一指省略,二指循回)来论证书写过程中所包含的矛盾的二

等分，认为书写"一方面凸显的是书的关闭，另一方面则是文本的开始"（德里达 526）。这表明了德里达对传统与创新的态度。作家创作活动的革新性是在不断地回归传统继而又抛弃传统中实现的，是对传统的省略，也是在传统基础上的循环，在这个过程中传统被"播撒"（disseminate）开来，留下"踪迹"（trace），在新的语境中以另一种面貌"延异"（différer）下去。若以德里达"省略/循回"的标准断之，阿什伯利的"图说诗"可以说就是一种"省略/循环"：一方面它源自传统，向传统回归；另一方面，它偏离了传统，召唤了先锋。

如前所述，图说诗不仅历史源远流长，还调动了对已然存在作品的记忆，表达了对过去艺术、艺术家的致敬，必然会诉诸传统，成为传统艺术的一部分。的确，阿什伯利的图说诗无一不追溯到过去的艺术。然而，他并没有在传统的语境中停滞不前。他总是试图斩断源头，把传统从过去的语境中剥离开，将其嵌套在当下的语境中，通过传统与先锋的交汇，进行一种差异化的游戏，引出新的结构，从而带来阅读的震惊。

《凸面镜中的自画像》即是一例。该诗仿拟的是 16 世纪意大利文艺复兴晚期画家弗朗西斯科·帕米家尼诺（Francesco Parmigianino）的同名画作。这幅画描摹了凸面镜对画家本人面庞的投像，因而画像自身就是二次模仿的产物。通常情况下，诗歌标题指向了诗歌内容，起到对内容的阐释作用，会引导读者去想象一首诗呈现了什么。阿什伯利对原画标题未加修饰的挪用就给读者带来很大的期待，使读者以为此诗遵循了传统图说诗里的再现原则。而当深入阅读后，读者才会发现"文不对题"，因为这首源于传统的诗歌却时不时地对传统进行着质询。这包括对画家的质询，当诗人说"谁的弯曲的手操纵了，/弗朗西斯科"（Ashbery，

Collected Poems 476）时，实际上在怀疑画家作画行为的客观性；它也包括对画像形象的质询，因为画像只是"选择反映自己所看到的/那已满足了他的目的"（474），言外之意是画像只是被主体化的客体；还包括对传统自身的质询，通过"纯粹肯定并未肯定任何东西"（476），诗人想表明的是"诗画同质"这个传统命题仅仅是个幻觉。足见，在这首图说诗里"能说的不仅是图，图说的也未必如图所示"（张慧馨、彭予 148）。正因如此，这首诗一直以形式上的散漫来挑战着读者的阅读神经，好比在欣赏抽象表现主义绘画时所经历到的一样，让人无法以一种期待的眼光去审视。全诗总是处在毫无方向的跳跃之中，当一个意义趋于清晰时，却又突兀地一转，切换到另一个角度，产生新的意义，抑或什么意义也不会产生。而在诗体上，该诗虽然被划分为六个部分，但各个部分都没有遵循惯常的诗节划分，每个部分与相邻两个部分也没有关联。诗行之间及诗行内部更是缺乏合规的语法排列。综合来看，这首源自传统艺术的图说诗实则显示出先锋派文学的特质，"破坏艺术和社会话语中已被人们接受的规范和繁文缛节，创造不断更新的艺术形式和风格……往往表现为对现存秩序的'异化'"（艾布拉姆斯、哈珀姆 455）。

二、"梦歌"——视觉与幻觉的互动

阿什伯利曾在超现实主义发源地法国旅居十年（1956—1965），其间他翻译过很多超现实风格的诗作，也为很多超现实风格的绘画写过艺术评论，去法国前后他还与受超现实主义影响的抽象表现主义画家们有着密切的往来，因此他的诗歌无意识中就打上了超现实主义的烙印。由安德烈·布勒东（André Breton）所提出的"超现实主义"（Surrealism）受西格蒙德·弗洛伊德（Sigmund Freud）思想的启发，相信"最清晰的感官享受就源于幻觉或幻想"（布勒东 11），强调"纯粹的精神无意识活动……建立在相信现实，相信梦幻全能"（32）的基础之上，试图将"梦和现实这两种状态分解成某种绝对的现实，或某种超现实"（19 - 20）。因此，"示梦"成为所有超现实主义作品的共同特征。阿什伯利的诗歌就强烈地表现出对"梦境"的追寻。著名评论家帕洛夫（Marjorie Perloff）称他的诗是"梦歌"（dream songs），不过他关心的不是做了什么梦，而是梦是如何展开的，萦绕于其脑际的不是梦到了什么人或事，而是梦的结构（248，252）。

"梦歌"在《春天的双重梦幻》一诗中有明显的体现。该诗的标题来自意大利画家乔治·德·基里科（Giorgio de Chirico）的同名画作。原画由两幅嵌套的画组成，是一幅典型的超现实风格的画，画中人在一个梦里做着一个关于春天的梦，因此这幅"画中画"也成了"梦中梦"，梦幻色彩非常浓厚。阿什伯利对这幅画的选择强调了诗人对追寻梦境的兴趣。在结构上，此诗完整地展示了做梦的过程，从第一诗节的梦起到第二诗节的梦中再到第三诗节的梦后，与原画中梦的意境十分贴切。然而，此诗并不是对画作本身的模仿，而是勾勒了诗人在看到画后所进入的浮想联翩的状态。在诗的开头，诗人说："无序的日子，无意的岁月，用/半张开的双唇去感知/春的气息迎面袭来的方式/前些年我一直都在想这些/但现在想也没用。歌已唱完：/这已成故事。"（Ashbery, *Collected Poems* 202）"无序的日子，无意的岁月"作为无主句的第一行为全诗的梦境增添了一丝神秘的气氛，暗指诗中人自我意识混乱，致其在现实与梦境之间摆动不定，时而清醒、时而混沌。而"这已成故事"好像要为这首刚刚开始的诗画一个句号，因为这说明诗中人已经脱离了梦境状态并回到现实中。不过,诗人紧接着就以画中人走向岸边来描摹画中的视觉图景。水一般被当成无意识的象征,陆地则象征了意识,岸边介于水和陆地之间,就成了意识与无意识之间的过渡状态,从走向岸边起,画中人开始了自己的梦境。但是,当诗人说"我们返回/要看看梦中的彼此"(202)时,又把诗中人带进了画中人的梦境中,诗中人与画中人由此相遇,他们或许是在画中人的水中世界里"任船蒿向外拨动/搅起水面的微波"(202),又或许是在诗中人的陆地世界里猜想"是树液/流经树干/让它发的芽都姿态各异吗?"(202)。不管哪种情况,呈现于诗中人眼前的视觉图景与画中人的幻觉梦景都交织在了一起,混淆了视幻的界限。最后,《春天的双重梦幻》的诗中人在"火车的轰鸣中"(203)返回陆地,到达了"旅程的终点"(203),就此告别了画中人,也结束了在画中人梦境中的神游。此刻,若再审视一下标题中的"双重梦幻",很难让人分辨到底是诗中人的还是画中人的梦。而标题中的"春天"以"复苏、生机"的原始形象更加暗示是画里的梦引发了诗人的梦。显而易见,整首诗在"视觉—幻觉—视觉—幻觉"的模式中铺开。原画的视觉形象激发了诗人的视觉想象,调动起诗中人参与到画中视觉形象的创构,同时把其拉进画中人的幻觉梦境中。因此,这首源自模仿的诗歌,实际上却背离了模仿,诗人对原作视觉图像的认知最终幻化成个体幻觉的展示,表现出诗人自我意识和无意识世界的混合。

其实,由印象主义始发到超现实主义再到抽象表现主义,所有现当代的艺术尽管方式不一,却目标一致,那就是去表现而不是模仿、去展示过程而不是探究结果、去揭露内心意识而不是呈现外在世界(Friedman 201),从而将艺术从对客体的膜拜转向对主体的超越。同样,阿什伯利也把诗歌当成一个自我表现的世界,而不是模仿的世界。他从画作的视觉形象出发，最后却逃离了这个视觉形象，这是对模仿既定现实的反抗，也是对追求自由的渴望，只不过所使用的方式比较隐蔽，难以辨识，其直接表象就是文字表面的晦涩。在《春天的双重梦幻》中，阿什伯利沿用了他一贯的行文方式，诗行给人的视觉感总是断裂的、破碎的、非线性的，这些很难用理性去把握的言语现象是诗人在超现实主义作品里普遍奉行的"自动写作"（automatic writing）的状态下完成的，实质上都是诗人无意识的自然流露。可以这么认为，他写的诗就好像"画了一幅非再现性的画"（Pinsky 79），好比波洛克（Jackson Pollock）的画布所展示的绘画世界，在以无意识的方式表现出幻觉的意境。

三、"经验的经验"——自我与他者的共谋

依据图说诗在希腊语中的"说出来"之原意，图说诗本身含有对话性，即视觉艺术借助于语言艺术取得与观者（读者）的交流。为取得交流的合法性，语言艺术须比视觉艺术逼真，视觉艺术因之取得压倒语言艺术的权威，语言艺术也因之成为低于视觉艺术的他者。然而，阿什伯利的诗歌显示出如此自我和他者的二元对立模式并不存在，我们更多看到的是多元性的并存。首先，阿什伯利往往不会做诗歌的主宰来独自阐释视觉图景，而总是引入其他艺评家对画的评价。在这个过程中诗人不仅仅在与画家对话，也在与其他艺评家对话，这源于他作为一个职业艺评家的敏感性，如诗人所言，"我经常无意识地用各种不同的声音……因为我喜欢这种音乐式的复调性"（qtd. in Richardson 38）。其次，阿什伯利的诗歌成分是混杂的，缺乏阐释的中心，拒绝建立一维的解释。这在其《连祷》（"Litany"）一诗中得到证实，诗中说"各式观点，各种细节/

都可能重要"(Ashbery, *Collected Poems* 605)，而他的诗歌就是要向各种可能性敞开，去引导读者探究意义而不是由诗人决定意义。正是出于这些原因，原本是两件作品(诗与画)的对话转化成多件作品(诗、画、评价)之间的对话，原本是诗人与画家的对话转化成诗人、画家、艺评家、隐含读者的对话。而阅读他的诗歌就好比走进了一个聊天室，可以听到各种声音此起彼伏，其中诗人的自我身份被抹平，取而代之的是多元化的身份建构，书写的不是诗人个体的经验，而是普遍的经验。一言以概之，书写的是"经验的经验"(Poulin 245)。

在《奔跑的女孩》中，诗人就是有意识地通过合并个人话语和公众话语来做到这一点的。全诗共 55 页，是阿什伯利创作的最长的一首图说诗，仿拟的是美国局外艺术家(the outsider artist)亨利·达戈(Henry Darger)的插图小说《不真实的国度》(*In the Realms of the Unreal*)。这是一部虚构的小说，其中以图文形式描绘了一群薇薇安的女孩们(the Vivian Girls)如何在各种各样英雄的帮助下反击侵略者格兰德利尼亚人(Glandelinians)。尽管目前对达戈这部作品的介绍多会援引阿什伯利在《奔跑的女孩》中的诗行，但是阿什伯利从达戈的作品中拿来的除了"薇薇安女孩们的故事"这一点外，其实并没有对原作进行模仿(Vincent 131)。比如这几行："有时她们的性状况很污秽；/有时，我们的日子也会/等着来些各种各样的小乐子。"(Ashbery, *Girls on the Run* 13)第一行还算是对达戈绘画的描写，说这些女孩赤身裸体且有男性器官的不雅模样，这或许是她们的小乐子，但是第二行转而描述我们的小乐子，仿佛这个乐子并不与"她们"有关，而是与"我们"相关。这样一来，诗人通过混淆代词，抹消了他者与自我的区分，他者可以进入自我，融进"我们"，"我们"也可以变成他者，成为"她们"。言外之意是，我们与她们有着共同的处境，她们所经历的也会成为我们的经历，所以阅读就是要卷进读者的参与，使其感同身受。

《网球场宣誓》也是这样一首让人感同身受的诗。该诗的标题本身意思含混，因为"网球场宣誓"既是法国资产阶级大革命期间第三等级代表在凡尔赛宫室内网球场发誓这一历史事件，又是法国画家雅克-路易·大卫（Jacques-Louis David）针对这一历史事件所创作的油画。这样一来，阿什伯利这部诗集的标题就集合了实虚两个维度，同时指涉历史上所发生的真实事件与画家想象出来的艺术世界。而当读者期待着能够从诗中读到什么"大事儿"时，却会感到更加不知所措。这是因为这首诗并没有直截了当地描述历史事件（或画中形象）。且看前四行："你一直以来都想过什么/任脸颊鲜血横流/把天国圣地染污/我会像水一样继续爱你。"（Ashbery，*Collected Poems* 43）这几行基本上代表了全诗乃至整个诗集的写作风格——句法破碎、类比突兀、随意拼贴、意识混乱。不过，联系到此诗最后所说的"病人说完了"（44），我们还是可以得到一丝慰藉的，因为这说明前面那些让人费解的诗行其实是一个精神错乱的病人的呓语，他的世界是恐怖的（"任脸颊鲜血横流"）、混乱的（"把天国圣地染污"）、变态的（"像水一样继续爱你"）。病人的梦呓世界隐约中暗合了法国大革命，好似他身临其境地参与了革命里的血雨腥风。在这里，诗人避免直接描摹画中图景的意图十分明了，那就是借用疯子的世界来隐喻革命的场景，由此把革命这个特定的经验转换成每个人都会经历的普遍经验。

结语

20 世纪 60 年代，美国诗歌评论界爆发了著名的"诗选之争"，这集中反映出文学界（或文学评论界）一直延续的"二元对立"的思维模式，即学院派/垮掉派、生诗/熟诗、主流/先锋、诗歌左派/诗歌右派等（Fischer 6）。幸运的是，阿什伯利却未受此纷争之扰。这并不是说他没有卷入纷争，而是说他深受争论双方的宠爱——他既被代表学院派的唐纳德·霍尔（Donald Hall）选中，又被代表反学院派的唐纳德·艾伦（Donald Allen）选中。更加幸运的是，他也是同时被争论双方所选中的少数几个诗人之一。阿什伯利之所以会获得如此"厚待"，很大程度上源于其诗歌的多元化倾向，这一倾向使其难以被归类，因为每一元似乎都会有他的身影，他本人也是拒绝被归类的，他总是尝试使用不同的声音、形式、素材，以逃离那个被设定好的诗人形象，而图说诗就是展示这种多元化态势的最好的舞台。通过图说诗的样式，阿什伯利将诗歌拉出了纯语言的范畴，在诗歌与绘画跨界合作的基础上，又进一步超越了传统图说诗所设定的二元性的诗画世界，实现了诗画的多元性互振——这既是对传统的坚守，又是对先锋的追求；既模仿了视觉形象，又展示了幻觉意境；既道出了自我的声音，又彰显了他者的存在。正是在这个意义上，阿什伯利才超越了对诗歌和绘画关系的简单思考，最终将后现代社会的多元化展露无遗：它试图扬弃二元对立的思维模式，在认同差异性、异质性的基础上，鼓励他者的转化、边缘的流动、多方的融合，以此消弭各种分野、等级，最终将权威、霸权、中心拉下神坛。

引用文献（Works Cited）

Abrams, Meyer Howard, and Geoffrey Galt Harpham. *A Glossary of Literary Terms*. 10th. Trans. and Ed. Wu Songjiang, et al. Beijing: Peking UP, 2014.

［M. H. 艾布拉姆斯、杰弗里·高尔特·哈珀姆:《文学术语词典》(第 10
版),吴松江等编译,北京:北京大学出版社,2014 年。］

Ashbery, John. *Girls on the Run : A Poem.* New York: Farrar Straus &
Girous, 1999.

—. *John Ashbery : Collected Poems* 1956 - 1987. Ed. Mark Ford. New
York: The Library of America, 2008.

Breton, André. *Manifestoes of Surrealism.* Trans. Yuan Junsheng.
Chongqing: Chongqing UP, 2010.

［安德烈·布勒东:《超现实主义宣言》,袁俊生译,重庆:重庆大学出版社,
2010 年。］

Derrida, Jacques. *Writing and Difference* (II). Trans. Zhang Ning.
Beijing: SDX Joint Publishing Company, 2001.

［德里达:《书写与差异》(下册),张宁译,北京:三联书店,2001 年。］

Fischer, Barbara K. *Museum Mediations : Reframing Ekphrasis in
Contemporary American Poetry.* New York: Routledge, 2006.

Friedman, Carmel. *The New York School of Poetry.* New York: Columbia
UP, 1984.

Heidegger, Martin. *Selected Essays by Martin Heidegger.* Trans. Sun
Zhouxing. Shanghai: SDX Joint Publishing Company, 1996.

［海德格尔:《海德格尔选集》,孙周兴译,上海:三联书店,1996 年。］

Loizeaux, Elizabeth Bergmann. *Twentieth-Century Poetry and the Visual
Arts.* New York: Cambridge UP, 2008.

Perloff, Marjorie. *The Poetics of Indeterminacy.* Princeton: Princeton UP,
1981.

Pinsky, Robert. *The Situation of Poetry : Contemporary Poetry and Its
Traditions.* Princeton: Princeton UP, 1976.

Poulin, A. , Jr. "The Experience of Experience: A Conversation with John
Ashbery. " *Michigan Quarterly Review* 20. 3 (1981): 244 - 255.

Richardson, Matthew. "Rhetorical Hybridity: Ashbery, Bernstein and the Poetics of Citation." Diss. The Ohio State University, 2001.

Vincent, John Emil. *John Ashbery and You: His Later Books*. Athens and London: U of Georgia P, 2007.

Zhang, Huixin, and Peng Yu. "The Deconstructive Writing in 'Self-Portrait in a Convex Mirror'." *Journal of PLA University of Foreign Languages* 6 (2017): 142 – 149.

［张慧馨、彭予:《〈凸面镜中的自画像〉的解构书写》,《解放军外国语学院学报》2017 年第 6 期,第 142 – 149 页。］

作者简介:张慧馨,北京航空航天大学外国语学院博士生;彭予,北京航空航天大学外国语学院教授。

族裔与身份

论扎迪·史密斯新作《摇摆时光》
的叙事伦理和身份政治

——兼谈史密斯小说创作美学

王 卓

2016 年英国女作家扎迪·史密斯(Zadie Smith, 1975—)出版了她的第五部小说《摇摆时光》(*Swing Time*)。评论者们不约而同地注意到该小说的两个特点:其一,史密斯在这部作品中首次采用了第一人称叙事(Eugenides);其二,这是"一部宏大的社会小说"(Charles)。的确,与此前的四部小说一样,《摇摆时光》再次讲述了关于"种族、阶级、性别"的宏大的社会故事(Selasi),从这一意义上说,这部新作保持了史密斯小说一贯的主题内涵和社会文化内涵。这部作品真正与众不同之处还是在于它首次运用了亨利·詹姆斯(Henry James)称为拥有"传奇色彩的特权"的第一人称叙事(331)。其独特的艺术魅力正是源自第一人称叙事和"社会小说"之间巨大的张力。那么，对于笃信"风格正是性格的表现"以及"风格是作家讲述真理之方式"的史密斯来说，这种叙事策略的变化又所为何故呢？她独特的第一人称叙事又与她要讲述的真相和作家的"风格"和"性格"(Smith，"Fail Better")有着怎样的关系呢？在"叙事作为伦理"的视域中，"叙事结构和形式"即"伦理关系"(Newton 1 - 34)。这种叙事视角的改变势必意味着叙事"行为"和"责任"以及人物"主体间性"关系的变化(Newton 7)。本文在"叙事作为伦理"的视域中，从历史考察史密斯独特的第一人称叙事所蕴含的叙事伦理对建构英国当代黑人女性多元身份政治的独特价值以及史密斯创作美学的独特性和变化。

一、"我"是谁：史密斯的第一人称叙事之谜

《摇摆时光》的故事时间跨度长达 20 余载，空间跨度更是从史密斯的读者们熟悉的伦敦西北延展到广袤的西非腹地。小说人物多达数十个，既有黑人，也有白人，更有黑白混血儿，不但种族关系复杂，阶级关系也更为微妙。小说的主线将读者带回"我"的童年时光，并特别聚焦于发生在 1982 年伦敦的故事，讲述了"我"与混血女孩特雷西(Tracey)的交往。小说的副线则聚焦于当下时空，讲述了"我"在漂泊多年之后，成为流行音乐天后艾梅(Aimee)的私人助理，协助她到西非筹办女子学校所经历的种种耐人寻味的冒险。其间还穿插着"我"那位野心勃勃的母亲不同寻常的追梦之旅。整个故事在童年和成年、伦敦西北和西非之间穿梭往复，而由此促生的讲述人"我"的身份寻求既是地方的、当下的，也是全球的、历史的(Eugenides)。

　　前文谈道,这部新作与史密斯此前作品最大之不同在于她首次采用了第一人称叙事。不过此处的第一人称叙事却在很大程度上与传统意义上的第一人称叙事有着本质区别。有评论说,"史密斯的这个第一人称讲述人似乎更感兴趣讲述别人的故事,而不是自己的故事",因此史密斯创造的第一人称讲述人以"最不容易被记住的方式讲述","听起来更像她此前小说中的第三人称[叙事]"(Biggs 31)。荣·查尔斯(Ron Charles)则说得更直接:"她甚至连她[讲述人]的名字都懒得告诉我们。"细读史密斯的前四部小说不难发现,在那些作品中她更倾向于运用"多种声音",而这些声音都被那个既嘲讽又溺爱她的人物的"善意意识"所掌控着(Biggs 32)。然而在她的第一人称叙事中,情况恰恰相反,起到这种掌控作用的是无名讲述人的"中心意识"。这样看来,史密斯的第一人称叙事更为直接继承的是亨利·詹姆斯的衣钵。

　　众所周知,"中心意识"是詹姆斯独特的叙事视角,即所谓的"作家绝对不能直接干预叙事的发展,而只能从一个统一的视角刻画行动"(迪克斯坦 11)。"中心意识"可以"最大限度地降低作家的叙述声音,同时将作为完整有序的'有机体'的小说直接呈现在读者面前,使得阅读的过程与观看戏剧一样,具有直接的戏剧效果"(申丹 115)。当然作为隐藏的叙述者"我"和作为隐身作者的"我"的意识在某种意义上决定了作品的创作动因。而这个动因就是身份追索。对此,史密斯说,书中唯一真的在她身上发生的事情,就是她在西非的独特经历:她遇到的每个人都认为她是白人(Eugenides)。可见,史密斯创作这部作品的初衷和身份不无关系,尤其是流散的英国黑人的身份问题。同时也透露出她身份困惑的原因所在,那就是身份并不是稳定的、单一的,而是相对的、多元的。史密斯的第一人称叙事首秀的初衷是要更好地追寻当代社会中英国黑人更为复杂的身份问题。叙事的这种身份建构性和生产性与史密斯对身份多元性和复杂性的理解和追求不谋而合。对于身份的复杂性,史密斯说:

> 没有一种身份是"无懈可击的",能让你一直在这个世界上从一个正义立场来操演。有时候,在历史的某个时刻,人们认为你的那种身份结束了。以双手抓住那个身份,成为那个人,成为那个无懈可击的正义和诚实的道德的人,一定很有诱惑力。但你知道那是幻觉。(Eugenides)

史密斯对身份的理解也正是保罗·利科(Paul Ricoeur)所说的"塑形的自我"(qtd. in Wood 90)。在利科看来,"塑形的自我"就是讲述人的面具,而"虚构叙事的想象的变体涉及自我性认同和同一性认同之间的变化的关系"(Wood 79)。用哲学家安东尼·科比(Anthony Kerby)的话说就是:"今天的'我'并不一定是明天的'我'。"(34)这就意味着在某种意义上,个人身份是两个极端之间的协商。利科还引用德国哲学家汉娜·阿伦特(Hannah Arendt)的话,对此进一步阐释:"我们只能通过了解他自己是主人公的故事才能知道他是谁或曾经是谁。"(Arendt 86)那么,史密斯是否完成了这一追寻呢?如果完成了,又是如何做到的呢?奥秘就在于这个独特的第一人称叙事使得自我在三个维度中分别加以呈现,即时间维度、他者维度和伦理维度,并由此更为深刻地诠释了史密斯本人的小说创作美学。

二、"摇摆"时光：时光之轴中的自我

与史密斯的上一部小说《西北》由 5 个空间概念组成章节不同（王卓，《"主""客"之困》100），《摇摆时光》由 7 个时间概念构成的章节组成，每个部分的名字都标示着时间的流逝。其实小说的标题就已然清晰地道出了史密斯在这部小说中把玩的时间策略。尽管史密斯曾豪放地说，她不太在小说的题目上浪费心思（Smith and Moo），但毫无疑问，"摇摆时光"这一标题匠心独具。从语用学的角度来说，这一标题具有"语言模糊性"的特点，从文化编码和语言编码两个层面传递出不同的含义；从文化层面而言，《摇摆时光》指的是 1936 年风靡美国的同名音乐剧；从语言层面而言，"摇摆"（swing）和"时光"（time）之间形成动宾结构，具有使时光摇曳、摆动、穿梭的意味（Eugenides）。

然而无论是文化编码还是语言编码，它们在一点上传递的含义惊人地一致，那就是为这部小说独特的第一人称叙事确立一个往返自由的时间之轴。从讲述人"我"的人生体验而言，小说开篇即故事的结局。人生处于低谷的"我"再次观看了童年时代看过多次的音乐电影《摇摆时光》。主演弗雷德·阿斯坦（Fred Astaire）和三个巨大的影子一起跳着踢踏舞，而作为观众的"我"在这个光与影的游戏中，有了一种全新的体验："我"感觉到自己的身体变得轻盈无比，一种幸福感油然而生。接下来的描写事实上铺陈了这部小说第一人称叙事的特点：

> 我感觉正失去自己的物质存在，超越了我的身体，从一个盘桓于上的很遥远的点审视我的生命。这让我想起人们描写

引起幻觉的吸食毒品的经历的方式。一时间我看到了自己的一生，但它们不是一个叠加一个，也不是一个经历接着一个经历，构建起某种物质——恰恰相反。一条真理揭示出来：我总是试图让自己依附于他人的光芒，我从来未曾有过自己的阳光。我的经历就是一道阴影。（4）

可见，史密斯在这部作品中设立的时间之轴并非线性的，而是对她自己所言的"时间层"的艺术化处理（qtd. in Fisher 83）。历史不再是一个接一个发生的顺序时间流，而是一股脑地全都呈现在人们眼前。在时光的穿梭中，"我"仿佛处于巴赫金的"时空连续体"中心，一双"观察的眼睛"似乎看到了黑人族群的前世今生（王卓，《一双"观察的眼睛"在述说》93），而这前世今生又在"我"所处的当下汇聚，成为为何在 21 世纪的今天，种族问题依旧是英国社会的核心问题的有效注释。

时间坐标在通常意义上往往指的是此时和彼时之间的距离，是反思性叙事的物质基础。这种向后看，审视过去的过程可以纠正当下的短视，让我们看到早先看不到或者不愿意看到的事物（Freeman 65 - 66）。然而这还只是在个人层面上的反思性叙事。由于拥有游走于当下和过去的特权，"我"对黑人历史的审视具有独特的当下和历史的双重维度。小说中的"老鹰捉小鸡"桥段就是这一双重维度的典型代表。成年后的"我"回忆了上小学时同学们喜欢做的"老鹰捉小鸡"游戏。这个看似单纯的儿童游戏却蕴含着颇为丰富的社会文化内容，尤其是性别和种族差异。这项个人回忆中的童年时期的游戏，由于有了成年后的反思，呈现出更为丰富的社会文化内涵。很多评论家注意到这一桥段的深刻寓意。杰弗里·尤金尼德斯（Jeffrey Eugenides）曾言："这就是殖民主义如何进入小说,不是通过讲述人重述它在西非,而是更为恐怖,在 20 世纪 80 年代早期,在英国学校的教室里的变形和等级。她[讲述人]的男同学都明白,只有黑人女孩的内裤可以被他们扯掉,而黑人女孩在性意识形成之前,就把这个作为事情的自然秩序接受了。"童年的生活和成年的反思在时间的穿梭中彼此呼应。或者说时间距离赋予了成年后的"我"一种独特的批评视野和权威,在某种程度上是身为评论家的史密斯的思想在小说中的投射。史密斯本人在谈到这个桥段时曾言,"这样的事情不会消失","他们不会消失"(Eugenides)。而此种反思其实正是小说中成年后的"我"的"中心意识"。这个童年的游戏由于宏大的历史空间和广袤的社会空间而呈现得层次多元,内涵丰富,并在某种程度上印证了英国社会学家彼得·弗莱尔(Peter Fryer)所言,"种族主义是一步一步被体制化、合法化、全民化的"(381)。史密斯内心渴望一个"超越种族纷争"的世界,但同时她也越来越清醒地意识到,这种纷争也许永远无法彻底消除,而是在不同时代会以各种变体的形式出现。

三、"我"和"影子":他者之轴中的自我

在《西北》中,史密斯为她的人物设定了两个参照系,一个是空间维度,另一个是人际维度(王卓,《"主""客"之困》99 - 105)。在《摇摆时光》中,空间维度变成了时间维度,但人际关系维度以更为复杂的方式保留下来。《摇摆时光》似乎讲述的就是双重故事,更为具体地说,是关于关系和对比,比如对立的种族、阶级、世界观和意识形态等,而人物的身份就是通过这一系列"主体间性关系"的符号来塑形的(Tew 56)。正如有评论所言,史密斯的作品反映了一种社会和文化传统与另一种社会和文化传统相碰撞时所产生的

复杂关系。这种双重故事其实也是她所有作品的特点。而在这部小说中，这种双重故事构建的人际关系维度主要体现在"我"和其他三位女性，即特雷西、艾梅、母亲这三个女人之间的恩恩怨怨，聚散离合之中。然而史密斯独特的第一人称叙事使这三个女人的故事都演化成"我"的故事，是"我"的故事的一个侧面。

这种人物关系的相对性在小说开篇就用影子的意象表达出来。"我"看着屏幕上"弗雷德·阿斯坦和三个剪影一起舞蹈"，而这种"光明和黑暗之间的相互作用"让"我"弄懂了一个真理："我"一直试图让自己依附于别人的光芒，却从来未曾有过自己的光芒，正如电影中的"影子"(4)，而"接下来的自我的故事是通过他者的故事讲述的，就像得益于影子"(Tortorici 32 - 34)。从这个角度来看，"我"其实是所有女性人物的对立面，或者说"我"和其他女性人物互为参照系。在众多的人物关系中，有一点值得注意：尽管讲述人的父亲位于这部书的心理创伤的中心地带，这却首先是一部关于女人，关于她们的友谊、忠诚和背叛的书。"我"的记忆空间首先是为矛盾的特雷西准备的，然后是为野心勃勃的母亲和肤浅刻薄的艾梅准备的(Greenidge 197)。这是一个"我"和女人们的王国。

在这部小说创造的所有"奇迹"中，特雷西是最伟大的一个。用史密斯的话说就是，"特雷西是一种力量"(198)。从各个方面看，"我"几乎都是特雷西的对立面。很多评论家在这部小说中首先注意到我和特雷西友谊的主线。尽管事实上这个认知极大地简单化了这部复杂的小说，但它足以说明该线索的重要性。这条线索把我们带回到1982年讲述人的童年时代，也是她第一次遇到特雷西的时光。"我"回忆说，两人之所以一下子就成为朋友，是因为"我们的棕色的肤色一模一样"，"好像一块棕褐色的材料一分为二创造了我们两个"(9)。史密斯以复杂的,融怀旧、幽默、伤感为一体的张力记录了这种相互吸引。美国评论家亚历山德拉·施瓦茨(Alexandra Schwartz)说:"这部小说为她偏爱的主题带来了富有穿透力的聚焦:努力把全然不同的经历的线索编织到一个关于自我的连贯的故事中。"而史密斯就是通过讲述他人的故事来讲述自我的,从而形成了一种独特的双胞胎效应。评论家刘易斯·麦克劳德(Lewis MacLeod)曾言,史密斯的双胞胎"编码了多种多样的宗教和阶级的对立"(162),而这一对立在《摇摆时光》中发展到了极致。

　　特雷西和"我"之间友谊形成的基础是肤色,或者说是种族,而两人的关系则破裂于阶级差别。尽管都是黑白混血女孩,两人却由于家庭背景的不同经历着完全不同的生活。"我"的母亲野心勃勃,不断求学、竞选,相信终有一天她和她的家人会"摆脱这里",并最终成为议员(10)。而特雷西的母亲却甘于平庸,一直没有能够改变自己和家庭的命运。由于阶级地位低下,特雷西是所有女孩的公敌,无论是黑人、白人还是棕色人种。这种阶级的差别事实上在生活中无处不在。"丢钱事件"就很能说明问题。"我"和特雷西被邀请参加一次社区义演,演出之后,却发现募捐而来的钱不翼而飞。"我的清白从一开始就被认定了",而特雷西却从一开始就成为被怀疑对象(280)。这种人物对立之所以如此震撼,一个主要原因就是在于史密斯让人最基本的内核,也就是人的自我,呈现出对立性。而这种对立性是通过讲述他者故事来实现的。事实上,特雷西、母亲和艾梅这三个女人都是"我",又都不是"我",或者说是"我"现实中的对立面,也可能是"我"心理深渊中最真实的自我。这种"我"的讲述方式讲述的并非自己的故事,而是一个复杂的、混合的"我们"的故事(Schwartz),从而把这部似乎由小女儿的个人小情绪开始讲述的故事变成了"一部宏大的社会小说"（Charles）。

四、"失败得体面点"：伦理之轴中的自我

是什么动因使得史密斯的自我书写带有了历史维度和人际关系维度呢？戴纳·托尔托里奇（Dayna Tortorici）在谈到史密斯不同寻常的第一人称叙事时说，要想真正理解这个第一人称叙事，我们可能需要在"文本之外寻找答案"，或者更确切地说，"在史密斯最鲜明的第一人称叙事：她的批评中"寻找答案（34）。托尔托里奇打开了一个正确理解史密斯第一人称叙事的方式。史密斯是当代最好的、最"敏锐的批评家"之一（Childs and Green 42），而她把文论中指导性的、富有感染性的声音移植到了《摇摆时光》之中。从某种意义上说，"《摇摆时光》是为小说设定的批评，正如舞蹈是为音乐设定的一样。一个补充、激活另一个"（Tortorici 34）。

托尔托里奇对《摇摆时光》的这个定位，即为"小说设定的批评"，一语道出了这部小说第一人称叙事的另一个特点，那就是作为批评家的史密斯的声音时隐时现，并在一定程度上赋予了这部小说一个伦理维度，那就是关于小说的叙事伦理。马克·弗里曼（Mark Freeman）认为时间之轴和他者之轴是破解"身份之谜"的关键（49）。在某种意义上说，的确如此。但无论是时间之轴还是他者之轴，都是关系之轴，从本质上说都是伦理之轴。事实上，这个在时间之轴和他者之轴的双重坐标中塑形的自我，这个带有历史维度、社会维度的自我才是史密斯一直珍视的自我的"文化真实性"（Smith，"Fail Better"）。而讲述这种真实对史密斯而言，不仅关乎美学，更关于伦理，是"美学方式"和"伦理关注"的双重力量（Childs and Green 1）。借用史密斯习惯的表述方式就是，如果

"你没有讲述真相",那么就是"一种美学和伦理的失败"(Smith,"Fail Better")。

史密斯的这种美学伦理意识是 21 世纪新伦理转向的一个重要组成部分。21 世纪之初,一批学者掀起了一场关于伦理的争论,不过这一次不是伦理问题是否应该被追求,而是这种新的伦理追求如何才能最好地进行(Hale,"Fiction as Restriction" 188)。对史密斯而言,这种美学和伦理之间的张力主要体现为"他性美学"和"文化真实性"之间的辩证统一。在 20 世纪初定义英美小说的"他性美学"根植于一种伦理信念,那就是当小说最大化他者,而不是作者本人的社会身份再现时,小说才最好地实现了其文类的潜力(Hale,"Aesthetics and the New Ethics" 896 - 905)。而"他性美学"的关键是"表现"而不是"讲述"(Booth 3 - 16)。史密斯正是在这一点上成功融入了英美小说"他性美学"的生产之中。正如多萝西·J. 黑尔(Dorothy J. Hale)所言,"小说家[扎迪·史密斯]似乎能成功地从她本人的社会世界的个人经历中获取一种他人经历的客观的社会世界"("On Beauty as Beautiful" 819)。从某种意义上说,史密斯的小说体现的正是黑尔所倡导的融亨利·詹姆斯和巴赫金为一体的"社会形式主义"(Hale, Social Formalism)。

可以说,《摇摆时光》正是史密斯试图在"表现"和"讲述"之间求得平衡的尝试。一方面带有"中心意识"特点的"我"的讲述的确弱化了作者的声音,但另一方面在时光之轴和他者之轴上的滑动赋予了讲述人得天独厚的观察、诠释的特权。这个声音不仅具有回望过去,体验当下的特权,同时也具有品评他人行为,体现关系谱系的特权,并在这个时间之维和他者之维织就的关系网中,既最大化了他者,最小化了作者,又牢牢掌控了小说世界的伦理秩序,把作者的伦理选择有效传递给人物和读者。从这一意义上看,《摇摆时光》的第一人称叙事其实正是史密斯在真正参透了他性美学、文化真实性、叙事伦理之间的内在统一性之后的一种自信的尝试。史密斯的文学批评从本质上说是一种典型的伦理批评。时间之轴、他者之轴的设定其实都是一种建构他者关系、作者社会责任和社会身份维度的尝试。史密斯的伦理批评与传统的伦理批评不同之处在于她不再以作者的主观判断传递伦理价值，而是把这种价值本身赋予了小说的形式、叙事和声音，使得这些"文学动力"成为创造文本意义的原初动力（Perry 35）。这一点再次继承了亨利·詹姆斯的衣钵。对亨利·詹姆斯而言，伦理美德作为一种形式内在于小说，它不仅赋予小说生命，更赋予它"一种生活"（311）。叙事伦理关乎叙事的"主体间性的动力"以及它们的伦理内涵，独立于它们可能引发或者可能被赋予的"道德释义"（Newton 32 - 33）。而此种动力常常由内在的"伦理-文本原则"所促发（Newton 32 - 33）。史密斯的《摇摆时光》在某种程度上正是这种内在原则的体现。

　　史密斯在《摇摆时光》中采用的独特的第一人称叙事决定了这部小说绝不仅仅是关于女孩子的青春和友谊的故事，也不仅仅是关于黑人女孩的成长故事。与加勒比黑人女作家牙买加·琴凯德（Jamaica Kincaid）试图"个人化"一切相反，史密斯通过独特的第一人称叙事"非个人化"了一切，从而成就了一种独特的"社会叙事视角"（Mildorf 103）。这部作品中的第一人称叙事赋予了该作品"非凡的宽度"和一种独特的"切分结构"，把种族和阶级问题转化到每一个方向（Charles）。如果说史密斯的处女作《白牙》是在为后殖民时代英国的异质性而欢呼的话，那么《摇摆时光》则是对这种"异质性"的历史化、阶级化和个性化处理，从而成功地以第一人称叙事书写了一部宏大的社会小说。

引用文献（**Works Cited**）

Arendt, Hannah. *The Human Condition*. Chicago: The U of Chicago P, 1958.

Biggs, Joanna. "Review of Swing Time." *London Review of Books* 38. 23 (2016): 31 - 33.

Booth, Wayne C. *The Rhetoric of Fiction*. Chicago: The U of Chicago P, 1983.

Caryl, Phillips. "Mixed and Matched, Review of *White Teeth*." *The Guardian* 9 January 2000 〈https://www. theguardian. com/books/2000/jan/09/fiction. zadiesmith〉.

Charles, Ron. "'Swing Time': Zadie Smith's Sweeping Novel about Friendship, Race and Class." *Washington Post* 9 November 2016.

Childs, Peter, and James Green. *Aesthetics and Ethics in Twenty-First Century British Novels*. London: Bloomsbury, 2013.

Dickstein, Morris. *A Mirror in the Roadway: Literature and Real World*. Trans. Liu Yuyu. Shanghai: Shanghai Joint Publishing Company, 2008.

［莫里斯·迪克斯坦:《途中的镜子:文学与现实世界》,刘玉宇译,上海:上海三联书店,2008 年。］

Eugenides, Jeffrey. "Zadie Smith Interview: 'I've Always Made Myself Cringe'." *Telegraph* 5 November 2016 〈http://www. telegraph. co. uk/books/authors/zadie-smith-interview-ive-always-made-myself-cringe/〉.

Fisher, Susan Alice. "'Temporal Layers': Personal and Political History in Zadie Smith's *On Beauty*." *Reading Zadie Smith: The First Decade and Beyond*. Ed. Philip Tew. London: Bloomsbury, 2013. 83 - 96.

Freeman, Mark. "Axes of Identity: Persona, Perspective, and the Meaning of (Keith Richards's) Life." *Rethinking Narrative Identity: Persona and Perspective*. Ed. Claudia Holler and Martin Klepper. Amsterdam: John Benjamins Publishing Company, 2013. 49 - 69.

Fryer, Peter. *Staying Power: The History of Black People in Britain*. London: Pluto Press, 1984.

Greenidge, Kaitlyn. "Shaken Out of Time: Black Bodies and Movement in Zadie Smith's *Swing Time*." *Virginia Quarterly Review* 93. 1 (2017): 196–199.

Hale, Dorothy J. *Social Formalism: The Novel in Theory from Henry James to the Present*. Stanford: Stanford UP, 1998.

---. "Aesthetics and the New Ethics: Theorizing the Novel in the Twenty-First Century." *PMLA* 124. 3 (2009): 896–905.

---. "Fiction as Restriction: Self-Binding in New Ethical Theories of the Novel." *Narrative* 15. 2 (2007): 187–206.

---. "'On Beauty as Beautiful?': The Problem of Novelistic Aesthetics by Way of Zadie Smith." *Contemporary Literature* 53. 4 (2012): 814–44.

James, Henry. *The Art of the Novel*. Trans. Zhu Wen, et al. Shanghai: Shanghai Translation Publishing House, 2001.

［亨利·詹姆斯:《小说的艺术》,朱雯等译,上海:上海译文出版社,2001年。］

Kerby, A. P. *Narrative and the Self*. Bloomington: Indiana UP, 1991.

MacLeod, Lewis. "Eliminating the Random, Ruling the World: Monologic Hybridity in Zadie Smith's *White Teeth* and Salman Rushdie's *Midnight's Children*." *Reading Zadie Smith: The First Decade and Beyond*. Ed. Philip Tew. London: Bloomsbury, 2013. 155–168.

Mildorf, Jarmila. "Referential Frameworks and Focalization in a Craft Artist's Life Story: A Socionarratological Perspective on Narrative Identity. "*Rethinking Narrative Identity: Persona and Perspective*. Ed. Claudia Holler and Martin Klepper. Amsterdam: John Benjamins Publishing Company, 2013. 103–116.

Newton, Adam Zachary. *Narrative Ethics*. Cambridge: Harvard UP, 1995.

Perry, Donna. "An Interview with Jamaica Kincaid." *Reading Black*,

Reading Feminist: *A Critical Anthology*. Ed. Henry Louis Gates, Jr. New York: Meridian, 1990.

Perry, Menakhem. "Literary Dynamics: How the Order of a Text Creates Its Meaning." *Poetics Today*: *Special Issue*: *Literature*, *Interpretation*, *Communication* 1. 1&-2 (1979): 35 - 64, 311 - 361.

Schwartz, Alexandra. "Zadie Smith's Memory Tricks." *The New Yorker* 6 November 2016 〈https://www. newyorker. com/magazine/2016/11/14/zadie-smiths-memory-tricks〉.

Selasi, Taiye. *The Guardian* 13 November 2016 〈https://www. theguardian. com/books/2016/nov/13/swing-time-zadie-smith-review〉.

Shen, Dan, et al. *A Study of Narrative Theory of English and American Novels*. Beijing: Peking UP, 2005.

［申丹、韩加明、王丽亚：《英美小说叙事理论研究》,北京:北京大学出版社,2005 年。］

Smith, Zadie. *On Beauty*. New York: Penguin, 2005.

—. "Fail Better. "*The Guardian* 13 January 2007.

—. *Swing Time*. New York: Penguin Press, 2016.

—, and Jessica Murphy Moo. "Zadie, Take Three. " *Atlantic Monthly* October 2005 〈www. theatlantic. com/magazine/archive/2005/10/zadie-take-three/304294/〉.

Tancke, Ulrike. "White Teeth Reconsidered: Narrative Deception and Uncomfortable Truths. " *Reading Zadie Smith*: *The First Decade and Beyond*. Ed. Philip Tew. London: Bloomsbury, 2013. 27 - 38.

Tew, Philip. "Celebrity, Suburban Identity and Transatlantic Epiphanies: Reconsidering Zadie Smith's *The Autograph Man*. " *Reading Zadie Smith*: *The First Decade and Beyond*. Ed. Philip Tew. London: Bloomsbury, 2013. 53 - 68.

Tortorici, Dayna. "Zadie Smith's Dance of Ambivalence. " *The Atlantic*

318.5 (2016): 32 - 34.

Wang, Zhuo. "A Pair of 'Watchful Eyes' Are Speaking: On the Multi-modes of Gaze in Brooks' *In the Mecca*." *Foreign Literatures* 3 (2012): 93 - 101.

［王卓:《一双"观察的眼睛"在述说》,《国外文学》2012 年第 3 期,第 93 - 101 页。］

—. "Politics of Space and Confusion of Ethical Identity in Zadie Smith's *NW*." *Contemporary Foreign Literature* 4 (2015): 99 - 105.

［王卓:《"主""客"之困——论扎迪·史密斯新作〈西北〉中的空间政治和伦理身份困境》,《当代外国文学》2015 年第 4 期,第 99 - 105 页。］

Wood, David. *On Paul Ricoeur: Narrative and Interpretation*. London: Routledge, 1991.

作者简介:王卓,山东师范大学外国语学院、外国文学与文化研究中心教授。

莱莉·朗·索洁诗集《鉴于》的印第安抵抗诗学

张慧荣

当代印第安奥格拉拉苏族部落①诗人莱莉·朗·索洁(Layli Long Soldier) 曾获得 2016 年怀特奖(Whiting Award)。她的诗集《鉴于》(*Whereas*，2017) 获 2018 年笔会/让·斯坦图书奖(PEN/Jean Stein Book Award)。该诗集针对 2009 年"国会致美国印第安人道歉决议书"，指出国会道歉方式存在问题：不仅没有举行邀请印第安人代表参加的道歉仪式，而且决议书从来没被公布或刊登在报纸头条，反被塞进"2010 年防御拨款经费法案"中(57)。《鉴于》包含上下两篇。上篇名为"这些被关注的"，下篇是

---

① 苏族(Sioux)包括拉科塔(Lakota)等三个部落，奥格拉拉(Oglala)是隶属于拉科塔的亚部落(Subtribe)，奥格拉拉科塔(Oglala Lakota)或奥格拉拉苏族(Oglala Sioux)是拉科塔人的七个子部落之一。

一首长篇标题诗《鉴于》,模拟国会道歉的语言和结构,包括三部分。《鉴于》讲述了美国印第安人遭受的系统性暴力和文化灭绝,揭示英语已被美国政府利用为殖民工具,指出政府通过限制性立法、不受尊重的条约和官方道歉等形式,为殖民暴力进行辩护和委婉化表述。本文通过对《鉴于》进行文本分析,阐释其体现的印第安抵抗诗学特征:在语言方面,索洁基于语言展现真相和掩盖真相的双重属性,揭露美国殖民定居者造成印第安拉科塔语碎片化的现实,并试图用印第安拉科塔语从内部颠覆英语;在"身体"方面,指出美国政府的印第安政策导致印第安人的身体创伤,以非言语物质性资源,即"语言身体"进行反抗;在行动方面,再现了拉科塔人反抗能源资本主义的直接行动,将 19 世纪达科塔人反殖行动视为"行动诗",尤其以《鉴于》作为反殖行动主义的具体形式,解构了作为殖民工具的英语,使看不见的印第安人得以在场。

一、对语言的质问与颠覆

诗"鉴于"的标题源自国会道歉。使用"鉴于"一词作为标记介绍性陈述法律术语的习惯始于 18 世纪早期,该词作为固化法律术语也是法律暴力的一部分,授权发表带有偏见的声明,表明语言可以通过表达话语中隐含的意识形态而合法化其产生的权力。

《鉴于》的核心是语言的本质,语言不仅有揭示真相的正面作用,还有掩盖真相的负面作用。随着美国剧作家特西奇(Steve Tesich)1992 年在《国家杂志》(*The Nation*)发文初次使用"后真相"和《牛津英语词典》将该词列为 2016 年度词汇,我们进入"以不确定性和情感与信念先于事实为主要特征的'后真相'时代"(汪少华、张薇 29)。这个时代的特点是真相与谎言之间没有明确界限。

比如,国会道歉宣称"然而原住民和非原住民定居者卷入无数武装冲突,不幸的是双方付出无辜生命的代价",道歉将杀戮暴行轻描淡写为"冲突",甚至声明道歉书中的任何内容都不在法律上支持印第安人对美国的任何索赔申诉。可见,历史不仅受语言的支配,而且由于语言的体制化和不确定性,历史必然永远处于变动状态。索洁指出"历史事件不能被戏剧化为'有趣的'阅读"(49),《鉴于》旨在展示政府对事实的漠视,说明官方话语和这种话语的语法和历史无法描述印第安人的创伤和印第安语被清除的现状。

索洁在诗集中穿插使用表意明晰的散文诗,表明自己双重身份的冲突和在两种语言间的抉择:

> 我是个美国公民,一个注册的奥格拉苏部落成员,意味着我是一个奥格拉拉科塔族公民,在这种双重国籍下,我必须工作,我必须吃,我必须做艺术(I must art),我必须做妈妈(I must mother),我必须交朋友(I must friend),我必须听,我必须观察,持续地我必须活下去。(57)

上述诗句表明诗人面对的复杂身份:她是奥格拉拉科塔族公民,也是一个美国公民。她以新的方式表现印第安人的存在,将名词"艺术"、"妈妈"和"朋友"动词化,展现了诗人生存状态的动态过程,强调印第安身份并非固定存在于过去的消逝的人,而是一个在当代社会持续抗争的过程。与双重身份冲突相对应的,是诗人在两种语言间的挣扎。她是拉科塔语言学习者,却要用印第安人被迫使用的殖民者的语言写诗。

索洁使用英语揭示了印第安语言被殖民者碎片化的真相。自18世纪末到19世纪,殖民者用暴力镇压印第安人。自19世纪80

年代开始,美国政府推行"全面同化"政策,印第安孩子在寄宿学校
不能说自己的母语。克莱尔·克拉姆契(Claire Kramsch)认为,
一种语言与其文化紧密相连,具有很强的文化价值,人们通过自己
使用的语言和言语来确定自己所属的文化群体,语言被看作一个
人身份的标志,对一种语言的禁止会导致对其人民和文化的否定
(3)。

　　索洁在《鉴于》中使用在殖民者语言中插入拉科塔语的方式,
从内部变革英语,使诗歌具有颠覆性。她强调"说,本身,是反抗"
(75),反抗要求原住民沉默的命令。弗朗茨 · 法农(Frantz
Fanon)认为"新人"用"新的语言"开展非殖民化活动,带来了"自
然节奏"(36)。乔纳森·哈特(Jonathan Hart)指出,原住民作家
重视"过去"的价值,并通过"过去""试图重新组合不同的、衰落的
和破裂的碎片"(61)。索洁用印第安语碎片与英语结合的方式反
抗。诗"Waȟpániča"展现拉科塔词"Waȟpániča",提醒人们关注表
达"空虚、孤独和精神贫乏"含义的词:"我想写 Waȟpániča,这个词
翻译为英语是可怜的逗号,更精确则意味着贫穷没有自己的东西。
但今晚我不能让自己向贫穷抢起破旧的锤子击打那个慢性沮丧。"
(43)主流社会用"贫乏"一词描述印第安语的现状,于是诗人违反
写作常规,使用词语"逗号"而非逗号标点断句,以怪异方式打断主
流社会偏见话语。由于诗歌可以为原住民作家掌控语言提供更大
自由,原住民抵抗者针对英语对句法的严格要求,用创新性诗歌形
式反抗英语霸权地位。加拿大原族诗人阿姆斯特朗(J.
Armstrong)表明:"我写作的时候会对英语进行'大屠杀'……我
在写作中刻意使用诗歌语言。"(60)索洁力图摆脱主流社会给印第
安语贴上"贫乏"标签所暗示的政治圈套,努力使印第安集体身份
的关键方面,如语言、文化传统和它们与特定地方的联系,得到保

护并促其再生。

　　开篇诗"H̆e Sápa"比较了英语和拉科塔语对一个地方的不同命名,说明语言与翻(误)译在美国西部殖民扩张中的作用。诗"H̆e Sápa"的第一部分为:"他是一座山脉,他是一个来自河流转弯处的一个角,从喉到口。后面跟着 sápa,一种来自山与角的黑色光泽,记住,H̆e Sápa 不是一座黑山,不是 Pahá Sápa。"(6)索洁以印第安地名为切入点,展现印第安文化遭到的侵害。"H̆e Sápa"指的是美国南达科塔(South Dakota)的黑山(Black Hills),自古以来被拉科塔人视为圣地。她解释了拉科塔语"H̆e(黑色)"与"Sápa(山脉)"的含义。索洁从词源上探究了"black mountain"与"black hill"的区别,她在访谈中说:"H̆e S-ápa 是我们拉科塔的源头,我们创世故事的一部分。"(Whitney)"当定居者来到,他们把'H̆e Sápa'译为英语,成为'Black Hills',但我们原来的意思是'山脉(mountain)',不是'山丘(hill)',它的规模是山脉,应该像山脉一样活着。"(6)当"H̆e Sápa"被译为"Black Hills",再被译为拉科塔语,则成了"Pahá Sápa",这与"H̆e Sápa"的含义相去甚远。大多数印第安土地伦理反映了一种普遍观点,即地方感或与土地的联系源于对人与自然关系的重视和与土地的长期历史联系。O. R. 威廉(O. R. Williams)和 M. E 帕特森(M. E. Patterson)认为风景观代表社会建构的意义体系,人们通常赋予自然景观意义的四个方面包括内在的和美学的、个体的和表达的、工具和目标导向的,以及文化的和象征的意义。研究表明,对大多数印第安人来说,地方首先具有文化和象征意义,其次是工具和目标导向意义,及个体和表达意义。另一个被认可的与印第安土地伦理相联系的价值观是对神圣的关注。马林·阿特利奥(Marlene Atleo)指出圣地被部落人视为性灵活动的场所。起源于特定地方的故事和仪式名称将在这些地方生活的一些原住民家族的世代家庭、个人和土地相联系。这种联系有助于创造以文化为中心特色的文化图式，促进与地区历史和当地文化相关的原住民文化认知和心理发展。因此，印第安地名翻译过程中的语义缺失和概念歪曲引起的歧义，会损害印第安人的地方感和他们与赖以生存土地的联系。

索洁指出语言的双面性，并利用自己的双重身份和与之相关的两种语言，用英语揭露作为殖民工具的官方语言的伪善，用拉科塔语碎片从内部颠覆英语，说明英语地名误译造成拉科塔地名的文化含义缺失与殖民扩张的联系。

二、身体创伤与"语言身体"的反抗

索洁通过当代印第安人的身体创伤揭示国会书面道歉与政府实际赔偿之间的反差。在下篇的"鉴于声明"中，她质疑官方的道歉语言和其背后的道歉哲学，以及以"鉴于"一词开头的句子中隐藏的殖民意识。她针对一个白人女孩想代表其他白人为原住民请求赔偿的请愿书，讲述由于印第安健康服务中心条件简陋，自己的一颗牙被拔的经历。

> 一种错杂的疼痛，印第安健康保健受到协约保障，但有限的资金不允许使用费用超出使用填料费用的其他方案，解决办法：拔掉它。在钳子面罩和医疗灯下，一颗原本可以被保留的牙齿在……被没收后被放在我的掌中。……牙，没了。亲爱的女孩，我尊重你的反应和行动，真的。然而赔偿的基础是修补。我的牙齿将不能长回了。那个根，没了。（84）

这首散文诗以一个长篇段落清楚地描述了诗人的就医经历。印第
安医疗经费不足导致诗人的牙被"连根拔起",这一病例可被视为历
史上印第安人失去土地和传统生活方式的隐喻。但诗人拒绝接受
美国已经被原谅的幻觉,表达了对殖民主宰的愤怒:"我常常/蹲伏
在注脚或愤怒在标题。/在身体我开始。"(61)印第安人历经被强制
迁移和被同化,生活方式转变的压力损害了他们的健康。据美国民
权委员会报告,印第安卫生保健改进法案只满足了他们60%的卫生
需求。许多保留地由于资金不足而卫生保健设施匮乏。

　　索洁不仅揭露殖民主义造成的身体创伤,同时以印第安父亲
身体的表现力反衬国会道歉的虚伪。她认为不能仅把文本视为诗
的唯一形式,还要认识到作为人的意识体现的词语始于人的身体。
她说:

> 一切经历
>
> 　　　　通
>
> 　　　　　过
>
> 　　　　身
>
> 　　　　体
>
> 有人告诉我。(35)

索洁效仿 20 世纪 60 和 70 年代以 E. E. 肯明斯(E. E.
Cummings)为代表的主流诗人讲究形式(shape/form)的实验诗
歌,以独特的诗形,即"语言身体",将诗句呈现为腹部隆起孕育生
命的女性身体造型,强调身体是人的经验、意识和思想之源,作为
非语言物质性资源具有释义功能。她在下篇"决心"第六诗节表明
身体对于情感表达的重要性。该诗的首句为:"在许多原住民的语

言中，没有'道歉'一词，没有表示'对不起'的词。这并不意味着在不说'抱歉'的原住民群体，没有承认和补偿错误行为的明确行动。"（92）她讲述了父亲的道歉故事。成年后的索洁正在给父亲做早餐，突然看到"他正在哭"（65），她从没听父亲哭过。那一刻他说："我很抱歉很多事情我当时不在场。"（65）父亲对于自己没能在女儿小时候"在场"伴她成长而充满愧疚。诗人面对流泪的父亲的歉意，多年来所有的心疼、失望和悲哀都消失了。对她来说，父亲的身体处于忏悔状态，这是最真诚的道歉，这也是语言表达局限性的明证。琳达·T. 史密斯（Linda T. Smith）认为"非殖民化必须提供一种具有可能性的语言……这种具有可能性的语言存在于我们自己的另一种对立性的认知方式中"（204）。父亲的眼泪与国会道歉充满委婉表述、蓄意篡改和两面性的语言形成反差，有利于读者理解语言与"在场"的身体相结合的道歉的力量，解构了国会道歉蕴含的官方语言权力。

　　诗集在抒情性、混合碎片、合理调整的散文段落、列举、文本借用、擦除和书信等方面进行"杂糅"。索洁在《鉴于》中倾向于运用印刷安排或者打字选择塑造诗歌的"语言身体"，使诗歌具有表现反殖思想和艺术水平的文体意义。索洁提倡开发语言携带的物质性资源："有时候仅仅语言是不够的。有时候我们可以通过形式和物质材料更好地交流。通过形状、颜色或质地，我想要感受所说的事物。"（Akbar）自从 20 世纪 90 年代，空间和地方成为美学、文化和政治学的意义载体，空间还成为文学分析的方式。保罗·沃斯（Paul Werth）提出了"文本世界"说，认为语言的特征是"可以作为建设世界的元素，即建立一个'文本世界'的参数和内容"（180）。沃斯指出叙事与读者自己关于世界的常识和关于特定文本中的叙述世界结合，会引导读者建立"文本世界"。构成诗歌"文本世界"

的元素既有语言符号、语言的物质性材料,也有非语言物质性材料。索洁使用语言和"语言身体"共同创建了印第安"文本世界",在诗节、诗行和个体词语之间构建反抗性空间。她创造诗歌"语言身体"的方式包括"擦除"(erasion)、创造空白和"在擦除"(under erasion)等。"擦除"是改编诗(found poetry)①的一种手法,通过从成文的散文或诗歌文本中擦除单词,使用空格替代,并在页面上展现擦除的效果,促使读者参与创作。比如,"然而原住民是[ ]有深厚的和/对于[ ]持久的[ ],数千年来原住民/一直保持一种强大的[ ]与土地的联系"(83),诗人使用表述省略的方式给没有完全表达的,也许还在形成中的思想留下想象空间。她还在诗行中创造空白空间(blank space),达到表意效果。比如,"鉴于声明"第十首中描述鸽子洞口被层层排泄物染污:"白色块状　在一个白色　洞口。"(71)堆积着白色排泄物的鸽棚入口指美国白人主流社会,暗示种族差异依然隐性存在,诗行中的空白空间是被掩盖的印第安历史空白的隐喻。诗人还使用"在擦除"方式展现被清除的印第安历史。诗歌"在擦除"手法指将写出来一段文字用一条横线划去,表示擦除之意。因此,被"在擦除"的文字既存在,也不存在。比如,"尽管所有经历通过身体"(36)一句中被"在擦除"的"通过"强调了印第安人"通过"身体体验历史上和当今的殖民创伤。多种写作手法的"杂糅"似乎显示美国已经变得太碎片化和多样化,无法用任何传统抒情诗形式描绘表达。

索洁还创作了融合英诗诗形与"语言身体"的印第安具象诗(concrete poetry)。具象诗是"一种通过印刷安排或者打字选择

---

① "改编诗"从其他来源提取单词、短语,有时甚至是整篇文章,重新组合成诗歌,通过改变行距和线条,或添加或删除文本,赋予新意。改编诗的常见形式包括自由体摘抄(excerpting)和重新合成(remixing)、删除和切分。

来表达与诗的语言意义相互依存的或者超出诗的语言意义的诗"（Myers and Simms 62），在页面上呈现诗歌语言构成图案的视觉形状，表达主题思想。索洁描述自己创作时，"知道视觉先说话……我先感觉并依照直觉工作。形状正向我传达某些我还并不完全明白的东西"（Akbar）。《鉴于》中的一些诗呈现散文段落、盒子框架或细长柱子形状（47，45）。比如，上篇的第三首诗在页面上呈现正方形，四行诗的每一行构成正方形的一条边线（8），以此影射政府把印第安人圈在狭小败落的保留地，其静止和受困状态无声谴责了殖民主宰。她的印第安具象诗图案具有隐含意义，加深读者的视觉印象，达到"暗示"和"反讽"的目的。

索洁通过自己的身体创伤和"语言身体"，揭露国会道歉的伪善，以诗歌的自由表达形式创建"印第安文本世界"，赋予言语的非物质因素以反殖意义。

三、护水行动与"行动诗"

《鉴于》通过再现当代拉科塔人的护水行动和 19 世纪拉科塔人创作的"行动诗"，表明行动可以对抗语言掩盖真相的负面作用。下篇"决议"的第六诗节记录了南达科塔松树岭立石苏族保留地的"达科塔输油管线抵抗营"事件。由于联邦政府认为联邦公司的达科塔输油管线（DAPL）对主要是白人定居的俾斯麦（Bismarck）镇构成威胁，遂将管道绕经保留地。达科塔输油管线是能源资本主义和环境种族主义的体现，牺牲了印第安人弱势群体的利益。

为抗议达科塔输油管对当地的水造成的潜在污染，2016 年 4月，部落历史保护官阿兰德（LaDonna Brave Bull Allard）采取直接行动保护当地的水和土地，与人共同成立立岩苏族保留地组织神圣石营。神圣石营成为"致力于通过祈祷和非暴力直接行动阻止管线","具有历史意义的草根抵抗运动"所在地。印第安学者德罗里亚认为当代反殖行动呈现新形式,"将现代工业消费生活的需求与传统信仰和实践相结合"(Deloria, Xii)。阿兰德将管线建设的视频传至脸书,引起强烈反响。当年 12 月,达科塔人和代表三百多部落的数千人为保护水、土地和以河流为中心的生命网,在营地采取相应行动,他们的主要抵抗手段是使用社交媒体,让拉科塔格言"水是生命"传遍网络。正如一些印第安社会活动家所言,他们不会避免与殖民主义对抗,但他们"宁愿投入相当大的精力来解释特定的本土价值观、读物、知识及其与我们当代生活的关联"(Weaver et al. 6)。护水者熟练使用高科技文化形式传播印第安世界观,组织抵抗行动,想象与石油经济不同的未来世界。他们发动"尊重我们的水"大规模媒体运动,建博客网站,呼吁"结束环境种族主义",并将自己"置于我们的前辈和美国印第安运动在全国和全世界团结合作建立起来的,能增强人们力量的运动传统中"①。虽然网站具有内容反复变化、集体作者身份变动和网站浏览分散性的特点,但博客确实能促进集体认同,协调行动,提升对于被忽视的议题的公共意识。互联网和社交媒体提供了一种"抗议 2.0"(Petray)的方式,提供了抵抗的新方法。社会学家曼纽埃尔·卡斯特尔斯(Manuel Castells)评论了在线行动可以在更广阔的世界中推动社会运动,互联网活动家"通过占据媒体和创造信息……颠覆常规的交际活动手段,他们通过认同自己所属的网络,与权力做斗争,博客具有引发读者共鸣、加强与其他艺术家和活动

---

① 参见 International Indegenous Youth Council,September 3,2016〈www.nodaplarchive. com/international-indigenous-youth-council〉。

家的联系和增强集体凝聚力的潜能"(89)。神圣石营的"线上加线下"结合活动,促成了印第安居民和其他活动参与者组成的广泛网络,他们一致行动,保护水和他们与土地与水的联系。索洁支持采取直接行动的抵抗方式,将相关的文字抵抗从博客转移到她印刷出版的诗歌文本。她在《鉴于》中将立岩抵抗行动中两位护水者,奥格拉拉社会活动家马克·K. 提尔森(Mark K. Tilsen)和拉科塔亨克帕帕(Hunkpapa Lakota)社会活动家瓦尼亚·洛克(Waniya Lock)的博文进行空间和叙事的拼接(94-96),比如:

> 公民不顺从:营地是
> 　　为每个人采取行动
> 　　　　一个公民不顺从行动
> 　　不包括孩子
> 　　　　现在法律保护公司
> 　　在可能危险的形势中
> 　　　　因此营地是非法的
> 　　我们每个人负有责任
> 　　　　你必须有一个伙伴体系
> 　　符合这些原则 (96)

索洁引用博文语句,指出主流社会法律只保护石油公司的利益,石油造成的污染已将世界置于生态危机境地,印第安人处于遭受环境危害的前沿。索洁立足印第安生存权,面向国家环境保护,提醒美国总统"承认美国的错误……为这片土地疗伤不必也从来没有依靠这个总统,意味着部落人自身在为这片土地和水疗伤"(94)。帝国主义、殖民主义和能源资本主义毁坏土地和水,而印第安人却在维护土地和水,设想与陆地、海洋和天空建立非资本主义、非家长制的和非人类至上主义的关系。

上篇中的诗"38"回顾了另一起历史上达科塔人反殖民抵抗行动和他们创作的"行动诗"。索洁通过查阅历史语言文献,讲述了38个达科塔人被下令处以绞刑的历史真相。在诗的开头,索洁表明她将如何通过她的语言,尤其是句法来表现她的主题。

> 在此,句子将会被尊重。
>
> 我会用心去写每一个句子,注意写作规则。
>
> 例如,所有的句子都以大写字母开头。(49)

当人们想到上述诗句中一些英语词语原文的多重含义时,诗句似乎具有双关含义:"句子"(sentence)还可以指法院裁定的惩罚"判决","大写"(capital)也和"死刑判决"(capital sentence)相关,表明"正确的"英语和一个说英语的群体对于另一个非英语群体,以及他们的历史和他们的生活的控制之间存在联系。上述诗句反讽意味强烈,被语法规则规范的句子会受到尊重,达科塔武士却为了种族生存被依法执行死刑。该诗的其余部分再现了19世纪达科塔人从明尼苏达被强行迁移和举行"苏族起义"的历史,以及达科塔人每年纪念起义的活动(52)。1862年夏,印白协约在"经历一系列被修订和被协议后成为明尼苏达协约"(51),达科塔人的保留地被缩减为"一片荒凉的十英里地段"(51),达科塔人遭受饥饿折磨。一个名为安德烈・米瑞克(Andrew Myrick)的商人拒绝给达科塔人赊账,挖苦道"如果他们饿了,就让他们吃草"(53),米瑞克是第一批被起义者杀掉的定居者和商人之一。

当米瑞克被发现，

他的嘴里叼着草。

我愿称达科塔武士的行动为一首诗。

他们的诗中有讽刺。

没有文本。

"真正的"诗不"真正地"需要文字

我将上一行斜体以表明心声。(53)

达科塔武士用长自土地的草回应了殖民者的土地掠夺，谱写了保卫土地的无言"行动诗"。起义失败后，林肯总统下令将38名达科塔武士在明尼苏达曼科托绞死。具有反讽意味的是，这个"'合法'死刑"判决发生在"林肯签署解放黑奴公告的同一周"(49)。索洁评论了国会道歉与殖民历史上的土地偷窃、种族屠杀，与当今建立在"被偷窃的土地上的国家"的联系，指出："一切都在我们使用的语言中"(51)，表达了语言本身可能成为一种暴力的主题。

索洁讲述过去和当代的印第安反殖行动故事，强调印第安诗歌的行动主义模式，促使人们关注定居殖民者对印第安人的虐待，她的诗歌创作可以被视为一种行动主义。

结语

国会道歉没有举行包括印第安人代表在场的仪式，索洁书写《鉴于》诗篇，代表印第安人勇敢回应：我们在场！她揭示美国政府用语言掩盖殖民暴力的行径，结合英语和碎片化的拉科塔语，将土著文化的内容融入主流文学媒介，为争取印第安语与英语的平等地位而抗争，使用包括身体和"语言身体"等方式，弥补语言局限性,支持当代印第安反殖直接行动,再现历史上印第安"行动诗",揭示定居者殖民主义掠夺土地的真相,说明英语已被利用成为殖民工具,使唯有英语才是美国诗歌表达媒介的虚假权力结构崩塌。索洁像一位印第安武士,以写作进行反抗。《鉴于》启发人们认识到,他们需要一个反殖民主义的思想理念框架,改变帝国主义、殖民主义和能源资本主义独享话语权的局面,实现不同意识形态和话语的平等对话和不同思想的多元互补。

引用文献(Works Cited)

Akbar, Kaveh. "LAYLI LONG SOLDIER. There's the Death Sentence Working Alongside the Literary Sentence." 〈https://www. divedapper. com/interview/layli-long-soldier〉.

Armstrong, Jeannette C. *Looking at the Words of our People: First Nations Analysis of Literature*. Penticton, B. C: Theytus Books, 1993.

Atleo, M. "The Roleof Sacred Sites in the Embodiment of the Territories of Nuu-Chah-Nulth First Nations." Poster Session presented at the UNESCO Sacred Sites Symposium, Paris, France, Sept. 22 - 25, 1998.

Castells, Manuel. *Networks of Outrage and Hope. Social Movements in the Internet Age*. Cambridge: Polity Press, 2012.

Deloria, Vine Jr. *Custer Died for Your Sins: An Indian Manifesto*. New York: McMillan, 1969.

Fanon, Frantz. *The Wretched of the Earth*. Trans. Constance Farrington. New York: Grove P, 1961.

Gallagher, W. *The Power of Place: How Our Surrounding Shape Our Thought, Emotions and Actions*. New York: Poseidon Publishing P, 1993.

Hart, Jonathan L. *Literature, Theory, History*. New York:

Palgrave，2011.

Kramsch，Claire. *Language and Culture.* New York：Oxford UP，1998.

Myers，Jack Elliott，and Michael Simms. *The Longman Dictionary of Poetic Terms.* Boston：Addison-Wesley Longman Ltd，1989.

Petray，Theresa Lynn. "Protest 2. 0：Online Interactions and Aboriginal Activists." *Media，Culture & Society* 6 (2011)：923－940.

Smith，Linda Tuhiwai. *Decolonizing Methodologies：Research and Indigenous People.* New York：Zed Books，2012.

Soldier，Layli Long. *Whereas.* Minneapolis，MN：Graywolf P，2017.

Wang，Shaohua，and Zhang Wei. "New Approach to Critical Discourse Analysis in Post-truth Era：Critical Framing Analysis." *Foreign Language Education* 4 (2018)：29－34.
〔汪少华、张薇:《"后真相"时代话语研究的新路径:批评架构分析》,《外语教学》2018 年第 4 期,第 29－34 页。〕

Weaver，Jace，Craig S. Womack，and Robert Warrior. *American Indian Literary Nationalism.* Albuquerque：New Mexico UP，2006.

Werth，Paul. *Text Worlds：Representing Conceptual Space in Discourse.* London：Longman，1999.

Whitney，Diana. "Conversation with Layli Long Soldier." Kenyon Review Blog〈https://www. kenyonreview. org/2017/04/conversation-layli-long-soldier/〉.

Williams，D. R. ，and M. E. Patterson. "Environmental Psychology：Mapping Landscape Meanings for Ecosystem Management." *Integrating Social Sciences and Ecosystem Management：Human Dimensions in Assessment，Policy and Management.* Ed. H. K. Cordell. and J. C. Bergstrorn. Champaign，IL：Sagamore，1999. 141－160.

作者简介:张慧荣,广东石油化工学院外国语学院副教授。

阈限的跨界性和创造力：论布莱恩·卡斯特罗跨国写作中的嗅觉景观

刘鲁蓉　黄　忠

澳大利亚移民文学的发展从多方面呼应了保罗·杰伊（Paul Jay）所提出的"跨国转向"（transnational turn）这一概念。杰伊指出，伴随文学对多元、差异、混杂身份以及复杂的跨国地理环境的关注，文学领域的"跨国转向"呈现出日益增强的碎片化特征（4）。而新一代的多元文化背景的澳洲作家"在探索过去、自我以及文化差异与写作之间的交集方面，已经发展出复杂而创新的方法"（Ommundsen,"This Story"511）。在这群作家中，布莱恩·卡斯特罗（Brian Castro, 1950— ）可以说是思考和书写跨国主题的先行者。有多国血统的卡斯特罗出生于中国香港，12岁赴澳大利亚求学并在香港、巴黎和悉尼任教与创作。他作品中的主人公身份通常具有高度的混杂性与模糊性,而 1983 年的处女作《候鸟》(*Birds of Passage*)以及 1992 年首次出版的《中国之后》(*After China*)这两部早期作品则明确了主人公的原始身份为来澳中国移民,展现了不同时期来澳华人的生活图景,突出了他们从单一民族文化身份到跨国身份过渡中的挣扎,力求使读者获得一种新的对种族、民族和文化认同的理解。

　　正如澳大利亚华裔作家欧阳昱(Ouyang Yu)所总结的,"混杂性和边缘性构成了卡斯特罗写作生涯和思想立场的两个重要特征"(353)。这两种特征是卡斯特罗作品中人物和主题跨国性的底色,不仅体现在卡斯特罗的选材与内容上(聚焦具有多元文化背景的边缘人),更体现在其叙事手法和语言的运用上。从叙事手法来看,卡斯特罗早期作品中多运用多重叙事并行来体现人物身份的混杂性,如《候鸟》的双轨叙事(Pons),或称复调叙事(詹春娟)。在语言风格上,卡斯特罗的独创性在于游戏语言。正如他在访谈中所说:"我只是在[语言]游戏,然而这种游戏可以赋予[文字]权力。"(Baker,"Theory" 241)这种解构主义语言游戏的精神体现在他把德里达、罗兰·巴特、德勒兹甚至包括老子、庄子等人的思想理论"移植"到写作中。尽管评价褒贬不一,多数学者倾向于认为卡斯特罗有意借此颠覆语言意义的单一性,进而激发语言的创造力,并借此颠覆民族主义身份的本原性,凸显身份混杂性(Ommundsen,"After Castro" 11;王光林 58 - 59;Brooks 637)。同时,卡斯特罗多部作品中对理论戏仿性的运用是卡斯特罗拒绝被同化或被归类为任何一种文学类型的表现(Piece 151),意在消解澳大利亚主流叙事的权威(Baker,"Artful" 237)。正如卡特罗作品的重要研究者纳黛特·布雷南(Bernadette Brennan)所说:"卡斯特罗认为语言是一种无须尊重国界的存在",也是"一种逃脱现实束缚的方式"(3)。这种"逃脱"后获得的自由是通过游戏叙事和语言所产生的解构力量才得以实现的,这也让卡斯特罗的作品不断成为世界主义、多元文化论和跨国身份等主题的最佳注脚(Bennet 150;甘恢挺 54 - 57)。

从叙事和语言编织的文本空间探究卡斯特罗对跨国身份的思索不失为很好的角度,但难免导致文中跨国主体所处的地理空间与跨国过程中人物的实际感官和情感体验被边缘化。因此,有必要通过分析卡斯特罗作品中的人物行为感受其物理空间和心理空间,并审视其与文本叙事空间的互动关系。考虑到空间、感官、情感和身份转换的关系,并基于卡斯特罗对嗅觉感受的侧重,本文主要研究两部作品中的嗅景(smellscape)。结合罗宾·科恩(Robin Cohen)在《全球离散:一个导论》(*Global Diaspora: An Introduction*)中提出的问题,即跨国主体最终是否会流放于"永恒的阈限"(perpetual state of liminality)(134),无法完成从民族身份到跨国身份的转换。本文采用人类学中研究身份转换的阈限理论作为分析工具,探究卡斯特罗笔下嗅景的阈限性,以及阈限性嗅景如何呼应卡斯特罗所主张的身份跨国性之真意。

一、阈限与嗅景

阈限理论由人类学家唐纳德·范·盖纳普(Donald Van Gennep)首先提出,后来经维克多·特纳(Victor Turner)发展并得到广泛应用。概括来说,阈限指介于以新旧状态之间的一个非此非彼的阶段,包括脱离、阈限和再同化三阶段,也称前阈限期(preliminal)、阈限期(liminal)和后阈限期(post-liminal)(Gennep 21)。前阈限期表现为脱离原来的身份归属;阈限期则表现为中间状态，阈限主体既没有完全脱离旧身份，也没有获得新的身份；后阈限期则表现为主体新身份的重新获得以及新群体的接纳认可。特纳重点研究阈限阶段，概括出阈限阶段的特征。特纳认为阈限是一个颠覆等级与结构的空间，相当于一个共同体（communitas），具有"同质性、平等性、匿名性、无属性"的特点，作为区分，现实世界则是一个充满"异质性、不平等、命名系统和所有权"的结构性社会（106）。在这一点上，特纳认识到了阈限所具有的解放性和创造性的力量，其中蕴含着对社会平等的追求。同时，特纳强调阈限阶段人类主观情感的重要性。在共同体中，阈限主体会产生同志友爱的感情，同时社会强加给阈限主体们的身份、性别和种族的差异都会暂时消弭。因而在阈限阶段，比起调动理性来解决问题，主体们更注重与他人精神上的联系并倾向于遵从彼此之间的情感。后来的学者也不断发展阈限理论。社会学家阿普拉德·萨科奇扎伊（Aprad Szakolczai）将阈限理论置于现代社会语境中，提出了"永久阈限"（permanent liminality）的概念。基于阈限理论的三段式序列，萨科奇扎伊认为："当这个序列中的任何一个阶段被冻结时，阈限就变成了一种永久的状态，就好像一部电影停在了一帧上。"（"Reflexive" 212）比昂·托马森（Bjørn Thomassen）提醒我们，不同于特纳所强调的平等的、具有创造性的阈限，"永久阈限"会因其停滞性而成为一个极度危险的状态（37）。对此，萨科奇扎伊借助帕斯卡尔（Blaise Pascal）的哲学观点认为挣脱"永久阈限"不能只靠"理性"（reasoning），关键是要靠"内心"（heart），这里的"内心"是指人基于外在经验与自我内心的综合感受，是一种可以调用理性的感性力量（"Permanent" 234 - 35）。情感给予内心的稳定性可以帮助阈限主体脱离"永久阈限"的静态、僵化和无意义。

嗅觉的混杂性和亲密性使其成为最接近阈限状态的一大感官感受。尽管嗅觉研究曾长期处于边缘状态,其重要性却不容忽视。正如科拉森·康斯坦斯(Classen Constance)指出,"气味……可以强化或破坏社会结构,联合或分化人,赋予或剥夺权力"(3)。从这一点上讲,气味并不是单纯生理的,而更多地具有了文化、社会和历史意义。"嗅觉景观"(嗅景)这一概念是由 J. 道格拉斯·波蒂厄斯(J. Douglas Porteous)提出的,以此与文学批评中的风景(landscape)相区分。波蒂厄斯认为:"当一个人观赏风景时,正如看一幅画,他是站在风景外,从艺术欣赏的角度来判断它,而在嗅觉景观中,他是完全沉浸其中的;嗅景具有唤起记忆的功能,同时也是情绪化的、意味深长的。"(360)因此,嗅觉景观更强调人的身体和情感的参与和投入。与视觉景观所建立的看与被看的等级关系相比,嗅觉景观与参与者之间的互动更为亲密和平等。作为五感的一种,嗅觉经常被看作低等的、动物性的,然而嗅景实则与后现代性有不谋而合之处,两者都具有转瞬即逝、模棱两可和弥漫性的特征。正因为嗅觉具有上述特征,本文才可以将文学文本中的嗅景的描写与阈限这一概念相联系。嗅觉是浸入式的、感性的、弥漫性的,所以容易营造共同体,培养亲密感,并且超越边界,扰乱结构,颠覆社会等级,这在很大程度上类似阈限阶段的特质。嗅觉阈限因而可以成为一个有机结合的概念,用以阐释身份过渡阶段复杂的个体感受。

在嗅觉感官的描写方面,卡斯特罗是极具天赋的。在本文研究的两部作品中,嗅景的描绘都含有深意,是为人物的跨国身份过渡和转换创造阈限的重要力量。两部作品中,主人公对其所属的嗅觉景观十分自觉,在不同的、变换的空间中,他们敏感的身体充分暴露在气味包围中,沉入记忆的旋涡,联结过去与现在,感受时空的错位并不断经历自我更新与转换。

二、跨界与亲密的阈限:共通的嗅景记忆

正如前文所说,气味具有联合和分化的社会功能。然而,卡斯特罗显然没有把重点放在"分化人"的嗅景上,而是放在了"联合人"的嗅景上,这突破了寻求对立与差异的移民小说的传统,表达了对跨国性和共通性的珍视,也体现了阈限阶段的共同体特征。嗅景的阈限性在《候鸟》中主人公罗云山乘船前往澳大利亚淘金的旅程中首先得以体现。踏上赴澳的船只,和来自不同社会背景的人共处于甲板下逼仄的空间中,罗云山脱离了乡绅贵族所属的檀香味,浸入了一个混沌的气味空间:"几乎每一股气味都带着刺鼻的尿味,整个船舱里还有一股茶的香味,现在变成了令人作呕的气味。"(31)如康斯坦斯所说,"气味不会被完全容纳,它们会逃逸并跨越边界,将不同的实体混合成嗅觉整体"(5)。融合了茶味、尿味和其他味道的嗅景施展了一种跨越边界的力量,使得置身其中的淘金工人们在同一气味的包围下逐渐融为整体。在这种嗅景中,特纳所强调的兄弟情谊开始生发:"在异国海上的一艘外国船上,我们感到作为一个整体,彼此联系在一起"(Castro, *Birds* 40)。他们分享食物、互相照料,原本的阶级边界逐渐松动,一种亲密的感情已经萌芽并将他们团结到一起。

而在《中国之后》中,男女主人公共同的嗅觉记忆打破种族与文化壁垒的作用更为明显。男主人公游博文是一位华裔建筑师,他在澳大利亚东部的一个小岛上邂逅了一位身患绝症的澳大利亚女作家,两者通过互相讲故事的方式慢慢了解彼此,渐生暧昧。不难发现,主导游博文和女作家嗅景记忆的都是恶臭味。男主人公

的父亲是一个鱼贩,"他的父亲是做渔业生意的……看他那张嘴,咧得像一条倒霉的咸鱼。二十种臭味,上海渔业合作社都可以开一个'臭气博览会'了"(13)。另外,男主人公生活的上海的老楼房充满了"煤焦油、草药和鱼腥味"(13),他讨厌学校,每天上学时坐公交都要忍受难闻的"衣服的潮气,嘴里的臭气"(72)。作者在此借描绘充满各种臭味的生活环境,实则熏染的是被战争气息笼罩的上海的政治生活氛围。女作家的父亲是当地有名的捕鱼能手,记忆中女作家的家中充满恶臭味,因为她父亲喜欢在长筒丝袜里装满发臭的鱼虾用来抓海蛆做鱼饵,熏得全家无法待在屋内。而女作家的父亲因翻船事故突然死去使得关于父亲的臭味嗅景停滞在记忆中,成为一种嗅觉创伤。另外,女作家深爱的中国诗人郁郁而终,留下女作家和他们的私生女也深刻冲击了她的气味想象。在女作家讲述的赛克(Cec)在垃圾堆中捡到一名中国弃婴的故事中,垃圾场的气味图景似乎达到了难闻气味的极限,"在珍珠色的鱼头下,垃圾烂透了—鱼眼深陷,锡罐皱成一团,瓶瓶罐罐破裂内爆,有毒的空气中弥漫着刺鼻的绿云"(59)。结合女作家的经历,这种刻意夸大的恶臭有毒的嗅景虽有虚构,却恰恰揭露了女作家感受的真实。

作为澳洲社会边缘人的中国移民,游博文不奢望爱情,因为他明白他在别人眼中的魅力只在于他者性和异域性,他用气味诠释道:"外国人有吸引力,因为他们有不一样的气味,不一样的肤色,而且最重要的是,和他们无法交流。"所以,游博文坦言:"我不想要什么罗曼蒂克似的关系,但是一点点亲昵呢?"(16)游博文所期望的亲密通过阈限性的嗅景得以实现。在女作家向游博文吐露了关于她父亲的回忆之后,之前占据主导地位的恶臭嗅景开始转变为芳香嗅景。在女主人公的房间内,游博文嗅到了馥郁香气,这种香气从女作家的私密空间中散发，弥漫于游博文的想象域："她芳香扑鼻的脸颊贴近我的，她的手指抚上我的嘴唇。"(101)游博文嗅到的香味并不是来自异性的吸引力，而是来自与他父亲"重逢"的亲密感。在这种嗅景中，游博文想象自己和作家起舞并感到："所有这些都栖息在我的体内，但我对它们一无所知，就像我完全陌生的死去的父亲跳舞的动作，在黑暗的房间里像幽灵一般。"(101)在幽香的想象空间里，游博文在女作家身上找到了类似他父亲的熟悉和亲密。卡斯特罗曾经在他的文章《书写之吻》（"Written Kisses"）中专门讨论过亲密感，在他看来，"亲密的动作总是不连续的"(187)。卡斯特罗认为波德莱尔在《给一位过路的女子》的诗中描绘的诗人瞬间爱上一位路过的女人又随即要和她分别的场景能恰当地解释他对亲密感的认识："爱的气氛是瞬间的，（在那之后）就会迅速退化。"(187)这种瞬时的、直觉性的亲密感与气味带给人的感受相符。同样，女作家和游博文之间的亲密也是瞬间产生的，但是这种瞬时性的芳香嗅景是基于双方共同的恶臭嗅景记忆。这种嗅觉阈限能够消解社会加诸人的种种界限，有力激发跨越文化的亲密感，给跨国主体带来内心的安定，有助于他们脱离阈限的不确定性，向跨国身份转换。

三、激发想象和创造力的阈限：诱惑性嗅景

除了跨越阶级与文化边界、凝聚亲密感的作用外，嗅景的阈限性还体现在嗅觉超越现实和想象的边界，颠覆叙事结构的力量，以及超越肉体欲望和精神创造的边界，激发艺术和写作灵感的力量。在《候鸟》中，联结19世纪中叶赴澳淘金的罗云山和20世纪80年代生活在澳洲的孤儿西蒙斯·欧阳的是罗云山淘金时写的日记。

并行叙事使得两者间本来清晰的祖先—后代、作者—读者的身份边界逐渐模糊。而引导西蒙斯进入身份混沌的阈限阶段的，恰恰是当初罗云山淘金的矿场附近一处树林中的嗅景：

> 我跑着，身后被两只鬼驱赶。一只是身体上的恶魔，持续到现在，还有一只是心灵上的恶魔，它藏匿着另一个生命，只专注于回顾过去……有时清晨的温暖给我的跑步增添了独特的气息。森林里的一个地方散发着一股金伯牌铅笔的味道，另一个地方散发着一股旧书的味道，是那种书页粗糙、未经装订的书。有一段小路从房子通向山里，在一块巨石前戛然而止，沿着这条小路，有一股浓烈的墨水味，还有一股甜甜的气味，我怀疑是从一条小溪及其附近的灌木丛中散发出来的。由于某种原因，这些气味总是让我感到渴望。(47)

西蒙斯感受到体内的两个恶魔，他意识到了分裂的自己。这种诱惑性的嗅景驱使他走进林中真实世界与书写想象空间之间的地带，发现并阅读罗云山的日记，让现在与过去交汇。因而他感到："现实和抽象已经开始融合：我渴望吃一碗米饭。"(52)一直否认自己是中国人的西蒙斯，现在却有了对米饭的渴望，开始接受一直被他压抑的自我的另一半。尽管西蒙斯在阅读罗云山日记的过程中陷入了阈限，身份混乱让他感到困惑和痛苦，但在他向跨国身份过渡的过程中，这种阈限也展现出创造力。阈限性嗅景突破了原本叙述中的作者—读者、祖先—后代的关系，西蒙斯感到："山的这些日记，不管是真实的还是想象的，都已融合……把我完全代入这些小说中以后，我不仅是作者，还是创始者，我会变成他［罗云山］的祖先。"(58)在充满书写气息的嗅景的引导下，西蒙斯愈发想要变成作者,拥有自己的声音。西蒙斯在火车上偶遇罗兰·巴特(Roland Barthes)的情节则是借助"作者之死"这一概念,为其挑战罗云山作为日记作者的叙事权威而成为作者做铺垫。松树林中的嗅景使得西蒙斯意识到了身份的混杂性,进而促使他颠覆本原身份,从读者蜕变成书写者。在多种身份的交叠之间,嗅景的阈限性也得以彰显。

《中国之后》中的嗅景更多地体现了其融合肉欲与创造欲的作用。对于游博文这位建筑师来说,创造力来自对结构的颠覆。正如布雷南所评价,在书中,建筑师、(他设计的)建筑和他的书写都患有"结构恐惧症"(76)。在游博文所讲的一系列故事中,他一直试图解放读者的想象力,"寻求艺术中的革命性的色情"(71)。因此游博文的叙事空间就成为他发挥想象力和创造力的空间。在游博文所讲的关于唐寅的故事中,为引导角色走进一个没有性压抑和政治压迫的阈限性空间,气味图景扮演了重要角色:

> 男人的工作须在凉爽的夜晚进行,但最好是在午夜前后,此时风向转变,茉莉花开始散发令人窒息的芳香,凉风吹送,万籁俱寂时,男人才可以独自一人,伏案工作。夜工就是写作,是一种纯粹的享乐,随着妙笔起伏,纸上出现汉字,又好像一幅画。这些图画般的文字纤弱得如薄绢,又如玉脉般完美和永恒。追寻着笔墨的痕迹,可以在龙的低语与凤凰火焰中寻觅到意义的偏离。(104)

盛夏凉夜的茉莉花香,潜移默化中将唐寅的性欲转变为创作激情。曼迪·阿夫特尔(Mandy Aftel)在《气味文化读本》(*The Smell Culture Reader*)中谈到茉莉花香的独特功能,称它"能激发强迫症患者的深层欲望,捕捉并最充分地体验那些难以捉摸、转瞬即逝、不可替代的东西",更具体地说,"茉莉花几乎有麻醉性,可以捕获感官和想象力。然而,纵使力量强大,茉莉花香的功效在于更新恢复而不在于压抑,它同时具有抗抑郁和催情的特性"(214)。为什么卡斯特罗在这样一个充满性暗示和创作冲动的故事中选择了茉莉花香呢? 唐寅对茉莉花香的痴迷,不仅说明了他对性的渴望,也暗示了他在寻找性的本质及其与艺术创造力之间的联系。故事中唐寅的妻子林林认为性是肮脏的,因此他们从来没有真正享受过性。唐寅曾想象自己如庄周般梦蝶,如猛虎般觅偶,他有着压抑的性欲。在现实中难以满足的唐寅,转而在他的春宫画创作中得到另一种乐趣。在社会对道德礼教的严格管控下,唐寅的春宫画创作给他带来一种犯禁的快乐,"他还犯着违禁罪……感受着超越艺术边缘的自傲,最终将颠覆原艺术领域的风格"(106)。在创作这类绘画的过程中,唐寅体验到了阈限的越界力量,他借此摆脱了封建礼教的束缚,在茉莉花香萦绕的氛围中真正释放他的创造力。

唐寅的困境恰恰也是故事叙述者游博文的困境。由于曾经遭受严重的火车事故,游博文几乎丧失了他的性能力,与唐寅一样,他也被象征性地阉割了。"在中国之后,这是不可能的。"(37)游博文的这句感叹是他性无能的例证,也是他创造力枯竭的暗示。类似唐寅,游博文在他向女作家讲述故事的过程中转化了他的性欲。游博文的故事讲述强调了"他与女作家之间的纯洁关系,是对他无法向她提供性的一种叙事补偿"(Brun 18)。这种类似一千零一夜的叙事方法,延迟了性欲的满足,也延迟了叙事高潮的到来,达到了叙事时间的永恒。而性满足的延异使得游和女作家的关系脱离了肉欲,更接近游博文一直追求的那种纯粹的亲昵关系。唐寅故事中的茉莉花香嗅景并没有触发唐寅或游博文的性行为,而是激发了其艺术创作力，让他们领悟到性、时间与创作的深层次关系，得到了艺术的升华。

结语

本文以《候鸟》和《中国之后》这两部作品中主人公在跨国经历中因地理空间变化、心理秩序变动而产生的嗅景的阈限性这一新的角度进行诠释，重新挖掘卡斯特罗早期作品中的跨国身份主题。卡斯特罗这两部作品中所创造的嗅觉景观与特纳所总结的阈限的特征不谋而合。一则在于角色间共通的嗅景为沉浸其中的人们创造出特纳所说的共同体，使得人们建立过去和现在的纽带，更加珍视情感，也因此促进跨越阶级和种族的同志关系和亲密关系的发展。二则在于诱惑性的嗅景引导角色颠覆作者—读者的等级结构，释放出阈限中解构权威和身份等级的潜力，也通过将性欲望无限延异并转化为强大的创作欲望，而达到创造力的永恒。作为横亘在过去与现在、想象与现实、性欲与创作欲之间的一道门槛，作者利用这两部作品中的嗅景积极地探索着令他着迷的写作、性、时间和创造力之间的关系。因此，这两部作品中的阈限性嗅景的意义似乎在于作者对处于跨国浪潮中人与人亲密平等情感是否存在以及创造力是否会被泯灭的验证。如果主人公们能把从这种转瞬即逝的阈限中获得的珍贵的亲密感转换为一种维持内心稳定的力量，"永久阈限"就不会出现，他们也很有可能会向一种去等级的、亲密的和创造性的跨国身份过渡。

引用文献（**Works Cited**）

Aftel，Mandy. "Perfumed Obsession." *The Smell Culture Reader*. Ed. Jim

Drobnick. Oxford and New York: Berg, 2006.

Barker, Karen. "The Artful Man: Theory and Creativity in Brian Castro's Fiction."*Australian Literary Studies* 20. 3 (2002): 231 - 240.

—. "Theory as Fireworks: An Interview with Brian Castro." *Australian Literary Studies* 20. 3 (2002): 241 - 248.

Bennet, Cathy. "'Asian Australian' Migrant Identity: Brian Castro's *Birds of Passage* and *After China.* " *Association for the Study of Australian Literature* 16 (1994): 145 - 152.

Brennan, Bernadette. *Brian Castro's Fiction: The Seductive Play of Language.* New York: Cambria Press, 2008.

Brooks, Jessica. "Writing Beyond Borders: Derrida, Heidegger and Zhuangzi in Brian Castro's *After China.* " *Neohelicon* 42 (2015): 625 - 638.

Brun, Marilyne. "'After China, It Had Been Impossible': China, History and Sexual Anxiety in Brian Castro's *After China.* " *Transtext (e) s- Transcultures: A Journal of Global Cultural Studies* 6 (2011): 18.

Castro, Brain. *After China.* Sydney: Allen & Unwin, 1992.

—. *Birds of Passage.* Sydney: Allen & Unwin, 1983.

—. "Written Kisses. " *Meanjin* 66. 1 (2007): 185 - 188.

Cohen, Robin. *Global Diasporas: An Introduction.* New York: Routledge, 2008.

Constance, Classen, David Howes, and Anthony Synnott. *Aroma: The Cultural History of Smell.* London: Routledge, 1994.

Gan, Huiting. "*Birds of Passage*'s Challenge to Australian Nationalism. " *Foreign Literature* 1 (2006): 54 - 57.

[甘恢挺:《〈漂泊者〉对澳大利亚传统民族主义观念的挑战与超越》,《外国文学》2006 年第 1 期,第 54 - 57 页。]

Gennep, Arnold Van. *The Rites of Passage.* Trans. Monika B. Yizedom and Gabrielle L. Caffee. Chicago, Illinois: U of Chicago P, 1960.

Jay, Paul. *Global Matters: The Transnational Turn in Literary Studies.* New York: Cornell UP, 2010.

Ommundsen, Wenche. "After Castro, Post Multiculturalism?" *TirraLirra* 5. 2 (1994 - 1995): 10 - 13.

—. "'This Story Does Not Begin on a Boat': What Is Australian about Asian Australian Writing?" *Continuum: Journal of Media & Cultural Studies* 25. 4 (2011): 503 - 513.

Ouyang, Yu. "'Chinese in Australian Fiction.* New York: Cambria Press, 2008.

Pierce, Peter. Things Are Cast Adrift': Brian Castro's Fiction. " *Australian Literary Studies* 17. 2 (1995): 149 - 156.

Pons, Xavier. "Impossible Coincidences, Narrative Strategy in Castro Brian's 'Birds of Passage'. " *Australian Literary Studies* 14. 4 (1990): 464 - 475.

Porteous, J. Douglas. "Smellscape. " *Progress in Geography* 9. 3 (1985): 356 - 78.

Szakolczai, Arpad. "Permanent (Trickster) Liminality: The Reasons of the Heart and of the Mind. " *Theory & Psychology* 27. 2 (2017): 234 - 235.

—. *Reflexive Historical Sociology.* New York and London: Routledge, 2000.

Thomassen, Bjørn. "Revisiting Liminality: The Danger of Empty Spaces. " *Liminal Landscapes.* Ed. H. Andrews, L. Roberts. New York and London: Routledge, 2012. 37 - 51.

Turner, Victor W. *The Ritual Process: Structure and Anti-Structure.* New York: Cornell UP, 1969.

Wang, Guanglin. "Heterotopias: The Thoughts and Writing of Chinese Australian Writer BrianCastro. " *Contemporary Foreign Literature* 2 (2005): 56 - 63.

〔王光林:《异位移植—论华裔澳大利亚作家布赖恩·卡斯特罗的思想与创作》,《当代外国文学》2005 年第 2 期,第 56 - 63 页。〕

Zhan, Chunjuan. "Dialogue between History and Reality: The Polyphony in*Birds of Passage.*" *Contemporary Foreign Literature* 1 (2007): 59 - 65.

〔詹春娟:《历史与现实的对话——论〈漂泊者〉的复调艺术特色》,《当代外国文学》2007 年第 1 期,第 59 - 65 页。〕

作者简介:刘鲁蓉,香港中文大学英语系在读博士生;黄忠,武汉大学外国语言文学学院英文系副教授。

现实与虚幻交织的全球圆形流散

——论莫迪亚诺《青春咖啡馆》的主题

王　刚　霍志红

一、现实、虚幻与全球圆形流散

莫迪亚诺的《青春咖啡馆》的主题是现实与虚幻交织的全球圆形流散。通常情况下,虚表示缥缈,幻亦表示不真实。虚幻是一种不确定,是一种对真实的怀疑。虚幻即想象的存在,如思维、感觉、意象等,虚幻从某种程度上来说其实就是一种白日梦,它是"人在清醒情况(通常是在感觉困倦)下的一种幻想,一种特殊的精神活动的状态"(傅正谷 17)。在文学创作里,幻觉往往蕴含着比现实更为真实的情感和知觉。虚幻作为一种手法,既可用来表现人物的深层意识,又可曲折地反映客观现实。它不仅与作品的结构相关,也能揭示和升华主题。通过虚幻,"人类能在短暂的有限的生命中找到无限的意义"(贺晓武 45)。帕特里克·莫迪亚诺在作品中创制出一个个幻象,这种在现实和虚幻中的飘游不是单纯地复制和追求虚幻,而是要借助虚幻再现另一种真实,即用虚幻构建真实。对作者而言,现实与虚幻的交相辉映,能构建出一个个内在高度协调的统一体,这是全球圆形流散最突出的特征和表现形式。

　　进入全球化时代以来,各国之间互相的圆形移民不断增加,这也导致了更为频繁的流散现象,"一大批离开故土流落异国他乡的作家或文化人便自觉地借助于文学这个媒介来表达自己流离失所的情感和经历,他们的写作逐渐形成了全球化时代世界文学进程中的一道独特的风景线:既充满了流浪弃儿对故土的眷念,同时又在字里行间洋溢着浓郁的异国风光"(王宁 5)。而世界各国对流散的研究也从未间断过,澳大利亚人文学院院士比尔·阿什克劳夫特(Bill Ashcroft)教授认为流散是"各个民族人民一种自愿的,或者强有力的从家园朝向新区域的运动"(68)。英国作家萨尔曼·拉什迪(Salman Rushdie)认为"一位充分意义上的移民要遭受三重分裂:他丧失他的地方,他进入一种陌生的语言,他发现自己处身于社会行为和准则与他自身不同甚至构成伤害的人群之中"(286)。

　　对于全球圆形流散,本文认为:首先,流散"是个人或集体从一个地方到另一个地方的身体与心理皆具的"(Baronia 39),也是现实与虚幻交织的、显性与隐性共存的身体和心圆形双重反应。其次,流散的路线既是线形的,又是圆形的,每个流散者都有其流散的圆心,这样,流散就成为圆形流散。圆形流散者有时出于无可奈何,有时又是心甘情愿的,有时深入大地,有时漂浮无根;借助于现实和虚幻不断交替变化的魔幻手法,每一次的流散都经历着新旧交替的剧痛和质变。更为重要的是,在科学技术日益发达的今天,全球化浪潮更加汹涌澎湃,不管从地理还是心理上来说,传统的母国与家园的意义已发生颠覆性变化。地球变成了"地球村",每个人都是流散之民,我们之前认为的恒定不变的家园已不复存在,一切皆变成幻影。回家,是我们无法实现的虚幻。我们的家园在想象中,每个人——不管其母国、民族和职业——都处在回家的路上。这样,流散就变成了全球圆形流散。

借助这种现实和虚幻不断交替变换和多角度轮转的叙述手法以及全球圆形概念,《青春咖啡馆》为我们揭示出一个深刻的主题:人生的真谛是流散,并且是跨越时空、身心皆含的全球圆形流散。

二、在现实与虚幻交织中结网

首先,我们来聚焦亦真亦幻的生命之圆。《青春咖啡馆》围绕露姬的失踪展开,以孔岱咖啡馆为故事圆心,反映二十世纪五十年代巴黎人的思想和生活状态。第二次世界大战给整个世界造成了前所未有的破坏和灾难,对人们的心灵产生了极大的冲击和震荡,人的信仰土崩瓦解。这也直接促进了国际情境主义的诞生和盛行。国际情境主义者认为:"在这个被商品和景观统治的社会中,创造精神和人生梦想失去了自己的家园,人生活在这样的环境里感到窒息,所以他们用创造生活取代被动生活,呼吁毫无拘束地生活,毫无节制地享受和游戏人生,并进行人生的漂移。"(莫迪亚诺140)在第二次世界大战和国际情境主义的双重影响下,《青春咖啡馆》里的人们总是在不断地追寻、游荡,毫无目的可言。突然出现在孔岱咖啡馆里的女主露姬本身就是个谜，亦真亦幻。

露姬与周遭世界格格不入的神秘气质、优雅举止、高贵衣着，都散发着迷人的魅力。而通过小说中四个叙述者——在校大学生、私家侦探、露姬的情人罗兰、露姬本人从不同角度的叙述，我们了解了她的童年、她的婚姻和她跳楼自杀的原因。四个叙述者都以第一人称"我"的口吻，从不同角度向读者讲述露姬的短暂人生经历：她一次又一次离家出走，一次又一次地逃离现实生活，试图在幻想和不断变化的现实特定场景中寻找自我，但她每次亦真亦幻的尝试都以失败告终。露姬的不断逃离最终以她跳楼自杀作为终结。这不仅仅是青春的消逝，也是生命从开始到消亡的全过程，正如国际情境主义的创始人居伊·德波（Guy Debord）的观察："在真实生活之旅的中途我们被一缕绵长的愁绪包围，在挥霍青春的咖啡馆里愁绪从那么多戏谑的和伤感的话语中流露出来。尽管青春在现实中容易消逝，但是她给每个人留下的回忆会永远留驻在人们的梦里和记忆之中。"（《青春咖啡馆》扉页）

从幼时离家出走、成年后草草结婚，到邂逅情人罗兰、最后跳楼了结一生，露姬的心灵从未找到归宿。她在虚无缥缈、亦真亦幻中度过了短暂的一生。她自己也不清楚自己究竟是否真正地生活过。穷困潦倒、居无定所使她一直处在浑浑噩噩、身心俱疲的流散状态之中。

众所周知，第二次世界大战造成九千万余人伤亡、不计其数的人失踪、无数家庭分崩离析。露姬就生活在一个畸形的、缺少关爱的家庭里。她自出生后就没有见过其生父，自然从来就没有享受过父爱。她的家庭靠其母亲在巴黎著名的声色场所红磨坊夜总会打零工维持。母亲的这一职业不仅让露姬难以对人启齿，而且她本人也潜移默化地受其影响。母亲为生计而忙于奔波根本无暇照顾她,这也导致露姬十三四岁就离家出走、多次外出流浪,并两次被警察抓住,留下未成年流浪的不良记录。可以说,在家庭里,她享受不到应有的关爱;在生活上,她穷困潦倒、百无聊赖。即使在母亲把她从警察局接回家时,她们俩之间也几乎没有任何交流——就连生气、抱怨等都没有,更不用说关爱了。"也许,她对我不抱任何幻想才会对我漠不关心。她也许在心里对自己说这闺女没什么好指望的,因为我就是她的翻版。"(莫迪亚诺 58)或许,哀莫大于心死,残缺不全的情感世界必然如打碎的镜子一般难以形成一个完整的映像。女儿是母亲的翻版这句话揭示出她们感受不到几十年的时间消逝,也感受不到几十年空间和事物的变化,在这几十年内时空停滞,她们一直处于现实与虚幻交织的圆形流散状态中。

在这种情况下,露姬的生活毫无目标、到处漫游,孔岱咖啡馆成了她最常去的地方。对她来说,"家"的概念是抽象、不真实的。哪里都是她的家,哪里又都不是她的家。她一直在为寻找真实的"家"和真正的生活不停地努力奋斗。在警察局接受完讯问后,她如释重负,对未来的生活和家充满了美好的憧憬,"那些事情说出来之后,跟我就不相干了,我说的是另外一个人的故事。……我准备跟他说一些其他的细节和名字,跟他说一个想象中的家,一个我梦想的家"(莫迪亚诺 61)。支离破碎的生活使她的人格出现了分裂,她不知道自己是谁,做出的是什么事,家在哪里;现实中无家可归的她一直处于寻找家园的路上。这里,现实中的她与想象中的她、现实中的家与想象中的家得以混淆,而在这种混淆之中,露姬失去了归属感,像断了线的风筝,处在一种四处飘游的难以着地的圆形失重状态。

三、现实与虚幻交织下的全球圆形流散

　　小说的四个主要叙述者——巴黎高等矿业学校的大学生、侦探盖世里、露姬、露姬的情人罗兰——一直都在流散的路上,处于半醉半醒的状态,各自以不同的方式绘制流散之圆。

　　首先,对露姬来说,她让人惋惜、令人心碎的人生正是此种状态的最好写照,"只有在逃跑的时候,我才真的是我自己。我仅有的那些美好回忆都和逃跑或者离家出走连在一起"(莫迪亚诺82)。露姬从未成年起就开始流浪,她的足迹遍布巴黎各个街区,而她的心理发展轨迹则贯穿现实与虚幻、幸福与绝望、新生与死亡,并一直处于真实与梦境之间,"这种轻松自如的感觉有时会在梦中出现。你感到无所畏惧,任何危险都不在话下。假如情况真的朝恶劣的方向发展,你只须醒过来就是了。你变得不可战胜。我一直走着,急切地想走到尽头,那里除了蔚蓝的天空和无边无际的空旷外,什么都没有"(82)。这样,逃跑成了其圆形流散的圆心,而逃跑时的不同时间、不同空间和不同心情则构成了这个圆的半径。尽管半径有长有短并有清晰和模糊之别,但是圆心一直不变。

　　第二次世界大战对露姬和她的同代人造成难以治愈的创伤。尽管露姬多次竭尽全力为生存而奋斗、一直追求幸福和美好的生活——她未成年流浪并在警察局留下不良记录、去康特尔酒吧打工谋生带来一生恐惧、去孔岱咖啡馆倾听文艺青年的交流和激辩、去书店借阅图书并仔细研读、在大街上接受罗兰的爱情追求等——可命运之神却一再与她开玩笑,将她愚弄,她所做出的努力和尝试无一成功,都化为泡影。后来露姬竟吸食毒品,进入迷幻状态,从麻醉自己中寻找安宁和快乐。露姬一次次逃逸并最终无处

遁逃，这种悲剧命运不只发生在她一个人身上，也发生在《青春咖啡馆》里的绝大多数人身上，这似乎也是"二战"后年轻一代人命运的缩影。

其次，侦探盖世里似乎洞察一切，客观冷静，处理问题果敢坚决而不喜形于色。但即便如此，因深受露姬的影响，他在很多情况下也难辨现实与虚幻。当让-皮埃尔·舒罗跟他讲述让与雅克林娜·德朗克在交往两个月后结婚的情形后，盖世里如此评论："这种生活出现在你的人生当中，有时就像一块没有路标的广袤无垠的开阔地。"（莫迪亚诺 38）在侦探盖世里看来，属于露姬的只有一条逃逸线而没有其他线。她不受任何规矩的约束，甚至也无所谓漫无目的，她的生活被分裂成了块块碎片，随时都会分崩离析；她的人生也被拆解得支离破碎，难以找到幸福和安宁。

不过，思维理性、善良正直的侦探盖世里在跟踪调查露姬的过程中，被其异乎寻常的经历所感动而不忍心继续调查，放弃了从露姬丈夫那里得到一大笔报酬的机会。停止对露姬生活踪迹的探寻，盖世里的心也随着露姬的流散而流散。为此，盖世里侦探所的老板布雷曼甚至把他与"二战"后被人称作"边睡觉边抽烟的人"的那种流氓无赖相提并论，因为他查寻露姬行踪的过程也从理性清醒变成了亦真亦幻，"我也一样，坐在这张长凳上，在茫茫夜色中，我感觉就像在做梦一样，我在梦中继续追寻着雅克琳娜·德朗克的行踪"（莫迪亚诺 54）。

另外，露姬的情人罗兰对她一往情深。露姬和他交往的日子，也是她短暂的人生中最为舒心的一段时光。然而，罗兰对露姬的过去无从了解，对其内心想法也知之甚少，"因为我们经常有心灵感应。我们都是处在同一个波长上。同年同月出生。然而，必须承认我们之间有不同的地方"（莫迪亚诺 122）。也就是说，尽管露姬和罗兰一起去咖啡馆畅饮、一起去书店看书、同居多日并计划一起去旅行,但他们彼此并不了解。这一方面是因为他们不愿意探究对方的过去,或者本身对自己的过去讳莫如深;另一方面,他们对未来也没有愿景,浑浑噩噩,他们"四处漂泊,居无定所,放荡不羁",过着今朝有酒今朝醉的日子。不仅仅是他们,周围绝大多数人也都处在大致相似的状态,他们对未来无能为力,关心别人更是无从谈起,"然后,那些人在某一天消失了,人们才发现对他们一无所知,连他们的真实身份都不知道"(莫迪亚诺 83)。

更为重要的是,《青春咖啡馆》不仅见证了这些失意青年消逝的青春,更铺陈他们漫无目的的努力和无果而终的探索,当然也包括神圣的爱情。一方面,当露姬放弃康特尔酒吧、离开丈夫之后,她无处安放的青春在孔岱咖啡馆暂时找到了避难所,她的幸福在遇到罗兰后也暂时有了依托。罗兰对他们的流散短聚有这样的感言:"总之,在我的记忆里,那天晚上,我们漫步其中的是一座杳无人迹的空城。现如今,当我回想往事的时候,我们的相遇,在我眼里恰似两个在生活中萍踪无定的人的邂逅。我觉得我们在这个世界上无依无靠、孑然一身。"(莫迪亚诺 87)青春的流逝是必然的,在共度一段难忘的时日之后,他们每个人又朝不同的方向继续自己的青春流散。另一方面,罗兰是四处流散的露姬爱情安放的接收者。露姬和罗兰之间有较多交往和一定感情基础:他们相伴去品尝咖啡、书店买书、逛街购物,至少罗兰是爱着露姬的,"我还经常在梦中听见她唤我的声音。一切都是如此地清晰——直至最微小的细节——以至于当我一觉醒来的时候,我总会问自己这怎么可能"(莫迪亚诺 94)。不过,露姬对罗兰却没有爱情,他不过是她人生旅途中的匆匆过客,只不过留下的痕迹更重、时间更长罢了。露姬从没有和罗兰真正交心,内心最隐秘的事情也从没对他谈起,即使她跳楼自杀，罗兰也是从他处得知的。

总之，人们一方面在现实中不断寻求保护，从一个地方流浪到另一地，竭力把自己隐藏得严严实实；另一方面又处在不断的幻想中，寻觅自身的精神归宿，或是爱情，或是信仰。在反复寻觅和藏匿的过程中，现实与虚幻不断地交织，构成贯穿小说始终的主题。

除了露姬、情人罗兰及侦探盖世里之外，光顾青春咖啡馆的顾客，不管国籍、年龄、性别和身份，均刻意隐藏自己的过去，所以把孔岱咖啡馆当成天堂，逃避现实痛苦异常的挣扎。他们每个人都隐姓埋名、对别人层层设防，尽管表面热情，但对彼此都冷漠如冰。他们的身体和精神只能一直在空中进行无根的圆形飘浮。

结语

《青春咖啡馆》描绘了"二战"后的 20 世纪 60 年代里，逐渐消失的巴黎及形形色色的生活于此的人。露姬和出入咖啡馆的人物在现实与虚幻不断交织变换的光怪陆离世界中漂移流浪。小说并未给我们带来掷地有声的真实感，而是引发无数的迷惘与幻想。美国作家海明威曾经说过："巴黎是一场流动的盛宴。"(1)真实与荒诞在此交织，随心所欲而无可奈何的生活，淋漓尽致地展现了世界的光怪陆离。

无论在时间、空间抑或人物塑造方面，《青春咖啡馆》都体现出现实与虚幻交织的全球圆形流散主题。以时间为例，青春年华或青春消逝的人们均带着无限惋惜、眷恋、怀旧与感伤踏入咖啡馆。纵情挥霍时光和青春间，读者仿佛也能对照自我，找寻自己的身影，和书中的人物一起经历那些生活的细枝末节。在空间上，小说里的人物身在一方，心却在他处，他们身在现实，魂在虚幻，终日游走,分不清过去和现在,辨不明城市和乡村。《青春咖啡馆》里发生的故事可以在巴黎、伦敦,也可以在纽约、东京——它可能发生在任何一个国家、任何一个城市。不仅如此,露姬的经历也非现实中的个案,因为有许多露姬式的人不断地彷徨、绝望、探寻,周而复始地在重复百年如一日的生活。露姬可能是出现在孔岱咖啡馆里的任何一人——身处苦恼、逃离和矛盾之中,要逃跑和消逝,要放弃现在的生活,不知道人生的目的和意义何在。

在此背景下,人的身体和心灵都在飘游,而他们的流散也呈现全球性意义,成为一种全球圆形流散。芸芸众生一直徘徊缠绕在现实与虚幻之间,终生漫无目的地漂游。

引用文献（Works Cited）

Ashcroft, Bill, et al. , eds. *Key Concepts in Post-Colonial Studies*. New York: Routledge, 1998.

Baronia, Marie-Aude, et al. *Diaspora and Memory*. New York: Rodopi, 2007.

Debord, Guy. *The Society of Spectacle*. Trans. Wang Zhaofeng. Nanjing: Nanjing UP, 2006.

［居伊・德波:《景观社会》,王昭风译,南京:南京大学出版社,2006 年。］

Fu, Zhenggu. *Foreign Famous People Talking about Dream Remittance*. Tianjin: Tianjin Academy of Social Sciences Press, 1991.

［傅正谷:《外国名家谈梦汇释》,天津:天津社会科学院出版社,1991 年。］

He, Xiaowu. "The Anthropological Basis of Literary Fiction. " *Journal of Guangxi Normal University* 1 (2007): 45 - 49.

［贺晓武:《文学虚构的人类学根据》,《广西师范大学学报》2007 年第 1 期,第 45 - 49 页。］

Hemingway, Ernest. *A Moveable Feast*. Trans. Tang Yongkuan. Shanghai:

Shanghai Translation Publishing House，2012.

［海明威：《流动的盛宴》，汤永宽译，上海：上海译文出版社，2012。］

Modiano，Patrick. *Horizon*. Trans. Xu Hejin. Shanghai：Shanghai Translation Publishing House，2014.

［帕特里克·莫迪亚诺：《地平线》，徐和瑾译，上海：上海译文出版社，2014 年。］

---. *In the Café of Lost Youth*. Trans. Chris Clarke. New York：New York Review Books，2016.

---. *In the Café of Lost Youth*. Trans. Jin Longge. Beijing：People's Literature Publishing House，2010.

［帕特里克·莫迪亚诺：《青春咖啡馆》，金龙格译，北京：人民文学出版社，2010。］

Rushdie，Salman．"On Günter Grass." Trans. Huang Canran. *World Literature* 2(1998)：286.

［萨尔曼·拉什迪：《论君特·格拉斯》，黄灿然译，《世界文学》1998 年第 2 期，第 286 页。］

Wang，Ning．"The Global Characteristics Featured by Both Diasporic Writing and Chinese Culture." *Chinese Comparative Literature* 4（2004）：2 - 14.

［王宁：《流散写作与中华文化的全球性特征》，《中国比较文学》2004 年第 4 期，第 2 - 14 页。］

作者简介：王刚，复旦大学博士后，上海工程技术大学外国语学院院长，教授；霍志红，上海工程技术大学图书馆馆员。

历史与记忆

《大闪蝶尤金妮娅》中的博物学与帝国主义

刘　彬

佳亚特里·C. 斯皮瓦克(Gayatri C. Spivak)认为:"帝国主义在英国文化再现中发挥着重要作用。铭记这一点才能读懂 19 世纪英国小说。"(58 - 59);萨义德(Edward W. Said)同样指出:"在19 世纪和 20 世纪初期,英法文化的几乎每一个角落里都可以见到帝国事实的种种暗示。但是,帝国在别的任何地方都没有像在英国小说里那样有规律和经常地出现。"(83)作为"以 19 世纪,尤其以维多利亚时代为背景的当代历史小说"(Llewellyn 165),新维多利亚小说"将帝国经验编码"(Ho 10),"帝国与性别是其两个核心主题"(Kohlke and Gutleben 246)。A. S. 拜厄特(A. S. Byatt,1936—)的新维多利亚小说《大闪蝶尤金妮娅》(*Morph Eugenia*)(以下简称《大闪蝶》)触及了帝国主题。由于其作品极少正面描述种族主义与殖民主义,又因其公开表示对后殖民主义的反感,拜厄特的后殖民批判思想只引起极少学者关注。米歇尔·韦恩罗斯(Michelle Weinroth)认为,《大闪蝶》"巧妙地关注了民族身份与殖民历史",它"虽不能归入后殖民小说范畴,但深受后殖民理论影响"。通过揭露维多利亚社会繁华表象背后的性别与种族不平等,小说实现了"对霍米·巴巴等描述的西方文化霸权式规范的批判与解构"(189-190)。在博士论文《肮脏的手:当代小说中作为政治人物的仆人》("Dirty Hands: The Servant as a Political Figure in Contemporary Fiction", 2011)中,艾维斯(Elifoztabak-Avci)聚焦仆人,揭示《大闪蝶》的后殖民批判思想。金冰则从重构英国性这一角度论述《大闪蝶》中的后殖民思想。

　　上述学者肯定了《大闪蝶》的后殖民思想,却忽视了其博物学叙事。萨莉·萨特沃斯(Sally Shuttleworth)、乔治·拉提塞尔(Georges Letissier)和博卡迪·玛丽安德(Boccardi Mariadele)等指出,博物学主题是新维多利亚小说频繁出现的主题。在回忆《大闪蝶》创作过程时,拜厄特说:"我进行了大量阅读,内容涉及蚂蚁、蜜蜂、亚马孙游记、蝴蝶、飞蛾等领域。"(On Histories 117);主人公威廉的原型来自 19 世纪英国的阿尔弗雷德·华莱士(Alfred Wallace)和亨利·贝茨(Henry Bates)(79);小说主题可概括为"人间天堂:亚当、林奈、华莱士、贝茨、英国树篱与亚马孙丛林"(92)。拜厄特提到的这些人都是 18 到 19 世纪赫赫有名的博物学家。小说题名中的"大闪蝶"是主要分布在南美洲的一种蝴蝶。可见,小说的整体构思、人物原型、主题思想都与博物学相关。小说所叙述的博物学活动包括:在亚马孙森林寻找新物种,为新物种命名与分类、采制与收藏异国动物标本、动物标本交易等。那么,这些博物学活动与帝国主义有何关联呢?

一、命名与分类：帝国知识话语暴力

米歇尔·福柯（Michelle Foucault）说：博物学"是对可见物的命名"（175），博物学者"关注的是命名"（215）。18世纪中叶，瑞典博物学家卡尔·林奈（Carl Linnaeus）创建的命名与分类体系传入英国并迅速得到英国博物学界认可。《大闪蝶》对林奈分类与命名方法做了简介：林奈爱用欧洲神话中的人物名字给亚马孙森林中的物种命名。比如，他把当地的海里康属植物称作缪斯，用希腊和特洛伊神话中的英雄命名凤蝶。博物学者威廉梦想像林奈那样，对物种拥有命名权。他最终如愿以偿，将亚马孙森林的一种大闪蝶命名为"尤金妮娅"。哈罗德力图通过经济赞助的形式让博物学家用哈罗德或者其姓氏奥兰巴斯托命名亚马孙的某只蟾蜍或甲虫。关于林奈的命名体系，小说叙述者评论道：（这种方式）"把新世界紧紧地束缚在旧世界的想象中"，这是"用科学家的想象殖民"新世界（Byatt，*Morpho* 118）。在论及林奈的命名方式时，拜厄特指出："命名是既独特又清白的殖民主义（a strange and innocent form of colonialism）。"（*On Histories* 118）那么，貌似"清白"的命名在何种意义上是"殖民主义"呢？在众人渴望命名权的背后隐藏着怎样的权力欲望呢？

并非巧合，威廉姓亚当。据《创世纪》记载，上帝赋予亚当完美的认知能力及对万物的命名权。亚当观察、注视动物，按照肉眼捕捉到的差异为动物命名分类。这一过程彰显了权力差异：掌握话语权和凝视权的亚当把语言尽可能拉向观察者，把词尽可能推向被观察物，两者之间形成"词与物"的关系。亚当的故事说明，命名权以命名者及其话语凌驾于其他生命形式之上为前提，旨在巩固命名者权威、展示创造世界秩序的力量,这是话语软暴力。姓氏亚当暗示着威廉重构世界的野心,此野心契合其殖民意识。在威廉眼中,英国这里的人是"文明人",这里景色"像天堂",气候"像黄金时代",一切井井有条;亚马孙那里的人是"野蛮人",那里的草木"怀有某种敌意","紊乱无序",令人"窒息"(《大闪蝶》32-33)。英国女人"温柔……纯洁……不可亵渎","优雅、轻盈……洁白无瑕……纯真、端庄"(5-7),如同希腊神话中掌管着爱与美的女神阿芙洛狄特;反之,亚马孙的女人肤色暗沉,浑身是汗,"放荡不羁","不知羞耻","缺少美德"(Morpho 5-7)。此外,威廉眼中的亚马孙是"未开发的森林"、"荒野"(11)、"处女地"(7)。显然,这些观点是基于殖民主义立场对南美洲做出的道德与经济评估,其中包含文明与野蛮、有序与无序的对立,"荒野"、"处女地"等标签既彰显了威廉对亚马孙开拓的雄心,又成为殖民话语构序的合法依据。

毋庸置疑,殖民意识先验地植入威廉的大脑并形成先在结构,统摄他对新世界的认知及博物学活动。如果说,任何知识必定是某种世界观与世界图景下的知识,具有意向性与价值非中立性,那么,欧洲博物学知识体系是西方文化业已确定的世界结构以及文明标准,是一套被西方社会建构的话语体系,必定服务于欧洲殖民主义。在南美洲强行推广这套体系,无异于强行推广内含其中的西方社会文化价值体系并让这套体系仪式化、自然化、普世化,这是试图用大一统的思维方式实现对世界的重组,实现政治一体化。这是"将土著人早已熟悉并构成其语言、生活及历史一部分的事物进行抽象化处理并挪用,是对欧洲之外的自然进行'自然化'处理的过程"(Pratt 61)。这一过程既体现欧洲话语的创造性,即创造了它所陈述的事物,创造了殖民地的现实,又凸显了欧洲话语对土著文化行使审查与收编的权力,暴露了西方话语企图"冻结"土著文化的"欲望"。正如罗伯特·杨所言:"殖民力量,比如英国,并不消灭或破坏一种文化,而是试图将殖民主义的超级结构移植过来,以达到间接统治。通过强加一种新的帝国文化模式,将殖民地文化转变成一种学术分析的对象,从而冻结这种原始本土文化。"(174)或如萨义德所言:"(帝国社会的力量)在话语中的表现,就是把生的,即原始的材料,重新塑造、整理成欧洲本土传统的叙述和正式话语……成为学术秩序",或者说,就是用欧洲文明"治理""混乱无序"的殖民地话语,从而创建一种欧洲话语秩序(138)。这既是对被殖民者进行"意识替换"、"意识控制",又有助于殖民者在殖民地产生"四海为家"的主人意识(151)。

由是观之,威廉的命名与分类在本质上是掌握话语权的宗主国消除殖民地文化差异的过程,是对殖民地进行的文化"辖制"与"冻结",是为了培养被殖民者文化自觉性而实施的"认知暴力"与"认知侵犯",它体现了欧洲中心主义的科学权威和文化霸权意识。在这个意义上,"清白的"命名与分类成为"帝国主义科学"活动(Robin 64)。

二、异国动物标本收藏:帝国扩张的欲望

在《大闪蝶》中,哈罗德是"动物标本收藏家"(*On Histories* 116)。他的书房立着三个六角形展柜,里面展示着各种蝴蝶标本。还有一间房子里堆满了他从华莱士、斯普鲁斯、贝茨和威廉手中"狂热地购买"来的异国动物标本(*Morpho* 17),其中包括:"猴子皮,精致的鹦鹉皮,保存良好的蜥蜴,凶恶古怪的蛇,鲜绿或亮紫色的死甲虫,长着丑陋犄角、外表黝黑的恶魔……各种鼠类标本,来自回归线地区的花果、熊牙、犀牛角、鲨鱼骨骼、珊瑚块"等(《大闪

蝶》27)。拜厄特历来对细节非常挑剔,曾经宣称,"选择恰当的词汇描绘真实的世界是我 20 年来一直思考的问题"(*Passions* xv),为何不惜笔墨列出这份标本清单,还注明部分标本的来源地,如马来西亚、南美洲、非洲等? 此外,据小说交代,哈罗德是英国庄园主,庄园建造者是其母亲,一位东印度公司商人的女儿,修建资金来自她的丰厚嫁妆。在 19 世纪,东印度公司成为英国在印度的实际统治者。在 1757 年至 1815 年间,英国通过它从印度榨取的财富不下十亿英镑。哈罗德的另一部分财富来自曼彻斯特兰开夏郡的棉花交易。作为 19 世纪最重要的纺织品生产国,英国利用硬实力向殖民地大量倾销纺织品。哈罗德的家族背景凸显了他的殖民者身份。然而,殖民者哈罗德对待异国动物标本的态度令人困惑:一方面,他"急切增加藏品数量"(*Morpho* 7),另一方面,他收集时"不加甄别",得到后"并不上心"(33),导致大量标本遭到彻底破坏。那么,殖民者哈罗德的狂热收藏到底是求知欲使然还是有其他原因?

　　哈罗德的收藏爱好是维多利亚时代英国兴起的博物收藏热的一个缩影。像哈罗德一样,人们把动物标本用玻璃镶嵌,当作饰品摆放在书房显眼的位置。当时社会对动物标本的热情如此高涨,以至于在"18 世纪末,英国的动物标本制作加工已经发展成为一个产业。19 世纪八九十年代,几乎每一个英国村庄都住着一位动物标本制作师"(Herriott 6‐8)。与普通收藏者不同,哈罗德对产自英国当地的标本并无兴趣,他收藏的是来自亚洲、美洲与非洲的动物标本。异国动物标本是"收集型博物学"的具体内容之一。"收集型博物学"以"帝国式、重探险、追求远方动植物"为特点,它与帝国殖民扩张息息相关(李猛 58)。两者的相关性主要表现为时间上的重叠、操作手段的相似以及发展过程中的互助。

　　在英国，博物学家参与英国海军部的探险活动早已成为惯例。早在 1768 年，为了去南太平洋的塔希提岛观测某一罕见的天文现象，皇家学会向王室和政府请求，希望海军能够助一臂之力。国王乔治三世和海军部答应了这一请求，但他们要求詹姆斯·库克(James Cook)船长寻找南大陆并绘制相应地图。库克船长于是带上博物学家约瑟夫·班克斯(Joseph Banks)。班克斯在考察结束后带回不少珍稀物种并绘制了博物地图。后来，班克斯借助王室、政府、东印度公司和全球殖民地的力量建立了全球性博物学网络，推动了收集型博物学的发展。

　　收集型博物学往往不得不依靠帝国实力。1858 年，英国的利文斯通博士希望获得赞比亚河流域的一种大型动物标本。他首先向英国动物学协会提出申请。在协会请求下，葡萄牙国王向莫桑比克大总督颁布命令，总督再把这道命令下达给提得总督以及赞比亚其他官方机构，敦促他们为这次博物活动提供便利。试想，如果没有大英帝国作强大后盾，这一全球范围内的协调工作怎么能够完成？这一点可以从人们对查尔斯·达尔文(Charles Darwin)的评价中得到验证："他并非单干。他有大量的撰稿人，散布在联合王国的每个国家、殖民地和领地，遍及世界各地……英国商船的商旗飘扬在他的著作的书页上。"(刘华杰 69 - 70)

　　无疑，博物学既是个人的，也是大英帝国的事业。博物学家活动范围与帝国拓殖范围呈正比关系，早期博物学家主要由殖民官员组成。鸦片战争之前，传教士是唯一能够在华传播西方博物学知识且展开博物考察的西方人，其主要活动范围限于通商口岸一带。鸦片战争之后，随着英国势力侵入西南与西北地区，博物学家的活动领域向内陆渗透，他们在华活动规模快速增长，这时的博物学家开始主要由领事馆官员与海关工作人员组成。事实上，早期博物学年度报告里往往附上长长的赞助者名单，其中包括英国皇室、殖民地总督及殖民官员、英国贵族等。这些帝国工程设计者、宣扬者与践行者们的参与决定了博物学的政治功能。即便有些学者的初衷并非攫取政治经济利益，但他们所收集的信息往往被殖民者占有，成为拓殖的宝贵资料。因此，博物学者"总是举着英国旗帜，然后又跟随着英国旗帜踏上新土地"（Miller 62）。博物学活动是政治扩张的前奏，政治扩张又为博物学发展扫除障碍，两者合力形成"博物学帝国主义"（李猛 57）。

　　"博物学帝国主义"模式决定了异国动物标本收藏所交织着的政治民族情绪。伦敦动物园①——"另一种形式的博物馆"（Amato 140）——的筹建、开放以及媒体对它的报道充分体现了这一点。创始人托巴斯·S. 拉弗斯爵士（Sir Thomas S. Raffles）曾是新加坡殖民地开拓者。在 1825 年的那份筹款倡议书中，拉弗斯刻意渲染动物园的爱国主义色彩，他写道："在欧洲，伦敦是唯一一个没有异国野生动物研究机构的大都市。"（Ritvo，"London Zoo" 255）言外之意：异国动物是帝国强盛的标志，英国决不能在此领域落后。这份洋溢着爱国热情的倡议书达到预期效果，修建资金在短时间内全部到位。1847 年，当伦敦动物园迫于经济压力向普通市民有偿开放时，公众趋之若鹜。报纸杂志以骄傲自豪的口吻写道：这家动物园拥有"世界上最大、排列最有序的野兽与鸟类"，"超越世界同类动物园"（Amato 136）。当时社会把异国动物与遥远殖民地相提并论，因此，参观者在潜意识中将自己的殖民欲望投射到动物，"把动物园想象成英国殖民世界"，想象为一幅立体

---

　　① 在 1946 年成立的国际博物馆协会章程中，博物馆"也包括动物园和植物园"。参见彭兆荣，第 36 页。有学者指出，动物园里的动物是"科学标本"，"像博物馆里陈列的那些标本一样"。参见 Sarah Amato，139。

的"帝国景观图",把园内动物视为"帝国捕获物"(Jones 5)。动物园有条不紊的管理既证实了英国高超的驯化水平,又象征着对殖民他者的"惩罚与规训"。在参观者看来,这"不仅是单纯的标本收集,也是攫取领土的胜利"(Miller 63)。

因此,对殖民者哈罗德来说,收藏并非基于单纯的求知欲,其中交织着复杂的心理动因。异国动物标本跨越地理空间与文化疆域,成为殖民权力符码、帝国政治"捕获物"、帝国拓殖战利品,它们图绘了一副殖民地疆域图,标识着殖民者的足迹,投射着对殖民他者的政治欲望。占有它们象征性地满足了殖民者的占有欲。

三、异国动物标本采集:帝国的殖民资本掠夺

在描述威廉在亚马孙的科考活动时,小说叙述者使用了"劫掠"与"掠夺"两个词(《大闪蝶》19)。那么,博物学活动在何种意义上成为资源,或者说,资本"掠夺"呢?

威廉以售卖标本为生。他在亚马孙森林采集的标本进入流通领域,获得商业价值,变成他的一笔"财富"(*Morpho* 16)。博物学成为个人致富的手段,这在 18 到 19 世纪的欧洲非常普遍。以威廉崇拜的贝茨为例。1848 年,贝茨决定和华莱士一起去亚马孙探险。筹备期间,他们走访私人收藏家及公立博物馆,调研稀有动植物标本在英国的存量,以便确定一份缺货清单。1859 年,贝茨等人从亚马孙森林满载而归,带回 14 000 多类物种,其中 8 000 多类是新发现物种。这些标本大部分被伦敦历史博物馆收购,贝茨从中赚取一笔丰厚的报酬。据记载,林奈去世后,他的遗孀为了给四位女儿置办嫁妆,将他的私人藏品卖给了一位英国人,其中包括 19 000 份植物标本,3 200 份昆虫标本,1 500 份贝壳标本和 2 500

份矿石标本。这批标本的价值无法估量，直到现在，瑞典人还在为这笔财富的外流而心痛不已。林奈在生前也曾致力于发挥博物学的经济价值，有人因此建议将他创建的瑞典科学院改名为"经济学院"。1741 年 10 月 27 日，林奈在乌普萨拉大学发表就职演讲，主题就是博物学之于国家经济的重要性（刘华杰 46）。"如果说经济是殖民扩张驱动力，那么，博物学无疑是一项回报率很高的投资。"（Miller 62）

异国动物标本不仅是谋利手段，也是殖民者强化不平等劳动分工、进行劳动剥削的手段。在《大闪蝶》中，威廉送给尤金妮娅一件大闪蝶标本。这只大闪蝶来之不易，因为它生活在 100 英尺（1 英尺为 0.304 8 米）的高空，威廉雇佣印第安人小男孩爬到高处才捉到。威廉的回忆暗示标本采制过程劳动分工的不公。事实上，博物学家到达殖民地后，通常雇佣土著人做向导与挑夫，捕到猎物后，先由土著人助手处理动物内脏，然后由土著人搬运到码头。土著人不得不承担危险、繁重和肮脏的工作，但获取的报酬非常低廉，有时，他们得到的仅仅是一块动物的肉。经济利益刺激了维多利亚社会对异国动物标本的需求，在一定程度上导致欧洲猎人在非洲、印度等地无节制地捕猎。于是，博物学家兼任职业猎人，打猎构成博物学的一部分。捕猎对当地物种造成不可逆转的破坏。据统计，1875 年到 1925 年间，印度约有 80 万头老虎被杀。19 世纪 30 年代，南非小斑马、蓝灰弯角羚数量庞大，但在 1880 年，这些物种彻底消失。在 1872 至 1874 年两年间，英国猎人弗雷德里克·C. 塞鲁斯（Frederick C. Selous）杀死 2 000 多头大象（Miller 8-9）。在南非德兰士瓦一地，在 1861 年一年间，约 3 200 头大象被猎杀（Beinart and Hughs 66）。19 世纪末、20 世纪初，在南非以及非洲西部大部分沿海地区，大象已经灭绝。限于落后技术，动物死亡率在运输途中居高不下。在 19 世纪末,被捕获的动物只有约十分之一能够存活,而存活动物只有一半能够活着运回英国(Miller 60)。大部分用来制作标本的动物并非自然死亡,在制作过程中,动物尸体被粗暴对待。巨大的破坏让博物学者背负"更具侵犯性群体"(Ritvo, *Animal* 248)的恶名,博物学"与动物尸体息息相关",变成"统治与摧毁的结合体"(Miller 66)。

矛盾的是,一方面,英国在殖民地滥捕滥杀;另一方面,英国国内动物伦理意识高涨。1824 年,英国成立历史上第一个动物福利组织——反虐待动物协会。这家协会促使维多利亚女王在 1840 年成立皇家防止虐待动物协会。1822 年、1849 年、1854 年,国会先后通过关于惩罚虐待家畜暴行的法案。1900 年,禁止虐待野生动物法案被通过。1891 年,由伊顿公学校长索特(Henry Salt)牵头的人文社团成立,在它的努力下,英国取消了皇家小猎犬运动(Royal Buckhounds)。1878 年,小说《黑骏马》(*Black Beauty*)出版并成为畅销书,它犹如在全社会开展了一次推广动物伦理的运动。不久,英国颁布第一部反动物残暴法与新狩猎法。这些历史事实表明,殖民地动物与宗主国动物在伦理层面被区别对待,前者被排除在动物伦理之外,这是"动物种族主义"(Miller 81)。

在帝国殖民主义语境中,异国动物标本的语义溢出了它作为物的狭义概念,交织着政治、经济与伦理因素。对博物学者个人、对国家而言,异国动物标本是"财富",对殖民地而言,粗暴采集并强行占有标本,这是对当地资源与当地资本的掠夺。

结语

博物学兴起于大航海时代,即欧洲列强与异文化频繁接触的

时代,这一时代背景将博物学打上殖民烙印。小说《大闪蝶》所叙
述的博物学活动成为展示帝国政治文化实力与意识形态的舞台,
演绎了帝国的知识话语暴力、政治上的殖民欲望以及对殖民地的
经济掠夺。博物学既是帝国全球扩张的历史见证,又是帝国实现
重构世界秩序的话语策略;它既是帝国拓殖的前奏,又以帝国权力
作为坚强后盾;它既是权力欲望,又是权力症候。因此,博物学与
帝国主义在本质上具有共谋性。

引用文献（Works Cited）

Amato, Sarah. *Curiosity Killed the Cat: Animals in Nineteenth-century British Popular Culture*. Toronto: U of Toronto, 2008.

Beinart, William, and Lotte Hughes, eds. *Environment and Empire*. Oxford: Oxford UP, 2007.

Byatt, Antonia Susan. *Morpho Eugenia* in *Angels and Insects*. London: Vintage Books, 1995.

—. *Morpho Eugenia* in *Angels and Insects*. Trans. Yang Xiangrong. Haikou: Hainan Publishing Company, 2012.

［安东尼娅·苏珊·拜厄特:《大闪蝶尤金尼娅》,《天使与昆虫》,杨向荣译,海口:海南出版社,2012 年。］

—. *On Histories and Stories: Selected Essays*. London: Chatto & Windus, 2000.

—. *Passions of the Mind: Selected Writings*. New York: Turtle Bay Books, 1991.

Foucault, Michel. *The Orders of Things*. Trans. Mo Weimin. Shanghai: SDX Joint Publishing Company, 1996.

［米歇尔·福柯:《词与物:人文科学考古学》,莫伟民译,上海:上海三联书店,1996 年。］

Herriott, Sue. *British Taxidermists: A Historic Directory*. Leicester: Leicester Museums, 1968.

Ho, Elizabeth. *Neo-Victorianism and the Memory of Empire*. Continuum: Continuum Literary Studies, 2012.

Jones, Robert W. "The Sight of Creatures Strange to Our Clime: London Zoo and Consumption of the Exotic." *Journal of Victorian Culture* 2. 1 (1997): 2 - 13.

Kohlke, Marie-Luise, and Christian Gutleben. *Neo-Victorian Tropes of Trauma: The Politics of Bearing After-Witness to Nineteenth-Century Suffering*. Amsterdam: Rodopi, 2010.

Letissier, Georges. "Trauma by Proxy in 'the Age of Testimony': Paradoxes of Darwinism in the Neo-Victorian Novel." *Neo-Victorian Tropes of Trauma: The Politics of Bearing After-Witness to Nineteenth-Century Suffering*. Ed. Marie-Louise Kohlke and Christian Gutleben. Amsterdam: Rodopi, 2010. 73 - 98.

Li, Meng. "Natural History in British." *China Book Review* 10 (2013): 54 - 61.
［李猛:《英国的博物学文化》,《中国图书评论》2013 年第 10 期,第 54 - 61 页。］

Liu, Huajie. *The Life of Natural History*. Beijing: Peking UP, 2016.
［刘华杰:《博物人生》,北京:北京大学出版社,2016 年。］

Llewellyn, Mark. "What Is Neo-Victorian Studies?" *Neo-Victorian Studies* 1. 1 (2008): 164 - 185.

Mariadele, Boccardi. "The Naturalist in the Garden of Eden: Science and Colonial Landscape in Jem Poster's *Rifling Paradise*." *Victoriographies* 6. 2 (2016): 112 - 130.

Miller, John. *Empire and the Animal Body: Violence, Identity and Ecology in Victorian Adventure Fiction*. London: Anthem, 2012.

Pen, Zhao Rong. "The Order of Things: The Archaeology of Natural History." *Guizhou Social Sciences* 6 (2014): 33–38.

[彭兆荣：《"词与物"：博物学的知识谱系》，《贵州社会科学》2014 年第 6 期，第 33–38 页。]

Pratt, Mary Louise. *Imperial Eyes: Travel Writing and Transculturation.* London: Routledge, 1992.

Ritvo, Harriet. *The Animal Estate: The English and Other Creatures in the Victorian Age.* Cambridge: Harvard UP, 1987.

—. "The London Zoo and the Victorians: 1828–1859." *Journal of Victorian Culture* 20. 2 (2015): 255–257.

Robin, Libby. "Ecology: A Science of Empire?" *Ecology and Empire: Environmental History of Settler Societies.* Ed. Tom Griffiths and Libby Robin. Edinburgh: Keele UP, 1997.

Said, Edward W. *Culture and Imperialism.* Trans. Li kun. Beijing: SDX Joint Publishing Company, 2007.

[爱德华·W. 萨义德：《文化与帝国主义》，李琨译，北京：生活·读书·新知三联书店，2007 年。]

Shuttleworth, Sally. "Natural History: The Retro-Victorian Novel." *The Third Culture: Literature and Science.* Ed. Elinor S. Shaffer. Berlin: de Gruyter, 1998.

Spivak, Gayatri Chakravorty. "Three Women's Texts and a Critique of Imperialism." *"Race", Writing and Difference.* Ed. Henry Louis Gates, Jr. Chicago: Chicago UP, 1985.

Weinroth, Michelle. "Morph Eugenia and the Fictions of Victorian Englishness: A. S. Byatt's Postcolonial Critique." *English Studies in Canada* 31. 2–3 (2005): 188–222.

作者简介：刘彬，广东技术师范学院副教授。

论《终结的感觉》中的记忆叙事伦理

陈　博

2011 年,英国作家朱利安 • 巴恩斯(Julian Barnes,1946—)凭借《终结的感觉》(*The Sense of an Ending*)以众望所归之态摘得曼布克奖桂冠。这部小说堪称巴恩斯三十余年创作的集大成者:叙事者托尼 • 韦伯斯特的成长经历仿佛作者处女作《伦敦郊区》(*Metroland*,1980)主人公的翻版;小说的记忆观也与巴恩斯名作《福楼拜的鹦鹉》(*Flaubert's Parrot*,1983)与《10½ 章世界史》(*A History of the World in* 10½ *Chapters*,1989)中的历史观遥相呼应。在叙事者对年少时代挚友艾德里安与女友维罗妮卡的故人故事回顾中,记忆既是叙事的载体,亦是叙事的对象,是小说毋庸置疑的核心主题。针对《终结的感觉》中的记忆叙事,近年来国内研究者或剖析记忆主体于"人性"与"兽性"本能间做出的伦理

选择；或探讨记忆不可靠书写中的自我认知困境；或对比分析此部
小说的记忆不可靠叙事与作者其他小说中的新历史主义史观。然
而，相关研究鲜有关注到小说中显著的片段化动态记忆叙事特征，
而与之相关的记忆叙事伦理意蕴也未能得到深入探讨。有鉴于
此，本文的分析从小说叙事者托尼较为显著的片段记忆形式出发，
提出小说通过异质性重复叙事呈现了片段记忆的动态环节。这种
叙事方式一方面展现认知谬误、反映记忆固有的建构特质，另一方
面承载了记忆者在叙事中不断打破主体自我封闭、面向他者进行
言说的伦理履责行为。

一、片段记忆的重复叙事

在《终结的感觉》中，记忆叙事以片段记忆（episodic memory）
的拼贴为基本组织形式，其中重要的记忆片段在小说开篇就由叙
事者托尼罗列而出，

　　　——　一只手的手腕内侧，闪闪发光；
　　　——　笑呵呵地把滚烫的平底锅抛进了水槽里，湿漉漉
的水槽上顿时蒸汽升腾；
　　　——　一扇上了锁的门后，冰冷已久的浴水；
　　　——　一团团镜子环绕水池出水孔，然后从高楼的下水
道一泻而下；
　　　——　一条河莫名其妙地逆流而上，奔涌跃腾；在六束追
逐的手电筒光线照射下波光粼粼；
　　　——　另一条河，宽阔而灰暗，一阵狂风搅乱了水面，掩

盖了河的流向。(3)①

片段记忆在认知心理学中被视为一种不同于语义记忆(semantic memory)的记忆形态。加拿大认知心理学家恩德尔·托尔文(Endel Tulving)指出语义记忆记录事实与概念,而片段记忆则以事件记录为单位,关注"获取及储存特定时间发生事件及情境的相关信息,以及事件之间的时空关系"("Episodic" 385)。研究者在认知心理学和临床医学实验中发现,两种记忆形态虽偶尔互相转换,但内涵运行机制具有本质差异。语义记忆一经形成就相对稳定,而片段记忆则变动性较大。小说中的记忆叙事常以事件为单位串联起故事发展,所以其中大量涉及的记忆形态往往就是片段记忆。

在《终结的感觉》的片段记忆呈现中,同一记忆片段往往被多次提及,且每次提及均有所差异,这就形成了针对同一片段记忆的异质性重复叙事。异质性重复叙事(heterogeneous repeating narrative)由叙事学家热奈特所定义,指多次讲述只发生过一次的事件,且每次讲述的内容不尽相同(Genette 113 - 15)。这一叙事技巧的运用使得片段记忆的诸多环节得以呈现。通常而言,完整的记忆进程往往包括记忆、存储与提取三大环节,而由于片段记忆相对较不稳定,其记忆进程的复杂性也由是大增。为此,托尔文提出了更为详尽的运作模型。

---

① 这六段概述分别对应了托尼的六段片段记忆,包括:与好友艾德里安、亚历克斯与科林以反戴手表为友情标识,初见维罗妮卡母亲莎福特太太,得知艾德里安自杀,第一次在维罗妮卡家中过夜,观看赛文河涨潮,以及与维罗妮卡共赏泰晤士河。

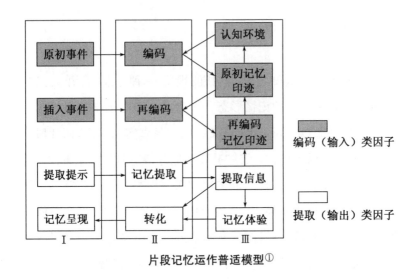

片段记忆运作普适模型①

依据片段记忆运作普适模型(GAPS)是小说《终结的感觉》进行记忆重构的主要手段，即通过对同段片段记忆的反复提及，描摹出记忆编码与提取之间的细化环节。小说中托尼的记忆叙事分两部分展开。第一部分以倒叙为主，序幕是托尼在退休后的某一时间点 T_2 叙述自青少年时 T_1 时间点起发生的"记忆体验"经过"转化"过程形成的"记忆呈现"，以"学校是那一切开始的地方，所以我得简要地重提那几件演化成趣闻的事情，回溯某些模糊的记忆"（4）。T_1 中包含大量的记忆编码过程，紧跟其后的是多个原初事件的发生。T_2 的叙事行为本身即构成了记忆提取。小说第二部分的叙事时间与故事时间均始于托尼退休后的某个时间点 T_3，此时赋闲家中的托尼意外收到了维罗妮卡母亲福特太太的遗嘱。这一事件开启了托尼对从前记忆呈现的纠错过程。随着故事顺叙进

---

①　整个 GAPS 模型将完整的记忆流程分为编码与提取两大进程，其中的十三个因子分属三类：第 Ⅰ 类为可被观察到的记忆实存，如原初事件；第 Ⅱ 类为构想而出的内在机制，如编码；第 Ⅲ 类则是认知心理状态，如认知环境。

展,相关片段记忆反复遭到提取与再编码,托尼也不断刷新这些片段记忆的记忆痕迹。

　　我们以具体片段记忆进行细读,可以更清晰地观察到片段记忆的动态运作过程。以小说开篇提及的"笑呵呵地把滚烫的平底锅抛进了水槽里,湿漉漉的水槽上顿时蒸汽升腾"(3)为例,这段描述所对应的原初事件为托尼首次做客维罗妮卡家时与福特太太的短暂会面。原初事件发生时记忆编码的要素为"认知环境",指记忆者记忆编码时受之前其他记忆痕迹影响所持有的情感等状态。在这一事件中,此前托尼在与维罗妮卡的相处中向来自觉身处弱势,"每当我们碰面时,我就会被一种只能称为预备罪恶感的感觉所笼罩:总是料想她会说些或是做些让我感到愧疚的事情"(50),加之首次在女友家过夜,他难免紧张与尴尬。托尼鼓起勇气主动与福特太太搭讪,却意外得到答复:"不要总让维罗妮卡占你便宜。"(36)由于这一回答实际暗合了托尼对维罗妮卡长期积累的反感,所以尽管他也合理地怀疑"是否该对这一干涉我们关系的行为感到生气"(36),却最终选择将福特太太的这句话编码为"她看起来还挺喜欢我",记住了她的"随意"与"哈哈大笑"(37),对她留下了性格坦率随性的记忆印迹。与之相对应,他目睹福特太太将鸡蛋打入锅中,随后把油锅扔入水槽的细节,构成了托尼记忆这一事件时的聚焦因素。聚焦因素对记忆编码极为重要,它往往会转变为记忆提取过程的"提取提示",此后油锅扔入水槽的画面便多次成为托尼启动这一片段记忆再编码的提示:

　　　　她另有暗示:我及早脱身是明智的选择,并送我最美好的祝愿…… 一个无忧无虑、生气勃勃的女人,不小心打破了一个鸡蛋,又给我另外煎了一个,并且告诉我再也不要受她女儿

的气。(51)

甚至她母亲也告诫我提防她。(125)

福特太太把散裂的熟鸡蛋扔进垃圾桶,脸色担忧——为了那鸡蛋,而不是我。(145)

想到了一个女人无忧无虑、粗心大意地煎鸡蛋,其中一个碎在了平底锅里也不在意。(193)

上文所引用的四次再编码(分别出自 2011、2012、2013、2014 年)中,前两次随着托尼与维罗妮卡不断关系恶化,他加深了福特太太对他怀有善意的记忆印迹。第三、四次再编码发生在小说进入第二部分 T_3 时间后,此时托尼渐渐发现了有关福特太太的真相,原来在维罗妮卡与艾德里安交往后,福特太太与艾德里安偷情并怀孕产子,此后不久艾德里安在宿舍自杀身亡。得知此事的托尼开始重新审视自己与福特太太相遇的片段记忆。受到插入事件的影响,他记起了福特太太在发现煎蛋失败后颇为担忧,她煎蛋的状态也从"生气勃勃"转为了"粗心大意"与"不在意",这一描绘显然更契合一位与女儿男友偷情的女性形象。从善意到不经意与粗心大意,这一形象的转变折射出托尼在插入事件与认知环境等因素影响下,对同一事件不断编码、提取与再编码的动态过程。

二、认知谬误的不可靠叙事

在片段记忆动态化叙事的基础上,异质性"重复叙事"同时也使得记忆不可靠叙事得以实现。美国叙事学家理查森(Brian Richardson)针对异质重复叙事提出,这一叙事技巧的使用极易导致消解叙事现象的发生。在消解叙事中,"叙事者否定了其之前所做出的叙事中的重要部分"(168)，使得所叙内容显得前后矛盾，从而在不同程度上影响了所表征事件的稳定性，使得整个完整的故事中"因果关联变得令人怀疑，剩下的只能是种种元素本身，其彼此之间的关联消失"(168)。正是这样的消解效应使得托尼整个记忆叙事中本就薄弱的记忆因果关系进一步受到削弱，而托尼记忆叙事整体的可靠性也由此遭到了解构。

于是，托尼的记忆叙事构成了典型的不可靠叙事，这一叙事的不可靠特性实属巴恩斯刻意为之。他在小说中借人物之口言明，"不可靠记忆与不充分的材料相遇所产生的确定性就是历史"(20)。托尼的不可靠记忆叙事基本为错误报道与错误评价，如上文所提的初遇福特太太事件记忆叙事中，他将福特太太对油锅入水的心态报道为得意扬扬，此为错误报道；而他将"不要总让维罗妮卡占你便宜"一句话解读为全然的正义之举，此为错误评价。这些均反映了这一人物的认知局限。另一方面，托尼的不可靠记忆叙事实属人之常情。如评论家所言，托尼并非纳博科夫笔下的亨伯特般的不可靠叙事者，他的不可靠"源自我们所有人身上都具有的叙事的不可靠性"(Deresiewicz)。作为小说的主人公，托尼这一英国中产阶级小人物实在平凡得乏善可陈，他既没有跌宕起伏的人生，也没有值得称道的英雄事迹。也正是因此，他本人的普通平凡意味着其记忆叙事具备普适意义，"并不是不可靠的记忆导致不可靠的叙述，而是不可靠的叙述显露了记忆运作的特征"(刘智欢等 49)。

托尼的记忆不可靠叙事折射了记忆认知谬误的常在性。近年来的心理学研究已证实，认知谬误的发生实属记忆运作的常态。根据认知谬误出现的记忆环节与类型，哈佛大学心理系主任丹尼尔·夏克特(Daniel Schachter)教授归纳出健忘、分心、空白、错认、暗示、偏颇与纠缠七种谬误类型。据此考察托尼的记忆叙事,我们不难发现其中大量涉及了遗忘、暗示与偏颇这几类认知谬误。遗忘指记忆信息的内容随着时间而不断流失,托尼在记忆中遗忘了维罗妮卡对他的种种善意举动,也忘记了自己曾经对维罗妮卡与艾德里安发出诅咒的行为,这些均属常见的谬误类型。另一种常出现在托尼记忆叙事中的记忆谬误是暗示,暗示性记忆谬误在片段记忆中尤其容易发生。如上文提及的托尼对福特太太的评价转变,之所以从正面的善意变作了相对负面的"无忧无虑"、"粗心大意"与"不在意",其主要原因正是在于插入事件的发生让他受到的暗示。除了遗忘与暗示外,托尼的记忆叙事中还表现出了大量的偏颇型记忆认知谬误。偏颇谬误又可分为若干情形,而其中的"唯我型"偏颇对托尼的记忆叙事尤为适用。夏克特指出,唯我型偏颇极易发生于情侣关系与消极性事件中(189-191)。托尼在分手后对维罗妮卡的描绘总是将她形容得咄咄逼人,以向他施压为乐。受此种思维模式的影响,他怀疑维罗妮卡之所以在他留宿她家的第二天早晨并未等他起床,是存心要置他于尴尬的境地,与家人一道等着看他出丑。如此偏颇的态度形成自然并非偶然与随机。如夏克特所言,通过偏颇人们得以将失败归因于自我之外的力量(192)。如托尼对维罗妮卡态度与动机的扭曲,使他得以在自己的记忆中对两人的关系失败免责。归根结底,通过对记忆中事实的偏颇编码,"我们深入地坚持我们自己独特的世界观"(190)。

　　遗忘、暗示与偏颇这些记忆谬误之所以产生,追根究底源自记忆固有的建构特质。时至今日,记忆的建构说已经取代记忆的"再现说",成为当今记忆研究的主流认知。传统认为,记忆忠实地储存了所记内容,理想情况下提取记忆时可以忠实再现记忆编码时的记忆内容。这一传承多年的再现观于二十世纪初遭到挑战。英国认知心理学家弗雷德里克·巴特莱特(Frederic Bartlett)通过观察受试者经过不同时间间隔后做出的故事复述,发现了大量记忆者主动的建构痕迹(16,205,213)。由此,他进一步提出记忆者复述中的构念(construction)服务于契合其固有图式并达成适合结局的需求(309)。

将记忆认知谬误的产生原因诉诸构建合适结局的本能,就不难理解《终结的感觉》之命名缘由。小说恰与英国文评家弗兰克·科默德(Frank Kermode)的文评名作《结尾的意义》(*The Sense of an Ending*,1967)同名,巴恩斯借此向科默德表达致敬之意。如有学者指出,两者间的连接在于巴恩斯小说中"记忆将叙事者对现在的感知、对过去的回忆以及对未来的期待纳入一个始于'滴'、结束于'答'的时间结构中"(毛卫强 121)。这一"滴答"的时间结构是科默德为人生历程所提出的比喻,"滴是我们在形式上表示开端的词,答表示结尾。我们说它们不同。而它们的不同有赖于某种特殊的中段"(44-45),"滴答"为人生带来了进程感,使得处于中间的人们相信他们正在驶向某种结尾。人们习惯于这种具有结尾感的叙事模式,因为这一追求行为与人类确立自己生存意义的本能密切相关,"位于中间的人总是要费大力气构想一个有结尾的圆满模式,这样才好与开头及中段形成舒适和和谐的关系"(17)。以托尼记忆叙事为代表的不可靠记忆叙事源自人们追求意义的本能,对"滴答"时间结构中"答"之圆满的期盼。

三、动态叙事的伦理言说

片段记忆的动态化叙事凸显了记忆的不可靠叙事与认知谬误,进而形成对记忆叙事人托尼本人记忆乃至身份建构的消解。

然而，解构只是理解托尼记忆叙事的一个层面，如果将考察的焦点从托尼的所叙内容转向他的叙述行为本身，可以发现记忆叙事这一行为同时也构成了托尼作为主体面向他者的伦理性"言说"（saying）。

言说是法国哲学家列维纳斯"他者"伦理理论的核心概念，在他后期的理论中占有极为重要的地位。它强调了语言与伦理的关系，是自我向他者履责的本质方式。列维纳斯写道：

> 言说是这样一个真相：在脸孔之前，我不能仅仅凝视它，我得回应它。言说是招呼他人的方式，而招呼他人就已经是回应他。当某人在场时，我难以保持沉默，这一困难的源头在于这种言说所具有的特质，与所说无关。必须得说些什么，无论是下雨还是好天气，去说，去回应他就是回答他。（*Ethics and Infinity* 87-88）

在列维纳斯的他者伦理中，自我与绝对他者这对伦理关系被视为超越了认识本体论的形而上哲学。言说是由自我朝向他者的趋近，而自我没有选择是否趋近的权力。这一不平等性就是伦理关系的核心。言说与"所说"（said）相对。列维纳斯提出，相对于伦理性的言说，所说是本体论的，"在所说的语言中，一切被传送到我们面前"（*Otherwise* 6）。换言之，所说在逻各斯中心主义的引领下通过理性同化周遭事物并据为己有。因此，所说是自我的场域，它将他者同化为另一种他我的存在；而言说则与之相对地开启通向他者之路，它指向别样于存在的超越性他者。正因如此，所说与言说分别具备了静态与动态的性质。所说是静态的。如列维纳斯所言，在西方文化一贯的思维模式中充斥着"所说对言说的控制"

(*Otherwise* 5),将其挤压至从属位置(*Otherwise* 6)。相对于静态性的所说,言说是动态的,它试图逃离语言的禁锢并必须解除与还原所说的秩序,因此它的第一要务就是解构。无论是巴恩斯对片段记忆的凸显,还是他对记忆者不可靠叙事与认知谬误的呈现,均是在消解记忆书写中所说的自足世界,达成言说的解构面向。

言说同时也是伦理的。它必须在解构的同时达成主体的袒露与走出自我,从而朝向他者履行伦理责任。如列维纳斯所言,主体在言说之中临近他者,并通过"对自己危险的揭露与真诚打破内向性,放弃所有的遮掩,向创伤裸露其脆弱性"(*Otherwise* 48)。在通过言说对他者的回应中,主体得以负担起向他者的伦理责任。这一过程中最为重要的是姿态,而非内容,"不在于它的信息内容,而在于它面向对话者"(*Ethics and Infinity* 42)。而正是言说中的主体裸露自我以朝向他者的姿态,使它与为解构而解构之间产生了本质区别,因为它起于解构,意在履责。

如此不断走出自我、趋近他者的伦理诉求在托尼的记忆叙事中清晰可辨。小说伊始,托尼在与周遭诸人的关系中明显采取了自我封闭的防御姿态。他多次以自我保护的生存本能来解释自己性格中的内向与被动(45,83),在与包括律师与妻女在内的周遭诸人的相处中,他总是小心翼翼地避免亲密关系,自嘲为"从固执己见中寻找慰藉的男人"(115)。而他人对他的看法也印证了他的画地为牢。维罗妮卡评价他只相信自己愿意相信的事情(41);前妻玛格丽特也讽刺他若能正视过去,那就反倒不是他了(101)。在这一自我封闭的状态下,托尼形成了对诸多记忆中他者的刻板认知,如维罗妮卡就是咄咄逼人、锱铢必较,艾德里安在他看来则始终聪明优雅,即便自杀也是因为"他拥有自杀时所需要的全身心的勇气"(114)。如赫尔姆斯所总结,托尼在小说第一部分的叙事中表现出了自我辩解与安慰的伦理模式,并将其运用于他与维罗妮卡、艾德里安,及维罗妮卡父母兄长的互动中(Holmes 32)。

随着小说的进展,他时隔三十年后重新开始审视曾经的自我,"想到自己先前的形象:易怒,善妒,邪恶"(127),远非他从前所坚信的那般羞涩与无辜。以与维罗妮卡的恋情为例,他想起了维罗妮卡与他在宿舍里翩翩起舞的美妙场景,她轻盈起舞、身姿曼妙(147);想起了他在两人关系中的懦弱与胆小(151),还想起了两人手牵手坐在河边观看"赛文潮"的美好经历(153)。他发现,在两人的交往中他并非一直像他单方面想象的那样受到维罗妮卡的屈尊以待。维罗妮卡极有可能也在两人的关系中做出了大量的牺牲与付出,并且也许受到更大的伤害。自接到福特太太的遗嘱开始,托尼渐渐地走出了自己所说世界的封闭,意识到自己性格的不足,"我们以为自己很有担当,其实我们十分懦弱。我们所谓的务实,充其量不过是逃避,绝非直面"(121)。而对他人,托尼在意识到自己不足的同时,向着以维罗妮卡与艾德里安这两个生命中曾经的重要他者为代表的"他者们"越来越袒露自我的言说,态度一变再变。

另一方面,由于他者不可被化归至自我的场域,托尼只能不断趋近与朝向维罗妮卡、艾德里安与福特太太这些记忆中的他者,而始终无法真正掌握他们。如列维纳斯所称,他者是自我必须言说的对象,然而这种言说并不以掌握他者为最终目的。存在者对他者的追求"不源自需求之缺乏,也不源自美好失落之回忆"(*Totality and Infinity* 62),他者始终处于超越存在者的高位(*Totality and Infinity* 39)。以维罗妮卡为例,她在托尼的叙事中反复被称为"神秘的女人"(100、102、120)。在托尼试图接近维罗妮卡的过程中,他曾一度觉得自己似乎对维罗妮卡旧情重燃,产生了破镜重圆的渴望,这一激情让他重新找到了生活的平衡与满足感。他随即对维罗妮卡展开追求,极力试图重新与她建立亲密关系。然而他的追求遭到了维罗妮卡的拒绝,他被反复告知"你就是不明白"(130,163,186)。他一再试图了解她,但是也不断地理解错误,最终只得放弃并彻底接受了她的他异性。如此直至小说终了,看似托尼明白了往事的真相,但事实上维罗妮卡与艾德里安仍为他留下了许多谜团。例如,维罗妮卡坚称托尼还是不明白,是托尼不了解艾德里安、福特太太与弱智儿之间的关系,还是指托尼不了解自己在三人关系中所起到的责任?艾德里安日记中对几人关系的描述究竟何意?是否托尼在艾德里安的自杀悲剧中负有重要责任?这些问题均仍有解读空间。小说结尾时,托尼最终意识到"有累积。有责任。还有动荡不安。浩大的动荡不安"(193),他面对诸多谜团决定不再执着于掌握记忆细节的真相,放弃了自己的"掌握"欲望,以开放的姿态接受他者的难解与未知。

结语

记忆是人类赖以建构自我身份的重要认知活动。在自传回忆录《无所畏惧》(*Nothing to Be Frightened Of*)中,巴恩斯对记忆现象如是评价:人们对往事的回忆饱含着想象的真实(238)。之所以存在"想象",是因为记忆中充斥着主观建构的痕迹,而之所以"真实",则源自记忆者的想象暴露了其所欲追寻的意义。在《终结的感觉》中,巴恩斯的"想象的真实"记忆观在托尼的叙事行为中得到了集中体现。在对多个片段记忆的异质性重复叙事中,托尼的记忆叙事一方面揭露不可靠叙事中的种种认知谬误,将过去已然成型的整体性印象之"所说"还原为开放式"言说",另一方面使他得以作为个体通过完成对自我的突破,转而面向对生命中多个他者的伦理责任。通过片段记忆的动态言说，小说的记忆书写将对记忆的考察视角由静态的记忆内容转向动态的记忆言说行为，将记忆的主题意蕴从认知域转向伦理域，承载了作者对记忆的深层伦理反思。

引用文献（**Works Cited**）

Barnes, Julian. *Nothing to Be Frightened Of*. London: Jonathan Cape, 2008.

---. *The Sense of an Ending*. Trans. Guo Guoliang. Nanjing: Yilin Press, 2012.

［朱利安·巴恩斯：《终结的感觉》，郭国良译，南京：译林出版社，2012 年。］

Bartlett, Frederic. *Remembering: A Study in Experimental and Social Psychology*. Trans. Li Wei. Hangzhou: Zhejiang Education Press, 1998.

［弗雷德里克·巴特莱特：《记忆：一个实验的与社会的心理学研究》，黎炜译，杭州：浙江教育出版社，1998 年］。

Deresiewicz, William. "That Is So! That Is So!" *New Republic* 15 Mar. 2015: 28 - 31.

Genette, Gérard. *Narrative Discourse*. Trans. Jane E. Lewin. Ithaca: Cornell UP, 1988.

Holmes, Frederick M. "Divided Narratives, Unreliable Narrators, and *The Sense of an Ending*: Julian Barnes, Frank Kermode, and Ford Madox Ford." *Papers on Language and Literature* 1 (2015): 27 - 50.

Kermode, Frank. *The Sense of an Ending*. New York: Oxford UP, 2000.

Levinas, Emmanuel. *Totality and Infinity*. Trans. Alphonso Lingis. The Hague: Martinus Nijhoff Publishers, 1979.

---. *Otherwise than Being: Or, Beyond Essence*. Trans. Richard Cohen.

Pittsburg: Duquensne UP，1985.

---. *Ethics and Infinity*, *Conversations with Philippe Nemo*. Trans. Richard Cohen. Pittsburgh: Duquesne UP，1985.

Liu，Zhihuan，and Yang Jincai. "The Writing of Memory in Julian Barnes's *The Sense of an Ending.*" *Journal of Hunan University of Science & Technology* 6 (2016)：48 - 52.

［刘智欢、杨金才：《论〈终结的感觉〉中的记忆书写特征》，《湖南科技大学学报》2016 年第 6 期，第 48 - 52 页。］

Mao，Weiqiang. "Fictional Paradigms and Critique of Morality：A Study of Julian Barnes's *The Sense of an Ending*". *Foreign Literature Studies* 6 (2012)：119 - 126.

［毛卫强：《小说范式与道德批判：评朱利安·巴恩斯的〈结局的意义〉》，《外国文学研究》2012 年第 6 期，第 119 - 126 页。］

Phelan，James. *Living to Tell about It*. Ithaca and London：Cornell UP，2005.

Richardson，Brian. "Denarration in Fiction：Erasing the Story in Beckett and Others." *Narrative* 9 (2001)：168 - 175.

Schacter，Daniel L. *The Seven Sins of Memory：How the Mind Forgets and Remembers*. Trans. Li Anlong. Beijing：China Social Science Publishing House，2003.

［丹尼尔·夏克特：《记忆的七宗罪》，李安龙译，北京：中国社会科学出版社，2003 年。］

Tulving，Endel. "Episodic and Semantic Memory." *Organization of Memory*. New York：Academic Press，1972.

---. *Elements of Episodic Memory*. Oxford：Oxford UP. 1983.

作者简介：陈博，南京大学外国语学院博士生，南京航空航天大学外国语学院讲师。

罗森堡间谍案

——后现代书写与文化记忆的建构

陈俊松

自 1970 年代以来,不少美国作家将目光投向过去,接受集体记忆的约请,从重要历史事件中选取素材,通过文学想象重新审视现存的历史叙事。而文化记忆理论在 20 世纪 70 年代的兴起为文学研究提供了一个跨学科、跨文化的全新视角。柏林自由大学教授哈特姆特·艾格特(Hartmut Eggert)在评论 2009 年诺贝尔文学奖得主、德国女作家赫塔·米勒(Herta Müller)的作品时指出:"文学的一个功能是承载文化记忆。她书写了他们那一代人的文化记忆。如果不被写进小说里,可能就会被修正过的历史书忘记了。"(转引自苌苌)本文以冷战期间美国的一个重要政治事件"罗森堡间谍案"(The Rosenberg Case)为切入口,对历史学家、独立调查者、新闻记者和后现代小说家笔下有关该案的著作进行系统的梳理和考察,指出有关该案的非虚构性作品对纪念罗森堡夫妇事实上产生了负面作用,而后现代作家笔下的虚构性"罗森堡文本"却能促成对美国历史上一个黑暗时刻文化记忆的建构。

一、"世纪要案"与冷战狂想症

1953年6月19日,朱利叶斯和埃塞尔·罗森堡夫妇(Julius and Ethel Rosenberg)在纽约星星监狱被先后送上电椅处死,原因是检方指控他们将原子弹机密透露给了苏联间谍,致使美国丧失核垄断。为期三年多的罗森堡窃取原子弹机密一案及其各种争议终于尘埃落定,戛然而止。这对出生于繁荣的"爵士年代"、经历过大萧条的洗礼、不经意间卷入冷战意识形态斗争的犹太夫妇,成为美国历史上最早因间谍罪被处死的平民。1951年,时任联邦调查局局长的 J. 埃德加·胡佛(J. Edgar Hoover)在《读者文摘》(Reader's Digest)上撰文,将罗森堡间谍案称为"世纪要案"(150)。但与此同时,从法国总统奥里奥尔(Vincent Auriol)到梵蒂冈教皇庇护十二世(Pope Pius XII),从著名科学家爱因斯坦和诺贝尔奖得主哈罗德·C. 尤里(Harold C. Urey)到存在主义哲学家萨特,许多政要、名人、知识分子、艺术家、作家纷纷加入声援罗森堡夫妇的行列,向艾森豪威尔总统请求行政赦免。1952年,美国还成立了分支遍布二十多个国家的"要求公正审理罗森堡夫妇全国委员会"(National Committee to Secure Justice in the Rosenberg Case)。因此,可以说罗森堡间谍案也许是20世纪最具争议性的案件之一。

在麦卡锡主义甚嚣尘上、反共气焰愈演愈烈、美国在朝鲜战争上损失重大的政治气候下，罗森堡夫妇的命运不可避免地受到意识形态斗争的影响。仅凭戴维·格林格拉斯（David Greenglass）的证词，罗森堡夫妇被联邦法院和艾森豪威尔当局断然地送上了电椅。他们留下了两个未成年的儿子，也留下了无尽的疑问、争论和愤怒。罗森堡一案不仅使营救和审判他们的双方剑拔弩张，同时在美国左派内部也引发了始料未及的震动。正如大卫·莱斯曼（David Riesman）和内森·雷泽（Nathan Glazer）所指出的："萨柯—樊塞蒂将左派联为一体，而罗森堡间谍案使之四分五裂。"（64）

时至今日，虽然纽约星星监狱里的电椅已从普通民众的记忆里淡出，但罗森堡夫妇仍是人们心中挥之不去的集体记忆。无论如何，罗森堡间谍案是一个和麦卡锡主义、红色恐怖、非美活动调查委员会、朝鲜战争、反共歇斯底里、冷战狂想症等名词紧密联系在一起的重大事件。如果说历史关注的是"死去"的事件，那么集体记忆毫无疑问被打上"现存"状况的烙印。对于美国民众，尤其是那些经受过麦卡锡主义反共迫害的人们，罗森堡间谍案成为开启他们那段不堪回首的文化记忆的一扇窗户。

二、拒绝平息的争论：非虚构作品中的罗森堡间谍案

罗森堡间谍案所激起的巨大争议和造成的社会裂痕并没有随着他们在 1953 年 6 月 19 日被处死而平息和抚平。相反，民众由此对美国民主和司法公正失去信心，对冷战阴云下的国家未来忧心忡忡。由于罗森堡夫妇身上的犹太移民、共产党员等特殊身份和直到临死拒不认罪的态度，不少历史学家、独立调查者、报社编辑、记者都对这个案件表现出浓厚的兴趣，抑或是对探寻真相的执

着,纷纷展开对此案的调查和研究。

美国作家约翰·韦克斯利(John Wexley)是罗森堡夫妇的坚定辩护人。他于1955年出版的《朱利叶斯和埃塞尔·罗森堡的审判》(*The Judgment of Julius and Ethel Rosenberg*)是最早对罗森堡间谍案做出回应的非虚构性作品。韦克斯利通过阅读庭审记录和大量深入的研究,得出罗森堡夫妇是完全无辜的结论。沃尔特和米丽娅姆·斯里克尔夫妇(Walter and Miriam Schneir)同样也坚称罗森堡夫妇是无辜的。他们在《一个调查的邀请》(*Invitation to an Inquest*,1965)中写道:他们是"为一个他们从未犯下的罪而被处死"。罗森堡夫妇的两个儿子则在父母被处死22年后出版了《我们是你们的儿子:埃塞尔和朱利叶斯·罗森堡的遗产》(*We Are Your Sons*:*The Legacy of Ethel and Julius Rosenberg*,1975),两人坚信父母无罪,他们是被政府部门捏造的证据陷害致死。

罗纳德·拉多什(Ronald Radosh)和乔伊斯·米尔顿(Joyce Milton)合著的《罗森堡档案》(*The Rosenberg File*,1983,1997)是关于罗森堡间谍案的代表性著作。这两位作者认为罗森堡夫妇均参与了关于原子弹机密的窃取和递交活动,其结论和《一个调查的邀请》针锋相对。虽然有不少评论者把《罗森堡档案》视为该案的权威著作,但也有研究者认为该书存在过多缺陷,因此缺乏可靠性,更不用说权威性了(Pessen 102)。

《纽约时报》编辑萨姆·罗伯茨(Sam Roberts)在2001年出版了《兄弟:原子弹间谍戴维·格林格拉斯不为人知的故事以及他如何将姐姐埃塞尔·罗森堡送上电椅》(*The Brother*:*The Untold Story of Atomic Spy David Greenglass and How He Sent His Sister*,*Ethel Rosenberg*,*to the Electric Chair*)一书。罗伯茨历

时 13 年努力寻找格林格拉斯的下落后,对其进行了长达 50 个小时的采访。格林格拉斯终于承认自己当年做的是伪证,罗森堡夫妇虽有罪,但罪不至死。2014 年 7 月 1 日,戴维·格林格拉斯去世。至此,罗森堡间谍案中牵扯的主要当事人全都辞世,事件的真相似乎更加扑朔迷离。

在《一个调查的邀请》出版 30 年后,斯里克尔又重返罗森堡间谍案。他亲赴莫斯科、布拉格,对俄国情报官员、退休的苏联间谍进行采访,经过长达十余年的研究和甄别,他这次得出的全新结论是:朱利叶斯只是牵扯到了原子弹机密的外围信息,而埃塞尔则是完全无辜的,因此罗森堡夫妇是被陷害的。沃尔特于 2009 年去世,他的研究成果由他的妻子米莉安整理出版——《最终的判决:罗森堡一案中究竟发生了什么》(*Final Verdict: What Really Happened in the Rosenberg Case*, 2010)。

2011 年耶鲁大学出版社出版了独立记者、历史学家艾伦·M. 霍布姆(Allen M. Hornblum)的传记:《隐身的哈里·戈尔德:帮助苏联人造出原子弹的人》(*The Invisible Harry Gold: The Man Who Gave the Soviets the Atom Bomb*)。德裔英国物理学家克劳斯·富克斯(Klaus Fuchs)被捕,供出了戈尔德。紧接着,戈尔德在 1950 年在美国被捕,供出格林格拉斯,正是格林格拉斯声称罗森堡夫妇是苏联间谍网成员,才将后者送上电椅。霍布姆抨击了罗森堡拥护者们(包括韦克斯利、斯里克尔等)长期以来对戈尔德的偏见和误解。

罗森堡间谍案不仅催生了难以计数的非虚构著作,甚至还被搬上银屏。1975 年,阿尔文·H. 戈德斯坦(Alvin H. Goldstein)执导的纪录片《朱利叶斯和埃塞尔·罗森堡余波难平的死去》(*The Unquiet Death of Julius and Ethel Rosenberg*)上映,并于

1983 年在美国公共广播公司(PBS)上连续播出。戈德斯坦对此案的事实、程序、政治气候进行了叙述,并以对律师、联邦调查局探员、罗森堡夫妇的两个儿子等人的采访为依据,认为罗森堡夫妇的判决是战后美国反共歇斯底里的产物。

在罗森堡夫妇死后的半个多世纪里,围绕罗森堡夫妇究竟是罪有应得还是惨遭迫害的论辩从未销声匿迹。支持者认为罗森堡夫妇在当时的政治氛围和历史背景下实则沦为冷战狂想症的牺牲品,反对者则认为罗森堡夫妇所犯的罪比谋杀更恶劣,他们甚至应该为美国在朝鲜战场上十几万士兵的伤亡负责。直到今天,任何提及"罗森堡间谍案"的文章或节目都意味着引发一场新的争论。雷多什和米尔顿在书中写道:"尽管关于此案已有众多文字,只要提到他们俩的名字,就仍然会从无论支持抑或反对的党派人士那里,引发强烈的情感反应"(Radosh and Milton ix)。由于根深蒂固的党派争斗和意识形态冲突,在罗森堡夫妇的命运问题上,这种对立的状态似乎短时期内不可能结束。正如罗森堡一案的研究者霍布姆所说的:"在本世纪余下的日子里,双方的作者和学者将在罗森堡夫妇有罪或无罪这一问题上各执一词、固执己见。"(Hornblum xii)

总的来说,这些非虚构作品都声称探求罗森堡间谍案的事实真相,并采用大量的证据和分析来捍卫己方观点,驳斥反方的立场。在这些论辩当中,除了严肃的学术研究和历史书写外,还有大量的意识形态斗争、党派政治充斥其间。不难看出,这些有关该案的非虚构性作品,无论是为其辩护还是对其谴责,事实上都对纪念罗森堡夫妇产生了负面作用。民众出于对党派斗争和冷战思维的反感,往往选择回避谈论美国冷战史上的这个标志性事件。

三、后现代历史书写:小说家笔下的罗森堡间谍案

罗森堡间谍案不仅是学者、历史学家、独立调查者长期研究的对象,同时也是作家尤其小说家关注的焦点之一。据不完全统计,在书中提到过罗森堡间谍案的小说有:西方维娅·普拉斯(Sylvia Plath)的《钟形罩》(*The Bell Jar*, 1966)、约翰·厄普代克(John Updike)的《夫妇们》(*Couples*, 1968)、霍华德·法斯特(Howard Fast)的《局外人》(*The Outsider*, 1984)、乔伊斯·卡罗尔·欧茨(Joyce Carol Oates)的《你必须记住这个》(*You Must Remember This*, 1988)、唐·德里罗(Don DeLillo)的《天秤星座》(*Libra*, 1988)等。而1970年代,两位美国当代作家不约而同地选择以罗森堡间谍案为题材分别创作了他们日后的代表作:E. L. 多克托罗(E. L. Doctorow, 1931—2015)的《但以理书》(*The Book of Daniel*, 1971)和罗伯特·库弗(Robert Coover,1932—)的《火刑示众》(*The Public Burning*,1977,又译"公众的怒火")。

在评论界,《但以理书》和《火刑示众》经常被当作美国后现代小说的代表性作品。在《后现代主义的诗学:历史、理论、小说》(1988)一书中,加拿大著名文论家琳达·哈钦(Linda Hutcheon)将这两本书都归为后现代主义文学的一个特殊文类——"编史元小说"(historiographic metafiction)(56)。这类小说的典型特征是蕴含于自身的巨大悖论:"一方面,小说将历史上真实可靠的事件和人物融入故事、构筑情节,营造出一种强烈的历史感;另一方面,作品又具有元小说的自我指涉特征,在叙述中揭示小说的写作过程及其虚构本质。"(陈俊松 4)不难看出,编史元小说因旗帜鲜明地承认其虚构性,与传统的历史小说不同;因准确无误地指向政治

和历史事实,又与一般的元小说殊异。显然,编史元小说的这种属性与海登·怀特关于"历史文本也是文学性的人工制品"(White 303)以及利奥塔关于后现代即"对宏大叙事的怀疑"(Lyotard XXiV)等观点不谋而合。

相比罗森堡间谍案的非虚构性作品,《但以理书》和《火刑示众》在立场和结论上显得"超然"得多,非虚构性作品中那种"非此即彼"式的论辩以及由此引发的"剑拔弩张"在小说中难觅踪影。《但以理书》没有加入对罗森堡夫妇无罪还是有罪的争论,甚至没有直接提到他们的名字。但任何熟悉罗森堡间谍案细节的读者都能明白无误地意识到书中人物的原型就是罗森堡夫妇。这是作家和读者之间达成的一种默契。小说做了一些改动:罗森堡夫妇成了保罗和罗谢尔·艾萨克森夫妇(Paul and Rochelle Isaacson),罗森堡夫妇的两个儿子成了一对儿女(但以理和苏珊),对罗森堡夫妇之死负有重大责任的戴维·格林格拉斯变成了小说中的家庭医生。但最大的改动之处乃是将联邦法院法官眼里的"叛国者"罗森堡夫妇变成了犯有此罪的"另一对"夫妇的替罪羊:"但这不是告示上的那对夫妇。那对夫妇逃掉了。他们受到资助,并持有虚假护照,要么去了新西兰要么去了澳大利亚。或者天堂。无论如何,我母亲和父亲,代他们受审,为他们从未犯过的罪遭受死刑。"(Doctorow, BD 42)这一改动也许让艾萨克森夫妇变得远不如历史上的罗森堡夫妇那样激进了,却加强了对冷战阴云笼罩下美国司法机构和当局的批判。作者假借但以理之口质问道:"我的祖国!为什么你不是你所声称的那样?如果他们[指罗森堡夫妇]被审判,他们没有说当然了,我们还能期待别的什么呢?他们说的是你们正在将美国的司法变成笑料!"(40)因此,小说虽然对部分历史细节做了改动,但还是忠实地再现了以"冷战狂想症"为代表的麦卡锡时期的历史氛围和文化语境："美国资本主义设想，非常正确地，它只有在与社会主义民主的对抗中才能幸存；这就是杜鲁门主义的真实含义。"(86)尚读三年级的但以理已经注意到周遭发生的变化："我想这是在 1949 年。所有的学校都在煞有其事地进行空袭演习。苏联人已经引爆了一颗原子弹。杜鲁门被认为对共产主义太过软弱。"(102)小说提供了 20 世纪 30 至 60 年代期间美国民族心态的一个全景图。通过描写艾萨克森夫妇（实指罗森堡夫妇）的受害给他们的一对儿女留下的心灵创伤，小说将美国冷战时期的政治体制推上了审判台。但以理意识到，在那个特殊的时期"每个人都是自己祖国的敌人。每个国家都是它的公民的敌人……所有的政府都随时准备为了政府的利益而处死他们的公民"(73)。《但以理书》写于新左派学生运动日益高涨的 1960 年代末。小说不仅声援了以艾萨克森夫妇为代表的老左派，还回应了当时的新左派运动，通过对但以理和苏珊在抗议越战游行中的遭遇。在小说最后，但以理在新左派学生占领哥伦比亚大学情势下被赶出图书馆：

> "你的意思是我必须出去？"
>
> "是的，老兄，快点起来，这个大楼现在正式关门了。"
>
> "等等——"
>
> "不用等了，老兄，就是现在。供水已经切断。电灯马上也要熄了。把书合上，老兄，你是怎么了，你不知道你被解放了吗？"(302)

与 1930 年代的老左派（艾萨克森夫妇）注重意识形态和社会制度相比，1960 年代的新左派（但以理的同辈）更崇尚个性、强调实际行动。这里，作家表达了对新左派既同情又批判的复杂感情，同时也把读者重新带回到那个充满理想主义色彩、敢于冲击主流文化但也不时采取过激行为的特殊历史年代。

同样是以罗森堡间谍案为题材，库弗的《火刑示众》聚焦罗森堡夫妇被处以电刑的前三天里所发生的事件（作为小说主体的四部分标题分别为"星期三—星期四"、"星期五上午"、"星期五下午"、"星期五晚上"）（Coover ⅸ-ⅹ）。虽然与《但以理书》相比，《火刑示众》更为直接地介入了罗森堡间谍案及其带来的种种后果，但它也不是一部中规中矩的历史小说。在小说的《序曲》中，作者以轻松和嘲讽的笔调写道：

> 1950 年 6 月 24 日，离第二次世界大战结束还不到五年，朝鲜战争开始了，而几周之后，两个纽约市的犹太人，罗森堡夫妇，被联邦调查局逮捕同时指控他们图谋窃取原子弹机密并把它们交给苏联人。他们被审判，定了罪，并被法官判决在 1951 年 4 月 5 日在电椅上处死——窃取光明的盗贼将被光明之火烧死……他们的命运——因为美国最高法院第六次也是最后一次拒绝审理此案，然后关门去度假了——终于确定了，他们被定于 1953 年 6 月 18 日，星期四，在他们结婚十四周年纪念日的晚上，在纽约市的时代广场被烧死。（Coover 3）

不难发现，作家以玩世不恭的态度和充满讽刺的口吻对历史事实进行了明显改动。小说中最重要的改动有两处：一是将死刑从禁闭的星星监狱搬到纽约市的时代广场，并将凄哀的死刑变成一场狂欢（"天哪，那里真的变成了一场他妈的狂欢会了，整个广场都安装了弧光灯和麦克风,到处都是记者和摄影师,在桌子下面钻来爬去……")(55);二是将时任副总统的尼克松变为故事的主要叙述者("当星期三上午那位自行其是的最高法院法官威廉·道格拉斯在罗森堡案件上扔下他的重磅炸弹时,我正同总统一起在他的新闻发布会上")(29),并将其刻画为一个小丑的形象。历史上的尼克松是美国右派中的反共急先锋,也正是他在美国反共高潮中的种种行动使其迅速获得威望。但在小说中,尼克松干起律师老本行,极力想把罗森堡一案弄个水落石出:"我会直接回到这儿,一头扎进对罗森堡案件的全面彻底的调查,审判、背景、个人经历和一些次要问题、历次上诉、对国际事务的影响、所有的一切。这是我对待每一个计划的方式,无论是学术上的、政治上的、体育上的,还是爱情上的"(116)。

　　但随着调查的深入,他逐渐对罗森堡夫妇,尤其是埃塞尔,产生了深深的同情,甚至开始把自己当作罗森堡夫妇了。他心里感到非常矛盾:"罗森堡夫妇无疑试过一切。从他们还是小孩子生活在隔都时开始,作为犹太人。埃塞尔比我小两岁,跟唐差不多大,朱利叶斯就更小了。我们很可能都看过同样的电影、唱过同样的歌、读过一些同样的书。我们是经历过大萧条的一代人。现在我是美利坚合众国的副总统。他们作为叛国者被判处电刑。问题出在哪里? 为什么要这样呢?"(Coover 143－144)裹挟在自己良知拷问和山姆大叔(在小说中化身为一个人物)的压力之间,他渐渐沦为整个事件里的一个小丑。

　　小说《火刑示众》表面上仅仅批判了罗森堡一案中对正义的亵渎,实际上对 20 世纪 70 年代的"水门事件"也进行了讽刺。小说的主要叙述者尼克松不仅是艾森豪威尔的副总统、罗森堡一案中的调查者,而且还是"水门事件"的主角。通过将尼克松刻画成一个出尽洋相的丑角，小说隐射了尼克松后来在"水门事件"中蒙受的羞辱，并对政府妨碍司法公正进行了抨击，再现了从 20 世纪 50 年代初到 70 年代的冷战记忆（朝鲜战争、麦卡锡主义反共运动、红色恐怖等标志性事件都出现在小说的叙述当中）。

四、罗森堡间谍案：历史创伤与记忆重构

法国社会心理学家哈布瓦赫曾指出："过去不是被保留下来的，而是在现在的基础上被重新建构的。"（Halbwachs 40）这里，哈布瓦赫强调了历史和集体记忆的区别：前者是相对稳固不变的，后者是变动的，参与了我们自身身份的形成和再造。因此，每一代人都会对过去做出他们这一代人的历史叙述。在《虚假文件》（"False Document"）一文中，多克托罗写道："在我们历史上那些最重要的审判，那些仍在我们生命中回响而且对我们的未来最有意义的审判，正是那些判决受到质疑和挑战的审判：斯科普斯、萨柯-樊塞蒂、罗森堡夫妇。事实被掩埋、发掘、推翻、否定、撤回。"（Doctorow，*JLHC* 160）面对此类充满争议的案件，在大多数情况下，我们无法返回或还原历史现场，我们能做的只是重构历史记忆。

在以《但以理书》和《火刑示众》为代表的后现代小说中，作家不是带着亦步亦趋的谨小慎微去"引用"（use）历史，而是以一种不以为然的荒诞态度去"戏弄"（abuse）历史。在这种表面的不以为然之下，是对历史记忆的大胆重构和对当下政治局势的严肃审视。这两部后现代小说采取了超越非虚构著作中常见的"有罪—无辜"非此即彼式的书写模式，力求通过对产生这个事件的政治氛围及后果进行戏剧化再现，将普通民众的视线带回冷战时期的特殊政

治氛围。今天,对于普通美国大众来说,阅读这两部小说已经成为
了解发生在 1950 年代那个事件的重要途径。在这种"重返历史"
的努力中,后现代小说不仅给我们提供了了解可能存在的"另一
种"历史真相的可能,并通过看似玩世不恭实则严肃大胆的书写策
略参与了这段黑暗历史文化记忆的建构。

引用文献（Works Cited）

Chang, Chang. "Prize for Literature: She Is Writing Memory for the Whole Humankind."*Life Week* 13 Oct. 2009.

［苌苌:《文学奖:她为全人类书写记忆》,《三联生活周刊》2009 年 10 月 13 日。］

Chen, Junsong. *Political Engagement in Contemporary American Historiographic Metafiction.* Tianjin: Nankai UP, 2013.

［陈俊松:《当代美国编史性元小说中的政治介入》,天津:南开大学出版社, 2013 年。］

Coover, Robert. *The Public Burning.* New York: The Viking Press, 1977.

Doctorow, E. L. *The Book of Daniel.* New York: Random House Trade Paperbacks, 2007.

---. *Jack London, Hemingway, and the Constitution: Selected Essays, 1977 - 1992.* New York: Random House, 1993.

Halbwachs, Maurice. *On Collective Memory.* Trans. Lewis A. Coser. Chicago and London: The U of Chicago P, 1992.

Hoover, J. Edgar. "The Crime of the Century: The Case of the A-bomb Spies." *Reader's Digest* 5 (1951): 149 - 163.

Hornblum, Allen M. *The Invisible Harry Gold: The Man Who Gave the Soviets the Atom Bomb.* New Haven: Yale UP, 2010.

Hutcheon, Linda. *A Poetics of Postmodernism: History, Theory, Fiction.*

New York: Routledge, 1988.

Lyotard, Jean-Francois. *The Postmodern Condition: A Report on Knowledge*. Trans. Geoff Bennington and Brian Massumi. Minneapolis: U of Minnesota P, 1984.

Pessen, Edward. "The Rosenberg Case Revisited: A Critical Essay on a Recent Scholarly Examination." *New York History* 65. 1 (January 1984): 82 - 102.

Radosh, R. , and J. Milton. *The Rosenberg File*. 2nd ed. New Haven: Yale UP, 1997.

Riesman, D. , and N. Glazer. "The Intellectuals and the Discontented Classes." *Partisan Review* 22. 1 (winter 1955): 47 - 72.

White, Hayden. "The Historical Text as Literary Artifact." *Clio* 3. 3 (June 1974): 277 - 303.

作者简介:陈俊松,华东师范大学外语学院英语系副教授。

历史阴影下的文学与肖像画

——论村上春树的《刺杀骑士团长》

但汉松

《刺杀骑士团长》是村上春树（Haruki Murakami，1949— ）在《1Q84》之后时隔七年带给读者的又一部多卷本长篇小说。《日本时报》的书评人认为该书有太多风格和题材的重复，批评"村上春树已经失去了他的魔法"（Morales）。比如，主人公依旧是一个游走于日本社会边缘的孤独男人，《奇鸟行状录》中井一样的"洞穴"再次成为通往另类世界的入口，那里连通着黑暗的军国主义历史、死亡和潜意识，主人公要在其中完成穿越之旅，并在"未来"和"过去"之间做出艰难抉择。的确，村上春树作品中一直具有某种程式化的倾向。川本三郎曾用"青春"、"都市"和"物语"这三个关键词来概括其早期的文学创作（张小玲 55）。他后期的小说虽然淡化了青春主题,但仍多属于"都市物语"的范畴,讲述的"差不多都是同样的故事"(Ellis and Hirabayashi 550)。在《寻羊冒险记》《奇鸟行状录》《世界尽头与冷酷仙境》《1Q84》等诸多作品中"都存在'寻找—找到'这样的情节模式",它其实正是村上效仿雷蒙德·钱德勒城市小说的写法,让主人公"寻找和确立'自我'的过程"(张小玲 58)。

本文认为,《刺杀骑士团长》虽然沿用了村上从前小说中"个体对历史进行追寻"的叙述模式,但这部小说依然具有独特的开拓性,它试图对历史与当代艺术的复杂关系进行深入的言说。村上选择"画家"作为主人公,这体现了他不同寻常的运思。小说浅层的叙事进程似乎是充满悬念的"枯洞历险记",然而隐含的叙事进程却关乎艺术家如何通过绘画来再现历史的创伤记忆。村上的这种探索不是对过去文学创作的重复,甚至也不只是单纯为了再度强调日本的战争责任,而是展露了他对历史记忆和艺术再现的本体论思考。

一、历史创伤的"后记忆"

村上对日本历史问题的关注,始于 20 世纪 90 年代中期。初入文坛的他曾长期旅居西方、远离故土,对母国文学传统避而远之,想"尽量远离所谓'小说语言'和'纯文学体制'的日语",甚至认为"日语无非是功能性的工具而已"(《职业》34)。但是,1995 年先后发生的神户大地震和东京地铁沙林毒气杀人事件让他经历了对日本从"疏离"到"介入"的重大转变。这些灾难让他意识到,自己作为最具国际知名度的日本作家对于母国有着无法回避的社会责任(Ellis and Hirabayashi 554 – 558)。在 1996 年《纽约客》杂志发表的题为"成为日本人"(Becoming Japanese)的访谈中,村上春树还袒露了另一层隐秘的心迹。在普林斯顿大学访问期间,村上为创作《奇鸟行状录》去图书馆查找"诺门坎事件"史料,并在这里"重新发现了日本"(Buruma 70)。他在 1994 年还专程去往诺门坎战役遗址考察。草原上那些生锈的坦克残骸之所以让他深受震动,并不是因为这是日本军国主义扩张的一次羞辱性失败,而是因为关东军愚蠢而狂热的冒进主义实在是"太日本式、太日本人式了"(林少华 28)。这个军事灾难背后深藏着日本民族现代化进程中的武士道狂热,之后的太平洋战争正是"诺门坎"的必然演绎。"诺门坎"成为村上的历史之"井",那个逼仄的时空入口通往作为伪满洲国的暴力史和南京大屠杀。

　　然而,村上在《奇鸟行状录》和《刺杀骑士团长》中对历史的兴趣并非仅仅是为了批判日本右翼军国主义,如李立丰所言,村上的历史转向发生在"昭和时代的终结"这个"日本的经济、社会、文化乃至历史认识的分水岭",他作品中的叙事不仅是向患有历史健忘症的当代日本国民重述一个失败帝国的不光彩过去,更是为了"重返已经逝去的父辈所代表的帝国时代的男人气概",并"以此来找回日本文化的主体性"(40)。村上春树试图在历史叙事中做如下的发问:如果说在中蒙边境的荒草中掩埋着日本民族曾经被荒唐滥用的男性气质,那么这种暴力嗜血的基因是否还存在于今天的日本社会中? 1995 年发生的东京地铁沙林毒气袭击,让村上春树坚定了留在日本生活的决心,因为奥姆真理教的恐怖主义在他看来是一个从"诺门坎"井道飘出的幽灵,它提醒小说家那段极端暴力的历史并未从日本社会真正远去,文学家有无法替代的伦理责任去不断地为国民激活那些被政治刻意压制的记忆。

　　村上春树之所以决心"成为日本人",还有另一层私人动机,那就是他家族历史中的创伤记忆。在《纽约客》的采访中,他罕见地提到了自己的父亲。这位村上曾是前途光明的京都大学的学生,后来被日本陆军强征入伍派往中国战场,虽然幸运地以完整之身返回家乡,却毕生无法摆脱那些狰狞的战场记忆。父亲曾向童年的他讲过他的侵华战争经历,但细节部分都从村上日后的记忆中消失了(Buruma 71)。这与其说是村上春树故意淡忘家族父辈的战争罪行,还不如说他在参与见证这段黑暗历史时受到难以名状的创伤。村上认为这就是他后来和父亲疏远的原因:作为侵华战争参与者的后代,他的血液里流淌着历史的原罪,他不情愿但又不得不接过父亲的战争记忆(Buruma 71)。这里,"创伤"绝不只是某种文学譬喻,村上十分清楚这个病症对他的生活带来的持久耻辱感——他抗拒吃中国的食物,也拒绝生育后代,因为他不确定是否应该将这种侵略者的基因传给下一代,让孩子重复自己的痛苦(Buruma 71)。

在《奇鸟行状录》和《刺杀骑士团长》等小说中,村上春树将父辈羞于启齿的"经验记忆"转化为"文学记忆"。或者说,他在文学中建构了关于日本军国历史的"后记忆"(post-memory)。根据拉卡普拉(Dominick LaCapra)的定义,所谓"后记忆"指的是那些没有亲历历史创伤性事件(如大屠杀和奴隶制)但又"与其亲历者关系密切的人的获得性记忆"(LaCapra ⅩⅩ)。作为一种间接体验的记忆方式,后记忆源自事件当事人的讲述或见证,借助他者的代际传递而成为后人的获得性记忆,并由此保留一种缺席的在场。村上春树曾强迫自己遗忘的父辈记忆,最终还是在文学想象中借尸还魂,并以极其扭曲狰狞的细节侵入当代读者的神经。在《奇鸟行状录》中,关东军在投降前疯狂屠杀长春动物园的豹子、狼和熊,并用刺刀和棒球棍处死伪满洲国军官学校的中国学生。对这些极端暴力的文学再现，是村上春树试图打开日本历史的钥匙，也是与自己继承的创伤记忆进行战斗的武器。某种程度上，《刺杀骑士团长》是这种战斗的延续。小说中，画家雨田具彦的弟弟很像是村上春树父亲的投射，这位东京音乐学校的高才生被抓到以粗野凶蛮而闻名的第六师团服役，并成为南京大屠杀暴行的执行者。他被迫用原本为弹奏肖邦和德彪西而生的双手去砍人头，而且被上级军官勒令"为了练习，要一直砍到习惯为止"（《隐喻篇》69）。

　　村上春树以文学来传递极具争议性的历史记忆，这种做法招致了诸多非议。一方面，此书引来了日本极右人士的猛烈抨击，认为他不应将南京大屠杀死亡人数暗示为四十万，这比中国官方公布的数字还多（尚一欧 113）。日本右翼的这种批评显然粗暴无理，因为虚构文学本来就无意代替历史学家考据战争史实，真正对作家重要的是"我（被创伤）堵塞的记忆将会如何影响我的想象"（Buruma 71）。既然惨绝人寰的屠杀确实发生过，而且其血腥程度足以让一个天才钢琴家割腕自杀，那么正如书中的反问："四十万人和十万人的区别到底在哪里呢？"（《隐喻篇》55）。另一方面，国内学术界也质疑将文学记忆代替经验记忆的做法，认为村上此举模糊了历史上战争罪犯的主体责任。如李立丰批评村上小说中这种"以物语为载体的历史叙事方法"，认为村上"借由文学参与了历史本身的创造，其自我反思并不是历史的"（48）。笔者并不赞同这种评断，因为李批评的前提实则是"历史"与"记忆"的绝对对立。但如拉卡普拉所言，这种对立观本身就是站不住脚的，它错误地否认了那种"可被批评所检验的记忆"，也无视了"历史书写本身的恋物倾向"（LaCapra XX）。

　　所以，文学化的战争反思非但不是对历史真实性的解构，反而以想象的方式让历史书写作为记忆活动的一面得以显露。村上曾引用乔伊斯的话,认为"所谓想象力就是记忆",那些"缺乏脉络的记忆片段"正是凭借想象力的帮助才得成为结合体(《职业》89)。当雨田具彦从纳粹铁蹄下的奥地利返回日本,他实际上成为这个家族(乃至整个日本民族)战争创伤的记忆代理人。垂垂老矣时,雨田具彦的阿尔茨海默病象征了时间对记忆的蚕食。于是,那幅雪藏的神秘画作《刺杀骑士团长》成了历史记忆的加密存储器,它代表了日本艺术家对极端暴力和个体良心的一次艺术化想象。当它辗转传到"我"手中时,"我"作为新一辈日本画家就构成了这份创伤遗产的继承者,不仅要继承雨田具彦的战争"后记忆",也要像前辈那样去继续想象被湮没的历史,并探索艺术再现的边界。

二、作为历史再现的肖像画

在讨论《刺杀骑士团长》中历史与绘画艺术的关系之前,有必要先将"图像"和"绘画"加以区分。村上先前的作品从不缺乏对于"图像"(image)的指涉,因为他充分意识到后现代消费社会正是一个图像泛滥和过载的时代。在《世界尽头与冷酷仙境》中,那个生活在"冷酷仙境"的"我"(watashi)以巨大的狂热,将主体置于电影、电视、广告、电脑等可视媒介的再现性图像中。可是"他对于图像的沉迷反而……割断了他与社会现实的纽带",并导致"主体性的解体"(Kawakami 324)。这里,"图像"其实指的就是鲍德里亚的拟像(simulacrum),它们非但"不能反映基本的现实",反而"与任何现实都没有关联"(Kawakami 326)。然而,绘画并不是机械复制时代的再现性图像,它依然可能带有本雅明所指的那种艺术"光晕"(aura)。对绘画艺术的追求因而也成为艺术家介入历史现实的一种重要方式。雨田具彦虽没有确切的历史原型,但与日本著名旅法绘画大师藤田嗣治（Tsuguharu Foujita）颇有几分相似。藤田和雨田一样，都是将东西方绘画美学熔为一炉的奇才，也都在"二战"期间因为时局被迫从欧洲返日，是德国纳粹主义和日本军国主义的亲历者。"我"则是一个才华可疑的画家——虽然在美大读书时画抽象画居多，也曾有过艺术的崇高理想，如今却沦为了一个商业肖像画家，专门接受画主委托从事肖像画的绘制，"仿佛绘画界的高级娼妓"（《理念篇》14）。

　　村上借主人公之口对肖像画的这番贬损其实事出有因。商业肖像画和艺术绘画的区分，正如同类型化的"大众文学"和追求独创性的"纯文学"之间的分野。巴赞特（Jan Bazant）认为，西方绘画史上对于肖像画的轻视可以追溯到公元3世纪，从那时起"艺术再现被认为不再是对可见世界的摹仿，而开始被认为是对无形本质的表达"（109）。换言之，当创造性艺术是指向更高层的理念之物时，依然停留在摹仿现实层面的肖像画就显得不那么尊贵了。从18世纪开始，西方艺术界对于肖像画的态度有所改变，但仍然坚持认为肖像画如果要想成为艺术（哪怕是次一级的艺术），它要表现的就不能只是画主的面部特征，而应该是其理想化的精神内涵（Bazant 110）。一些艺术史学家认为，当代西方艺术中仅凭肖像画就能确立艺术地位的画家极少，仅有的例外是查克·克洛斯（Chuck Close）、卢亚安·弗洛伊德（Lucieu Freud）和大卫·霍克尼（David Hockney）三人（Loughery 442）。这不仅仅是由于肖像画的艺术价值可疑，而且更因为现代性让自我变得更加复杂多面，让我们对自我的理解也更加复杂化，现代人的那种自我也就更难以被捕捉和呈现（Loughery 442）。

　　《刺杀骑士团长》的肖像画主题从一开始便已显现。"我"的苦闷是双重的："表"是妻子的婚外情让他陷入中年危机，而"里"则是

"我"对于肖像画这个职业的悲观。因为现实生活的经济压力，"我"被迫接受政商名流的订金去从事肖像画的营生，但又深刻地意识到此类绘画只是廉价的文化商品，是对自己"画魂"的玷污。"我"的这种职业困境在商业社会具有典型性，它映射了村上对小说家行业的反思性焦虑：到底是继续迎合市场写畅销书，还是坚持创作纯文学作品？在这个意义上，笔者更愿意将叙事者视为村上艺术人格的分身，将《刺杀骑士团长》视为一部在艺术论的层面反思"再现"的元小说，而不是仅仅在婚姻危机、爱欲无能或幽闭恐惧症的寓言层面来解读它。

　　然而，村上并不认为商业性或大众市场就是严肃艺术的死敌。事实上，虽然"我"一开始对肖像画心怀芥蒂，但随着情节的推进，"我"开始了超越商业肖像画既定类型的艺术探寻。给"我"的绘画理念造成巨大冲击的，是雨田具彦的画作《刺杀骑士团长》，它体现了艺术的"显形理念"。在"我"看来，这幅画结合了西方与日本的艺术范型和再现技巧，代表了对冈仓天心、芬诺洛萨等人开创的"新日本画"传统的突破。"我"和免色关于"日本画"的大段讨论颇值得读者留意。"日本画"作为近代日本才出现的概念，"其形成常常是围绕明治以后的民族绘画即'新日本画'这一主轴来展开"，它的文化理想是"脱中抗欧"（赵云川 49）。如冈仓天心所言，"日本画"必须"在吸取西洋艺术的基础上重建国民艺术"，创作出"既不同于西方绘画，又不同于传统日本画"的新日本画（转引自赵云川 65）。雨田具彦追求的绘画艺术，正是这种欧日互通的兼收并蓄，同时又以曲折的方式表达了对于法西斯战争的批判态度（而不是像藤田嗣治那样沦为日本军国主义的宣传工具）。作者表面上是安排他的人物散漫地谈画论艺，但其实巧妙地折射出了作家的文学创作理念。某种程度上，村上的创作正是游走于东西方艺术传统之间，以小说的形式来追求一种"新日本画"的效果。

"我"作为画家的顿悟和转变，构成了全书最重要的隐性叙事进程。叙述者创作四幅画的过程，就是"我"以门徒的姿态，与《刺杀骑士团长》这幅画作（以及"日本画"传统）所进行的受教和对话。原本让"我"倍感厌倦的商业肖像画契约，竟然渐渐变成了对绘画艺术一次修炼之旅。叙述者意识到，他之所以冥冥中被免色和"骑士团长"挑选，其实是因为他"具有肖像画的特殊才能——一种径直踏入对象的核心捕捉其中存在物的直觉性才能"（《理念篇》40）。"我"不再认为肖像画是艺术的绝缘体；相反，它是一个将"画主"（subject）变为画布上的"主体"（subject）的再现过程。形式主义者罗杰·弗莱（Roger Fry）认为，肖像画模特不过是建造"有意味的形式"（significant form）的脚手架，而贝伦森（Bernard Berenson）则更激进地认为，一些肖像画其实是画家的某种自传式投射（Martin 61）。肖像画家的使命故而绝非追求"形似"，甚至也不只是顾恺之所称的"以形写神"，而是要让画布上线条与颜色所构成的"物性"（objecthood）显形为具有主体潜能的"理念"。概言之，肖像画"宣称是关乎外表的，但其意义以几乎是公认的方式隐藏于外观之下"（文以诚 7）。

这些绘画艺术的讨论，与村上的文学创作有什么关系呢？首先，小说与绘画一样，都属于再现性艺术的范畴。以文字为中介的叙事尽管没有颜料和画布，但同样是对世界的一种摹仿；小说家和肖像画家一样，同样关注人物的塑造（characterization），孜孜以求的是让文字构建的虚构人物能"跃然纸上"。在现代主义运动中，"文学借鉴了肖像画更高级的摹仿技巧，去塑造人物的多变性存在"（Haselstein 725）。其次，画家对写实和理念的取舍，也启发了小说家的创作本身。芬诺洛萨认为日本画之所以优于西洋画，乃因前者追求的是"idea"（芬诺洛萨将之译为"妙想"），而后者则重视写实（刘晓路 58）。第一卷标题"显形理念"（The Appearing Idea）正是村上对于本国再现性艺术使命的概括。村上小说孜孜以求的，就是让文字构建的人物肖像超越历史上的"形似"而抵达"妙想"之境界。如果将"妙想"视为一种日本艺术的独特追求，而非柏拉图哲学的纯精神范畴，或许就能更好解释为什么村上坚持用超现实主义的"物语"写作来直面历史。

三、历史再现的艺术限度

如果说艺术家以可见的形式揭示不可见的历史，那么在摆脱了肖像画对"逼真性"的写实执念之后，还需要面对一个更大的困难：如何从（后）记忆出发，去再现历史中的极端暴力和绝对之恶。村上勇敢地站在了文学和肖像画共同的阈限边界，敦促我们去思考前方那个黑色深渊。具体言之，"我"所获得的艺术顿悟并不是如何让肖像画日臻完美，而是肖像画的永不完结性，这当然也指向了文学再现本身的限度。通过展现"我"在创作肖像时的事件性，村上不断地告诫我们：不要将肖像画视为静止之物。当画中那个理念的鬼魂以"骑士团长"的形态出没于观看者的生活，"我"作为绘画观看者和创造者的双重身份让绘画的意义在小说里不断延宕。甚至在刺杀了这个鬼魂后，它作为事件的意义也并未终止。

村上春树正是在这里，表达了当代艺术和历史之间的诡异关系。和《道林·格雷的画像》不同，村上认为不存在绝对完美的肖像，不相信画家能够在画布上完成对历史对象的终极显形。他也反对那种将艺术视为高度自治之域的理论，因为历史的幽灵一直纠缠着艺术家的良心。在"我"的画笔下，艺术的功能是帮助我们更进一步地认识集体与个人的历史，在审美的过程中艺术促使我们召唤记忆、组合隐喻，并最终反思当下的存在。因此，与其说村上相信的是"为了艺术而艺术"，毋宁说他在呼吁"为了生活而艺术"。在个人的主体性日益萎靡甚至消亡的后现代社会，我们与当代艺术去遭遇的意义，恰恰是为了谋求生命力（乃至生殖力）的再度觉醒。小说善意玩笑般的大团圆结尾或许就是村上的一个美好愿景：结婚时无法与柚生育后代的"我"，却在用"情念"让她隔空怀孕并与妻子破镜重圆（《隐喻篇》385）。

当代艺术家葆有"精魂"固然重要，再现理论所面临的绝境（aporia）却并未因此而得到克服。问题依然是：我们真的可以凭借直觉或后印象派式"主观化了的客观"，抵达再现对象的真实？正如阿多诺所揭示的那样，传统现实主义的摹仿观念受限于追求同一性（identity）的本体论，而我们对于认识对象（譬如像主）并不真正存在稳定的、确切的共识，也不存在一个还原主义的"真"。当艺术家试图再现历史的极限情境（如"屠犹"和南京大屠杀）时，就会不可避免地陷入"无法再现性"的绝境。村上意味深长地引用了集中营幸存者、雕塑家兼画家塞缪尔·威伦伯格（Samuel Willenberg）的《特雷布林卡集中营》，里面提到了一位囚于集中营的华沙画家，此人曾希望给党卫军刽子手和他们的受害者画肖像。然而，这个将死的囚徒真的能画出"堆积在'隔离病房'里的孩子们"吗？（《理念篇》375）。或者说，艺术真的可以再现纳粹种族灭绝的极端之恶吗？

在让-吕克·南希（Jean-Luc Nancy）看来，这种再现不仅可能，而且极端重要，但前提是要回到"再现"的原初意义。这里，"再现"（re-presentation）的前缀"re-"并不意味着"重复"，而是以"准剧场的"（quasi-theatrical）方式让对象可以被我们认识（Miller

183）。所以米勒认为，"后奥斯维辛"艺术家再现无法言说的历史创伤时，应该"知其不可为而为之"，既不要认为自己的创作能够真正地"像"它，同时又努力通过隐喻手段来让受众逐渐去认识和理解（Miller 152）。"我"创作肖像画时，发现随着自己位置的改变，画中的那个兔色"看上去有不可思议的差异，甚至显得有两种截然不同的人格同时存在于他的身上"（《理念篇》206）。此画中确实有兔色，他在画中不仅有呼吸，还携带着自身的谜团，但已经完全背离了追求形似的肖像画，而变成了"为我画的画"（《理念篇》209）。这种再现的不确定性既体现了艺术的边界，也蕴藏了历史再现的可能。

结语

《刺杀骑士团长》是一部历史之书，也是艺术之书。通过糅合绘画与文学，村上想讲述的并非历史到底是什么，而是如何能够通过艺术性想象来传递历史记忆。绘画和文学作为摹仿的艺术类型，在小说中展开永不完结的对话；与此同时，这种朝向"再现"的求索一直处于暧昧斑驳的矛盾地带，注定无法完成终极的再现。村上在这部小说里谈"画"论"艺"，也隐匿地指向了对自己小说创作的省思，并借此提醒读者关于历史记忆的伦理。村上这种对历史和艺术的双重言说，非但不是为了走向另一种历史虚无主义，反而是更为审慎地昭示了历史自身的复杂维度，亦忠实于当代社会人性的多重面相。

引用文献（Works Cited）

Bazant, Jan. "Three Studies on Conceptions of Portraiture." *Listy filologické /Folia philological* 114. 2/3 (1991): 107 – 116.

Buruma, Ian. "Becoming Japanese." *The New Yorker* 23 Dec. 1996: 60 – 71.

Ellis, Jonathan, and Mitoko Hirabayashi. "'In Dreams Begins Responsibility': An Interview with Haruki Murakami." *The Georgia Review* 59. 3 (Fall 2005): 548 – 567.

Haselstein, Ulla. "Gertrude Stein's Portraits of Matisse and Picasso." *New Literary History* 34. 4 (Autumn 2003): 723 – 743.

Kawakami, Chiyoko. "The Unfinished Cartography: Murakami Haruki and the Postmodern Cognitive Map." *Monumenta Nipponica* 57. 3 (Autumn 2002): 309 – 337.

LaCapra, Dominick. *Writing History, Writing Trauma*. Baltimore: Johns Hopkins UP, 2014.

Li, Lifeng. "When Empirical Memory Is Reduced to Literary Memory: On the Historical Stance of Haruki Murakami's 'Manchuria Narrative'." *Foreign Literature Review* 3 (2015): 36 – 49.

［李立丰:《当经验记忆沦为文学记忆:论村上春树"满洲叙事"之史观》,《外国文学评论》2015 年第 3 期,第 36 – 49 页。］

Lin, Shaohua. "Haruki Murakami's Tour in China." *Dushu* 7 (2007): 28 – 33.

［林少华:《村上春树的中国之行》,《读书》2007 年第 7 期,第 28 – 33 页。］

Liu, Xiaolu. "New Japanese Painting Movement: On the Reform of Traditional Painting in Meiji Period." *Art Research* 3 (1989): 58 – 63.

［刘晓路:《新日本画运动——论日本明治时期传统绘画的变革》,《美术研究》1989 年第 3 期,第 58 – 63 页。］

Loughery, John. "Portraiture: Public and Private Lives." *The Hudson*

Review 52. 3（Autumn 1999）：439 - 446.

Martin, F. David. "On Portraiture：Some Distinctions." *The Journal of Aesthetics and Art Criticism* 20. 1（Autumn 1961）：61 - 72.

Miller, J. Hillis. *The Conflagration of Community：Fiction Before and After Auschwitz*. Chicago：U of Chicago P, 2011.

Morales, Daniel. "'Killing Commendatore'：Murakami's Latest Lacks Inspired Touch of Earlier Works." *The Japan Times* 1 April 2017. 〈https://www. japantimes. co. jp/culture/2017/04/01/books /book-reviews/ killing-commendatore-murakamis-latest-lacks-inspired-touch-earlier-works〉.

Murakami, Haruki. *Killing Commendatore, Book 1：The Appearing Idea*. Trans. Lin Shaohua. Shanghai：Shanghai Translation Press, 2018.

［村上春树：《刺杀骑士团长（第 1 部：显形理念篇）》，林少华译，上海：上海译文出版社,2018 年。］

---. *Killing Commendatore, Book 2：The Moving Metaphor*. Trans. Lin Shaohua. Shanghai：Shanghai Translation Press, 2018.

［村上春树：《刺杀骑士团长（第 2 部：流变隐喻篇）》，林少华译，上海：上海译文出版社,2018 年。］

---. *My Profession Is a Novelist*. Trans. Shi Xiaowei, Haikou：Nanhai Publishing House, 2017.

［村上春树：《我的职业是小说家》，施小炜译，海口：南海出版公司,2017 年。］

Shang, Yi'ou. "Haruki Murakami's War Writing：Reading Killing Commendatore." *Dushu* 7（2018）：112 - 117.

［尚一欧：《村上春树的战争书写—读〈刺杀骑士团长〉》,《读书》2018 年第 7 期,第 112 - 117 页。］

Vinograd, Richard. *Boundaries of the Self：Chinese Portraits, 1600 - 1900*. Trans. Guo Weiqi. Beijing：Peking UP, 2017.

［文以诚：《自我的界限：1600—1900 年的中国肖像画》，郭伟其译，北京：北京

大学出版社，2017 年。]

Zhang，Xiaoling. "The Influences of Raymond Chandler's Detective Novels on Haruki Murakami's Urban Monogatari. "*Foreign Literature Studies* 2 (2017)：54 - 61.

[张小玲：《雷蒙德·钱德勒的侦探小说对村上春树都市物语的影响》，《外国文学研究》2017 年第 2 期，第 54 - 61 页。]

Zhao，Yunchuan. "On the Conceptual Formation of 'Japanese Painting' and the Rise and Establishment of 'New Japanese Painting'. "*Art & Design Research* 2 (2013)：48 - 67.

[赵云川：《论"日本画"概念的形成与"新日本画"的兴起和确立》，《艺术设计研究》2013 年第 2 期，第 48 - 67 页。]

Zhong，Xu. "The Development of Haruki Murakami's Novels. "*Journal of East China Normal University (Philosophy and Social Sciences)* 4 (2001)：18 - 24.

[钟旭：《村上春树长篇小说的发展》，《华东师范大学学报（哲学社会科学版）》2001 年第 4 期，第 18 - 24 页。]

作者简介：但汉松，南京大学外国语学院教授。

空间与城市

玄秘世界的空间形象

——论《霍克斯默》的阴影书写

张　浩

在彼得·阿克罗伊德（Peter Ackroyd, 1949— ）20 世纪 80 年代的代表性小说《霍克斯默》中，阴影（shadow）一词出现了总共 44 次，但如此高频率的出现至今未引起学界的充分研究。这些阴影形象和小说的主题存在什么关系？尤其是这些阴影的含义是否与阿克罗伊德小说中参与的心理地理学玄秘主义（occult）理念存在某种内在联系？它是否并如何构成了阿克罗伊德小说暗恐（uncanny）叙事的重要环节？在《霍克斯默》的人物塑造中，这些阴影图像的描述是否是小说中的"复影"（double）人物代表的人性中黑暗力量的外部符号的空间投射和象征？这些是本文思考的起点和试图探讨解决、回答的问题。

阿克罗伊德作为当代英国伦敦文学一位主要作家和英国人文地理文化研究的重要学者,在心理地理学(psychogeography)复兴研究中具有不可或缺的地位。心理地理学的渊源可以追溯到笛福、布莱克、德昆西、波德莱尔和本雅明,他们的作品中都存在环境(空间)与主体行为之间的关切。伦敦和巴黎是这一运动的两大据点。其在英国的发展脉络被称为"视像派传统",在德、法以"漫游者"概念为演进核心线索。"在笛福、德昆西、史蒂文森等笔下,城市(伦敦)无一例外地被描绘成犯罪、贫苦、死亡的场地。它标志着心理地理学的先声。"(Coverley, *Psychogeography* 13)与之呼应的是哥特文学形式的复苏。20 世纪 50 年代法国居伊·德波发起情境主义运动,并明确提出了心理地理学的概念和定义:"研究有意识或者无意识构建的地理环境对个人情感和行为的特定效果和确切原则。"(Debord 8)进入 20 世纪 80 年代,"辛克莱和阿克罗伊德成为将城市进行戏剧化黑暗想象的典型代表"(Coverley, *Psychogeography* 14)。阿克罗伊德自关注城市和其居民行为关系的处女作《伦敦烈火》问世后,作品多以伦敦为地理文化空间背景,对伦敦城市历史不断进行具有黑色基调的建构和想象,呼应着玄秘主义理念。"这场运动由于与玄秘的结合而更加色彩斑斓,他[阿克罗伊德]对挖掘过去和记录现在一样执着。"(14)由此,阿克罗伊德秉承了英国的视像派写作传统。除了虚构写作领域的创作,他还出版了为数不少与心理地理学相关人物传记和文化地理专著,促进了学界对此领域的重新关注。其《伦敦》的出版,被认为是"心理地理学进入主流的时刻……阿克罗伊德将心理地理学纳入了保守和非理性的模式"(12)。阿克罗伊德对历史上诸多伦敦名人的痴迷以及虚构创作,表明他积极参与着这场心理地理学文学运动。

在《霍克斯默》中"阴影"一词频繁出现，它是该作玄秘主义理念的叙事空间形象载体。除了小说中物体由几何空间构成的影子的基本含义，本文重点讨论与主体"我"和其认知以及人性善恶相关的阴影空间形象的意义。环境（空间）和人类行为的关系是心理（灵）地理学的基本关注点，作为空间地理的象征，阴影既承载了空间内涵也被寄予了心灵因素，因此它是反映作家心理地理学关切的小说书写实践，也是其玄秘主义思想小说叙事实践的重要组成部分，是折射其著作世界本体论和认识论的文化棱镜。本文认为，在小说中，阴影书写构建了一体二身的影身人物的隐性人物塑造形式，也构成了与"异我"遭遇的显性叙事形式，更是投射黑暗心灵负面人性、对抗启蒙时代理性的空间象征。

一、一体二身的"影身人物"与隐性阴影书写

"复影是对一个个体的复制或者一个分裂个体的一部分"（Peternel 453），因此具有"双生"、"复影"、"影身人物"（doppelgänger）、"异我"的含义。在小说隐性阴影书写中，"影身人物"隐喻的人物阴影需要读者的想象和识别，是《霍克斯默》中阴影书写的隐喻母题。"复影"这一哥特式文学母题常用其所蕴含的人物阴影来建构分裂的自我和"一体二身"这一玄秘世界的主体形象。尼古拉斯·霍克斯默（Nicholas Hawksmoor）的名字在小说中演变成两个人物的名字，一个是尼古拉斯·戴尔，一位是现代的侦探霍克斯默。历史上，霍克斯默是 18 世纪伦敦的著名建筑师，设计、规划并主持建造了伦敦城市中六座著名的教堂。由于他对六座教堂之间距离进行了精确布局，被誉为"玄秘主义的名流人物"（Coverley, Occult 46）。小说中的戴尔也是一位对玄秘哲学

颇有兴趣和研究的人物。两位主要人物的名字一分为二的设计暗示着两者身份背后的玄秘联系,体现着"一体二身"即隐藏在两个身体的一个灵魂共同体这一符合玄秘主义的理念。在小说人物塑造层面,"影身人物"突破了"原型"和"扁形"人物的窠臼,构成了小说人物玄秘的阴影,表明主体具有隐身性,即隐藏于另一个承载自我的肌体(body)之中。"自我"和"他者"构成一体,即一个命运共同体,二者具有两个独立的肌体,形成精神上的关联。在特定的条件下,自我和他者之间泾渭分明界限会被打破,"我"即"他","他"即"我","他者"即"他我"。小说呈现并剖析了主体性的多元性即主体可以存在于两个身体之内,在谋杀等特殊事件发生时,这两身一体的属性便开始呈现,构成小说人物的命运共同体。由此,小说具有了玄秘主义色彩。

影身人物在小说叙事中通过"自我"和"他者"感受的流通性和互换性暗示他们的隐性关联。《霍克斯默》中的这一显著特征也折射了谋杀的犯罪心理特征。小说中谋杀者和受害者之间发生了移情的感受置换。"影身人物故事具有镶嵌(mise en abyme)叙事效果,由此人物和结构互相反射。"(Webber 6)小说 18 世纪时间段和 20 世纪时间段讲述谋杀和死亡这些类似事件,正是在这种具有自反性的叙事中隐藏着诸多影身人物的化身,昭示着身份和主体融通与分裂的问题。在 18 世纪时间叙事时段中,戴尔仔细端详泰晤士河上发现的被勒死妇女的面庞时,他自己的身体甚至感受到了被害者死亡时遭受的痛苦打击:"我审视着这女人的脸(Face),心里一阵畏缩,仿佛感同身受(Body)她所经受的重击(Blow):好吧,太太,她的凶手说,我通常在这里散步,你不愿和我一起散会儿步吗?"(116)①"我自己的身体"表明他和死者构成了具有影身关系的感受共同体。那么这里大写的"Face"便成为戴尔自己面孔的自我指涉,在面对影身人物的过程中,戴尔仿佛看到镜子中自我受难的一幅面相,正如他说自己看到了受害女士看到东西,"他几乎成为一个具有心灵感应能力的全知叙述者"(38)。这显然是暗恐叙事中"心灵感应"的体现。弗洛伊德指出:"暗恐之所以令人恐怖是因为它既未知又熟悉。"(515)"Body"和"Blows",两词首字母大写表明感受之强烈,创伤之严重。之后,小说使用直接自由引语,将谋杀者"我"和叙述者"我"杂糅在一起叙述。这里叙述中出现了两个同为第一人称的视角,谋杀者的引语标志仅用插入语的方式出现,表示引语引号标志完全缺失,由此戴尔的声音和谋杀者的声音基本上无标志地糅合在一起,似乎在暗示戴尔和谋杀者、死者之间身份的暧昧关系,表明戴尔和谋杀者也构成影身共同体,他们之间存在着一种心灵上的关联。在小说中,戴尔本身就是一名谋杀者。从这个角度而言,这里杀手的欲望,即"他者的欲望",被还原为戴尔的谋杀欲望,第一人称的叙事声音融合也似乎表明戴尔也"被他者的欲望"左右。人物的身份游移在欲望的滑动之间。正如小说第三人称人物外视角叙述直接评论的那样:"在霍克斯默看来,凶手和被害者都有一种毁灭自身的倾向;而他的工作只不过是加速了凶手为他自己所设定的这一过程——也就是说,成为帮凶。"(136 - 137)

---

① 此处对出版译文略有调整。

二、作为与"异我"遭遇的显性阴影书写

《霍克斯默》中的显性阴影书写，作为"异我"象征，与主体需要重新聚合，从而获得神一般的自我整体性，令分裂的意识和潜意识获得协调。这在小说中表现为自我和阴影象征的"异我"的遭遇和融合，从而实现主体性。小说中的人物与自己的身体显性阴影有直接面对的时刻。阴影所象征的"影身人物"主题的多元性和复杂性被外在地显性投射到了小说中阴影空间形象的书写和建构中。阴影在《霍克斯默》中折射本我与"异我"遭遇的情景，正是阴影形象的心灵隐喻含义。

"阴影缓缓地笼罩在他的脸上直到他的嘴唇和眼睛变得模糊难辨：只有他的额头上还残留几缕阳光，反射着在他醒来之前在前额上密布的汗珠。"(260)小说结尾一章的叙事空间视角来自一个第三人称全知叙事者，其叙述的镜头一开始就对准了"阴影"这个小说中极具主题象征意义的核心形象，并描绘着它在戴尔面部移动的缓慢过程，直到戴尔嘴与眼的界限完全消失。这里小说叙述中再次出现了"明暗对比"(chiaroscuro)的画面空间镜头，阴影作为故事空间以及其氛围的象征折射着霍克斯默脸上的表情，它的移动改变着霍克斯默的五官和表情。这里全知叙事者甚至进入了霍克斯默的梦境，揭示着他的内心活动，叙述的声音游弋在霍克斯默的内心和外部世界之间。"即使在睡梦中他也知道自己病了，他梦见鲜血像硬币一样倾落在他的身上"(260)，梦魇、鲜血、硬币，这一系列灰色阴暗的意象烘托着霍克斯默内心精神和灵魂世界的灰色、阴暗、颓靡。这里的梦作为无意识世界的表征浮现在读者的面前，霍克斯默是清醒的，他在无意识的阴影中体悟到了现实的阴

暗,体验了血一般冷酷残忍的现实世界,人性中的邪恶与阴暗,生活中的消极与颓废,邪恶、灰色和颓废成为他所生存世界的主要色调。这是一个看不到生命阳光和生活希望的不幸的灵魂,但他并没有停止思考,忘记对生命的承诺。醉生梦死就是他生存状态的写真,但他还保持着对世界理性的观察和体味。叙事者还使用了自由间接引语和直接引语,分别从人物内心和外部两个视角袒露他在床上这一故事空间的内心活动。直到"他被楼下街道上传来的争论吵醒"(260)这一句,读者才清楚小说的故事空间,而话语空间并没有予以交代,但是叙述的声音不断地传送到读者的耳中。接着故事空间随着霍克斯默对敲门声的回应,转移到了门口,接着来到了楼梯,回到卧室,然后到窗前、窗户。叙述视角的游移正是霍内心骚动不羁心灵状态的外部投射。接着,叙述者视野穿过窗子,描述着街道上行人的宿命表情。这里的叙事视角居高临下,恰恰反映了冥冥之中,芸芸众生受制于宿命的生存状态。小说的空间叙事的镜头在霍克斯默内心活动和外部世界对他的观察之间淡出淡入,自如切换。这里阴影构成了小说人物复影,霍克斯默的影子是他对自己认知的叩问,就像是灵知教派中对自我叩问的诉求一样,阴影指向了历史中的戴尔,却是不可认知的,正如一个人镜子中的自己,可以看到,却永远无法抓到,这正是玄秘世界中最为玄秘的自我主体。

在小说的最后部分:

　　　他假想的自身就坐在他的身旁,陷入深思中叹息着,当他伸出手触摸他的时候他战栗着。但是不要说是他在触摸他,就说是他们在触摸他。当他们说话的时候,他们说着同一种声音……他们面对面,但是他们的目光越过彼此落在他们刻

在石头上的图案上；因为有形的地方必有倒影，有光明的地方必有阴影。(269)

在荣格看来，阴影的属性作为"个人无意识的内容可以从梦中推测得到"(*Aion* 8)，而阴影就是"第二自我"(*Archetypes* 262)。梦境也同是典型的复影母题，在这里的梦境中出现了自我和他我交融的典型场景，自我和他我之间在某一神秘的瞬间突然实现了心理上的切换和转化。这里叙述声音的评论十分明显，"他们"和"他"实现了替代，仿佛成了统一体。"假象的自身"和前面的影子呼应，影子被赋予了灵性而具有泛灵论的色彩，从而构成了戴尔的重影。戴尔已经陷入了精神分裂与再融合的状态，触摸的动作主体的模糊暗示着这一状态。这里他和他们之间的界限在消弭，戴尔和自己的影子融为一体，即"自我"和"他我"实现了融合，精神也随之恍惚。戴尔和自己的影子产生心电感应。正如恩格指出："'我'和'他们'之间的置换正是分裂的自我、二重性和不同的自我整合成的'大我'之间的复杂游戏"(Ng 38)。

三、投射负面人性和黑暗心灵的阴影书写

在心理学中，阴影指"我们把人类的阴影看作一些不能光天化日之下而被人看到的人格特征"(卡斯特 1)。在《霍克斯默》中阴影既是具体的空间存在，更是折射负面人性"恶魔主义"的空间形象。荣格认为每个人的人格中都具有以下四种原型：人格面具、阿尼玛和阿尼玛斯、阴影、自身。其中阴影是指"心灵中最黑暗、最深入的部分，是集体无意识中由人类祖先遗传而来的，包括动物所有本能的部分。它使人具有激情、攻击和狂烈的倾向"(胡经之

146)。

　　戴尔曾言:"我们每一个人都处在黑暗之中"(《霍克斯默》120),他集"建筑师"、"恶魔崇拜者"、"谋杀者"于一身,除了第一个是他的职业外,其余两个身份都是邪恶的化身。虽然生活在18世纪,但是戴尔具有中世纪文学邪恶人物的"反英雄"典型面貌。小说开始他就阐发着自己的阴影哲学,宣扬负面人性,对抗伦恩在小说中代表的启蒙时代的理性和新科学的实证主义,昭示灵魂中最阴暗的部分:"难道生命不是阴影和幻象的混合物吗?"他像浮士德一样,为了获得阴暗的力量,将自己的灵魂出卖给"恶魔主义"。他认为"人是永恒不变的邪恶"(23)。为了对抗启蒙时代的理性,他投向了恶魔主义的怀抱。他说:"魔鬼撒旦就是这个世界上的上帝,适合受人顶礼膜拜,我将提供某些证据。"(24)他甚至辩称自己是为了祛除邪恶而作恶。阴影成为他信奉的恶魔主义的空间隐喻。他质疑克伦恩倡导的"理性和实证"(120)。在这种信念的支撑下,戴尔转向信奉玄秘的密教,他在自己的建筑设计中融入了象征性的恶魔主义,将男童和被谋杀的流浪汉的尸体作为自己教堂的根基。他的阴影在小说中体现了玄秘主义"阴暗"哲学,特别是这种"阴影"哲学所投射的"恶魔主义"。"正如太阳是精灵之光一样,阴影则是身体的负面组成部分,或者说是邪恶和卑鄙的一面。在原始人群中,人们坚信阴影的观念是灵魂或者另一个自我;正如弗雷泽所指出的:'原始人将自己的影子或者水中的倒影当作自己的灵魂或者本人的一个重要部分。'"(Cirlot 290－291)戴尔有着自己独特的阴影哲学逻辑。他所信奉的魔性主义,相信这个世界是由恶魔和星宿的邪恶力量所控制的。戴尔在他的教堂建筑设计规划中,引入了与基督教"善"对立的魔性邪恶元素,即在建筑物的基石部分融入尸体,尤其是未成年的儿童作为教堂建筑物基石一部分原料。他通过这一违背基督教伦理的行为从而广泛地破坏伦敦基督教教堂的神圣性和纯洁性，让邪恶永存下去。

　　阴影作为一种空间形象，是叙述者戴尔灵魂世界变化的一种外部投射和文本隐喻，但从心理学的角度来说这些外在的由光和影的造成的阴影其实是人物内心中的阴影的外部投射。戴尔（Dyer）的名字与"魔鬼"（devil）和"死亡"（death）近似，暗示他已成为邪恶的化身，或者说是人性中邪恶一面的化身。在荣格看来，阴影是人与生俱来的心理特征，是一种集体无意识："一个人出生后将要进入的那个世界的形式，作为一种心灵的虚像，已经先天地被他具备。"（霍尔等 43－44）戴尔曾说"生命本身就是一种根深蒂固的致命的瘟疫"（23），表明人具有某种与生俱来的阴暗品质，与瘟疫存在某种相似性的就是阴影，当然小说中也有某种外部阴影，外部阴影与内部心理的关系在《霍克斯默》中表现如下："我[戴尔]凝视着坍塌了的石柱的影子，我的灵魂好像也变成了废墟的一部分。"（69）这里出现了"横组合隐喻"（Cohan and Shires 40），即喻旨灵魂被隐喻成为喻本石头，而"坍塌"一词恰恰表明灵魂已经失去了人性中善良仁慈温柔的一面，被冰冷、麻木和漠然的品质所替代。"石柱的影子"暗喻的正是人性中黑暗的那一部分，废墟的隐喻暗示戴尔内心尤其失去天良心而蜕变成的"荒原"。在《霍克斯默》中，这种阴影是人物和事物由光线的明暗造成的、出现在读者面前的一种空间形象，它是黑暗力量，创伤经历的外部投射和象征。在小说 20 世纪时间段内，在叙述男孩托马斯·黑尔遭到其他儿童的欺辱和折磨时，阴影的空间形象反复出现。黑尔的命运和戴尔幼年黑色创伤的共同经历表明阴影预示着各种消极、黑暗的负面人性的力量。

结语

在《霍克斯默》中,阴影是一种隐喻一体二身、遭遇异我、负面人性的玄秘空间形象,它更多表现为玄秘主义的心理认知的物质外在投射。霍克斯默和戴尔构成了影身人物,因为他们两人之间侦察与被侦察的关系正是"理性"和"魔性"观念的冲突和较量,也是人性内心之间善恶两股基本力量的对峙与交锋。阿克罗伊德的小说通过阴影形象试图窥探揭示玄秘的世界,让它浮出水面,它是小说人物无意识的一种投射。阿克罗伊德小说所渗透的玄秘主义哲学观念往往借助阴影这一空间形象,具体生动地将玄秘主义这一抽象的认知理念投射到读者能够感知、认识的世界中来。阴影作为一种空间形象是玄秘主义理念外在表达的一种空间模态,它是人性中阴暗力量的空间象征,也是自我与异我遭遇的显性存在,同时预示着生命终结的阴森恐怖。阴影的玄秘主义所指意义就在这些内涵中得以充实。正如柯弗利指出的那样:"这些玄秘的关切展示出对城市特有的空间和历史关联性的强烈敏感性,看起来也确立了阿克罗伊德在伦敦心理地理学中的核心地位。"(Coverley, *Psychogeography* 27)

引用文献(Works Cited)

Ackroyd, Peter. *Hawksmoor*. Trans. Yu Junmin. Nanjing: Yilin Press, 2002.

[彼得·阿克罗伊德:《霍克斯默》,余珺珉译,南京:译林出版社,2002 年。]

Cirlot, J. E. *Dictionary of Symbols*. London: Routledge, 1990.

Cohan, Steven, and Linda M. Shires. *Telling Stories: A Theoretical*

Analysis of Narrative Fiction. London and New York：
Routledge，1988.

Coverley，Merlin. *Occult London*. London：Pocket Essentia，2008.

——. *Psychogeography*. London：Pocket Essentia，2006.

Debord，Guy. "Introduction to a Critique of Urban Geography." Trans. Ken
Knabb. *Situationist International Anthology*. Ed. Ken Knabb.
Berkeley：Bureau of Public Secrets，2007. 8 - 12.

Freud，Sigmud. "The Uncanny." Trans. James Strachey. *The Critical
Tradition：Classic Texts and Contemporary Trend*. Ed. David H.
Richer. Boston：Bedford/St. Martin's，2007. 514 - 532.

Hall，C. S. ，and Vernon J. Nordby. *A Primer of Jungian Psychology*.
Trans. Feng Chuan. Beijing：SDX Joint Publishing Company，1987.
［C. S. 霍尔等：《荣格心理学入门》，冯川译，北京：生活·读书·新知三联书
店，1987 年。］

Hu，Jingzhi，ed. *The Course of Western Theory of Literature and Art*.
Beijing：Peking UP，1989.
［胡经之主编：《西方文艺理论名著教程》，北京：北京大学出版社，1989。］

Jung，Carl. *Aion：Researches into the Phenomenology of the Self*.
Princeton：Princeton UP，1959.

——. *The Archetypes and the Collective Unconscious*. Princeton：Princeton
UP，1956.

Kast，Verena. *The Shadow of Our Heart：The Subversive Life Force*.
Trans. Xu Changgen et al. . Shanghai：Shanghai Translation Publishing
House，2003.
［维蕾娜·卡斯特：《人格阴影：起破坏作用的生命力量》，徐长根等译，上海：
上海译文出版社，2003 年。］

Ng，Andrew Hock-Soon. *Dimensions of Monstrosity in Contemporary
Narratives：Theory，Psychoanalysis，Postmodernism*. Basingstoke：

Palgrave Macmillan, 2004.

Peternel, Joan. "The Double." *Archetypes and Motifs in Folklore and Literature*. Ed. Jane Garry and Hasan El-Shamy. New York: M. E. Sharpe, Inc., 2005. 453 – 57.

Webber, Andrew J. *The Doppelgänger: Double Visions in German Literature*. Oxford: Clarendon Press, 1996.

作者简介:张浩,合肥工业大学外国语学院副教授。

以艺术之名

——《拱与蝶》中城市文本的隐喻解析

余玉萍

摩洛哥小说《拱与蝶》(*al-Gawswa al-Farāsa*；*The Arch and the Butterfly*，2012)是 2011 年第四届阿拉伯布克奖(IPAF)的两部并列获奖作品之一。该作以 21 世纪初十年间的摩洛哥为背景，以主人公尤素福·法尔西威及亲朋好友为故事线索，揭露摩洛哥当下社会政治、经济、社会和文化发展中的诸多不良现象，如社会不公与经济腐败、文化的封闭与隔阂、青年一代的迷失、恐怖主义猖獗等问题。

《拱与蝶》是一部"诗与思"相交汇的佳作。诗人出身的作者穆罕默德·艾什尔里(Mohammed Achaari, 1951—)对诗性的追求，除了体现于优美深邃的语言、略带幻觉色彩的情节之外，还确凿地表现在小说对艺术的特别关注。小说另一大特点是聚焦城市,所涉城市包括摩洛哥首都拉巴特、经济中心卡萨布兰卡、历史古城和旅游名城马拉喀什、梅克内斯、古罗马遗址城市瓦卢比利斯、作者的家乡泽尔洪小城等。故事情节追随主要人物在城市中的行踪,曲折地反映当代摩洛哥城市发展进程中所遭遇的种种难题。

近年来方兴未艾的城市研究与符号学理论相交叉,确立了"城市文本"(urban text)这一新概念,意指"城市景观或对城市的再现可以被'解读'或'解构'的任何层面,由此揭示作为基础的权力关系和文化价值观。例如,城市文本可以是一张地图、一份规划文件、一座建筑或一幅街景画"(史蒂文森 180)。在文化研究领域,"文本"(text)本就与符号和隐喻紧密相关,并早已突破最初的文字书写和文献意义,用来观照人类社会任何一种文化系统。文学家对文本的追求,"即通过使用所谓'文学语言'来构造已与'实用的意义'相区隔的文本意义,使'文学文本'仅能以其隐喻形式出场"(王晓路 214)。

小说标题"拱与蝶"以两个常见意象指代城市中的两座建筑物,提示读者考察其作为城市文本的可能性。实际上,除了这两座建筑之外,情节展开中屡屡出场的马赛克地板画和古罗马酒神雕塑,这些皆属于作家所特别关注的艺术文化范畴,蕴含非凡的深意。

一、拱梁

"拱"是横跨艾布·拉格拉格河入海口、连接首都拉巴特与郊区希拉古城的一座蓝色钢架拱梁。建议修建拱梁的是亚辛之母芭西娅，因为她忆起儿子亚辛生前曾突发奇想要修建拱梁，"让河流在宛若两个城市的手指间穿过"（Achaari 99）。亚辛的鬼魂与父亲尤素福讨论时，却说当初是用半揶揄的口吻提出的一种荒诞想法，因为"荒诞是拯救这座城市的唯一出路"（108），但拱梁并无益于拯救贫困的百姓；而尤素福认为拱梁至少能改变"这个物欲横流的新城市"（109）毫无想象力的精神生活，是一项充满诗意的艺术追求。

"拱"给人最直接的联想是"连接和联系"，这也是尤素福将修建拱梁的蓝图告知红颜知己法蒂玛时，后者立刻表示赞同的原因之一，相信拱梁至少能加强父子之间的关系。此处的"父子关系"既指尤素福与儿子亚辛之间，也指他与其父穆罕默德·法尔西威之间的关系。

尤素福因母亲自杀而怨恨父亲，与之关系长期疏离；他与妻子缺乏共同语言，婚姻摇摇欲坠，与儿子则存在代沟，不知其所思所想，更不解从来对政治不感兴趣的儿子为何在巴黎留学期间忽然遁入宗教激进组织。儿子的过世使他陷入抑郁，与妻子关系更加淡漠，只好通过频繁旅行寻求解脱。

尤素福在个人生活中需要一座"拱"来联系彼此，而公共生活又何尝不是如此？他年轻时赴德国留学，回国后加入摩洛哥左翼温和党派，从业记者。他代表了 20 世纪七八十年代摩洛哥一代左翼分子，他们以"纯粹的社会主义者"为追求，在哈桑二世铁腕政治的"铅之时代"（约 1975 至 1990 年）多受过监禁。此后，在王室的民主改革中被允许入阁参政，与总的政治体系达成实用主义者的妥协，却逐渐失去了独立性和公信力，政治理想沦为"镜中花"。儿子亚辛的死讯瞬间启动了尤素福思想意识中的真空状态，他仿佛踏上了孤岛，与世道格格不入，"以主人公之口不断提出的一个问题是:面对一个物质与精神的废墟,肉体与灵魂的废墟,人际、家庭、感情和政治的废墟,还有修缮和重建的可能性吗?"(Amanşūr 5)在后来的几个月中,尤素福尝试与自我讲和,与周围讲和,进而恢复了嗅觉,一度重燃对生活的希望。与之相关的是,作为拱梁草案引发了市民社会的热议:

> 报界对此分歧很大。有人认为修建拱梁是对历史的侵犯,另一些人则认为它将为历史面貌添加现代艺术色彩。有人认为面朝大海的拱梁表达了拥抱终极的姿态,另一些人则认为它透露了摩洛哥人对毫无遮拦的空间的畏惧。有人认为它勇敢表达了文明领域的新需求,另一些人则认为它表达了传统左派的危机——他们无力创新工程,遂混入游戏精神。
> (Achaari 111)

由此作者赋予一个建筑项目以诗意的寄托,作为"漂浮的能指",具有多面性且张力十足的内涵。在以尤素福为代表的执着于本真的摩洛哥传统左派眼里,"拱"是对抗现代城市社会物质主义、工具理性和人性异化的一张"弓",是后现代乌托邦的隐喻,一如尤素福失落时所向往的远方城市——南美社会主义之都哈瓦那。但是,由于缺乏实用性又耗资巨大,拱梁最终未获批准。而尤素福的老友艾哈迈德·马吉德所代表的新左派建议投资修建隧道,大力繁荣河岸商业设施,受到市政府和舆论界的欢迎。传统左派因此再次败下阵来。艾什尔里曾任记者和报刊编辑,关心政治,是左翼党派大众力量社会主义联盟(USFP)成员,曾任摩洛哥作协主席,1998年代表政党进入内阁,任摩洛哥文化部部长长达十年。可以说主人公尤素福充当了艾什尔里的代言人,表达左派知识分子曾经的理想和抱负，及在现实面前的无力感和落寞感。

二、蝶楼

"蝴蝶"实指马拉喀什市中心刚落成的一座大型商厦，由艾哈迈德·马吉德投资兴建，因其蝴蝶状的艳丽外观而得名。这座外形奇特的后现代建筑物吸引了好事者们的眼球，他们将之与20世纪中叶阿拉伯自由体新诗的革命相提并论。马吉德为商厦举行了盛大的揭幕典礼，场面极其壮观，"在人声鼎沸的舞台背后，巨大的蝴蝶展现着它五彩斑斓的露台"（Achaari 292）。虽然政府规定马拉喀什所有建筑物不能超过四层，以免遮挡城市的自然地标阿特拉斯山，但马吉德设法绕过了这一禁令，使高耸的九层蝶楼成为马拉喀什市的新地标。

在西方话语世界，19世纪引领时代潮流的巴黎拱廊购物街曾是本雅明揭橥资产阶级意识时征引的现代主义城市空间，"20世纪的最后几十年，则见证了对城市景观的'阅读'的增值，而购物中心（通常再现为后现代主义空间的精粹），正在成为人们特别中意的场所"（史蒂文森 76）。来自第三世界的摩洛哥作家艾什尔里显示了同样的旨趣，他让蝶楼进入小说标题，凸显这一大型商厦内部或隐或显的时代弊病。

首先是房地产行业暴露的官商勾结的经济腐败。正如艾哈迈德对尤素福坦言："在马拉喀什，北部靠房地产将走私毒品的黑钱洗白，南部靠房地产来将受贿的黑钱洗白，房地产则靠时间来洗白自己。"（Achaari 152）蝶楼工程无疑与腐败相关，此前艾哈迈德曾以八分之一的价格从市政府那里收购了四公顷土地，后以近五倍市价转售给其他开发商，发了大财后，方有兴建蝶楼的雄厚资金。

　　其次是城市化发展所引发的身份认同危机,这是包括阿拉伯地区在内的许多文明古国现代化进程中的通病。有学者一针见血地指出,"以重建为名大肆占领阿拉伯土地和房屋,不惜破坏历史文明的基础样貌,使之失去身份,其背后是新贵阶层的利益"(Būshaʻir 133)。为了弥补被盗的城市记忆,重新寻回家园感,人们笨拙地进行一切亡羊补牢的努力。譬如摩洛哥最重要的古都之一马拉喀什,"在外部,人们用历史上的总督、名人和部落名称来命名各个道路街巷;在内部,则生长着一座奇异之城,将天方夜谭故事按买主的需求加以包装和贩卖。一个马拉喀什飞走了,另一个马拉喀什从天而降,遮盖了这种迷失"(Achaari 131)。

　　后现代空间批评家爱德华·W. 索亚(Edward W. Soja)指出,"现代大都市的转型激发了一种独特的亚话语,它与正在兴起的事物相关,更与都市扩张性重建过程中失落的事物相关。它以最尖酸的学院式表达衍生出一种都市怀旧情结、对所谓'古城'的一种向往"(246)。小说中的知识精英以各自的方式表达着"学院式的怀旧"——资本新贵马吉德花大钱购买各地古董赝品,清贫者尤素福则像本雅明笔下的"漫游者"(flaneur)那样在老城小巷中溜达,做着不花钱的事,用尚未恢复的嗅觉想象老城特殊的气息:"我看见卖食物的手推车、香料和香水小店,以及兜售蔬菜和水果的小贩,想起这些东西都是有气味的。一个地方,如果没有了气味,便会破碎"(Achaari 132)。

　　然而,在社会大众阶层,情形并非那般"和风细雨"。小说的时代背景倒叙至哈桑二世统治时期的 20 世纪八九十年代,该时期"一个重要变化是伊斯兰教作为突出的政治因素再度出现"(米勒233)。此时摩洛哥为向欧盟(前身为欧共体)靠拢,在经济改革道路上高歌猛进,但新自由主义造成了通货膨胀、失业率高、阶级差

异加剧、贫富分化、腐败横流等诸多问题。1999 年穆罕默德六世
继位后，虽采取一系列缓和国内社会矛盾的措施，但都收效甚微。
塞缪尔·P. 亨廷顿（Samuel P. Huntington）强调："在个人层面
上，当传统纽带和社会关系断裂时，现代化便造成了异化感和反常
感，并导致了需要从宗教中寻求答案的认同危机。"（68）而"对于腐
败的痛恨，以及个人经济状况所带来的挫折感，导致了与政权之间
的强烈疏离，使得暴力成为表达不满情绪的唯一途径"（Kaye
153），宗教极端主义和恐怖主义因此找到了滋生的"土壤"。

　　小说中，尤素福与友人攀谈时，常提及周边地区新近发生的恐
怖袭击。他的好友易卜拉欣一家居住在卡萨布兰卡，两个养子伊
萨姆和马赫迪是摩洛哥青年一代的代表，平时崇尚西方青年的生
活，成立嘻哈乐队，嘲笑宗教复古等社会现象。但是，伊萨姆因一
桩与邪教相关的案件短暂入狱，出狱后歌风便发生了变化，后又突
然失踪，最终在"蝴蝶"一章的结尾处唱了主角，在马拉喀什举世闻
名的不眠广场附近引爆身上的炸弹。在伊萨姆从一个极端走向另
一极端的过程中，整个社会的认同危机是始作俑者。正如作者在
接受采访时所言，"个体的这种绝望行为表达了源自深层道德和文
化危机的集体幻灭"（Laachir 301）。小说的尾声既出人意料又发
人深省，具有很强的反讽意味。

三、马赛克地板画与酒神雕塑

　　意大利著名作家翁贝托·埃科（Umberto Eco，姓又译艾柯）
曾将符号划分为三大类，第三类是"古意性（或废弃性）和诗意性符
号"，包括"（古意的）造型图画、雕像"，并指出"这是文艺性表现的
特殊活动"（李幼蒸 510）。这一观察为理解《拱与蝶》中的古罗马

马赛克地板画与巴克斯酒神雕塑提供了崭新的视角。

马赛克作为一种建筑材料,被广泛使用于古罗马帝国地中海周边地区的大型镶嵌地板画艺术中。在小说"我们是永远的马赛克"一章中,尤素福的父亲穆罕默德·法尔西威在交通事故中失明后,改以导游为生,带游客参观公元2世纪罗马古城瓦卢比利斯的遗址(小说中称为"瓦利利废墟")。他日日流连于集会广场、神庙、剧场和凯旋门的废墟之间,口中念叨的都是各个古希腊罗马神话人物的大名。

自公元前25年与罗马人联姻的朱巴二世统治时期起,柏柏尔人的文明曾在摩洛哥辉煌一时,这是阿玛齐格族柏柏尔人法尔西威一心梦想收复的往昔。他自称"朱巴三世",以古罗马风格装饰自己的橄榄宾馆,在四周的石柱刻上朱巴二世和巴克斯酒神的形象,大厅地板上镶嵌马赛克。这些马赛克出自古罗马真迹中一幅描绘大力神海格力斯的朋友希拉斯与两条美人鱼搏斗的画。法尔西威不顾牢狱的风险,收集了其中的13 642片马赛克,偷梁换柱,虚构了一幅"朱巴三世"与蟒蛇搏斗的新画。他如此钟情于马赛克地板画,多半是出于对自身族裔历史的热爱。关于历史城市,法国社会学家亨利·列斐伏尔(Henry Lefebvre)认为,"历史城市不再生动,不再被实际地理解,而仅仅是文化消费的一个客体,供游客和审美主义者取景之用。即便是对于那些热情地想要了解它的人,它也已经逝去"(148)。在瓦利利废墟,马赛克艺术是柏柏尔人强盛期的典型符号,但它已成供人观赏凭吊的残迹。法尔西威企图以挪用的方式让逝去的神话复活,让历史定格于其永久的瞬间。

显然,小说中永远的"马赛克"并不仅仅是马赛克地板画,也指向一种复杂的社会属性和文化结构。譬如法尔西威本人,既是摩洛哥人又是柏柏尔人;既是东方穆斯林,又是日耳曼人的女婿;又如摩洛哥文化,是腓尼基文化、古希腊罗马文化、柏柏尔文化、犹太文化、阿拉伯伊斯兰文化共同交汇的产物。整个阿拉伯社会亦如此,部落、族裔、宗教等属性相互交织,又与总的阿拉伯民族感构成纵横关系,形成错综复杂的马赛克式社会结构。毋庸讳言,在这样的社会结构中,倘若缺乏兼容互谅之心,必然冲突不断。在北非马格里布地区,摩洛哥是当今柏柏尔人最大的聚居国。鉴于法尔西威的柏柏尔身份,而柏柏尔人在国内社会属于边缘群体,因而"我们是永远的马赛克"可视为作者借人物之口,表达对文化开放与兼容精神的强调与呼吁。

巴克斯酒神雕塑是推动故事情节的一个轴心。尤素福在第二章谈道,古罗马遗迹酒神雕塑原伫立于瓦利利废墟的入口处,后竟被盗。尤素福的父亲法尔西威被警察局审问时,私下告诉他是自己偷埋了酒神雕塑。然而,在小说最后一章,尤素福和莱拉来到蝶楼的最高层参观时,竟发现失踪四分之一世纪的酒神雕塑。尤素福忽然意识到酒神雕塑失踪案中同样有腐败的影子,腐败已无孔不入,因而哀叹:"我无法拯救酒神,无法去哈瓦那,无法和莱拉一起逃往远方的岛屿。"(Achaari 301)

众所周知,古罗马酒神巴克斯是葡萄与葡萄酒之神,与古希腊酒神狄奥尼索斯是同一神祇。尼采从狄奥尼索斯身上看到一种酒神精神的狂欢特质,他在《偶像的黄昏》中写道:"甚至在其最陌生、最艰难的问题上也肯定生命,生命意志在其最高类型的牺牲中感受到自己生生不息的乐趣——我把这叫作狄奥尼索斯式的,我猜想这才是通往悲剧诗人心理学的桥梁。"(尼采 200)尼采认为快意的人生应在审美中度过,人生因自由而艺术,因艺术而产生美,并鼓吹艺术家拥有强力意志。《拱与蝶》仅有一处对酒神雕塑的意涵进行直接评论,正与艺术相关:"酒神雕塑是被遗忘的想象力的表征,它证明了梦想与花岗岩之间的密切关系。"(Achaari 258)另一处对艺术的评价同样值得关注,"所有艺术表达都是自发自主的。暴君可以对艺术发号施令,但他永远战胜不了歌舞,只能给老妪戴上面纱和头巾"(Achaari 211)。这些艺术主张都呼应了尼采的哲思。

尼采自称"哲学家狄奥尼索斯的最后门徒"和"永恒轮回的教师"。与其精神同脉的先行者荷尔德林则有诗云:不能完全或永恒属于我的/于我聊无意义。这也是艾什尔里在小说《拱与蝶》扉页处引用的铭文。虽然小说并未直接提及荷尔德林的名字,但前后共有三处援引诗人的诗句,而尤素福之母狄奥提玛的名字也不断地提示读者这位大诗人的精神在场。狄奥提玛原是苏格拉底《会饮篇》中与大哲人探讨精神之爱的女性,荷尔德林后以"狄奥提玛"称呼自己的情人,并写进诗篇。

小说中,"狄奥提玛"是法尔西威的德国妻子,她的祖父是一位诗人,"一战"期间曾作为德军士兵来瓦利利参与废墟挖掘,并将自己的诗集埋于此地。狄奥提玛经常到瓦利利废墟寻找祖父的诗集。在这个僻静的小镇,她努力与当地人相处,建立妇女互助组织,从事儿童教育,致力于环保福利事业。但是,在东西方文化巨大的鸿沟面前,无法为当地人所接纳。最后,她选择了自尽,以悲剧结束一生。寻找诗集如同寻找酒神雕塑一样,成为推动小说情节的重要设置。法尔西威最终找到诗集并在法兰克福出版,他在这本名为《悲歌》的诗集中加入了自己的两首诗歌,一首致朱巴二世,另一首致狄奥提玛。

不难看出,小说中的"狄奥提玛"既代表了三位女性,也是诗歌艺术的化身。法尔西威和尤素福都自称"具有拯救诗歌的义务"(Achaari 197),因此,他们对狄奥提玛的缅怀,既是对逝去的妻子和母亲的怀念,也是对诗歌艺术的致敬。荷尔德林在《面包和美酒》中的经典名句是:"我不知道,诗人在这贫寒的时代有何意义? /可你却说,他们如同酒神的神圣祭司们,/在神圣的夜里从一地往另一地迁移。"(108 - 109)在荷尔德林的眼里,诗性与酒神精神是合而为一的,在作家艾什尔里眼里亦然。

《拱与蝶》聚焦当代摩洛哥的城市发展问题,呈现摩洛哥国家的城市之"熵"。艾什尔里将各主题并置交织,在有限的篇幅内力图囊括当代摩洛哥方方面面的社会问题。因此,本文所探讨的城市文本多具有复合的隐喻和多重的作用。如本文引言中所述,这些城市文本均可归为艺术文化范畴。在城市化进程中,"随着现代生活变得愈加理性化、机械化和工业化,艺术便被驱赶到了地下——回到原始的、神话的和非理性的世界"(利罕 200)。通过这些可被视为艺术的城市文本,艾什尔里一方面凸显对艺术的认知及其命运的关注,传达自己的艺术文化观;更重要的是,作者以艺术为观照,在枝蔓丛生的情节发展中,揭示各种城市文本所蕴含的层层隐喻,在兼顾读者审美体验的同时,实现小说最终的创作旨归。

引用文献（Works Cited）

Achaari, Mohammed. *al-Gawswa al-Farāsa*. Casablanca: al-Markaz al-Thagāfī, 2011.

Amanṣūr, Muhammad. Ru'yā al-Fasayfasā' wa al-Tahawulāt al-JāriyafiRiwāya *al-Gawswa al-Farāsa* li-Muham-4mad Ash'arī." *Revue des Sciences Humaines* 11 (2015): 5 - 9.

Būsha'ir, al-Rashīd. "Lu'baTa'dud al-'IhtimālātfiRiwāya *al-Gawswa al-Farāsa* li-Muhammad Ash'arī."*Dirāsāt* 39 (2014): 131 - 143.

Holderlin. Diotima：*Selected Poems*. Trans. Wang Zuoliang. Beijing：People's Literature Publishing, 2008.

［荷尔德林：《狄奥提玛——荷尔德林诗选》，北京：人民文学出版社，2008 年。］

Huntington, Samuel P. *The Clash of Civilization and the Remaking of World Order*. Trans. Zhou Qi, et al. Beijing：Xinhua, 1998.

［塞缪尔·亨廷顿：《文明的冲突与世界秩序的重建》，周琪等译，北京：新华出版社，1998 年。］

Kaye, Dalia Dassa, Frederic Wehrey, Audra K. Grant, and Dale Stahl. *More Freedom, Less Terror? Liberation and Political Violence in the Arab World*. Pittsburgh：Rand Cooperation, 2008.

Laachir, Karima. "Reflection on Co-Optation and Defeat in the Contemporary Moroccan Novel in Arabic：Mohammed Achaari's *The Arch and the Butterfly*（2011）." *Journal of African Cultural Studies* 3（2013）：292 - 304.

Lefebvre, Henry. *Writings on Cities*. Trans. Kleonore Kofman and Elizabeth Lebas. Oxford：Blackwell Publishers, 2000.

Lehan, Richard. *The City in Literature：An Intellectual and Cultural History*. Trans. Wu Zifeng. Shanghai：Shanghai People's Press, 2009.

［理查德·利罕：《文学中的城市：知识与文化的历史》，吴子枫译，上海：上海人民出版社，2009 年。］

Li, Youzheng. *An Introduction to Theoretical Semiotics*. Beijing：China Renmin UP, 2007.

［李幼蒸：《理论符号学导论》，北京：中国人民大学出版社，2007 年。］

Miller, Susan Gilson. *A History of Modern Morocco*. Trans. Liu Yun. Shanghai：Orient Publishing Center, 2015.

［苏姗·吉尔森·米勒：《摩洛哥史》，刘云译，上海：东方出版中心，2015 年。］

Nietzsche, Friedrich. *Completed Works of Nietzsche*. Vol. 6. Trans. Sun

Yu Mingfeng. Beijing: The Commercial

Zhouxing,

Press, 20 六卷,孙周兴、李超杰、余明锋译,北京:商务印书

[尼采:《尼采

馆,201 ostmetropolis: Critical Studies in Cities and Regions.

Soja, Edw Blackwell, 2000.

Mal orah. Cities and Urban Cultures. Trans. Li Donghang.

Stevens Peking UP, 2015.

史蒂文森:《城市与城市文化》,李东航译,北京:北京大学出版社,

[德 15 年。]

g, Xiaolu, et al. A Study of Key Concepts in Cultural Criticism.

Beijing: Peking UP, 2007.

[王晓路等著:《文化批评关键词研究》,北京:北京大学出版社,2007 年。]

作者简介:余玉萍,对外经济贸易大学外语学院教授。

论勒斯《黑分五色》中的人物
空间实践与南京城市意象

卢盛舟

伴随着 21 世纪以来全球化进程的不断深入，"'流荡'与'旅行'已成为当代德国文学……的关键词"（杨金才 2），涌现出一批热衷于描写跨文化旅行、塑造异域空间的当代德语作家。其中，曾荣获不来梅市文学奖、跻身德国图书奖长名单的德国作家米夏埃尔·勒斯（Michael Roes，1960— ）颇为引人注目。无论《空旷的四分之一》（*Leeres Viertel*，1996）中的鲁卜哈利沙漠，还是《南部的皮肤》（*Haut des Südens*，2000）里的美国南方小镇，抑或《去提米蒙的路上》（*Weg nach Timimoun*，2006）的阿尔及利亚，勒斯的多部长篇小说无不涉及他者地理和文化空间塑造的主题，这与其在世界各地的旅行经历和个人开阔的全球视野有关。而基于作家

2007 年"中德同行"活动期间在南京逗留三个月所搜集的素材创作而成的《黑分五色》（*Die fünf Farben Schwarz*，2009），不仅是勒斯首次将跨文化视野转向中国、把笔触投向都市空间的重要作品，更是德语现当代文学历史上第一部以古都南京为叙事背景的长篇小说，用德语展现南京作为文学空间的魅力。

　　在空间转向视阈下的文学批评中，空间的实践性不断被强化。空间不再是形而上学的超验本体和自然科学的纯粹客体，而是人类生产实践建构的产物。"作为人类生产实践的场所，空间总是以具体感性的方式呈现在人的面前。"（谢纳 63）采用第一人称叙事的《黑分五色》恰是一部凸显旅行主体高度个性化的城市感知与体验的作品，有论者称这部厚达 567 页的长篇小说"更像是一份熔随笔、墨迹、清单列表、各式观察与长短句、民族志调查、侦探小说于一炉的卷帙"（Langenbacher）。小说虚构了莱比锡修辞学教授维克多·霍尔茨为摆脱个人生活的现实困境，应访学之邀来到南京，在反省过往经历的同时找寻传统中国、体验现代中国的故事。小说未设置宏大的叙事线索，主人公在南京的穿梭往来构成了小说的主要叙事轨道和情节推力。勒斯借助小说主人公作为旅行主体的体验与记录，书写了属于南京的文学空间。因此，本文将聚焦霍尔茨"行走于城市"与"都市游荡"的双重空间实践，结合德·赛托和本雅明的城市空间美学理论，阐述勒斯笔下的南京城市意象。

一、"行走于城市"与作为诗意空间的南京

　　霍尔茨的南京之行是出于对学术规训的无声抵制，隐含深刻的反抗与批判意味。在德·赛托日常生活实践理论中，"抵制"指实践主体"在各种既定规训面前，既不离开势力范围，又能得以避

让规训机制,从而寻求个人的生存空间"(张荣 81)。耐人寻味的
是,霍尔茨研究艺术史的妻子米丽亚姆同为学术中人,儿子蒂图斯
从小也受家庭氛围的熏陶,读书驳杂。勒斯似是有意将霍尔茨置
于知识分子家庭的背景之下,逐步呈现作为支配性权力的知识生
产与学术体制对个人日常生活的压迫。身为莱比锡最年轻的文科
教授,也曾获代表德国人文科学最高荣誉的威廉·陶布纳奖,霍尔
茨却坦言"过去几年中所有的生命能量都流入了我的论文中……
而其余的——我的经验、困苦或者那些本身就少之又少的欢
乐——在这里无迹可寻"(Roes 39)。学术成功的代价是他无暇顾
及家庭,与妻儿关系疏离,大学反倒成了他的"家园"。如果说,之
前在莱比锡作为斯多葛主义者的霍尔茨受学术规训而忽视甚至蔑
视日常体验,乃至于宁可牺牲世俗幸福,或者用他的话来说——
"为了修辞学而摒弃了诗意"(132),那么在来到南京后,他放弃了
自己的教授身份,关注"边缘人士……艺术、青年人生存状况"(顾
小乐 79),遁入了"中国日常生活"(Ostheimer 53)的万花筒中。

因此,霍尔茨"行走于城市"的空间实践可视为他从象牙塔回
归日常生活的推进与延伸。"行走于城市"是德·赛托在《日常生
活实践》中提出的日常生活审美化策略,凸显了空间实践的异质
性、建构性和审美性,"是一个在战略性统筹的规律性城市环境中
走出一种异质性的自我空间和自我轨迹的过程,是一种弥漫在城
市中的诗意与审美体验"(张荣 83)。霍尔茨空间实践的异质性体
现在他与城市现代性的疏离和他选取的观察视角。初到南京后,
他发现南京已然是一座现代化大都市。街上的男士身着西装,就
连女士也穿休闲西装,打领带,脚踩闪闪发亮的低帮鞋——"职员
之城"(Roes 156)便是霍尔茨对南京的第一印象。惊叹与失落之
余,他试图通过自己游走的脚步打破既定的、看似单一的现代城市

秩序，追寻作为另一种可能性的南京古典风景。他并未登上摩天高楼、俯瞰城市的众生万象，而是深入大街小巷。换言之，他选择的是实践者视角而非追求"理论建筑的几何或地理空间"（赛托170）的审视者视角。"故事始于地面上的脚步"（173），脚步能赋予城市意义的真正力量。与此相呼应地，之前并非散步爱好者的霍尔茨到了南京后也声称"世界即双脚。世界就是脚的场所"（Roes 311），他在南京的烈日下（311）、风雨中（189，217）、深夜里（266）的行走与迷失构成了贯穿小说的叙事红线，以至于他自言"我的双脚与许多人行道彼此相熟"（213）。德·赛托区分了"场所"和"空间"这两个概念，认为场所是不具生命现象的客观物质性存在体，是稳定的；而"空间"则是被实践的场所，是流动的，是由此中开展的生命行为交织而成的（199 - 201），当城市与个体的生活意义发生联系后，城市就变成了一种特殊的审美空间和文本。通过霍尔茨的脚步与目光，南京充满传统诗意的古典风貌得以展现。

　　首先，南京的城市意象表现为中国水墨山水画美学渲染下的都市自然空间。小说对玄武湖的描写（Roes 243 - 246）中，霍尔茨先沿清澈的玄武湖漫步，望见湖对岸笼罩在氤氲中、"与其说是紫色，不如说是铜绿"（245）的紫金山，随后看见湖边"比巴黎的护城墙还要壮观"（245）的明城墙，最后，霍尔茨从解放门穿过一座石桥走进"庄严而神圣"（245）的鸡鸣寺，从那里回望玄武湖，获得了一幅美丽的画卷，"我的目光掠过灰色的湖、砖石砌筑的城墙、掩映在绿树丛中的鸡鸣寺屋顶，触及被渲染了墨色的紫金山，再抵达高楼林立的河西新城。此时此刻，我必须承认，南京是世界上最美的城市"（245 - 246）。

　　"连词省略"和"提喻"这两个德·赛托针对"行走于城市"所提出的行走修辞在这段描写中都得到了应用。霍尔茨在自己的路线上省略掉其他景物,而选择湖、墙、天际线、鸡鸣寺这几个景物,此为连词省略,而用玄武湖的景观代替作为总体的南京,赞美南京是世界上最美的城市,则为提喻。更值得注意的是,霍尔茨所描写的画卷并非五彩斑斓,而是以黑(天际线的阴影、紫金山)、灰(湖面)为主色调,这是他有意借鉴中国传统水墨画中以墨的深浅浓淡(焦、浓、重、淡、清或浓、淡、干、湿、黑)去表现自然界的五色(青、赤、黄、白、黑)的"墨分五色"美学。这一中国画用墨的重要传统出自唐代张彦远的名著《历代名画记》,其形成与中华传统文化的哲学基础、宗教观念、审美趣味与艺术表达等具有密切关系,它恰恰呼应着霍尔茨所追求的新的生活意义,即对中国传统文化的向往。不难看出,小说标题"黑分五色"即修辞学家霍尔茨对"墨分五色"这一表述的换喻,而小说中也不乏用这种中国传统绘画技法来描摹南京的场景。可以说,通过借用中国山水画的传统美学,南京的古典气质得以彰显。

　　其次,南京的城市空间还表现为文化他者视角下的汉字符号空间。霍尔茨行走于南京城时发出了这样的感慨:"要去阅读这座城!……我就从符号本身开始,在墙上、广告牌上、排水沟里被撕碎的纸条上的文字开始,从那些想要被读懂的符号开始。这些符号对我来说是最神秘的,是一片让被暴风雨折断却互相倚靠着的树的仙林,通透,但又无法看穿。"(Roes 292)步行伴随着阅读,城市文本变成了字面意义上的可读文本,城市变成了文字组成的树林,这些都与霍尔茨新的生命意义紧密相连。城市空间之所以被想象成文字树林,除作为象形文字的汉字相比于西方抽象的拼音文字更贴近自然外,还在于霍尔茨在学习书法过程了解到的"翰林"这一概念:"最古老的中国学院,比欧洲第一个科学院要早一千年,它的名字就叫毛笔的森林(翰林),谁感觉自己要成为学者或诗

人,就会梦见从他的毛笔中长出树木来。"(254)

霍尔茨在酒店学习书法、认识汉字,这些构成了除漫步于城市之外贯穿小说的另一个叙事线索。来到南京后,霍尔茨彻底迷恋上书法,这种书写不再是先前将规训体制隐喻化的学术生产,而是一种转向日常生活、希冀通过认知他者文化而审视自我的临摹。对汉字的阅读与书写让霍尔茨了解中国人的思维方式,在一定程度上纾解了他的心灵创伤,带来暂时的解放与愉悦。例如霍尔茨在写完"人"字后坦言:"书写的单纯感充盈全身,这也许是我抵达后第一次感觉到无比平静,忘记了时空。"(184)霍尔茨特意提到汉字中的"行"字,"它既表示走路,也表示走过的路"(491),这种主体与客体的互动交融与德·赛托的空间实践理论相映成趣。

不过,霍尔茨感叹南京的美"如同书法一般……是陌生、易碎的,就如同对中国陶瓷我们最多只能称赞,而无法用我们西方粗笨的手去真正使用"(190)。一方面,受自身的他者性所限,霍尔茨无法完全解读汉字,汉字在他的他者眼光中蒙着一层神秘的面纱;另一方面,这又使他可以不囿于文字经济,充分释放想象力,能够想到母语者习焉不察之物,把文字想象成仙林便是最好的例子。如果说霍尔茨之前作为知识分子所追求的是祛魅,那么现在他对汉字的阅读不啻为一种反抗启蒙现代性规训的返魅。由此,脚步创造了心灵、身体与符号、城市的水乳交融,城市变成了诗意的审美空间,南京城被化约为具有自然性、神秘性和疗愈性的汉字空间。

二、城市游荡与作为都市"魅像"的南京

虽然霍尔茨声称自己追寻的是传统中国,但纵观整部小说后不难发现,他并未执着于寻访历史古迹,而是更多地驻足和徜徉于

都市生活；面对众声喧哗的都市，他虽一度萌生去长江段的小岛江心洲隐居的念头，但立即坦言道："也许不出几天我就无法忍受这种宁静，也许明天我就会渴望与人群的接触。"(Roes 539)这种与现代都市若即若离的暧昧关系正是构成本雅明笔下"游荡者"(flaneur)形象的重要特征，"游荡者本身就是一个辩证意象。一方面，他是对都市的摆脱，另一方面，他如此之深地卷入了都市。或者说，他和都市保持距离，恰恰是对都市的更进一步的探秘"(汪民安 23)。在本雅明笔下，"游荡者"是带有忧郁气质的都市边缘人和都市生活的旁观者，而身在异国的霍尔茨由于脱离了原来的学术身份与工作框架，难免逐渐被边缘化，最终陷入孤独，其自身家庭破裂的创伤性经历也使他散发着忧郁气息。事实上，霍尔茨在小说中屡次使用本雅明的"游荡"(flanieren)一词(Roes 217，292,474)，并强调这是一种"具有生产力的无所事事"(292)。这一矛盾修辞格恰又凸显本雅明笔下"游荡者"的另一个辩证性特征，即"看似慵懒的目光背后其实掩藏着异于常人的敏锐和警觉"(上官燕 96)——表面看似不带功利性的消极的踱步，实质是以个人感观透视城市的各个角落，是一种具有康德意义上无目的的合目的性内涵的审美姿态。正是基于游荡者与现代都市的这种互动关系以及游荡者自身充满辩证色彩的空间实践，南京作为现代都市的一面得以在小说中铺展开来。

南京的都市现代性集中表现在霍尔茨对商场、购物中心、咖啡馆、酒店、火车站等虚实城市景观或写实或夸张的描述中。派拉蒙影城购物中心"铬合金与玻璃幕墙熠熠生辉"(Roes 318)，坐落在玄武湖北岸南京新火车站"如同一座现代化机场的航站楼"(340)，"一幅地平线上的绿色全景图在它高楼大厦一般高的玻璃幕墙前铺展开来"(314)，德尼罗咖啡馆里摆放着象牙色的沙发和设计师款座椅,高层酒店"不远处就是城市最著名的街道,商店二十四小时不打烊,酒吧鳞次栉比"(196)。这些现代化的城市景观让霍尔茨感叹南京是"工程师之城"(158),可与"都市之都"纽约相提并论:"我该如何描述这座城市呢? 我在这儿待得越久,就越会把它和纽约相比。格林尼治村:夫子庙地区。上西区:大学南边和西边摩天大楼林立的林荫道。"(190)除视觉感官外,霍尔茨还动用听觉、嗅觉、触觉感知南京,题为"中国五觉"的笔记穿插于小说中,记录了例如折扣店门口如同熟练的打击乐手一样的售货员招揽顾客的拍手声(181)、新街口广场的地下店铺内稀释剂和卸甲水所散发出的让人近乎麻醉的气味(247)、高级餐厅里湿毛巾的触感(313)。透过霍尔茨的多维感知,南京立体、多层的都市形象跃然纸上。

　　在本雅明的城市空间理论中,游荡者本身就是"城市现代性的重要主体"(刘白、蔡熙 142),所以霍尔茨的感知固然多维,但仍停留在一种"过渡、短暂、偶然",即波德莱尔意义上的现代性的空间体验。由此,南京的都市面貌在历史纵深感减弱的同时,被抹上了一层魅像色彩。"魅像"(phantasmagoria)作为戏剧舞台上的魔术幻灯表演始于 18 世纪末,由于采用反向投影和多重投影,投影仪可以灵活移动所投射的影像或改变影像的大小,实现不同影像间的快速转换,加上观众看不到投影生成的技术过程,不停替换的影像便产生了一种奇特、梦幻的视觉效果。本雅明常用"魅像"来描述现代城市生活,派尔将这个术语的思想内涵总结为运动体验、特殊的时空混合和梦幻般的生活特质,"现代性就是其魅像……现代和进步的形象已经把城市,甚至历史本身变成了一个魅像"(31)。

　　就运动体验而言,霍尔茨的游荡即本雅明所说的"不断遭际新的东西,同时又不断对之做出快速反应"(王才勇 55)的震惊体验(Chockerfahrung)。对于南京的建筑景观,他除惊叹之外并未做深入了解,而对于生活在这个城市中的个体,无论是书店老板鲁莲明和她的弟弟瑜,还是霹雳舞少年小志,无论是在十字街头偶遇的交警韩悦,还是之后的医生、一同去卖血的民工,霍尔茨与他们都是不期而遇,后又擦肩而过。小说中的人物大多突然出场,又突然消失,或又短暂复现,如同一幅幅流动的映像更迭转换,完全只由霍尔茨的游荡所串联。虽然后者不乏本雅明所说的游荡者侦探式的好奇,但与大多数人缺乏情感交流,相反,深入的接触甚或会引发他的"无聊感"(Roes 355)。此外,小说中部分人物因身份同一性被取消而充满了不确定性,如霍尔茨与鲁健的"母亲"鲁莲明相遇时,后者却声称自己的儿子早已在三年前去世;鲁莲明的弟弟瑜把自己的自行车借给霍尔茨,可在一次街头偶遇中却声称自己并不与之相识,并说自己叫"面包",这些文本细节也给小说中的南京蒙上了梦幻色彩。

霍尔茨游荡体验中的时空交错进一步加强了南京的"魅像"色彩。他的游荡伴随着记忆,因为游荡所赢得的闲散时间为记忆提供了前提条件。之前因为学术生活完全顾不上自己和家人感受的霍尔茨,在来到南京后,第一次感到了"走自己路的自由,也终于有时间去理解我和我的家庭到底发生了什么",并且"有的是时间"(Roes 241)。与本雅明一样,霍尔茨也关注"人群"这个都市意象。如果说小说中描写的周一早晨通勤路上"彼此几乎雷同,没有区别"的行人,"目标明确,带着清醒、乐观的脸庞……自信,几近骄傲"(182)体现了都市人群的匿名性以及他们所代表的带有乐观进步论色彩的历史时间意识,那么霍尔茨则是不断回忆过去,一种本雅明强调的突出瞬间、非连续性的"追忆"(Eingedenken)。相较于霍尔茨在南京呈现出的由夏入冬、暑往寒来的清晰时间顺序的线性叙事,他追忆的内容则展现强烈的非线性。无论是追忆过去还是体验都市,作为叙事者的霍尔茨所使用的都是现在时,这两股时空形成本雅明所说的"当下"(Jetztzeit),聚合成星丛表征,为主人公最后获得精神救赎埋下了伏笔。

南京的"魅像"特质在小说结尾霍尔茨的梦中达到高潮。在梦中,霍尔茨亲历儿子所受的苦难,从精神分析角度看,这种自我毁灭宣泄了他平时所压抑的对儿子的悔意,从而在一定程度上达成了自我救赎,是弗洛伊德式的超越快乐原则的践行。从内容上看,霍尔茨的追忆带有明显的伦理色彩,如坦言对妻子不忠、对儿子疏于照顾、后悔在从小对他施暴的父亲临终前没有与其达成和解等;而从形式上看,小说对应"墨分五色"的美学分为五章,共七十节,每一章分别用德语和汉语为题。小说结尾所处的第五章名为"鬯",意为古代用来祭祀的酒,德文为"在葡萄酒中守候",这无疑带有较强的宗教拯救意味,而七十这个数字也指向了《圣经·旧约》最早的希腊文译本《七十士译本》。所以笔者认为,南京是主人公霍尔茨最终获得精神救赎之地。

结语

小说主人公霍尔茨在南京城中的"行走"与"游荡"构成了人物空间实践的一体两面,前者与书写和阅读相伴,建构日常生活中的美学异质空间,使得南京的古典风貌得以展现;后者与回忆相随,不断追寻新奇,本身就是现代性的体现,所以又把读者的视野拉回到了现代都市。勒斯借笔下人物演绎了德·赛托和本雅明的城市空间美学,《黑分五色》也延续了勒斯之前长篇小说中被研究者发现的与理论作品的互文性(Dafydd 226)。勒斯借助小说主人公的双重空间实践构建出南京作为文学空间的三种维度,即中国传统水墨画美学渲染下的诗意自然空间、他者认知下的汉字符号空间和富有"魅像"色彩的都市梦幻空间，向读者呈现了南京古典和现代相杂糅的迷人城市意象。正如勒斯在访谈里所言："虽然中国有许多百万人口的城市，但南京保留了一种温存与自由……因为在南京现代摩天大楼的荫蔽下，我们还能找到过去的庙宇、城门、林荫道和公园。"(Roes，"90 Tage")值得一提的是，勒斯在 2014 年的长篇小说《白蛇传奇》中再次以南京为背景重写南京，体现了作家对六朝古都的深厚情感。勒斯的南京书写无疑亟待进一步深入研究。

引用文献（Works Cited）

Certeau，Michel de. *The Practice of Everyday Life*. Trans. Fang Linlin and Huang Chunliu. Nanjing：Nanjing UP，2015.

［米歇尔·德·赛托:《日常生活实践:实践的艺术》,方琳琳、黄春柳译,南京：南京大学出版社,2009 年。］

Dafydd，Seiriol. *Intercultural and Intertextual Encounters in Michael Roes's Travel Fiction*. London：IGRS，University of London，2015.

Gu，Xiaole. "China Image Construction and Cultural Interaction：A Case Study of Michael Roes's *Die fünf Sinne Chinas.*" *Modern Communication* 17（2016）：78 – 79.

［顾小乐:《跨文化视角的主观中国形象建构和文化互动认知:以德国作家 Michael Roes 的旅行笔记 *Die fünf Sinne Chinas* 为例》,《现代交际》2016 年第 17 期,第 78 - 79 页。］

Langenbacher，Andreas. "Schreiben in extremen Zonen：Michael Roes' Roman *Die fünf Farben Schwarz*" *Neue Züricher Zeitung* 6 Feb. 2010. ⟨http：//www. nzz. ch/nachrichten/kultur/literatur_und_kunst/ schreiben-in-ex-tremen-zonen-1. 4830227⟩.

Liu, Bai, and Cai Xi. "Approaching Walter Benjamin's Views of Urban Space." *Contemporary Foreign Literature* 2 (2015): 140 - 146.

［刘白、蔡熙：《论本雅明的城市空间批评》，《当代外国文学》2015 年第 2 期，第 140 - 146 页。］

Ostheimer, Michael. "Das zeitgenössische deutschsprachige China-Roman." *Jahrbuch für Internationale Germanistik* 2 (2016): 49 - 67.

Pile, Steve. *Real Cities: Modernity, Space and the Phantasmagorias of City Life*. Trans. Sun Lemin. Nanjing: Jiangsu Phoenix Education, 2014.

［斯蒂夫·派尔：《真实城市：现代性、空间与城市生活的魅像》，孙乐民译，南京：江苏凤凰教育出版社，2014 年。］

Roes, Michael. *Die Fünf Farben Schwarz*. Berlin: Matthes & Seitz Berlin, 2009.

---. "90 Tage in Nanjing." 〈Online: https://archive. fo/owrV ♯ selection- 357. 1 - 357. 19〉.

Shangguan, Yan. *The Flaneur, the City and Modernity: Understanding Benjamin*. Beijing: Peking UP, 2014.

［上官燕：《游荡者，城市与现代性：理解本雅明》，北京：北京大学出版社，2014 年。］

Wang, Caiyong. *Criticism and Redemption of Modernity: A Study of Benjamin's Thought*. Shanghai: Xuelin Press, 2012.

［王才勇：《现代性批判与救赎：本雅明思想研究》，上海：学林出版社，2012 年。］

Wang, Min'an. "Wandering and Modern Experience." *Seeking Truth* 4 (2009): 22 - 27.

［汪民安：《游荡与现代性经验》，《求是学刊》2009 年第 4 期，第 22 - 27 页。］

Xie, Na. *Spacial Production and Cultural Representation*. Beijing: China Renmin UP, 2010.

［谢纳:《空间生产与文化表征:空间转向视阈中的文学研究》,北京:中国人民大学出版社,2010 年。］

Yang, Jincai. "On the Diversity of the Foreign Literature in the 21st Century." *Wenyi Bao* 4 Sep. 2017: 7.

［杨金才:《21 世纪外国文学:多样化态势鲜明》,《文艺报》2017 年 9 月 4 日,第 7 页。］

Zhang, Rong. "Resistance, Consumption and Walk: Michel de Certeau's Theory of Aestheticization of Everyday Life." *Journal of Wenzhou University* (Social Sciences) 6 (2011): 80 - 85.

［张荣:《抵制·消费·散步——米歇尔·德·塞尔托的日常生活审美化理论》,《温州大学学报(社会科学版)》2011 年第 6 期,第 80 - 85 页。］

作者简介:卢盛舟,南京大学外国语学院助理研究员。

论《大冰期》中的房地产市场与想象共同体

盛 丽

撒切尔执政期间,以房地产市场为代表的私有制经济改革鼓励借由每个人的利益攫取实现社会最大多数人的共同财富,同时成功地将阶级语言从社会话语和文本讨论中清除出去。当代英国作家玛格丽特·德拉布尔(Margaret Drabble,1939—)的《大冰期》(*The Ice Age*,1977)记录了这种全民参与房地产市场所反映出的民主范式变革:从政党阶级斗争到强调共同经济利益的"无阶级新历史集团"(Hall 39)。已有评论者注意到《大冰期》中显现的撒切尔主义自由市场时代精神,如学者鲁斯·惠特林格(Ruth Wittlinger)就将主人公的破产以及底层人民的住房危机归因为传统左派中产阶级面对全新超阶级经济政治战略联盟表现得"不够灵活"、经济人个体进取心的缺失以及残酷的市场自然主义,而只

有加强"市场力量"才能实现房地产经济重建并最终消弭阶级差距
(75)。那么,德拉布尔真的是市场经济利益共同体的坚定奉行
者吗?

　　事实上,在小说最后,主要人物兼叙事者的安东尼对自由市场
的意识形态同一化功能已有清醒的认知,坦言"共同体藏纳腐败"
(216)。作家在采访中也明确表示,《大冰期》旨在表现"整体房地
产表面繁荣下的个体绝望"(Myer 112)。德拉布尔正是通过主人
公在自我确认为人民公意的"房地产市场国家神话"(32)中必然经
历的破产,提请读者参与到"房地产经济学共同体幽灵"(哈特
153)如何实现共同财富私有化资本机制的讨论中来。本文拟从
"自然公正"的经济利益共同体、国家民族共同体认同控制以及共
同体出走三方面,昭示作品中房地产市场共同体治理术框架中剥
削性生产关系再生产与阶级再辖域化本质,梳理德拉布尔的或然
解决路径。

一、房地产市场繁荣的实现基础:"自然公正"的经济
利益共同体

　　《大冰期》的创作初衷源于德拉布尔对奥利弗·马里奥特
(Oliver Marriott)《房地产繁荣》这部新自由主义房地产行业圣经
的阅读反思(Stovel 164)。小说记录了英国 20 世纪 70 年代人人
皆商的房地产浪潮下最广泛的市场平民参与。安东尼·基钉在牛
津同学贾尔斯的友情号召下投资"帝国快乐房地产公司"。在这个
由房地产商、金融家、城市建筑师组成的新人类世界中,不仅有造
桥业起家的彼得斯家族第三代贾尔斯这样的大资本家,还有中产
阶级转变而来的 BBC(英国广播公司)电视台社会新闻评论员、左

派知识分子安东尼，以及洗衣工和理发员这类"全英国最底层出身"(127)的莱恩及其女友莫林。英国伯明翰学派代表人物斯图尔特·霍尔(Stuart Hall)将这种无阶级感的经济共同体或共享的集体情势归纳为"平民主义同一体"(populist unity)，即"某一路线引导下普遍中立的、代表所有阶级共同普遍利益的全民认同"(277)。平民主义将受欢迎的资本主义制度动力界定为包含所有人。在媒体政治宣传的"民主平民主义"、"大众资本主义"(277)之下，安东尼强烈地感受到自由放任时代最大范围内经济人的共同主体欲望。小说中的房地产自由市场成为一种体现开放性社会关系的民主机制，向所有人敞开了获利的可能性，安东尼也的确在 20 世纪 70 年代初的房地产市场颇有收益。

　　然而好景不长，20 世纪 70 年代中期房地产市场急转直下。安东尼只得在"河边空地项目"撤股后反复痛苦地吟唱舒伯特的名曲《我不怨恨》(233)。此时主人公对命运无奈臣服的背后是对市场自然公正和风险性的全然认同："洛克，他记得是洛克讲过，地租就是冒险！"(63)从英国新自由主义经济代表人物洛克的市场客观自洽机制和博弈特性，到斯密关于市场总体性"看不见的手"之下经济人对自己和他人经济活动结果和利益的不确定而处于双重无法总计的学说，都强调市场本身出于完全自律及纯偶然博弈所产生的构序缺失。然而，市场真的是非个人化的中立客体或去政治化的抽象自然物质，即安东尼口中的"诗意公正"(poetic justice)(9)和"无法解释的力量"(1)吗？答案是否定的。

　　根据福柯的观点，经济的伪自然性背后隐藏着主导阶级的金融化政权："市场从来不是一件'自然的事情'，而是一个需要实现和加以普遍化的目标。国家只确定游戏规则，任由经济活动参与者游戏。"(转引自比岱 62)撒切尔房地产市场博弈游戏究其本质是表征共同性的精密机器,它鼓励并召唤安东尼在"想象出的财富"(9)中内化绝对公正的自然法逻辑,同时又借由贾尔斯为代表的决定性经济权力与优势阶级巧妙地制定出等级化依附这一游戏规则,实现对安东尼们"自我毁灭式投机赌徒"(234)的符号化经济使用:"抢座游戏结束! 赌场老板高吼:赌金全没啦!"(60)

　　安东尼半靠运气、半靠贾尔斯念及同窗旧情才在帝国快乐房地产公司的破产清算中勉强维持不赔不赚的状态,后者却早已在特怀福德地产管理局和商业银行的授意下,以一千两百万英镑的价格促成政府收购最初个人出资不足五千英镑的"河边空地项目"。得知安东尼同意退出后,贾尔斯喜形于色,迅速与一直暗中联系的养老基金完成公司重组,而失去了最初融资利用价值的安东尼在贾尔斯看来则"蠢得要命,居然相信让他退出的建议是为了他自己的利益,这未免也太堂吉诃德了"(153)。在贾尔斯处心积虑威逼利诱安东尼撤股的过程中,后者只得将自己比作莎士比亚历史剧中被凯撒和莱必多斯暗中算计的同名安东尼自嘲,并使用大量诸如"暗箱"、"密谋"、"出卖"、"骗局"等阴谋性描述字眼表达对遭受贾尔斯蒙蔽的失落(122–138)。美国激进左翼学者迈克尔·哈特(Michael Hardt)在《大同世界》中详细论述了破产在房地产共同体中保障优势阶级支配性关系再生产的运作机制:"生产出的共同财富部分被大地产投机商和金融家所剥夺、管控、占有和私有化,而资本积累正是通过崩溃和破产,或者说通过危机所导致的公司接管得以实现。"(114)小说中的房地产经济危机成为重要杠杆,被创造性地用来对共有财产进行私有化:"小地产商们倒闭的倒闭、坐牢的坐牢、自杀的自杀,只剩下最大的资本家接管了新的财富。"(8)此处德拉布尔将安东尼在贾尔斯资本游戏中必然经历的破产事件作为叙事核心置于前场,意在昭示安东尼始终处于

"贾尔斯集团内部的外部"(78)这一他者化客体身份。

安东尼在帝国快乐房地产公司中的"内部外在性"(being-within an outsider)也出现在卡夫卡《审判》里著名的乡村人穿越法律之门的隐喻中。"法律之前"故事展现了"敞开之门"施加的至高禁止:"已经敞开静止了一切活动。那来自乡村的人无法进入,因为进入已经敞开之处,在本体论上是不可能的。那扇只为他敞开的门通过纳入他来排除他。"(阿甘本 75)"门已敞开"诱导主人公狂热投身地产资本游戏。同时,市场又在"自然公正"的经济律法下使其心甘情愿地接受命运、主动退出。安东尼在探视同样破产并被关押在北赖丁区司克勒比不设防监狱的莱恩返程时,收音机里播放着悲伤民谣"老橡树上的黄丝带":"我刑期已满,我回家里来/我已经懂得什么属于我,什么不属于我/漫长的三年过去了,你还需要我吗?"(128)破产后的安东尼已经不再被需要,这就是贾尔斯通过纳入性排除实现自身利益最大化的核心秘密。如同飘系附着于橡树的黄色丝带,主人公被地产市场操纵的共同主体身份无足轻重,因为金融政权只能假装正视他,却并未真正看重其功能。

二、房地产重建运动的宏大目标:民族共同体与帝国复兴

1974 年由 OPEC(石油输出国组织)石油危机引发的世界性经济危机中,英国人均国民生产总值已降为西方国家中最低的国家之一,国际上用"英国病"来概括英国严峻的经济形势。德拉布尔通过艾利逊往返沃勒契耶探视因交通肇事被羁押的简所展开的旅行叙事,讲述了多起英国公民被印度、乌干达和土耳其政府扣押

的报复性事件。昔日的日不落帝国江河日下,沦为"浑身污秽的老狮子,谁都能扯它的尾巴"(91)。在民族身份危机的严峻形势下,撒切尔政府亟须让房地产重建运动作为"形象政治"(Hall 71)唤起民众对强大帝国的无限遐想和追忆,成为复兴历史上大英帝国的象征。

安东尼决定与自己的牧师出身决裂并投身房地产的原因是传统的中产阶级职业"毁灭了英国、摧残了经济"(30)。缩写为"I. D"(identity)的"帝国快乐房地产公司"(Imperial Delight)代表"一个令人满意的新国家身份"(26),公司办公大楼"帝国大楼"则指向"又一个英国"(29)。德拉布尔在采访中明确表示,"安东尼房地产重建的经济扩张行为再现了帝国精神"(Rose 122)。除了利用伦敦地产重建运动激发民族自豪,撒切尔政府还大力推行乡宅重购政策进一步强化大众的国家民族意识。安东尼敏锐地捕捉到肯特、苏赛克斯、萨福克郡等众多乡村地产投资的民族身份认同意味,并高额贷款购买位于西贡那索尔的"高鸦乡宅"(HRH, High Rook House)。"高鸦"缩写暗合"皇室殿下"(Her Royal Highness),其名出自 E. M. 福斯特《霍华德庄园》中赫特福德郡象征帝国遗产的鸦巢(Rooks Nest)。在该小说中,从伯贝克山俯瞰鸦巢,福斯特想象英国是英勇的海上舰队:"岛屿像银海中的珠宝,在灵魂之船上航行,世上最伟大的舰队陪伴其左右,直至永恒。"(178)而读者顺着安东尼的视线却只能看到高鸦背后"地产市场私有化这艘沉船":"灰色的沙子和小圆石,直到永恒,或接近永恒,铅海中廉价的石头。幻想中的强大民族云般闪亮、然后破碎、消失。"(221)

在从"伟大的舰队"到"沉船"、从"银海中的珠宝"到"铅海中廉价的石头"、从"永恒"到"接近永恒"的转变过程中,千秋功业沦为寂寞平沙。小说中关于高鸦外古老榆树被暴风雨连根拔起的细节预示尤其需要读者注意：在福斯特笔下，作为鸦巢内部属性延伸的山榆树是一种将英国性视为悠久、稳定民族身份的方式，而高鸦入口处具有百年历史的榆树却难逃被毁的命运。此处德拉布尔通过在不可靠叙述表层文本（安东尼在象征过去快乐悠闲英格兰的高鸦静待地产市场转机）与深层文本叙述评论（高鸦物资紧缺、老鼠蜘蛛肆虐、安东尼债务缠身并破产）之间拉开反讽性距离，旨在对撒切尔盗用乡宅所承载的民族历史记忆进行批判。

英国外交官克莱格购于南肯辛顿的维多利亚时期宅邸更能体现作家对撒切尔"向后看修正主义"（Krieger 63）的质疑。安东尼前往沃勒挈耶前夜留宿在此，卧室里悬挂的筑堤前的切尔西城、温莎城堡、伊顿风景、威斯敏斯特桥镶边画，以及加框东方鸟类刺绣和壁炉上的爪哇皮影等帝国记忆让安东尼爱国热情和民族自豪感油然而生的同时，也让他陷入了对现实中民族身份危机的认知焦虑："这到底是一个衰老、闹鬼的英国？还是勇往直前、未来的英国？"（206）

通过反思高鸦乡宅和克莱格官邸作为复兴大英帝国叙述提喻这一空洞能指的表征危机，德拉布尔揭露出撒切尔地产重建运动的隐蔽之处：资产金融权力为地产繁荣的市场信条披上了帝国复兴这一国家利益至上的虚假外衣，其实质却是主导阶级为实现经济集权而对平民施加的再总体化编码。这就不难理解为何安东尼对作为冷静旁观者并因此被德拉布尔赋予更高叙述权威的艾利逊憧憬英国式庄园之梦时，后者不屑一顾地反问："哪儿？这儿的山腰上？这座漂亮的 17 世纪雅各宾式乡宅？逃避主义者的远古纪念碑？你们这些地产商为国家的表面所做的一切：游戏乡宅！"（201）在马克思的资本共同体批判中，国家"表面上凌驾于社会整体之上的力量"植根于资产阶级特殊利益的自我增长,因此只是体现"统治阶级范围内自由"的"表象共同体"(Heffernan 13)。正是在这个意义上,安东尼最终意识到具有四百年历史的高鸦实为"鬼屋"(66);异装癖患者克莱格对自己维多利亚宅邸仅是嗜血贵族杀妻藏尸的"蓝胡子橱柜"(257)这一事实心知肚明。房宅中萦绕的鬼魂揭露了地产重建掩盖的残酷资本剥削关系再生产实质,按照作家自己的话说,"房宅及地产市场所表征的历史文明实为不列颠帝国主义和阶级辩术"(Parker 175)。

　　撒切尔地产改革一方面推进私有产权与市场化,先后通过542项地产私有化政策以最大化资产阶级的利益(Mathéy 335),一方面大力削减公共住房支出。地产业蓬勃发展直接导致底层人民在民族复兴的国家号召下颠沛流离、居无定所,"人们被赶进公租房,搬进地下室、大篷车、大街上"(60)。英国新自由主义经济政策实施初期,仅出售穷人的福利公有住房收入达到240亿英镑,官方登记的"无家可归"家庭为120万户,其中25万人被迫成为偷住空房的占屋者(Mathéy 334)。在返回伦敦诺丁山出售老宅之前,安东尼的前妻也警告他务必在更多占屋者闯进之前脱手,免得他们"像野猫野狗一样把那地方弄得臭不可闻"(204)。小说中安东尼的母亲被迁至纽卡斯尔郊外十英里外的小屋,莫林的伊维婶婶从怀特霍恩每周一磅租金的老房被赶到郊区。地产自由市场中宏大叙事与共和状态联合实施的至高暴力证明了绝对权力之下贫富"两个英国"的合法性,《大冰期》的核心主题也始终围绕着表征为国家利益的地产经济如何侵害底层个体展开。

　　行文至此,我们至少可以将安东尼对地产市场表现出的狂热进取精神、对"自然公正"经济利益共同体以及对英国宅邸的帝国怀旧纳入西班牙科尔多瓦大学教授希门尼斯·赫弗南(Jiménez

Heffernan)对于共同体得以运作三种宏大性文化工具的划分范畴："内化的尊崇"、"重要的公正"和"真诚的悼念"(39)。颇具反讽意义的是，正是房地产自由市场营造的这种普遍公正、崇高深刻的总体性想象驱使英国数以万计的小地产商和普通民众心甘情愿地为这个受限的想象付出或破产或无家可归的代价。

三、上帝的应许：从市场共同体出走

针对资本逻辑下房地产市场共同体治理术的经济自然化和民族主义改造，实则主张阶级优势利益的文化霸权，德拉布尔借安东尼从市场出走，主动投身东欧集中营并皈依上帝这一政治事件传达出共同体悬置的或然解决路径。在这一点上，作家与哈特提出自由资本主义阶段阶级斗争假说形式"出走"(Exodus)桴鼓相应、殊途同归。在《大同世界》中，哈特以《出埃及记》中摩西逃离埃及以摆脱奴役为圣经原型事件，强调"出走"的政治僭越功能，"通过实现潜在自主性的方式从与资本的关系中退出"(112)。

在小说的结尾，安东尼只身一人前往突发政变的沃勒契耶第二大城市克鲁索格莱德解救简，在返程登机时突发炸弹袭击。随后简顺利回国，安东尼却令人费解地在四个月之后在专门关押鲍格米勒派教徒等思想犯的普勒维斯提集中营服刑并回归上帝。当采访者提出主人公身陷囹圄是命运沉沦的结果时，德拉布尔马上反对，"不，他的出走和自我监禁作为救赎手段是我有意为之的"(Wittlinger 47)。从文化地理学层面上看，一方面，东欧铁幕社会主义国家沃勒契耶在物理空间上远离资本主义英国；另一方面，物质极度匮乏的普勒维斯提集中营作为安东尼摆脱资本控制的心理建构空间，帮助主人公完成精神上的出走。

安东尼在普勒维斯提集中营回归上帝并非突然，小说中有两处描写已经预示了他日后宗教认同的重大转向。第一次预示发生在安东尼重访伦敦克劳福德大教堂料理牧师父亲后事并签署放弃"河边空地计划"文件之际。仰视伴随自己长大的"天国般美轮美奂"的大教堂，安东尼回想起帝国大厦工程竣工时，工头、建筑师、投资方、城市规划局在天台庆功，曾将"人类自己的创造"抬高到上帝的位置，却经历了一种"奇怪的、无信仰者的战栗"。此刻，笼罩在"普照世人之光"的克劳福德大教堂入口"不可撼动"的耶稣像和六翼天使、通道里"永恒玫瑰"的石雕都反复提醒安东尼上帝对地产商自诩"万王之王"的嘲讽以及"上帝荣耀作为更强大的力量对商业荣耀"（200）这一伪共同体偶像崇拜的纠偏与匡正。

第二次预示发生在主人公决意退出帝国快乐房地产公司，并在次日前往简所在克鲁索格莱德监狱施救的途中。一座当地被当作博物馆的清真寺再次唤醒了安东尼的宗教感知："人要是没有上帝该怎么办？他在半路上停了下来，就像保罗在去大马士革的路上一样。"（265）此处德拉布尔在安东尼被上帝选中退出地产市场与保罗蒙召之间建立起显见的平行映照，目的是凸显保罗以保罗书信中"阻拦者"（Katechon）形象对经济律法的悬置。生命政治哲学家埃斯波西托曾从经济学词源入手，将罗马法中的"负债"（munus）与真正"共同体"（community）联系起来，指出自由资本社会无节制的财富攫取欲望已经损害了民众的精神自由，因此有机、深度共同体的建立必须以财产功用负面化为前提："共同体作为人文精神的总体性，其纽带不是财产，而恰恰是负债和利益减损。"（Salas 169）《大冰期》最后一部分，牧师之子安东尼卖掉诺丁山老宅、放弃高鸦产权和帝国快乐房地产公司的所有股份，决心写一本"关于上帝的书，这一切都与进取精神和商业资本无关。他决不能拒绝这个什么都不做的机会"(292)。尤其当主人公表现为疯狂的房地产市场自由进取精神的贪食欲望、艾利逊眼中"地产投机淘金热的邪恶兴奋剂、高烧和毒瘾"(113)被铭刻进资本社会工程的控制体系时,安东尼自愿自为的财产剥夺、经济利益减损以及宣称自身在市场的无价值、"什么都不做"恰恰不对称地构成他潜在自由精神增益的悖论性起点。此时的上帝也远非神学概念,而是以一种全新生命形式成功出走的资本关系逃离者们组成的象征性抵抗团体,通往"黑奴逃亡后构建的自治共同体和逃奴堡(quilombo)"(哈特 153)。

结语

面对采访者关于小说结局没有极端事件发生,即"主人公既没有变成百万富翁,也没有惨死在阴沟里",因此是"坏情节"的疑问,德拉布尔这样解释:"安东尼从房地产市场这一疯狂的大众运动中出走才是'好情节',因为这样才是真实的。"(Hannay 142)在作家的政治诗学中,无论是变成富翁还是落魄死去都是市场逻辑的结果,而放弃与撒切尔房地产景观社会所建立的想象关系则使主人公避免成为其经济利益共同体幻象与国家民族主义口号下的市场治理术同谋。这是德拉布尔对撒切尔房地产市场想象共同体进行批判的超时代意义所在,也为自由平等的真正共同体成为可能奠定了起点。

引用文献（Works Cited）

Agamben, Giorgio. *Homo Sacer: Sovereign Power and Bare Life*. Trans. Wu Guanjun. Beijing: Central Compilation & Translation Press, 2016.

［吉奥乔·阿甘本：《神圣人：至高权力与赤裸生命》，吴冠军译，北京：中央编译出版社，2016 年。］

Bidet, Jacques. "Foucault and Liberalism." Trans. Wu Meng. *Seeking Truth* 34. 6 (2007)：59 - 66.

［雅克·比岱：《福柯和自由主义》，吴猛译，《求是学刊》2007 年第 6 期，第 59 - 66 页。］

Drabble, Margaret. *The Ice Age*. New York：Alfred A. Knopf, 1977.

---. Interview by Gillian Parker and Janet Todd. "Margaret Drabble." *Women Writers Talking*. Ed. Janet Todd. New York：Holmes, 1983. 160 - 78.

---. Interview by John Hannay. "Margaret Drabble：An Interview." *Twentieth Century Literature* 33. 2 (1987)：129 - 149.

Foster, E. M. *Howards End*. New York：Penguin, 2000.

Hall, Stuart. *The Hard Road to Renewal：Thatcherism and the Crisis of the Left*. London：Verso, 1988.

Hardt, Michael, and Antonio Negri. *Commonwealth*. Trans. Wang Xingkun. Beijing：China Renmin UP, 2016.

［迈克尔·哈特、安东尼奥·奈格里：《大同世界》，王行坤译，北京：中国人民大学出版社，2016 年。］

Heffernan, Jiménez. "Introduction：Togetherness and its Discontents." *Community in Twentieth-Century Fiction*. Ed. P. M. Salván, et al. London：Palgrave, 2013. 1 - 47.

Krieger, Joel. *Reagan, Thatcher, and the Politics of Decline*. Cambridge：Polity Press, 1986.

Mathéy, Kosta. "The British Squatter Movement：Self-help Housing and Short-life Cooperatives." *Home, House and Shelter：Qualities and Quantities* 51. 307 (1984)：334 - 337.

Myer, Valerie G. *Margaret Drabble：A Reader's Guide*. London：

Vision，1991.

Rose，Ellen Cronan. *The Novels of Margaret Drabble*：*Equivocal Figures*. Totowa：Barnes &. Noble，1980.

Salas，Gerardo. "When Strangers Are Never at Home：A Communitarian Study of Janet Frame's *The Carpathians*." *Community in Twentieth-Century Fiction*. Ed. P. M. Salván，et al. London：Palgrave，2013. 159‐176.

Stovel，Nora. *Margaret Drabble*：*Symbolic Moralist*. San Bernardino：Borgo，1989.

Wittlinger，Ruth. *Thatcherism and Literature*：*Representations of the "State of the Nation" in Margaret Drabble's Novels*. Munchen：Herbert Utz Verlag，2001.

作者简介：盛丽，西安外国语大学欧美文学研究中心、英文学院副教授。

生态与田园

论当代英国植物主题诗歌

何　宁

在英国诗歌中,植物主题的诗歌作为一种诗歌传统,并没有动物主题的诗歌那样源远流长。在英国的古诗歌中,关于植物的描写并不多见,直到进入中世纪之后,植物逐渐成为诗歌中的重要元素。而对英国浪漫主义诗人而言,植物是与现代化、工业化对抗的代表与象征,因而植物主题的诗歌在这一时期超越了动物主题的诗歌,成为英国诗歌中不可忽视的传统。这一传统深刻影响着 20 世纪英国的诗歌创作。随着英国诗歌进入 21 世纪,以基莲·克拉克(Gillian Clarke)、凯瑟琳·杰米(Kathleen Jamie)和约翰·伯恩赛德(John Burnside)为代表的诗人,反思人类与自然之间的关系,突破人类中心主义的限制,将植物主题的诗歌作为独立的诗歌传统来抒写,从多方面来考察植物世界与人类世界的复杂互动,体现出对英国植物诗歌传统的思考和超越，使诗歌这一文类成为人类与自然沟通最有力的形式之一。

在英国诗歌的传统中，《贝奥武甫》（*Beownlf*）中对于龙的描写绘声绘色，但植物仅仅是作为背景偶尔提到一两句（1414－1416）（Heaney 38）。与动物通常作为人类社会现象的转喻不同，植物在中世纪诗歌里一般是作为故事或抒情背景出现的。在中世纪诗歌《珍珠》（*Pearl*）中，失去女儿的父亲正是在花园里追忆女儿并进入梦境的。在诗歌的开篇，叙述者来到夏日的花园，看到满园的花草，想起这正是女儿离开的地方，不禁感叹不已。

> 各种花草在那片地方繁茂生长
> 朽腐和废弃让那里的土地肥沃；
> 白色、蓝色和红色的花朵
> 向着太阳张开光彩照人的脸庞。
> 鲜花和水果永远不会消失
> 在我那珍珠进入黑土的地方；
> 青草会在毫无生气的谷物中生长
> 否则麦子将永远不会进到谷仓。
>
> （Armitage 21）

植物作为诗人的抒情背景，同时也是生命的象征，体现出生命与消亡之间的根本对立和无法消弭的距离。这种将植物作为抒情背景，以及生命象征的手法在中世纪诗歌中颇为常见。到了 17 世纪，英国诗歌开始将植物作为一种独立主题来抒写，植物主题逐渐成为诗歌创作中不可或缺的一部分。罗伯特·赫里克（Robert Herrick）在《咏水仙》（"To Daffodils"）中用水仙与人类对比，来书写韶华易逝、及时行乐的主题,植物成为诗人起兴的对象,也是人类生活的参照(119)。

在浪漫主义诗人的创作中,植物成为具有重要地位的诗歌主题和传统,其中威廉·华兹华斯(William Wordsworth)的《水仙》("Daffodils")最是广为流传。植物是诗人思考自然、人类与世界之间关系的中介和蕴含浪漫主义自然观的意象,是英国诗歌传统中不可忽视的重要元素。进入 20 世纪之后,现代主义诗人在颠覆浪漫主义和现实主义传统的同时,并没有放弃对植物诗歌传统的承继和书写。在 T. S. 艾略特(T. S. Eliot)的《荒原》(*The Waste Land*)和 W. B. 叶芝(W. B. Yeats)的诗歌创作中,植物成为搅动现代社会情绪、突显现代性危机的意象。"二战"之后的英国诗歌中,植物在菲利普·拉金(Philip Lakin)、泰德·休斯(Ted Hughes)、谢默斯·希尼(Seamus Heaney)的笔下同样占据着举足轻重的地位,成为英国诗歌中不可忽视的重要传统。拉金的《树》("The Trees")颠覆人们对植物的想象,而休斯回忆与普拉斯最深情的诗篇之一就题名"水仙"。

21 世纪的英国诗歌在继承英国植物主题诗歌传统的同时,面对生态挑战和人类未来发展的不确定性,诗人们突破人类中心主义的传统,进一步拓展植物在诗歌创作中的领域。作为威尔士的民族诗人,基莲·克拉克(Gillian Clarke)在她的代表作诗集《偏远乡村的来信》(*Letter From a Far Country*)中对植物主题的诗歌予以全面的探索:《白玫瑰》("White Roses")、《李子》("Plums")和《卡迪夫榆树》("Cardiff Elms")等诗作都以植物为题材,但体现出不同的主题和风格,在继承英国植物诗歌对自然、人生思考的传统之外,也加入个人对于民族性的思考,从而丰富了英国植物诗歌的传统。诗歌《白玫瑰》的开头是对白玫瑰的描写:

在绿紫罗兰色的客厅外
白玫瑰在雨后盛放。
他们满是雨水和阳光
犹如美丽的白色瓷杯。

(Clarke 35)

克拉克通过对比和比喻,用寥寥数笔勾画出白玫瑰的独特风格。
白色瓷杯的比喻在展示出白玫瑰美丽风貌的同时,也暗示出其蕴
含的脆弱。在这首诗中,白玫瑰既是实在的场景组成,也是诗歌主
题的隐喻。克拉克用白玫瑰与生病的孩子对照,来呈现和刻画生
命的脆弱和无常。与白玫瑰所体现的生命美丽又脆弱的意象不同,
《李子》中的植物意象则呈现出生命的平凡与温馨。诗歌的开头写
道:"当他们的时间到来时/无需风雨,他们便坠落。"(62)李子具有
一种与自然时节的契合,并不需要外力的推动,具有自己独立的生
命体验。李子果实的丰收,不仅让诗歌中的"我们"可以吃着甜蜜的
早餐,甚至清晨的乌鸦也因此收获颇丰。诗歌中的李子成为动物和
人类美好生活的重要元素,表明植物作为自然界基础的关键地位。

　　《白玫瑰》和《李子》两首诗展示出植物对人类社会的融入和影
响,体现出克拉克对英国植物诗歌传统的继承,而《卡迪夫榆树》则
表现出诗人对这一传统的发展。诗歌中的叙述者在夏天的烈日之
下,渴望着榆树下的阴凉:

树干连着树干
在公园和城市建筑的廊柱间弯成一座回廊,
比这些廊柱都更古老、更高。

(62)

在克拉克的笔下,卡迪夫的这些榆树在道路上留下自己的印记,在种子里就明确知道自己在天空中的位置,因此在带给叙述者阴凉的同时,又蕴含着比城市建筑更为古老悠久的历史文化,正可以作为威尔士传统文化的象征。诗歌中在烈日下渴望榆树荫蔽的叙述者,正是渴求传统文化的当代威尔士人的象征。在诗歌的结尾,诗人将榆树比作"某种可怕颠覆的开始"。可以遮天蔽日的榆树,要颠覆的也许正是来自"日不落帝国"英格兰的影响,让威尔士人回归威尔士原初的文化。在《卡迪夫榆树》中,克拉克将自己对威尔士民族文化的思考与植物主题相结合,使得诗歌具有独特的张力,成功地将一系列相互联系的主题普遍化了(Thomas 166),从而在赋予英国植物主题诗歌以民族性色彩的同时,拓展了这一诗歌传统的疆域。

　　克拉克承继和发展了英国植物主题诗歌的传统,而凯瑟琳·杰米(Kathleen Jamie)的创作则对这一传统本身加以考察,反思人类与植物之间的关系。在诗歌《祈愿树》("The Wishing Tree")中,作为联结人类社会与自然世界的所在,祈愿树既受到人类欲望的毒害,也向人类世界展现出自然的灵力,植物成为人与自然沟通的桥梁(何宁 63)。在诗歌《桤木》("Alder")中,诗人将桤木作为予以生命指引的向导。与祈愿树中祈求人世尊荣不同,这里的叙述者关注的是如何在现实世界中生存:

　　　　你会不会教给我
　　　　生存之道
　　　　在这潮湿暧昧的土地上?

　　　　　　　　　　　　　(Jamie, *The Tree House* 7)

在对桤木的询问中，叙述者完全放弃了人类固有的视角，而是采用一种自然的语气与桤木对话，试图从桤木的生存经验中获得启示，表明叙述者也是自然中的一员。桤木作为一种植物，对整个自然生态系统具有重要的意义，因为它在生长过程中会为土地添加氮和其他元素，使得土地更为肥沃，还会让次生植物也获得足够的营养。因此，诗歌中的叙述者对桤木的崇拜和仰慕具有自然的基础，符合自然规律。诗人所采用的叙述策略使作品摆脱了传统植物主题诗歌在拟人化与客体化之间的选择，打破传统，将植物作为诗歌的抒情主体，同时放弃了拟人化的选择，从自然世界的角度来观照植物的生存，从而使得植物主题真正成为诗歌的全部主题，而不再是人类社会价值观的投射与转移。

杰米在《桤木》中，给予了植物几乎超越人类社会和一切生命的力量和地位，同时突出了人类社会与植物世界共同的脆弱性和可能的困境。桤木在诗歌中是光明和力量的代表，也是叙述者视角中仰慕和依靠的对象。在西方文学传统中，桤木还具有独特的文化意义。桤木王（Erlking）作为森林之灵具有广泛而深远的影响。这个来自北欧传说的植物精灵，经过歌德诗歌《桤木王》（Erlkönig，1782）的描绘，成为以孩童为食的恐怖象征，反映出西方文学传统对植物根深蒂固的偏见。在当代英国作家安吉拉·卡特（Angela Carter）的短篇小说《桤木王》（"The Erl-King"）中，桤木王象征着奴役女性的力量，森林在小说中的意象与歌德时代并没有太大的不同，依然是吃人的森林。女主人公第一次见到桤木王的时候，就意识到他"会给你带来可怕的伤害"（85）。小说中女主人公对桤木王的态度与杰米诗歌中呈现的颇为相像，但小说中女主人公为桤木王所吸引爱慕之后，被他变成了一只笼中鸟。小说对森林、桤木王绿色眼睛的反复描摹，无疑是将植物世界作为束缚和压抑女性的力量。而在杰米的诗歌中,桤木依然是自然力量的象征,但没有表现出对人类的威胁和奴役,反而犹如森林中"未知的泉水",成为诗歌叙述者在自然界生存所需要依赖的对象,人与自然的关系呈现为一种不断的交换(Collins 152)。从这个意义上来说,杰米的诗歌对桤木王这一西方经久流传的文学传统母题予以颠覆和重写,从而改变了植物在西方文学传统中的经典形象,突出人类社会与植物世界和谐共生,力图建立一种以自然中的植物为中心,以自然中的生存为主题的新的植物诗歌传统。

在诗歌《雏菊》("Daisies")中,杰米直接以第一人称的叙述方式代入植物世界的视角,来思考自然界中植物与世界万物的关系。诗歌中的雏菊对自身的存在具有一种彻悟般的认知:

> 我们是普通草地里的
> 花,我们知道的就这么多。
> 至于其他的一切
> 我们都一无所知。
>
> (Jamie,*The Tree House* 32)

与以往第一人称叙述的植物诗歌不同,这首诗的叙述者并没有观照人类社会的事务,也没有抒发对自然生态的情感。诗歌中的叙述者不再是代表个体的"我",而是具有群体意味的"我们"。因而,叙述者的思考不再是植物的个体思考,而是雏菊作为一个植物群体的思考。叙述者对自身的命运、宇宙的规律具有清楚而客观的认识,表现得异常冷峻,与人们一般印象中对雏菊的认识截然不同。诗歌指出,对传统意义上雏菊所代表的欢欣,这并非来自宇宙创造者的安排,而是雏菊的天性(nature)如此。杰米通过雏菊对自身的反思,试图表明自然中的一切都是浑然天成的,人类社会不应从自身的角度去理解和认识自然界,而要摆脱人类中心的视角,以客观冷峻的态度来反思人类自身的命运和未来。

　　虽然雏菊对其他的一切都一无所知,但他们知道自然界的客观规律,"知道或不知道"(32),他们都必将走向消亡:"逝去/永远不知道我们错过的一切。"(32)白昼开花、夜晚合瓣的雏菊,从不知道夜色中发生的一切,这正是杰米力图展现的自然之道:雏菊的天性是开朗欢欣的,他们注定无法认知夜晚的世界,这些特点与缺憾构成了自然界丰富的存在,因此人类也应该意识到自身能力与认知的有限性,唯其如此,人类才算是真正融入自然,"成为自己命运的作者"(Jamie, *Sightlines* 68)。杰米在诗歌不仅展现了雏菊给予人类生存的启示,也是对浪漫主义自然观的发展与回应。华兹华斯在两首《致雏菊》("To the Daisy")中,对雏菊的乐观予以褒扬,赞赏雏菊始终心甘情愿、喜悦欢欣的精神,而在杰米的笔下,这是雏菊的天性,是自然界的安排,无须褒奖。华兹华斯希望人类能在雏菊的乐观中找到自然的真谛——"用喜悦来修补我的心"(Wordsworth 252),杰米则指出雏菊的乐观并非无限的,在面对生命消逝的时候,他们也一样无能为力。华兹华斯将雏菊作为客体来赞赏,而杰米却把雏菊作为宇宙中与人类平行的主体,这正体现出当代英国诗人对植物主题诗歌传统的重塑。

　　杰米的植物主题诗歌注重从植物世界的角度重新认识人类与自然世界的关系,对人类中心主义的植物观念加以颠覆和更新,从而让英国植物诗歌的传统在生态主义成为人类社会关注中心的当下,生发出新的活力与影响。不过,人类的态度在很大程度上决定了植物与人类社会能否和谐共存。约翰·伯恩赛德(John Burnside)正是从人类视角出发,对人类与植物之间可能建立的自然共同体予以考察和思考,进一步发展了当代英国的植物主题诗歌传统。在《土地》("Fields")一诗中,伯恩赛德通过反思不同土地类型中涉及的人与自然,尤其是与植物的关系现状和未来,提出人类与植物、自然之间和谐共同体的建设构想。在诗歌的开篇,诗人引用了爱德华·蒙克(Edvard Munch)的话:"从我腐朽的身体中,将长出鲜花,我就在花中/这就是永恒"(Burnside, *The Asylum Dance* 35)。这里隐喻着诗人对人类和植物关系的思考和认识:人类的物质性应当成为自然植物的基础,而人类的精神与植物共存,这才是世界的永恒规律。然而,在社会现实中,人类控制一切的欲望成为他们与自然植物建立和谐共同体的障碍。在"两个花园"这一节中,通过对花园不同状态的对比,体现出人类对自然植物的影响和随之而来的矛盾。在诗歌开篇,花园一片荒凉,野草丛生,藤蔓缠绕,是植物的王国,是"荆棘中芸香的领地"(39),动物也会时常隐秘地出现在花园中。一般人眼中荒芜的花园,却是人与动物、植物和谐共存的所在,其中占据主导地位的正是花园中的植物。然而,人类固有的思维习惯无法改变,叙述者也没有例外。

> 春天里我们开始工作;我们画下我们的
> 界限还找到野草中隐藏着的蓝图,
> 待建的花床,和构想中的池塘。

(39)

经过辛勤的整理和劳作,花园变成了另一番景象,建了烧烤台和石头露台,一切都整洁有序。诗中的叙述者却觉得若有所失:因为花园被人类的实用性所征服,不再具有活力,除了人类之外的自然生物都离花园而去："放弃了那我们认作自然的/空缺。"(40)不仅原本悄悄光顾的动物消失了，花园中的植物也变得毫无生气，这里不再有生命的力量和气息。

通过人类主动干预前后花园的对比，诗人质疑人类社会的价值观和现代社会中技术引领一切的信念。从实用主义的价值观来看，烧烤台、露台显然比荒芜的庭院要更有用；从技术引领一切的信念出发，科学的规划显然比让植物自然生长更具意义。但是，从更加宏观的视野来看，人与自然万物的和谐共生所具有的价值和意义超越了仅仅对人类实用和科学的思维体系。要认识到这一点就必须突破以往的价值体系，并放弃现代社会中对技术的迷信。正如伯恩赛德在采访中所说的，"我们必须提醒自己，人类只是自然的一部分"(Dosa 118)。诗歌中的花园带有强烈的普遍性，喻示着人类生活的现实世界。自然的花园，荒芜而充满活力，与理想的伊甸园颇为类似；而经过人工修整之后，飞鸟绝迹、树木委顿的花园，则是当代自然界被人类暴力破坏的真切写照。伯恩赛德以两个花园来隐喻由自然植物掌控的世界和由人类掌控的世界，通过对比和反思让人们意识到人类价值观的局限。

伯恩赛德的诗歌《在林中》("In the Woods")呈现了人类与自然共同体这一理念的另一面。与"两个花园"相对，诗歌所关注的是处于植物领地的人类。诗歌的叙述者在林中看到了"偏远森林中未经雕饰的/生命存在，不曾见过的形状"(Burnside, *All One Breath* 62)，这让叙述者原本来自人类传统的自然知识受到了前所未有的冲击。在叙述者看来，森林中的一切复杂而神秘，而人类的认识简化了生命的丰富性，必须摒弃人类固有的观念，才能建立人类与自然的和谐共同体。

它犹如被禁止的,祷告

完美的物种标本,业已完成的

石刻,野外指南,拉丁文学名

将一切都简化成

橡胶,

或是毛冬青。

(62)

在诗歌的开篇,叙述者明确表示自己不想了解约翰·济慈(John Keats)或约翰·詹姆斯·奥杜邦(John James Audubon),这正是对传统自然观念的放弃和对抗。在诗人的笔下,人类长期积累的对自然的观念,包括以标本、石刻和野外指南等形式呈现的自然史知识,从根本上来说并不符合自然世界的真谛。给植物冠以权威经典的拉丁文学名,建构复杂的植物知识体系,其实是放弃了人类与植物之间自然的交流和联系。诗人希望人类放下成见,能够在既有的知识体系之外,勇敢地与植物接触,与自然达成和谐的共同体。这也正是诗人伯恩赛德孜孜以求的理想境界。

在植物主题诗歌的创作中,当代英国诗歌呈现出对传统的丰富和对当下的观照。在继承英国植物诗歌的传统上,既有传统创作中的隐喻、对比和经典指涉,更有在当下历史语境中对植物意象的重新书写。克拉克在传统的植物书写之外,将植物意象作为当代威尔士民族文化的展现,以此来对抗英格兰主流文化,赋予了植物意象独特的民族文化涵义。榆树的意象与威尔士代表诗人迪兰·托马斯(Dylan Thomas)的蕨山形成了历史的呼应。与蕨山作为英格兰文化的附属不同,可以荫蔽阳光的榆树体现出威尔士民族的独立性。从这个意义上来看,虽然同样是植物主题的诗歌,但克拉克的书写与托马斯的创作具有截然不同的内涵。当代英国诗人还深化和发展了对植物的认识，并以此为契机，重新认识了当代生态巨变的境况下人类与自然的关系。杰米不仅颠覆传统的人类中心主义视角，从植物的角度出发来认识自然与世界，改变了长久以来植物在英国诗歌传统中的固有形象，而且她还能更进一步，在创作中指出植物自身的局限，将植物与人类的存在作为自然中并行的生存形式，继而引发人类对自身存在和与自然万物关系的反思，重塑了当代英国植物诗歌的传统。在当代生态环境面临挑战、日益恶化的情况下，诗人还在思考植物诗歌传统，重新认识人类与植物、自然的关系过程中，提出构建人类与自然共同体的理念，伯恩赛德通过花园在人力介入后的改变，深刻地批判了现代社会的价值观和技术主义信仰，并通过林中的感悟指出，人类需要放下固有的知识体系，接受与植物、自然的和谐共生，建立彼此相依的共同体。

以基莲·克拉克、凯瑟琳·杰米和约翰·伯恩赛德为代表的当代英国诗人，在植物主题诗歌的创作中，对英国诗歌传统予以承继的同时，与英国当代的民族文化发展和当下的生态环境状况相结合，对植物主题诗歌的书写加以发展，提出新的植物主题诗歌观点与理念，展现英国植物主题诗歌传统的新风貌，使得当代英国诗歌的创作空间和影响更为广阔，也让诗歌这一文类成为人类与自然沟通最有力的形式之一。

引用文献（Works Cited）

Armitage, Simon. *Pearl: A New Verse Translation*. New York: Liveright Publishing Corporation, 2016.

Burnside, John. *All One Breath*. London: Jonathan Cape, 2014.

—. *The Asylum Dance*. London: Jonathan Cape, 2000.

Carter, Angela. *The Bloody Chamber and Other Stories*. New York: Penguin, 1993.

Clarke, Gillian. *Collected Poems*. Manchester: Carcanet, 1997.

Collins, Lucy. "'Toward a Brink': The Poetry of Kathleen Jamie and Environmental Crisis." *Crisis and Contemporary Poetry*. Ed. Anne Karhio, Sean Crosson and Charles Ⅰ. Armstrong. New York: Palgrave Macmillan, 2011. 150 - 166.

Dosa, Attila. "John Burnside." *Beyond Identity: New Horizons in Modern Scottish Poetry*. Amsterdam & New York: Rodopi, 2009. 113 - 134.

He, Ning. "On Nationality in Kathleen Jamie's Poetry." *Contemporary Foreign Literature* 2 (2014): 54 - 65.

［何宁:《论凯瑟琳·杰米诗歌中的民族性书写》,《当代外国文学》2014 年第 2 期,第 54 - 65 页。］

Heaney, Seamus. *Beowulf: A Verse Translation*. New York: Norton, 2002.

Herrick, Robert. *The Complete Poetry of Robert Herrick*. Vol. 1. Ed. Tom Cain and Ruth Connolly. Oxford: Oxford UP, 2013.

Jamie, Kathleen. *Sightlines: Conversation with the Natural World*. New York: The Experiment, 2012.

—. *The Tree House*. London: Picador, 2004.

Thomas, M. Wynn. "R. S. Thomas and Modern Welsh Poetry." *The Cambridge Companion to Twentieth Century English Poetry*. Ed. Neil Corcoran. Cambridge: Cambridge UP, 2007. 159 - 172.

Wordsworth, William. *The Major Works*. Ed. Stephen Gill. Oxford: Oxford UP, 2008.

作者简介:何宁,南京大学外国语学院教授。

后田园主义的中间风景理想

——兼评贝瑞农耕小说

方　红

温德尔·贝瑞(Wendell Berry, 1934—)的农耕系列小说,虽不如美国文学史上福克纳的约克纳帕塔法系小说出名,却也成功地将贝瑞故乡肯塔基州亨利郡的虚构波特·威廉镇写入美国文学地理版图。《土地上的家园》是贝瑞农耕系列的第一部,它交代了整个系列小说的主要人物关系,即波特·威廉镇五大家族之间的姻亲关系。小说中的农人杰克·毕彻姆、纳森·库尔特、理发匠嘉伯·克罗、麦特·菲尔特纳的媳妇汉娜及外孙安迪在系列小说中都有专门一部书细说其故事。贝瑞的农耕小说不以故事情节见长,也不关注个体、家族之间的恩爱情仇,却在描写"农耕、农场、农人"生活中(朱新福 221),凸显农耕生活、乡村社会的文化价值,抒

发了重振农耕文化、倡导环境伦理的"中间风景"(middle
landscape)理想(马克斯 75)。因此,贝瑞的农耕小说没有自然书
写的消极避世,没有田园文学倒退回阿卡狄亚的浪漫主义倾向,没
有荒野书写回避人类生存也面临环境危机的问题,成为具备文化
批评与文化建构双重功效的后田园主义文学代表。它们具有受扰
田园生活的情节范式,表达了维护人、土地及其他生命的环境伦
理,颂扬了农耕文化为代表的生态系文化,凸显了后田园主义的中
间风景理想。因此,深入理解贝瑞农耕小说需要了解后田园主义
中间风景这一复合概念。

一、中间风景:象征风景概念谱系与后田园主义愿景

后田园主义中间风景概念的形成主要有三方面学术渊源。特
瑞·吉福德在《田园》(Pastoral, 1999)中提出后田园主义概念,为
区分田园主义与后田园主义中间风景奠定了基础。20 世纪末,生
态文学批评的崛起和环境伦理及生态系文化的提出,为探究后田
园主义中间风景的理想愿景提供了理论工具。不过,最重要的学
术营养是利奥·马克斯(Leo Marx)对田园叙事、田园理想的研
究。马克斯提出中间风景是一种象征风景,它位于"文明与自然之
间"(16),表达了对自然与文化的愿景。他在区分欧洲传统田园文
学代表的"情感型/简单田园理想"与美国文学经典中的"复杂田园
理想"后(17,21),阐明带机器的花园是复杂田园叙事的核心意象,
象征着受到工业文明侵扰的田园生活。劳伦斯·布依尔和约翰·
它布瑞昂特将马克斯的"田园主义"发展为"多重意识形态"
(ideological multivalence)的文化批评(Bryant 63, 69; Buell,
"Pastoral" 21)。他们认为不仅工业文明搅扰了美国田园的理想,

奴隶制、种族歧视、社会不公正和城市化也扰乱、破坏了美国田园想象与生活。

　　田园主义与后田园主义中间风景分别以阿卡狄亚与带机器的花园为代表。前者寓意和谐、浪漫、理想的田园牧歌,后者预示受到搅扰的田园生活。阿卡狄亚起源于古希腊诗人忒奥克里托斯(Theocritus)的诗歌,因古罗马诗人维吉尔《牧歌集》中的阿卡狄亚而流传。它比邻荒野,与罗马城接壤,是处于中间风景的丰盛草场与绿谷。它既有"人工的复杂结构",又有"自然的简单自发"(马克斯 15);享有城市与荒野的精华,又避开荒野的贫困、不确定性与城市文明的焦虑、压抑。阿卡狄亚成为和谐、理想生活的代称。相比之下,以带机器的花园为代表的后田园主义中间风景则象征受到干扰的田园美景。霍桑笔记中被汽笛骚扰的睡谷、《白鲸》中受到捕鲸船侵扰的大海、马克·吐温笔下木排与船航行的密西西比河皆是复杂田园理想的中间风景。机器与花园的并置,一方面表明工业文明压力之下的田园理想成为"受到干扰的田园牧歌"(马克斯 17);另一方面,这种并置"抑制"了田园理想的表达,"质疑、讽刺"绿色牧场平静与和谐的幻想(马克斯 17),也委婉批评机器代表的工业文化。

　　兼备自然与文化特性的中间风景是联系与区分田园文学与后田园文学的重要标志。两种田园文学分别对应马克斯的"简单田园叙事"与"复杂田园叙事"(17,21)。以 17 世纪英语农舍诗、华兹华斯抒情诗为代表的英国田园文学具有明显的浪漫主义情调、逃避主义色彩。而以卡森《寂静的春天》为代表的当代英美环境文学、乡村文学、登山文学表现出复杂多元化的"自然文化"姿态(Gifford,"From" 14),强调人类活动破坏自然景观,威胁非人类生命的生存与繁衍,具有明显的环境忧患、焦虑意识,被吉福德归为"后田园文学"(14)。田园文学惯以混合英语诗歌与风景画的田园色彩,将风景想象为"供审美愉悦、休闲之用的空间"(Buell,*Future* 145)。而后田园文学常用"中间风景句法"(马克斯 88),表现劳作、生产既是风景的一部分,也玷污、毁坏了自然景观。如吉福德所写,后田园文学是"严肃、科学、相当入世类型的写作",它隐隐暗示"污染、城市化、工业化进程与冷战对核攻击"的威胁(Gifford,"From" 15),其景观描写也渗透了环境焦虑意识,以及人要"承担景观管理责任"的环境责任文化(15)。

作为象征风景,中间风景是具有价值理念的"道德地理"(moral geography)与文化愿景(马克斯 82)。对田园风景的伦理及文化内涵的探讨不仅成为生态批评的重要内容,也丰富了中间风景文化批评。在伦理层面上,美国环境史学家威廉·克劳农(William Cronon)提出"中间地带"伦理:他批评荒野二元论将任何使用土地/自然都当作"滥用";他认为人类理想家园——中间风景所象征的,不在遥远的荒野,而在工业城市文化与自然景致并存的"中间地带",建设理想家园始于爱护居住地的自然景观、修复被破坏的环境。布依尔则在绿色风景与棕色风景的对话中,揭示环境危机"威胁所有的景观"(Buell,*Future* 7);他建议兼顾濒危物种与濒危人群的环境伦理。布依尔的环境伦理与克劳农的中间地带伦理不谋而合,体现了格兰·拉夫(Glen Love)所说的"田园主义与生态批评的交互"(195)。

在文化层面上,美国生态诗人加里·斯奈德与美国自然书写作家巴里·洛佩兹因阐明"内心风景"与"外部风景"交互影响而拓展了中间风景意象与文化内涵(洛佩兹 249)。在《龟岛》与《荒野实践》中,斯奈德分别以诗歌与散文形式提出:荒野实践向外发现"野域"、向内探索"本心"(Snyder 14),委婉暗示了自然体验的中间风景性，倡导汲取荒野文化、发展兼顾生物区域物质性与文化性的生态系文化。洛佩兹在《北极梦》中提出：外在景观塑造内心景观（249），荒野体验有益于人们认同在地文化，培养同情心、同理心与包容的胸怀，提升人与自然、人与人和谐共存的能力。斯奈德、洛佩兹的思想与文化想象可以用中间风景性概括，即内化于心的荒野文化与外化于行的文明设想之间有密切联系，荒野文化是未来生态系文化的基石，后者吸收、发展了荒野文化尊重生命与生物区域物质性的特点，倡导人简约、轻盈地生活在地球上。

　　无论是布依尔、克劳农的环境伦理，还是斯奈德、洛佩兹对荒野文化的肯定、对生态系文化的憧憬，它们共同改变了马克斯对现代、后现代社会中田园理想的悲观态度，赋予后田园中间风景积极乐观的色彩。美国生态诗人、小说家贝瑞将后田园中间风景及其伦理理想、生态愿景置于农耕生活、乡村文化背景中，使之具有更强的入世色彩与现实发展的可能性。贝瑞的后田园中间风景思想与其个人生活、工作经历不无相关。几十年来，他过着教书写作、养殖务农的城乡两栖生活，磨炼出城乡双重文化视角。他切身体会到生态危机的根源是"个性危机"与"农业危机"（*Unsettling* 17，27），农业危机本质上则是"文化危机"（39）。他深信弘扬农耕文化、培养关爱共存的农耕思维有益于遏制工商文化的掠夺思维，为重建人与自然和谐奠定文化基础。因此，贝瑞将恢复受到搅扰的田园生活、弘扬农耕文化确立为其农耕小说中的主旋律。贝瑞的农耕小说在共述中间风景理想这一主题中也各有侧重：《记起》（*Remembering*）突出农耕文化有助恢复被搅乱的心境；《老杰克的回忆》（*The Memory of Old Jack*）重在表现修复过度使用的农地，恢复中间地带伦理；《大地之上的家园》（*A Place on Earth*）表达了治愈农人创伤、恢复农耕之乐的中间风景理想。

二、恢复受扰的田园生活:《记起》的中间风景理想

《记起》再现了被机器搅扰的美国田园理想,表达了重续农耕文化、重建乡村、返乡务农中实现自我救赎的中间风景理想。小说开始就粉碎了农耕即田园生活的神话,安迪平静的农耕生活因右手被收割机斩断而中断。伤残后的安迪尽管在右前臂上安装了机械手,却无法如往日一样在农事活动中获得心理与情感的满足。他自卑自怜、怨声载道,离家出走到旧金山。相比安迪个体平静的田园生活因机器带来的破坏受到搅扰,美国产业化农业在宏观的层面侵蚀了美国的田园理想。在利润的驱使下,大农庄如小说中的比尔·梅克伯格种植与养殖的皆是可出售的产品,"一望无际的农田没有栅栏,没有动物,没有林地,连树木与菜园也没有"(Berry, *Remembering* 63)。生命不再重要,即使人的身体也要跟上机器的节奏与农产品生产的需要。比尔要靠药片缓解胃部溃疡与无法清除的债务带来的焦虑。

不同于美国后田园主义文学中带有悲观色彩的受机器搅扰的"复杂田园"(马克斯 21),贝瑞的《记起》重在描写农耕记忆与文化帮助安迪恢复被搅扰的田园生活,使其具有一般后田园主义文学所没有的积极色彩。自我流放在旧金山海边的安迪,忆起儿时捡蛋换钱的趣事;回想起与妻子佛罗拉彼此信赖、和睦度过的十二年农耕生活;他想到伊萨克农庄诱其返乡的过去。漫步海边,安迪对农耕往事的温暖记忆治愈了因受伤造成的精神心理创伤,他捡回被丢进旅店垃圾桶的右手代具钩子,从心理情感上接受了它与肉身共存的现实。他结束自我流放,在返乡中完成了救赎之旅。

这是安迪的第二次返乡。他的第一次返乡务农不仅受到阿米

什农人伊萨克的农耕生活的诱惑，也出于以传统农耕文化抵制农业产业文化的理想。伊萨克打理八十英亩土地的农庄，轻松承担五个孩子大家庭的生活开支，还能结余可观的农场收益。他以农耕为生、为乐，也爱惜牲畜，保持土壤肥力。他的农耕是生态行为、栖居自然的方式。伊萨克是美国中西部三十万阿米什人的代表。从瑞士、德国移民美国的阿米什人保留着 19 世纪的宗教与生活方式，他们坚持传统自然农耕，维持自给自足的乡村经济与社会，拒绝消费主导的生活方式。安迪顺访伊萨克农庄之后意识到《科学耕种》为吸引厂商投放广告，渲染化肥、杀虫剂与农业机械的功效，有误导、欺骗中小农庄主之嫌。他不同意主编专题报道比尔的产业化农庄，于是毅然辞职回乡，在务农中栖居，抵制农业产业文化。

安迪的两次离城返乡具有文化批评与文化救赎双层内涵。安迪第一次离城返乡是出于抵制农业产业化、重振传统有机农耕的理想抱负，第二次返乡则显现了农耕文化的救赎功效、农耕记忆的治愈之力，表明其认同种植文化的价值理念是恢复带机器的花园这一中间风景理想的根基。安迪的第二次返乡以拾起被丢弃的右手钩子为象征。他坦然接受钩子是替代右手的"代具"（斯蒂格勒 60），承认装置、技术是生活工作中不可缺少的元素。返乡后的安迪走进山上树林，在苍天古树环绕下，感到一切"受到长久的关爱"（102）；他重新有了方向感，好似找到失去的右手，"光的音乐在空气中、在山中回响、闪耀，将一切纳入其无穷、神秘却又能感受到的和谐之中"（101）。此时，尽管客观上安迪仍以钩子代替右手，但他恢复了平和的心境，预示其农耕生活也将进入人与自然、机械与生命和谐并存的中间风景状态。

这是后田园主义的中间风景，具有受到搅扰的乡村生活恢复平静的情节模式，表现工商文化主导社会重新认同农耕文化价值理念的倾向。返乡后的安迪成为这一中间风景的象征，波特·威廉系列小说中类似的中间风景象征还有老杰克、麦特等农人。从这一角度看，贝瑞的农耕小说虽有承继杰斐逊农业民主社会之意，却不是简单复制杰斐逊的高贵农民，将农人作为美德的化身、"伦理地理"的中间风景地带（马克斯 82）。贝瑞笔下的安迪、老杰克、麦特等农人是农耕文化代言人，他们理解土地、庄稼、牲畜的自然他性，关爱乡邻，维系人与其他生命间的联系，重建乡村社会，使其成为抵御工商文化、阻击农业产业文化的根据地，他们是后田园主义中间风景的一部分。

三、农耕之乐、农庄之美：《老杰克的回忆》的中间风景理想

小说《老杰克的回忆》讲述了主人公杰克农耕田园生活的得而复失、失而复得，揭示农耕价值理念转变引发老杰克生活的变化，表明只有适度农耕，农人才能尽享农耕之乐，农庄才能尽显田园之美。这是贝瑞在小说中表达的中间风景理想，突出真正的田园生活是农人在打理农庄中获得身心满足，也在农事劳作中尊重土地、牲畜、庄稼的自然他性。

农耕文化是田园生活的基础，老杰克的农耕价值观被商业理念侵蚀是其失去田园之乐的主要原因。在娶妻之前，他以农事为乐，自信而满足；娶妻之后，他的耕种理念、耕种方式发生了变化。出身城镇商人家庭的鲁斯习惯以经济收入、赢利多寡衡量个体的成功。她不抱怨下嫁给彼此一见钟情的小农庄主杰克，但她期待勤劳、能干的丈夫能让家里经济收入翻番，全家搬到城里生活。在妻子的期待下，杰克不顾尚未还清购买自家农场的银行

借贷，又高价购买邻居的在售农庄。在还贷的压力下，农耕成为工作与负担，土地、牲畜都成为他弄钱还债的工具。在偿还银行贷款的几年中，他几乎都在辛苦劳作，不是在地里播种、耕耘，就是在喂养家畜。

杰克在经历挫折、还清贷款之后才又重新感受到农耕之乐。尽管他依旧早出晚归，但他在劳作中获得身心治愈与满足，在他的劳作下土地也得到康复。无论是看着草场上的牲畜、孩子，还是在牛圈、马圈、仓库中做活，他都能感受到深深的快乐。"这快乐让其光彩照人，犹如井中之水映射出闪亮的天空。"（Berry, *Memory* 84）而重享劳动乐趣的老杰克也开始修缮自己的农场。他修理谷仓，在果园补充果树，栽种草莓、葡萄；刷白农场上的建筑。经他双手劳作，农场变得从未有过地富饶、美丽。

杰克失而复得的田园生活是贝瑞后田园主义中间风景的写照。这一中间风景理想具有独特的富足意识。这里的富足不以收入剧增、财富显赫为衡量标准，而以人的心态满足、安全快乐为标志，以土地共同体的安康为特征。小说中杰克与麦克格瑟不同的农庄经营理念很好地说明了这一富足的内涵。杰克的邻居大农场主麦克格瑟是钱的奴隶。他对人对己、对土地牲畜都极其苛刻。他最大限度地使用牲口与骡马，过度耕种，耗尽土地肥力，竭尽全力将归属他的一切变为现金。他看似人生赢家，却疾病缠身，更得不到农人尊敬、牲畜喜爱。相比之下，老杰克在还清债务后重享农事之乐。他采用适度农耕，其农场土地肥力得以恢复，牲畜骡马膘肥体壮。他在劳作中获得身心满足，他的劳作也使农庄得到修复、改善。这是环境历史学家威廉·克劳农描述的在"自然中建立家园"的中间地带。它不再对土地的使用冠以"滥用"的头衔，而将善待农地、适度农耕看作忠诚于土地、对自然尽责的表现。

　　贝瑞还以老杰克与妻子、情人的不同身体关系象征农夫与土地的不同关系,更形象地表达了中间风景理想。在老杰克眼中,女人犹如土地,男人与女人的关系犹如农人与土地的关系。他与妻子鲁斯因价值观不合、床笫不洽而关系冷淡。而他与情人萝丝身体相合,但这段情缘因没有婚约、没有社会认可而无法让老杰克得到身心满足。久而久之,他感觉这种床笫之欢,犹如没有收获的耕种,徒劳而无益。只有麦特的儿媳、改嫁后的汉娜是老杰克心中完美女人的形象。失去丈夫、守寡的生活让再婚后的汉娜能以敞开的心态看待男女在身体交欢中表达的生命之力。经历了生育之苦、养育之乐,她也能以慈母之心迎接每个新生命。在老杰克看来,汉娜的身体犹如肥沃的土地,等待农人的耕耘,也回报农人以丰收的喜悦与满足。她与男人的关系犹如适度耕种的土地与农人的关系,而老杰克与鲁斯、萝丝的关系犹如被荒废的土地与过度开垦的农田。汉娜这样的女人是农人田园理想不可缺少的部分。

　　在《老杰克的回忆》中,贝瑞将适度农耕与过度农耕并置,土地荒废与荒地利用并置,他以类似马克斯的机器与花园并置的中间风景句法,表达了乐于农耕、善用农地的中间风景田园理想。

四、维系生命的农耕文化:《土地上的家园》的中间风景理想

　　农人在农耕生活与农耕文化的庇护下治愈战争、洪水造成的精神心理创伤,这是《土地上的家园》的主题,亦隐含了贝瑞的中间风景理想,即重振维系生命的农耕文化,抵御否定他性的暴力文化。小说开始,波特·威廉郡平静的乡村生活被“二战”、洪水打断。因持续降雨,歇工的麦特·菲尔特纳、退休的杰克·毕彻姆、

理发匠嘉伯·克罗与店主弗兰克·拉斯若普在杂货店里打牌。此时,弗兰克的儿子嘉斯坡与麦特的儿子维吉尔、伯理·库尔特的侄子纳森从军参战,纳森的兄弟已在战中阵亡。与此同时,泛滥的洪水冲垮小桥,卷走吉迪恩的女儿,失魂落魄的吉迪恩离家寻女。在此背景下,小说主要讲述了失去亲人、遭遇创伤的农人何以在恢复农耕中重新找到生命活力与支撑,在自助与互助中渡过难关,展现了农耕文化维系生命、治愈心灵的功效。

小说主人公麦特在农耕中重新感受到生命的活力。尽管儿子在战争中失踪,悲伤难过的麦特出于生活的惯性,仍坚持耕种、养殖、打理果园。半夜与凌晨,他为牲畜添食,协助母羊分娩,从中感受到动物的活力与新生命诞生带来的喜悦。飞翔的野鸭、鸣叫的蛙也给麦特带来无限安慰,他想着这些生灵能尽情享用池塘中丰盛的水草,心中涌出饲养员喂食后的"快乐与满足"(Berry, *Place* 151),从梅洛-庞蒂身体现象学与列维纳斯的"他异感发"角度看(转引自夏可君 69),麦特的生命活力源自他与其他生灵之间的主体间性。他在对家畜、野鸭的"他异感发"中体验到自身感发(66),形成与肉身世界一道的"共生感"(46)。在这种共生感中,他重新感受到自己的生命价值与生活情趣。

农事活动本身成为维系生命的生产。麦特在种植、养殖的劳作中恢复生命活力,世代相传的农时、农作经验,凝聚了前人对动植物他性的认识,它顾及动植物的生长、生活习性,又能兼顾农人的劳动强度、节奏与承受力,蕴涵了人与土地、农作物之间彼此依存的生命智慧。麦特告诉外孙,触碰枫树会让树上的生灵停止鸣叫。麦特的帮工乔告诉亨利不得"侮辱"骡子,否则它们会让驾驭者人仰车翻(Berry, *Place* 241)。认知、尊重动植物"野性""他者性"是农耕文化的重要部分。

　　农耕文化的生命维系能力还在于其蕴含的农人与土地、种植物之间的托管者与被托管者的关系。农牧业（husbandry）、丈夫（husband）的原义也反映出农耕文化是生命维系文化，两者同源于古英语 husnbonda、中古英语 husnbonde。前者意为家的主人，后者意思是"农人"、"女人的配偶"，都有住家人、持家人的含义。农人将土地当作家园，其实扮演了"维持土地上生命的责任者"与"托管者"的角色（Tallmadge 74），他们培植庄稼、喂养牲畜，如同偷食禁果前的亚当、夏娃替上帝照看伊甸园。如托勒马基所说，农人与动植物的关系类似我们对家人支持、照顾的关系，是"推崇、关爱"生命的关系（74）。《土地上的家园》中，老杰克在佃农攀恩夫妇身上看到"好的管理者"与土地、家畜之间照看与被照看的关系（Berry，*Place* 204）。他不惜余力与律师蕙勒筹划帮助攀恩夫妇买下自己的农庄，他要让自己的农庄留在精于农事的农夫手中，保存人与土地相互依存的农耕文化。

　　在《土地上的家园》中，农耕、乡村生活是生命彼此扶持、共生共存的象征风景，亦是生存与休闲、谋生与助人兼备的中间风景。麦特雇人照顾堂兄、酒鬼罗杰的生活；他带孀居的儿媳在果园中修枝，在生机勃勃的果园中汲取生命活力。他请亲戚帮助吉迪恩家重建给洪水冲垮的小桥；组织乡邻帮助吉恩妻子汉娜犁田、播种。律师蕙勒安排农场的出租、转让，帮助农人赎回、购买被资本绑架的农田，安排孤寡农场主在镇上旅店受照顾。同时，不忘欣赏溪边的胡桃林、啃草的牛羊。蕙勒与麦特的生活既有乡村文化关爱生命的底蕴，也有城镇文化的服务意识，成为兼备乡村与城镇生活的中间风景代表。

　　贝瑞农耕小说赞美农耕文化中的扶植之行、关爱之情，批判了工商文化的掠夺、占有、赢利思维，提出以关爱生命、爱惜土地家园

的农耕文化阻击重利益轻生命的工商文化的中间风景理想,发展
人与自然并存的生态系文化,表达了兼顾人与自然环境的环境伦
理,成为后田园主义文学的典范。

引用文献（Works Cited）

Berry, Wendell. *The Memory of Old Jack*. New York: Harcourt Brach
    Jovanovich, 1974.

---. *A Place on Earth*. New York: North Point Press, 1983.

---. *Remembering*. Berkeley: Counterpoint, 2008.

---. *The Unsettling of America: Culture and Agriculture*. San Francisco:
    Sierra Club Books, 1977.

Bryant, John Lark. "A Usable Pastoralism: Leo Marx's Method in *The
    Machine in the Garden*." *American Studies* 16. 1 (Spring 1975): 63
    – 72.

Buell, Laurence. *The Future of Environmental Criticism: Environmental
    Crisis and Literary Imagination*. Malden, MA: Blackwell
    Publishing, 2005.

---. "Pastoral Ideology Reappraised." *American Literary History* 1. 1
    (Spring 1989): 1 – 29.

---. *Writing for an Endangered World*. Cambridge: Belknap Press of
    Harvard UP, 2001.

Gifford, Terry. "From Pastoral to Post-pastoral in British Nature Writing."
    Foreign Literature Studies 1 (2018): 12 – 31.

---. *Pastoral*. London: Routledge, 1999.

Lopez, Barry. *Arctic Dreams: Imagination and Desire in a Northern
    Landscape*. Trans. Zhang Jianguo. Guilin: Guangxi Normal UP, 2017.

［巴里·洛佩兹:《北极梦:对遥远北方的想象与渴望》,张建国译,桂林:广西

师范大学出版社,2017 年。]

Love, Glen A. "Et in Arcadia Ego: Pastoral Theory Meets Ecocriticism."
  Western American Literature 27. 3 (Fall 1992): 195 - 207.

Marx, Leo. *The Machine in the Garden: Technology and the Pastoral Ideal
  in America*. Trans. Ma Hailiang et al. Beijing: Peking UP, 2011.

[利奥·马克斯:《花园里的机器:美国的技术与田园理想》,马海良、雷月梅
  译,北京:北京大学出版社,2011 年。]

Snyder, Gary. *The Practice of the Wild*. Berkeley: Counterpoint, 1990.

Stiegler, Bernard. *Technology and Time*. Trans. Pei Cheng. Nanjing: Yilin
  Press, 2002.

[贝尔纳·斯蒂格勒:《技术与时间:爱比修斯的过失》,裴程译,南京:译林出
  版社,2002 年。]

Tallmadge, John. *The Cincinnati Arch: Learning from Nature in the City*.
  Athens and London: The U of Georgia P, 2004.

Xia, Kejun. *Body: From Affection, Life Technology to Element*. Beijing:
  Peking UP, 2013.

[夏可君:《身体:从感发性、生命技术到元素性》,北京:北京大学出版社,
  2013 年。]

Zhu, Xinfu. "Farming, Farm and Farmer in Wendell Berry's Writings."
  Foreign Literature Review 4 (2010): 221 - 227.

[朱新福:《温德尔·贝瑞笔下的农耕、农场和农民》,《外国文学评论》2010 年
  第 4 期,第 221 - 227 页。]

作者简介:方红,南京大学外国语学院教授。

"乌有乡"情结

——拜厄特《孩子们的书》中的田园书写

姚成贺　杨金才

威廉·莫里斯(William Morris)的《乌有乡消息》(*News from Nowhere*)出版于 1891 年,首先于 1890 年连载于莫里斯主编的《公共福利》(*The Commonweal*)周刊。作品放弃了《地上乐园》(*The Earthly Paradise*, 1868—1870)从古代神话传说中寻求理想乌托邦的企图,而是将乌托邦理想演化为未来共产主义社会的具体目标。作为 19 世纪英国浪漫主义诗人、艺术家、设计师、政治活动家、社会主义先驱,莫里斯常常出现在钟情于维多利亚文学的 A. S. 拜厄特(A. S. Byatt)的作品中。在《占有》中描写妖灵洞的花卉时,拜厄特就曾提及莫里斯笔下的植物(*Possession* 292),并于 2016 年出版了《孔雀与藤蔓:莫里斯和福图尼的生活和艺术生涯》

(*Peacock & Vine：On William Morris and Mariano Fortuny*)，
令两位艺术家进行了一场跨越时空的艺术对话。哥特式的角楼和
秘密花园激发莫里斯设计出了著名的花卉几何图案，生活与艺术
合二为一，而拜厄特"一贯佩服的就是能将生活和艺术融为一体的
艺术家"(*Peacock* 3)。

　　在 2009 年出版的长达七百多页的小说《孩子们的书》(*The
Children's Book*)中，莫里斯的多重身份甚至可以被视为小说创作
的灵魂人物。他不再仅作为一位绘制花卉图样的设计师出现，而
是展现出完整丰富的身份与思想。《孩子们的书》颇具维多利亚小
说特色，描写了以儿童文学作家奥丽芙为核心的威尔伍德家、以陶
艺师本尼迪克特为首的艺术家庭、由单亲父亲凯恩上校管理的伦
敦博物馆之家，辅以其他相关家庭，涉及一众作家、艺术家等。艺
术与生活、文学与政治交织其中，而这则经由莫里斯穿针引线。他
的艺术设计、对资产阶级的批判、社会主义演讲、对英国田园自然
的热爱，以及《乌有乡消息》，穿梭游走于整部小说。在《孩子们的
书》中，乌有乡既是莫里斯式的对未来的投射，同时在时空、形式上
都更加肆意地延展。乌有乡意指童年，那个人们无法回归的过去；
是英国乡村的田园世界，被工业革命无情碾轧的乐土；是田园乌托
邦，倾注着莫里斯为生活而艺术的社会主义理想。

一、童年：儿童教育与田园留恋

　　相较于以往，维多利亚时代的儿童被赋予了更多接触自然田
园的机会。《孩子们的书》所描写的时代自 1895 年起至 1914 年
止，正是一个对童年深深着迷的时代(Shuttleworth 267)。尽管浪
漫主义作家创立了对儿童的膜拜，维多利亚时代才开启对儿童发

展细致精密的文学与科学研究。亚利山大·钱柏林(Alexander Chamberlain)在 1900 年的著作《儿童:人类进化研究》(*The Child: A Study in the Evolution of Man*)中总结:"儿童,在他早年无助的婴儿时期,后来的游戏活动中,天真和天才中,他所重复的种族历史中,奇妙的变化多端中,返祖和预言中,他野蛮的、神圣的个性中,是人类物种的进化存在……从某种意义上说,他就是全部。"(464)这段评价表现了 19 世纪末英国社会对儿童研究的极大兴趣。就社会层面而言,这种兴趣体现在童工法案、强制教育、未成年人保护法的革新,以及其他针对工人阶级儿童的举措。从维多利亚晚期至爱德华时期,强制教育的长度逐渐增加,整个社会对于儿童教育、成长理论的重视程度不断加强。

《孩子们的书》将儿童、童年作为小说的关键词。小说中父母对孩子们正在发展的性格十分重视,还会就此进行理性的探讨;父母不会把他们远远地藏在育婴室里,而是经常共同参加家庭聚餐,与此同时,孩子们拥有属于自己的、很大程度上独立的生活,有机会在树林和田野里漫游,在英国乡间采集鲜花和叶子进行"自然研究"(100)。小说在关于儿童、教育、成长理论的讨论中指出,儿童既不是可爱的玩偶也非微缩的成人,而是拥有身份、欲望和智慧的自然人(434)。观念的改变首先归因于社会结构的变化,中产阶级兴起、教育水平提高,为儿童提供了新的社会空间。另一方面,从 18 世纪末期开始出现的历史科学,以及随之而生的将自然与社会形式作为历史发展进程结果的理解模式,同样改变了社会对于儿童的态度。小说还提及德国大量关于儿童和儿童时代的理论,认为孩子是处于进化阶段的成人,就像野人是处于发展期的文明人(436)。然而,众多家庭孩子们的童年时代更多地展现为对于英国乡村田园生活的留恋,与"乌有乡"儿童教育的理念不谋而合。

在莫里斯笔下的"乌有乡"，儿童的发展同教育与乌托邦的设计融为一体。儿童不需要在合法确定的年龄开始上学，学校这一教育机构也早已被取消。在乌有乡人看来，"儿童应该学会独立工作，认识野生动物，越少待在家里死用功越好"（37）。在关于教育的问答中，莫里斯借老哈蒙德之口表达了对当时英国教育制度的微词："儿童到了在传统上认为适龄的时候，就应该关到学校里去，也不管他们的才能和性情彼此多么不同。在学校里，也同样不考虑实际情况，硬要儿童学习一些传统的课程。"（83）这种传统的学习方式忽视儿童的身心发展，而正当的教育应因材施教，发现个体的特长，并在他们发展特长的道路上施以援手（Freeman-Moir 25）。与之相反，露营是一种在乌托邦中受到鼓励的活动，因为"他们学会为自己做事，并注意到野生生物"，这才是技能发展的核心。在乌托邦平等的条件下，一种不慌不忙的教育生活方式允许儿童和成年人在空间和时间中考虑后果并发展"他们的实际能力"（25），对经验和教育的发展概念不仅仅是关于乌托邦的偶然事实，也是构成其最深刻的组织原则。

《孩子们的书》中，奥丽芙最钟爱的孩子汤姆正是这样一位抗拒传统学习方式的孩子。他生活中大部分时间都徒步行走于居所附近这片古老的地区，甚至想永远生活在森林里，"从不真心考虑走出北丘和南丘之间的那片英国乡村盆地"（259）。汤姆最喜爱的地方是一座树房子，嵌在一棵苏格兰松树帐篷般的矮树枝里，进去后就可以完全隐闭起来、随心所欲。随着年龄增长，为了能进入父母期望的学校，汤姆整天都在死记硬背地学习，这显然违背了他的天性。他来到伦敦的学校却在给母亲的信中写道："我真的很不适应在这样的喧闹中生活，我经常想起清晨在南丘安静地散步的情景，草皮上挂着露水，太阳冉冉升起。"（289）念念不忘那片树林和树房子的汤姆阅读了莫里斯的作品《世界尽头之井》《世界之外的树林》以及《乌有乡消息》，其中理想化的快乐工匠住在小石屋里，蔬菜、鲜花、藤蔓和蜂蜜构成绚丽多彩的画面令他心驰神往。不愿长大的汤姆离不开家园托德弗莱特，然而，工业革命的车轮无情地碾碎了他的树房子，也击溃了他的田园梦想。对汤姆而言，被砍倒的树房子曾经是他本人的一部分，面对倒掉的树房子，他心如死灰，"像个在坟墓边肃立的人"（529）。正如姐姐多萝西所慨叹的，"那是树房子啊，是我们童年时代的象征"（565）。

儿童将田园视为心灵的居所，成年人则视童年为纯真的往昔。然而，"到了一定年龄，我们会彻底变为成人，心里连丁点儿孩子的影子都没了"（204）。《孩子们的书》以儿童文学作家奥丽芙为主人公，"童书作家在自己内心深处必须依然还是孩子，必须还能像孩子们那样去感觉，保持着孩子对这个世界的惊奇"（169）。对教育、儿童的关注带来维多利亚时期儿童文学的繁荣，"这个时代最伟大的作品是儿童文学，这些作品成年人也在阅读"（435）。人们表现出一种自相矛盾的朝儿童时代回归的倾向，阅读和创作着以动物为主人公的历险故事，以及未到青春期孩子的戏剧。奥丽芙因《屋中屋里的人》而大获成功，她认为，每个生气勃勃的成年人心中都有个充满渴望的大孩子的影子，而这又无法脱离托德弗莱特乡间宅院的花园带给她的力量，"每当脆弱不堪的时刻，奥丽芙会把自己的花园想象成童话里的宫殿"（331）。田园的力量加之她想象的力量，创造了这个虚构与真实的世界。

莫里斯赞同这一观点，"正是我们那孩子般的天真才会产生富于想象力的作品"（132）。在《乌有乡消息》中，童话的地位得到凸显。迪克"觉得他们（童话）很美"，因为在幼年时代常常想象"这些故事会发生在每一座森林的尽头和每一条河流的小湾处。田野里每一幢房子在我们看来都是神仙世界的皇宫"（130）。童话故事就是古老的宗教，童书的创作与童话的魅力都藏匿在花园、森林、河流、田野中，正如儿童既是过去历史的象征，也是未来的希望。崇尚自然田园、尊重儿童天性的乌有乡带来人类的第二个童年时代，"这有什么不好呢？"（132）。

二、土地：田园乡村与花园城市

《乌有乡消息》讲述了人们乘船旅行，从伦敦市中心整洁的河滨出发，沿泰晤士河溯流而上，渐渐走进莫里斯钟爱的荒村郊野。其间通过对乡村景致的描写、过去与现在的对比表达了人与自然关系的主题。书中穿插了大量关于美丽村庄的景致描绘，"整个泰晤士河沿岸就是一个大公园"（184），甚至"这个国家已经变成一个花园了"（94）。不断打断乌托邦田园景致的是对 19 世纪"现代文明"的回顾。在花园般的城市描述中，汉默·史密斯常常回忆往昔，那时英国被她的居民当作一片丑陋且毫无特点的荒野；没有人将其视为值得保护的雅致风景，完全不注意循环交替的四季、变化多端的气候、性质不同的土壤等不断给人们带来的新乐趣（238）。老哈蒙德讲述了英国城市的历史，过去，英国的"市镇是封建军队的堡垒、乡民的市集和工匠的聚集场所"；后来，英国变成一个由丑恶的大工厂和更加丑恶的大赌窟所组成的国家，"我曾亲眼看见利亚河畔草地令人愉快的景象最后被破坏无遗"（88）。19 世纪末，乡村差不多全部被消灭了，"人们肆意砍树，建筑物变得难以形容地丑陋难看"（92）。对自己生活时代的不断回忆加之哈蒙德的讲述，与乌有乡的现实状况形成强烈的反差，令作品拥有"辩证的美学力量"（Calhoun 13）。卡尔霍恩（Blue Calhoun）认为，双重意象使得作品拥有双重结构,整部作品将双重意象组合为完整的观点。叙事中心是一个以田园美德为典型特征的乌托邦启示录,展现在存在友善等级制的无阶级社会中,对简单工作的美学满足感,最终人类与自然环境合而为一(13)。莫里斯的双重视野强调天真与经验的主题,以及对简单与复杂、未来与现在的并存意识。

在《孩子们的书》中,拜厄特对田园自然环境的描写同样采用了双重意象的方式,即白银时代与黄金时代的反差。爱德华时代悄然抛弃了维多利亚时代的道德压抑和人类责任,他们喜欢缅怀过去、回望昔日,怀着对想象中的黄金时代强烈、有时甚至刻意的缅怀之情。"他们想回到大地,回到湍急的河流旁边,回到莫里斯描绘的遍是田野、农舍花园,缠绕着金银花的乌有乡。……他们的确热爱大地。"(431)汤姆心爱的树房子的倒塌是整个工业文明对田园践踏的缩影。小说描写了伦敦的肮脏,"黑暗的边缘""滚滚烟尘",而另一处伯斯勒姆的空气更加糟糕,"浓厚漆黑、充满了热乎乎的沙砾和从高高的烟囱与瓶形窑里喷涌出来的熔化了的化学物质"。火车驶出伦敦,令人感觉"摆脱那片肮脏之地多么好啊",虽然"那种肮脏已渗进了自己的内脏"(18)。人们热爱大地,但热爱的原因"是某种无可挽回的失落,以及那种气味、香气、肮脏、颠簸、阻塞和破碎"(432),充满了挽歌式的伤感。

乌有乡是莫里斯所预期的社会形态,通过保持城市与花园各自的内在秩序,以花园的自然活力赋予城市持久性,从而实现二者的结合。乌有乡的花园社会显然是"田园式的、有序的运动"(220),乌托邦的虚构性表现在实际生活与理想生活的差别之间,因此在田园乌托邦或任何田园视野中,"结合都不如对立那般明显"(Calhoun 14)。社会的秩序性源于莫里斯对装饰图案作品的研究。在讲座《图案设计指南》中,他提出装饰图案必须具备三种品质,即美、留有想象空间、有序性。"有序能创造精美而自然的形式","缺少有序,美和想象空间都无从谈起"(*Peacock* 126)。追根溯源,这来自莫里斯对各种植物的生长形态细致入微的观察。拜厄特注意到,莫里斯"幼时对艺术并不感兴趣,他感兴趣的是树林、溪水、野花以及石头和水流的外形"(102)。自然是他创作的源泉,尤其是花园和英国乡间的花卉,"鼓捣花园是莫里斯的一种强烈的爱好"(29)。正如拜厄特意识到的那样,"特定花卉或树叶的偶然形态中,植物的几何图案能够精准而缜密地彰显其魅力"(126),正如一个花园社会。

乌有乡的社会运行动力因此也来自对大地的感官热爱。"我多么爱大地、四季、气候和一切有关的东西,还有一切从地里生长出来的东西!"(255–56)"我不能采取冷眼旁观的态度。……我是这四季变化的参与者,我亲身感受到欢乐,也感受到痛苦。"(262)——爱伦和迪克以各自不同的方式热爱着大地;在汉默·史密斯生活的 19 世纪,一般的知识分子对于一年四季的变化、对于大地上的生物及其同人类的关系,则怀着一种阴沉的厌恶心情(263)。爱伦"更爱生,不爱死",对生死的态度,正如对过去与未来的态度,源自作家对自然田园的情感及由此而生的乐观情绪。

《孩子们的书》中,菲利普是那个与大地、泥土紧密相连的陶艺艺术家。仰面躺在大地上,他呼吸着"那股难闻又迷人的气味",感觉到"东倒西歪的植物茎秆、树木带瘤结的根须、石子以及身下冰凉的土壤"(29)。看到海边美妙的石头,他便想要赋予它某种形式、某种生命,"将人类与没有人性的石头联系起来"(152)。继而萌生了尝试一种新的艺术原理,即以自然形状的几何结构创作出新的几何形式。相形之下,诗歌永远在别的时代、别的地方。小说中来自博物馆之家的朱利安阅读了马维尔的《花园》,最钟爱描写自然的句子:"大自然不会在绚丽的织锦上表现大地,就像形形色色的诗人所做的那样,既不会用欢快的河流、果实累累的树木、芳香宜人的花朵,也不会用其他任何让已经十分美丽的大地更美丽的事物。她的世界是黄铜色的,而诗人只会传达一种金黄色。"(454)朱利安决定以"英国诗歌和绘画中的田园"作为论文主题,关注英国田园诗和绘画,因为"剑桥和英国乡村如此之美"(483)。

对于自然,乌有乡人认为将人类与其他一切生物与无生物割裂开来,"会企图使'自然'成为他们的奴隶,认为'自然'是他们以外的东西"(227)。以荒野为例,在哈蒙德的讲述中,英国过去曾经遍地都是森林和荒野,出于对天然荒野的喜爱,人们将其保存下来。《孩子们的书》中提到,麦尔维尔称英国的大地"是被操控一切的陌生大海围起来的,即便是荒野也不例外,田地被围起来,矮树林被围起来,被管理……被反复踩踏过"(432)。尽管与美国相比,英国的荒野似乎很难被看作真正的荒野,书写美国荒野的同代作家约翰·缪尔(John Muir)却同莫里斯抱有相同的观点,缪尔反对人对自然的双重标准,即以自然是为了支撑和服务人类为借口,任意地、唯利是图地利用自然。像缪尔一样,乌有乡人也将自己与自然界的动植物置于完全平等的位置,将此作为花园社会的准则之一。

三、艺术:田园隐退与政治参与

《孩子们的书》开篇提及工艺美术运动(Arts and Crafts Movement),其倡导者正是莫里斯。他有感于工业革命的批量生产所带来的设计水平下降,而与拉斯金等人共同开创了工艺美术运动,提倡恢复手工艺和小作坊,以此抵制过度工业化对手工艺人的创作、作坊经济生产模式的破坏。莫里斯认为,劳动分工割裂了工作的一致性,因而造成了不负责任的丑陋装饰。

莫里斯并未局限于"美学"层面,而是将设计视为更广泛社会问题的一部分,认为自己的艺术创作与社会主义思想为达成同样的理想。E. P. 汤普森(E. P. Thompson)指出,莫里斯的文学之旅将他推回到过去,表达了对于忧伤与衰落世界的不满;而他的手工艺作品则令他挑战资本主义施加的社会与经济制约,期待转型(186)。他设计的作品多呈现自然之美,反对资本主义和工业化;他的社会主义回头从中世纪的行会、社群中寻找启迪。《孩子们的书》中,追随社会主义思想的查尔斯/卡尔对莫里斯回归到中世纪的田园社会、完全废除机械持怀疑态度。在他看来,奥丽芙一家并不是真正的社会主义者,也不会直面棘手的问题,因为"他们的家中充满了穷人给富人制造的小批量生产的东西"。他也曾听过父亲讥笑莫里斯公司大量出售昂贵的丝织品和绣着黄金时代富丽堂皇枝叶图案的挂毯。在某种意义上,"他们悄然躲开了应该面对的种种恐怖现实"(190)。放下莫里斯,查尔斯读起了克鲁鲍特金亲王的《寄望青年》,该书号召年轻人组织起来,去战斗、去写作并发表关于压迫的作品,成为社会主义者(189)。这看似展现了一种悖论,莫里斯对手工业的强调反而使他的艺术创作受众减少,成了社会主义者和资本主义者共同的笑柄。

这一结论显然忽视了乌托邦主义的田园层面。田园通常被定义为一个话语空间,并不关注国家的概念,因此,可以说是一个政治缺席的空间结构(Morris, *Collected Works* 16:85)。简·玛什(Jan Marsh)在《回到大地》(*Back to the Land: The Pastoral Impulse in Victorian England from 1880 to 1914*, 1982)中总结了 19 世纪晚期田园情感结构,指出从民歌复兴到世纪末建立合作殖民地或农业集团的广泛趋势,存在于在英国乡村的各种场所。玛什注意到,谢菲尔德的一些社会主义者于 1875 年至 1876 年间参加了一系列讲座后,参加了拉斯金的圣乔治行会,并采用了"共产主义"一词,被认为拥有"进步思想",因为"公社一词蕴含的集体生活观念"(94)。拜厄特在《孩子们的书》中描写了这种小规模乌托邦实践的愿望,以本尼迪克特为首的艺术之家所居住的罗尼沼泽区是"建立集体公社最理想的地方"(84);奥丽芙一家所居的托德弗莱特在古老的肯特方言中表示"草地"之意,本身充满了田园乌托邦的意味。在记者笔下,这"是一幢赏心悦目的房子,摆着亮亮堂堂、别具一格的瓷器和杯盘,还有手工制作、时尚现代的木质家具,看上去有好几个世纪之久。有一片供孩子们玩的舒适惬意的草坪,与一片让人心旷神怡的神秘树林交界"(580)。威尔伍德家交往的社交圈形形色色,包括社会主义者、无政府主义者、费边主义者、艺术家、作家等。这些人"想逃避烟雾,寻觅一个没有浓烟弥漫的乌托邦世界"(31)。

实际上,莫里斯乌托邦主义的田园层面是将田园隐退作为一种政治战略。正如欧文·霍兰德(Owen Holland)所总结:"莫里斯的田园主义是一种尝试,在政治组织层面上适应和引导一种田园结构,这一结构在世纪末的激进文化中占主导地位。"(107)换言之,莫里斯笔下的田园主题并非只是玛什所言的小范围乌托邦社区实践,而是对社会主义联盟的组织和战略方向的一种宣传。触及田园传统的目的是"试图将共产主义思想的表达转向社会革命的方向"(107)。因此,莫里斯并不赞同当时的小规模乌托邦实践,并以这种理念对乌有乡进行政治干预。大卫·格瓦伊斯(David Gervais)认为,乌有乡是 19 世纪田园版本的"英格兰"之一,将其置于华兹华斯的水文采集者、艾略特的塞拉斯·马纳(Silas

Marner)和阿诺德的学者吉卜赛的行列中。格瓦伊斯指出,田园的这种版本通常作为"作家面对当前最棘手问题的手段",表现了田园"作为奇妙的庇护空间与其作为社会批判武器之间的紧张关系"(1)。

　　田园隐退同政治参与之间的对立,在莫里斯身上表现为从艺术创作向社会主义思想的转型。莫里斯在演讲中指出,艺术与社会生活密切相关,强调艺术如同自由,不是少数人的私有物,而是属于人民大众。艺术与生活的关系也是《孩子们的书》中着力探讨的主题之一。拜厄特借王尔德描写艺术对生命的吞噬,影射《道林·格雷画像》中的艺术与生命相割裂的主题。在欣赏油画《木偶们》时戏剧导演思坦宁指出,"你可以把这位艺术家当作吸血鬼,他从那个可怜的女孩身上吸掉生命力,又转移给木制的胳膊腿和涂画过的脸蛋"(295)。奥丽芙将汤姆视为生命的私人故事搬上舞台,给了他致命一击;姐姐维奥莉特的猝死被汤姆死去的悲伤所掩盖,令奥丽芙只遗憾"这件事也不能写成一篇小说"(596);战争中被榴霰弹碎片击中的朱利安想道,"诗歌是人们被死亡、死亡的存在,对死亡的恐惧,或者他人的死亡逼出来的东西"(649)。正如玛格丽特·斯特茨(Margaret Stetz)所指出的,"拜厄特感兴趣的是艺术创作的根源,即对他者谋杀的必要性,不论何种媒介,以及这一残酷行为展现给艺术家与观众的伦理困境"(89-90)。

　　但拜厄特随即以莫里斯的艺术、政治观点反拨了这种价值观。王尔德在为《道林·格雷画像》的辩护词中重申,"艺术领域与伦理领域是截然分开的"(Holland 7)。莫里斯持完全相反的观点,认为"将艺术从道德、政治、宗教中分离出来是不能的"(*Collected Works* 22:47)。莫里斯对于"为艺术而艺术",以及"为伦理而艺术"都不感兴趣,对他来说,真正的艺术家应该"为生活而艺术"

（224－225）。《孩子们的书》中，陶艺家本尼迪克特为了获得灵感，走向大海深处，也走向生命的终结，"我那么走过去、走进去才会有灵感"（267）。杰兰特评价父亲本尼迪克特时称，"他是个艺术家，从不做别人会买的东西"（154）。"真正的艺术家"本尼迪克特和菲利普生活窘迫，令他们无法安心于艺术创作。正如莫里斯的主张，只有劳动力的条件得到改善，将艺术延伸至生活的方方面面、反对现代生活之丑陋的愿望才可能实现。他因此转而成为社会主义者，"反对资本主义与反对苯胺染料是一致的，并不是因为其残酷的本性，而是因为它带来丑陋"（Compton-Rickett 224）。莫里斯作为艺术家的经历教会了他"在当前的商业主义和利润贩卖的体制下，艺术不能拥有真正的生命与成长"（Holland 9）。

结语

从艺术到社会主义运动，莫里斯自然而然、"进化式"地走上社会主义道路，"在长久、稳定地朝向社会主义运动的途中，发生突然的迅速转变"（Kinna 3）。对自然田园的探索与热爱激发了莫里斯的乌托邦主义，对童年、自然、土地的眷恋，对花园社会的憧憬，对美好艺术设计的追求令他无法忍受资本主义大工业生产对田园与美的践踏，工艺美术运动、社会主义活动成为他捍卫田园与美的武器。这样的信条被定义为"一个艺术家眼中的社会主义"（Holland 9）。

田园书写也成为贯穿《孩子们的书》始终的一条线索。田园关注点，包括城市与乡村之间、人类与自然环境之间的关系以及技术的地位等，广泛成为当代生态批评与生态政治乌托邦研究的焦点（Holland 108）。莫里斯曾提出，植物的形象应该朝着油画或画布以外的空间努力地向上、向前攀爬，在拜厄特笔下，托德弗莱特，以及艺术家、社会主义者如花园、田野、藤蔓一般，展现出生长的力量。

引用文献（Works Cited）

Byatt, A. S. *The Children's Book*. New York: Alfred A. Knopf, 2009.

---. *The Children's Book*. Trans. Yang Xiangrong. Haikou: Nanhai Publishing, Co. , 2014.

[A. S. 拜厄特：《孩子们的书》，杨向荣译，海口：南海出版公司，2014 年。]

---. *Peacock & Vine: On William Morris and Mariano Fortuny*. New York: Alfred A. Knopf, 2016.

---. *Portraits in Fiction*. London: Chatto & Windus Random House, 2001.

---. *Possession: A Romance*. London: Vintage, 1991.

Chamberlain, Alexander. *The Child: A Study in the Evolution of Man*. London: Walter Scott, 1900.

Compton-Rickett, Arthur, and William Evan Freedman. *William Morris: A Study in Personality*. New York: E. P. Dutton and Company, 1913.

Freeman-Moir, John. "William Morris and John Dewey: Imagining Utopian Education. " *Education and Culture* 28. 1 (2012): 21 - 41.

Gervais, David. *Literary Englands: Versions of "Englishness" in Modern Writing*. Cambridge: Cambridge UP, 1993.

Holland, Owen. *William Morris's Utopianism: Propaganda, Politics and Prefiguration*. New York: Palgrave Macmillan, 2017.

Kinna, Ruth. *William Morris: The Art of Socialism*. Cardiff: U of Wales P, 2000.

Marsh, Jan. *Back to the Land: The Pastoral Impulse in Victorian England from 1880 to 1914*. London: Quartet Books, 1982.

Morris，May，ed. *The Collected Works of William Morris*. 24 vols. London：Longmans Green and Company，1910－1915.

Morris，William. *News from Nowhere*. Trans. Huang Jiade. Beijing：The Commercial Press，2015.

［威廉·莫里斯：《乌有乡消息》，黄嘉德译，北京：商务印书馆，2015 年。］

Nelson，Claudia. *Precocious Children and Childish Adults：Age Inversion in Victorian Literature*. Baltimore：The Johns Hopkins UP，2012.

Shuttleworth，Sally. *The Mind of the Child：Child Development in Literature，Science，and Medicine，1840－1900*. New York：Oxford UP，2010.

Stetz，Margaret D. "Enrobed and Encased：Dying for Art in A. S. Byatt's *The Children's Book*." *Journal of Victorian Culture* 17.1 (2012)：89－95.

Thompson，E. P. *William Morris：Romantic to Revolutionary*. New York：Pantheon，1976.

作者简介：姚成贺，首都经济贸易大学外国语学院副教授；杨金才，南京大学外国语学院教授。

《水刀子》中的反乌托邦城市书写和人类世想象

杨　梅　朱新福

气候变化小说(Cli-Fi)是出现在 20 和 21 世纪之交的一种新兴的文学现象,是生态文学表现全球气候变化的最新尝试。21 世纪以来全球涌现出了一大批明确以气候变化为主题的作品,很多成功的文学作家如伊恩·麦克尤恩(Ian McEwan)、玛格丽特·阿特伍德（Margret Atwood）、芭芭拉·金索弗（Barbara Kingsolver)、戈马克·麦卡锡(Cormac McCarthy)、金·斯坦利·罗宾森（Kim Stanley Robinson）、纳撒尼尔·里奇（Nathanial Rich)等都努力以这种新类型小说去想象和描述全球气候变化对地球生存状态的影响,思考和探寻人类应对气候危机可能存在的选择。生态文学批评家如蒂莫西·克拉克(Timothy Clark)、艾德琳·约翰逊-普特拉（Adeline Johns-Putra）、亚当·特雷克斯勒

(Adam Trexler)、厄休拉·K. 海斯(Ursula K. Heise)、安东尼娅·梅纳特(Antonia Mehnert)也纷纷著书发文探讨全球气候危机及气候文学作品中的气候叙事。气候变化已经成为文学和文学研究的重要主题。

美国著名的科幻作家保罗·巴奇加卢皮(Paolo Bacigalupi,1972—)自 1999 年开始写作以来一直致力于全球气候危机的现实观照和文学想象,他的作品不仅畅销全球,而且先后斩获了雨果奖(Hugo Awards)、星云奖(Nebula Awards)等多项国际科幻大奖。从长篇小说《发条女孩》(*The Wind-Up Girl*,2009)、《淹没的城市》(*The Drowned Cities*,2013)到《水刀子》(*The Water Knife*,2015),他一直沿用生态反乌托叙事想象气候灾难中人类的生存困境。但是,巴奇加卢皮笔下的生态反乌托邦不同于传统的反乌托邦叙事或末日叙事。在《水刀子》中,作家重在叙述气候灾难的多重影响;凸显人类世活动对地球生存状态的负面影响;注重气候困境下人们日常生活的描写,强调人类与环境风险的伴生关系。本文从反乌托邦城市书写的不同维度入手,梳理小说中书写气候变化及其人类世成因的文学技巧和修辞手法,挖掘作家强化危机意识、重视环境伦理的生态思想,阐明其追寻环境正义的文化政治逻辑。

一、反乌托邦城市书写的生态维度:空间并置

20 世纪 90 年代以来,社会科学的"空间转向"引发了文学研究领域对城市空间的热切关注。气候变化小说家们也认同"城市可以理解为一个独特、具有各种价值观念、由符码指涉关系及其意义所形成的系统"(Lefebvre 114),开始灵活运用"城市符号的指

涉功能和城市景观的象征意义"(Crang 50)。《水刀子》中的凤凰城展现在我们面前就犹如一个反乌托邦的城市文本,成了一个蕴藏丰富信息、呈现气候变化及其人类世成因的能指符号系统。在这个系统中,水权档案、科罗拉多河、支流湖泊、水管管线、生态特区、中央区、黑暗区等都代表不同的能指符号,其中水权档案具备了指涉环境政治资本的功能,生态特区、中央区、黑暗区的空间割据成了环境不公的能指符号。巴奇加卢皮将气候危机演变过程中的环境生态、社会文化和政治历史符码写进了城市文本,气候变化成了作家反乌托邦叙事的固有组成部分和城市空间生态维度的具体体现。

人为的气候变化是全球性的生态问题,它在世界各地的影响不同,且对遥远未来的影响要比现在大得多。蒂莫西·莫顿(Timothy Morton)将全球变暖(气候变化的主要原因)现象归类为"超级物"(hyper-object),认为它"占据了超出我们可以直接体验的更高维度的相空间(phase space)"(74)。而环保主义运动(尤其在美国)自 20 世纪 60 年代形成以来就极力推崇"地方意识"(sense of place),虽然很多历史学家和理论家都认同"本土和民族身份是抵制全球化过程中帝国主义成分的一种重要形式"(Heise 6),但它在应对全球生态危机方面的弊端也显露无遗,促使一大批的生态批评专家倡导环保运动的"去地域化"。海斯的"生态世界主义"(eco-cosmopolitanism)强调培养"环境世界公民身份"的重要性(10)。环境哲学家米歇尔·托马斯豪(Mitchell Thomashow)指出一个巨大的星球要"采取统一的行动无疑需要一系列的概念跳跃和假设"(26)。气候变化小说作为展现气候变化及其人类世潜在成因的文学手段和传播气候风险全球意识的重要媒介,糅合了事实性研究和推测性想象(speculative imagination),能够集合人文社会科学和自然科学的力量,共同应对这个全球性危机。但面对"文学叙事呈现气候变化的特殊困难"——"气候变化巨大的时空规模和个人经验之间的差异"(Mehnert 55)时,气候小说家们依然面临巨大的挑战。

巴奇加卢皮主要通过空间并置的叙事手段实现对气候变化时空规模的书写。空间并置的理念最初来源于约瑟夫·弗兰克(Joseph Frank),他指出时间范围内被并置着的"诸种关系"就是空间并置的组合关系,空间中"诸种关系"及其交互作用在小说场景中以并置关系呈现(3)。小说开篇设置了三条并置的情节线索和叙事空间,通过"水刀子"(水权的强制执行者以及任何水权非法寻求者的猎手)安袈(Angel)、州外记者露西(Lucy)和气候难民玛利亚(Maria)三位主人公在气候灾难下的生活状态、居住场所的描述,透露了他们的社会地位和身份,为之后情节的推进埋下伏笔。他们身处不同的城市空间,分属不同的社会阶层,却都被"追踪最优先水权"、"调查相关谋杀案件"的中心事件串联起来。巴奇加卢皮在核心的叙事空间中还穿插了网络空间、媒介空间、梦想空间和记忆空间等虚拟空间,这些亦是想象气候变化的多重影响和人为原因有效的叙事空间。露西与姐姐安娜视频镜头下的温哥华"玻璃上沾满雨滴,窗外的花园一片翠绿"(巴奇加卢皮 71),新闻报道中的"墨西哥湾的飓风、密西西比的水灾和曼哈顿的海堤溃决"(198),作者通过这些实现了气候多重影响在空间维度的辐射,体现了作者气候风险书写的全球意识。小说中不乏主人公童年回忆、梦想梦境和历史记忆的描述,玛利亚"河中畅快游泳"的童年回忆、露西"天降甘霖"的梦境和安袈对"科罗拉多河"和"最优先水权"的历史记忆使过去与现在并置,梦想与现实交织,实现了气候危机时间维度的呈现。作者通过并置叙事空间"把全球气候的抽象概念转化成情节,通过有限的角色和活动范围的安排"(Trexler 24)抓住气候变化在生态和空间上的扩散性质,呈现了气候变化影响的时空维度,"使角色面对直接的气候灾难,也让读者对气候变化有个人的体会,了解全球气候变化对地方和个人生活的影响"(Trexler 24)。

二、反乌托邦城市书写的伦理维度:身体叙事

小说中,巴奇加卢皮以鲜明的反乌托邦精神直观地营造了气候灾难下城市人群空前加剧的伦理危机,他通过身体叙事聚焦弱势群体在气候灾难下的生存困境和环境资源分配不均问题,如"牺牲区"(Sacrifice Zones,即《水刀子》中的"黑暗区")问题。作家用大量笔墨描述气候灾难下非法移民、气候难民、低收入人群等弱势群体的日常生活和环境不公的境遇。如丹尼尔·庞代(Danial Punday)所言,"现代的身体……给现代叙事施加了有力影响,且在很多重要方面为之定形"(187–188)。作家深谙身体叙事,利用身体刻画和身体体验的叙事情节讲述重大的社会、政治、历史和伦理问题。

身体是人类存在的必要物质条件,是环境伦理和环境政治权力的承载者。权力和社会惩罚"最终涉及的总是身体"(福柯 27)。小说中的水权和水权档案作为集权者争先抢夺的对象,成了环境政治权力的化身。赌城水务局的女领导凯斯(Case)为了赌城有水喝就派安裘炸掉了卡佛市的自来水厂,不惜毁了整座城和几十万人的性命。加州为了抢夺水权甚至炸掉水坝,下游的城市全被洪水淹没。蛇头集团收取难民高额的"偷渡"费用却大开杀戒,半个得州的人都埋在了沙漠里。可见,"气候苦难不是伴随气候变化而

发生的一些私人的、个性化的、特质的经历，而是一种政治现实，其中权力决定了环境苦难的社会经济模式"（Wapner 135）。气候灾难下弱势群体、底层百姓失去了身体自主，女性身体的物化也随之加剧，身体困境成为女性困境的文学表征。计时收费的女朋友在生态特区随处可见。玛利亚和好友萨拉（Sara）是千千万万为了生存被迫出卖肉体的女性难民的缩影。弱势群体和底层女性气候风险处境的不平等，在某些方面同阶级或阶层处境的不平等没有什么不同。"风险分配的历史表明，像财富一样，风险是附着在阶级模式上的，只不过是以颠倒的模式：财富在上层聚集，而风险在下层聚集。"（《风险社会》36）"气候变化体现了当代权力结构的剥削特征。"（Wapner 150）

身体是刻写历史痕迹的媒介，是反映气候话语和人类世记忆的有利工具。小说以安裘视角下的物质化的身体叙事开篇："汗水是身体的历史，被压缩成珠子缀在眉间，化作盐渍沾在衣服上，诉说着一个人为何在错误的时间出现在正确的地方，还有他或她会不会活到明天。"（巴奇加卢皮 1）汗水是身体的物质化表现，与气候风险中的身体共同构成了气候变化的微观记录，激发并呈现气候变化的文学想象，讲述气候灾难背后的历史、伦理和政治问题。露西调查的谋杀案件中她的好友杰米（Jamie）、水利专家拉坦（Ratan）的尸体以叙事工具的身份推动情节去发现和挖掘失踪身体背后所隐含的生态历史（主要体现在水的资本主义控制的相关历史）。这些生态历史的融入揭示了气候变化和伦理问题的资本主义根源，使得巴奇加卢皮的反乌托邦叙事具有鲜明的现实指向性。正如气候专家保罗·瓦普纳（Paul Wapner）所指出的，新自由主义资本主义正在经历的种种危机，与在过去 20 年公共产品和服务的普遍私有化所引发的严重的不平等现象和财富、权力的高度集中密不可分。这种不公正和集权现象加之其无休止的经济增长逻辑只会空前加剧资源的枯竭和气候危机的恶化(157)。加拿大作家、社会活动家娜奥米·克莱因(Naomi Klein)更是将此总结为:"我们的经济体系和我们的行星系统现在处于战争状态。"(21)作家通过身体叙事不仅呈现了气候风险分配的阶级差异,更是将环境伦理困境的源头指向资本主义的社会政治经济体制,暗示环境正义的彰显离不开社会相关体制、生产结构的变革和全民环境正义运动的开展。

三、反乌托邦城市书写的政治维度:文化记忆

巴奇加卢皮利用文化记忆和记忆文本构建未来城市气候灾难的政治历史背景。优先水权档案和自然保护作家赖斯纳(Mark Reisner)第一版的《凯迪拉克沙漠》(*Cadillac Desert* 1986)作为小说中最突出的记忆文本,是深挖气候灾难和政治危机历史根源的有力证据。水权档案的情节设计参照了殖民者为抢占水和土地等自然资源进行种族清洗和种族灭绝的领土暴力的历史。事实上,这种暴力是 19 世纪的帝国主义和殖民主义的生态属性,其中的土地兼并和殖民扩张从根本上影响了现在的生态系统。小说中没有过多叙述殖民地久远的生态历史,但主人公受到了此类文化记忆的影响。安裘可以想象:"南北战争时的将领围成一圈,坐在他们杀光印第安人夺来的桌子前振笔疾书,在羊皮纸上起草协议,然后轮流用鹅毛笔蘸了墨水签下大名。"(巴奇加卢皮 405)小说中至关重要的优先水权被藏在第一版的《凯迪拉克沙漠》中也不是偶然,在巴奇加卢皮的笔下,它是珍贵的记忆文本,讲述了美国开垦局和美国陆军工程兵团从 19 世纪起为了定居西部解决供水问题而进

行水利地质工程的历史。赖斯纳指出,第二次世界大战后,水务局和陆军工程兵团之间开展的水坝建设竞争导致了许多经济上不健全和破坏环境的建设项目(Reisner 29-45),这些无疑会加剧气候变化和全球变暖。反过来,气候状况的不断恶化又会引发全球经济和工业现代化的环境基础的全面崩溃。

　　小说中的记忆文本实现了人类世记忆的现时化,是重构、阐释和传递气候变化历史记忆的重要手段。扬·阿斯曼(Jan Assman)指出,记忆是对过去的指涉,有"重复"(repetition)和"现时化"(presentization)两种不同的指涉方式,对应着两种关联模式:以重复为特征的"仪式性关联"和以重构为特征的"文本性关联"。"文本性关联"指通过文字记录、学习和阐释经典文献,使之与当下的生活产生契合,保持文化传统的延续性,也就是记忆的现时化(7)。在《水刀子》中,作家不仅以记忆文本为基础重现了水资源的殖民历史和水利工程建设破坏环境的过去,还融入了"霍霍坎(Hohokam)文明的覆灭"、"科罗拉多(Colorado)河的古今变迁"、"上帝已死"等文化记忆的重构,旨在人类文明的全景中阐明气候变化的成因。面对气候变化这个弥漫在时间长河中的"缓慢暴力"(Nixon 2)和"人类参与其中的政治、道德甚至心理现象"(Johns-Putra 269),巴奇加卢皮以创造性的虚构尝试搭起与现实沟通的桥梁,这既是文化意义的延续和再生产,也是当下对过去的需求和再创造。

　　作家从反乌托邦未来的角度出发,使用破坏性的情景警告读者环境危机可能达到不可挽回的境地,斥责当前美国社会中存在的各种忽视和掩盖气候问题的政治行为,比如,前任参议员汤姆·科伯恩等国会议员多次阻挠应对气候变化和生态破坏的法案通过、美国特朗普政府以保护美国就业为由,宣布美国退出《巴黎气候协定》等。这些持气候变化怀疑论和否定论的政客和团体把气候变化视作对美国生活方式的严重威胁。他们认为"减少温室气体排放不仅会显著增加家庭和企业的支出,而且意味着对流动性和消费的限制,从而挑战了美国的核心价值观"(Wapner 26)。在解释和应对气候变化这个本身就难以捉摸的问题时,考虑它多方面的社会政治和文化因素是十分必要的。德国著名的社会学家、风险社会理论奠基者乌尔里希·贝克(Ulrich Beck)的观点就十分值得借鉴,他认为"风险受历史文化观念和评估的影响,因国家、地区、群体、时期而异"(*Ecological Politics* 91)。换句话说,在讨论气候变化之类的全球现象时,详细阐述其在国家范围内如何形成,参考不同国家和民族的风险文化差异,这对应对和理解气候风险或许可以提供有价值的见解。

四、反乌托邦城市书写的气候风险观照:媒介生态

巴奇加卢皮笔下的"媒介生态"是观照气候风险和呈现气候风险认知差异的重要手段和有效路径。他强调平衡的"媒介生态"对于公众正确认识气候风险的重要性。《水刀子》虚构的故事中穿插了大量"真实"话语的片段,例如,重复出现的"♯凤凰城沦陷♯"(巴奇加卢皮 26,28,30)的论坛主题标签、露西网上发表的"凤凰城水利局法务遇害,死前遭受凌虐数日"的系列文章和电视节目中关于"蛇头杀人埋尸"、"水坝崩塌"的报道都是传播生态现状和普及气候风险的重要媒介,也体现了后气候灾难时期人类对地球生存现状的集体焦虑。小说中新闻媒介亦是呈现公共气候风险认知差异的有效手段,如小说中各抒己见式的网络跟帖和电台节目中的踊跃发言:有人认为"现在只是处在气候调整当中,未来还是会

风调雨顺的"(120);也有人持相反的观点——"庞贝! 风暴过去之后,我们都会被埋在 50 英尺厚的沙尘底下"(118)。可见,电子媒介的发展改变了公共领域的内容呈现,媒介的形态对社会形态、公众心理都有着深远的影响。"一种新媒介的长处将导致一种新文明的产生"(Innis 63),媒介应以具象化的风险认知差异为基础努力构建公众对气候风险的理性认知。

　　此外,作家在小说中还揭露了新闻媒体行业的阴暗面,指出媒介的偏向所造成的伤害。在现实中,权能政治、经济力量、社会、受众、竞争同行等是构成媒体所处外部生态圈的几大要素,它们之间的博弈促使媒体在各种力量之间游走。贝克指出,西方社会中的主导型经济制度、法制度和政治制度不仅卷入了风险制造,而且参与了对风险真相的掩盖(《风险社会》73 - 80)。小说中气候困境下的新闻媒介不仅受到经济利益的驱使,"美国有线电视网、《Kindle 邮报》、法新社、谷歌《纽约时报》的同行都乐于踩着尸体赚钱"(巴奇加卢皮 28);同时还受到政治权力的操控,竭力掩盖气候风险的政治真相,政客会叫警察把"问问题的记者押去沙漠处理掉"(163)。大众传媒的新闻报道作为公众认识外部世界的"传媒镜像"和气候风险传播的重要手段,在强权和利益的重压下严重偏离媒介传播的核心本质和正常逻辑,会直接导致公众气候风险认知的偏差,从而误导他们的观念、行为和生活方式。风险传播报道失衡也极易使脆弱的媒介生态平衡被打破,从而使媒介传播陷入恶性的环境无法自拔。在高度媒介化的现今社会,风险事件的解决需要良好的媒介生态环境。正如媒介理论家詹姆斯·凯利(James Carey)所主张的,传播不仅是传递信息的行为,也是共享信仰的表征,传播的最高境界应该是"建构并维系一个有秩序、有意义能够用来支配和容纳人类行为的文化世界"(7)。巴奇加卢皮笔下过度重技术、轻伦理、重权力、轻正义的媒介生态警示我们必须理解媒介传播中的偏向,强调维持媒介生态的平衡离不开其背后的社会结构和政治动力。

结语

《水刀子》包涵了不同已知体裁中的各种元素,以水权以及水权的历史为主线,揭示了气候灾难的社会、经济、政治以及历史原因。气候变化对巴奇加卢皮来说是晚期资本主义对地球运转系统产生的严重后果,同时也是水资源的资本主义监管和货币化的灾难性结果。小说在形成我们对这一空前危机的理解上有巨大的作用。但是,令人遗憾的是,从《水刀子》的情节和人物安排来看,我们不难发现巴奇加卢皮对气候变化的书写并没有跳出人类中心主义的窠臼。凯伦·艾尔(Karen Irr)认为"在面向对象的本体论的影响下,生态批评的第三波浪潮可能正在出现。莫顿等批评家放弃了生态批评的第二次浪潮的社会学抱负,试图在不涉及其人类主体的情况下想象地球"(4)。在这样的背景下,气候变化小说作为生态批评第三次浪潮的重要文学形式也要试图颠覆人类中心主义的叙事模式。蒂莫西·克拉克(Timothy Clark)在《边缘生态批评》(Ecocriticism on the Edge,2015)中就敏锐地指出,即使批评家们都表明了气候变化小说在呈现气候变化这一复杂现象方面的创新,他们关于其代表作(创新性或其他方面)的讨论最终依然依赖于叙事稳定性和可靠性的传统以及人类中心主义的模式(165)。换句话说,常规的讲故事已经不足以解决气候变化的所有复杂性,但是这种紧张局势为气候变化小说的继续创新提供了机会。

引用文献（**Works Cited**）

Assmann, Jan. *Culture Memory: Writing, Memory and Political Identity in Early Higher Cultures*. Trans. Jin Shoufu and Huang Xiaochen. Beijing: Peking UP, 2015.

［扬・阿斯曼:《文化记忆:早期高级文化中的文字、回忆和政治身份》,金寿福、黄晓晨译。北京:北京大学出版社,2015 年。］

Bacigalupi, Paolo. *The Water Knife*. Trans. Mu Zhuoyun. Shanghai: Wenhui Press, 2019.

［保罗・巴奇加卢皮:《水刀子》,穆卓芸译,上海:文汇出版社,2019 年。］

Beck, Ulrich. *Ecological Politics in an Age of Risk*. Cambridge, Malden, MA: Polity Press, 2002.

---. *Risk Society*. Trans. He Bowen. Nanjing: Yilin Press, 2004.

［乌尔里希・贝克:《风险社会》,何博闻译,南京:译林出版社,2004 年。］

Carey, James W. *Communication as Culture*. Trans. Ding Wei. Beijing: Huaxia Publishing House, 2005.

［詹姆斯・凯利:《作为文化的传播》,丁未译,北京:华夏出版社,2005 年。］

Clark, Timothy. *Ecocriticism on the Edge: The Anthropocene as a Threshold Concept*. London: Bloomsbury, 2015.

Crang, Mike. *Cultural Geography*. London and New York: Routledge, 1998.

Foucault, Michael. *Discipline and Punish*. Trans. Liu Beicheng and Yang Yuanying. Peking: SDX Joint Publishing Company, 1999.

［米歇尔・福柯:《规训与惩罚》,刘北成、杨远婴译,北京:生活・读书・新知三联书店,1999 年。］

Frank, Joseph. *The Ideas of Spatial Forms*. Rutgers UP, 1991.

Heise, Ursula K. *Sense of Place and Sense of Planet: The Environmental Imagination of the Global*. Oxford UP, 2008.

Innis, H. A. *The Bias of Communication*. Toronto: U of Toronto P, 1951.

Irr, Karen. "Introduction to Climate Fiction in English. " *Oxford Research Encyclopedia of Literature*. Oxford: Oxford UP, 2017. 4.

Johns-Putra, Adeline. "Climate Change in Literature and Literary Studies: From Cli-Fi, Climate Change Theatre and Ecopoetry to Ecocriticism and Climate Change Criticism. " *WIRES Climate Change* 7 (2016): 266 - 282.

Klein, Naomi. *This Changes Everything: Capitalism vs. the Climate*. New York: Simon & Schuster, 2014.

Lefebvre, Henry. *Writing on Cities*. Trans. Kleonore Kofman and Elizabeth Lebas. Oxford: The Blackwell Publishers, 2000.

Mehnert, Antonia. *Climate Change Fictions: Representations of Global Warming in American Literature*. New York: Springer Nature, 2016.

Morton, Timothy. *Hyperobjects: Philosophy and Ecology After the End of the World*. Minneapolis & London: U of Minnesota P, 2013.

Nixon, Rob. *Slow Violence and the Environmentalism of the Poor*. Cambridge, Massachusetts and London: Harvard UP, 2011.

Punday, Daniel. *Narrative Bodies: Toward a Corporeal Narratology*. New York: Springer, 2003.

Reisner, Marc. *Cadillac Desert, the American West and Its Disappearing Water*. London: Penguin Books, 1993.

Thomashow, Mitchell. *Bringing the Biosphere Home: Learning to Perceive Global Environmental Change*. Mass: MIT Press, 2002.

Trexler, Adam. *Anthropocene Fictions: The Novel in a Time of Climate Change*. Charlottesville: U of Virginia P, 2015.

Wapner, Paul, and Hilal Elver. *Reimagining Climate Change*. New York: Routledge, 2016.

作者简介:杨梅,苏州大学博士研究生;朱新福,苏州大学外国语学院教授。

疾病与人文

《天使在美国》中的病毒学、人权、新帝国主义

蒋天平　胡启海

　　托尼·库什纳(Tony Kushner，1956—)是当代美国著名的戏剧家,先后获得过美国艾美奖最佳编剧奖、美国全球奖电影类最佳编剧奖、国家艺术勋章等重要奖项。他创作于 1992 年的《天使在美国》分为《千禧年来临》和《变革》上下两部,讲述五名艾滋病人之间的情感故事。20 世纪 80 年代的美国,右翼保守势力里根政府认为美国出现的大量问题都是由于自由派出卖上帝、国家和家庭所致,试图振兴《圣经》来消除共产主义、自由主义对国家安全的威胁。本文试图从病毒学和免疫学角度,根据生物肌体"自我标识—病毒穿透—免疫防御—病变死亡—新生"的生命过程,分析剧中保守主义、自由主义意识形态从斗争到死亡再到新生的过程,揭示了作者通过现代医学和帝国政治之间的关系,批判传统帝国,期

盼新帝国的事实。

一、共和党政治中的自我标识

19 世纪晚期,德国哲学认为政治和科学相互指称、相互依赖、相互利用,鼓励人们借用生物意象去思考其他领域的问题(Lieban 14)。因而每一个政治机构就类似于人体细胞,美国也常被隐喻为"共和国"、"联合共同体"。在近现代公众意识中,疾病不再是上帝的惩罚,而是病毒入侵的结果,系统之间的复杂关系往往被看成病毒对生命体或政治群体的入侵,隐喻社会对污染、纯净、界限、进化、堕落的恐惧和担忧。因此麦卡锡时代的免疫学话语隐喻共和党政治对战争、法西斯、斯大林主义颠覆的恐惧和担忧。艾滋病的正式名称是获得性免疫缺陷综合征,是免疫系统遭到人类免疫缺陷病毒的破坏,导致免疫力下降直至死亡的病症。它的传播方式包括母婴传播、性传播和血液传播。长期以来流行病容易被政治操控,引发各种政治运动。自 1981 年艾滋病病毒在美国被发现以来就进入了政治话语,隐喻威胁国家安全的各种意识形态。

在生物学中,细胞是具有独立功能的生物体结构和基本单位,衰老后细胞失去机能,很容易被病毒细胞入侵。病毒(virus)发现于 1892 年,20 世纪 60 年代产生病毒学(virology),研究病毒与宿主间的关系,即病毒细菌穿透细胞膜将遗传物质注入细胞内部,感染细胞形成病变的过程。免疫学(immunology)则研究生物体针对抗原物质(病毒、细菌或死亡的细胞)的免疫应答及其方法。免疫应答是机体针对抗原物质刺激的反应,包括识别、排除抗原物质的生物学行为。与抗原物质对抗的细胞简称抗体。1949 年,欧提思提出"后天免疫克隆选择学说",即人体免疫器官具有区分自我

（健康）与非我（非健康），发信号给抗体的"自我标识"（self-marker）能力，目的是清除衰老或被感染的细胞。

在政治领域，某国在受到敌对意识形态侵袭的时候会产生"自我标识"的反应：排除"他者"、控制"自我"（Otis 5）。20 世纪 80 年代以来，共和党政府推行新保守主义，将对待里根人格及共和党政府的态度视为自我标识的标准。里根人格是指强硬、冷漠的待人态度，甚至对家人也如此。罗伊放在办公室的一张与里根、布什总统的合影就起到生物体中自我标识的作用，证实他对里根人格和共和党身份的认同，认为里根政府催生了"里根时代的繁荣"。早在 20 世纪 60 年代，他就处死了"病毒"卢森堡，彰显帝国肌体中的抗体身份。20 年后，虽然罗伊已衰老、堕落、颓废，但他还是积极地奉行保守派思想，培育共和党新生力量——乔，建议乔冷漠地抛弃妻子哈帕，独自到纽约全身心地为政府服务。路易丝是乔的同性恋人，鄙视里根、里根人格，反对保守派政府，认为是里根政府造成了美国贫困率上升、价值观分裂、环境恶化。因而他成为共和党肌体中的病毒、非我细胞。

此外，追求变革还是守旧的观念也是"自我标识"的标准之一。保守主义是一种强调价值或现状的政治哲学，主张秩序、法律、习俗，安于现状反对剧变，又称"秩序党"。共和党总统里根、布什推崇保守主义，对外强化意识形态斗争，对内反对人权、镇压工会。自由派是一种以自由为主的意识形态，主张变革、进步，强调自由市场和经济全球化，又称"进步党"。自由派路易丝信奉黑格尔的理性哲学，"理性是过程，不是结果，自由是历史的理性伸展"（Fujita 100），迷恋一个进步的、变革的、自由的美国神话，"我们不能停下来，不能后退……像摩门教祖先一样艰苦地开拓"（220 - 282）。戏剧的第二部分"变革"也暗示了作者对社会变革的期望。剧中卢森堡、路易斯、贝利兹、哈帕等人就是帝国肌体中的非我细胞/病毒/抗原。罗伊、乔等人成为帝国肌体中的自我细胞，反对进步、变革，渲染上帝的意志，"上帝要求静止……必须停止运动！"(196)

二、意识形态病毒的穿透

穿透是病毒感染宿主细胞引发病变的第一个环节。亚瑟·杜勒认为，社会和精神层面都存在穿透现象，病毒可以威胁、穿透和摧毁个人的身体和思想(qtd. in Otis 6)。生物病毒的穿透和意识形态的穿透，都隐喻着颠覆和侮辱，因而共和党政治一直都怀有被共产主义、自由派等穿透的偏执恐惧。除了对里根人格和里根政府的不满外，路易丝的犹太身份、自由主义思想等都证明他帝国肌体病毒的身份：政治上，祖母与卢森堡都同来自欧洲犹太人群体这一事实，暗示他与共产主义思想之间隐秘的联系；文化上，他抛弃犹太文化、意第绪语，以致在为罗伊致犹太悼词时，最终求助卢森堡的鬼魂；在性方面他同样处于边缘身份。"从性的角度，被穿透代表一种被动的非男性角色，具有羞辱性……对细胞膜的穿透，无论是细菌还是外来思想，都代表侮辱和颠覆。"(Otis 5–7)路易丝在中央公园被穿透的情节突显其贱民身份。

虽然路易丝有时被穿透，但对于普莱尔他又是穿透者，被称为"trooper of the month"。"trooper"原意为"骑兵、骑警"，揭示了穿透者的身份。同时，知识产生权力，路易斯的政府法律顾问身份对于无业游民的普莱尔同样处于强势地位，容易发生生理上和思想上的穿透现象，在生理上路易斯使普莱尔感染上卡波济氏肉瘤，这是艾滋病初期症状之一，通常发生在地中海、东欧、中东人、犹太人身上。同时苏桑·桑塔格认为，"艾滋病毒侵入身体，被描绘成某种思想对社会的入侵"（桑塔格 137）。因而路易斯的自由主义思想很容易穿透普莱尔，普莱尔在故事结尾天堂中主张变革、进步，反对静止，拒绝了上帝就是思想穿透的结果。另外，感染上艾滋病毒的罗伊与路易丝拥有共同的同性恋人乔，因而贝利兹嘲笑路易丝说，"我不知道罗伊所刺穿的是否是乔灵魂上的括约肌。你最好希望其中没有 GOP 细菌，否则你也感染了"（245），这指路易丝有被罗伊艾滋病毒和思想病毒穿透的可能。

　　共和党认为同性恋的性取向易诱发艾滋病，因此将其妖魔化为社会病毒，威胁帝国安全。伊普斯腾认为"艾滋病隐喻从组织纤维到上皮细胞膜等遮蔽物的分裂，遮蔽物的完整暗示着无辜、纯洁、安全、不受感染。个人身份和社会身份都依赖于被建构的边界，艾滋病能突破边界，撕裂社会"（Epsterin 18）。人体免疫系统分非特异性免疫和特异性免疫两种。前者由人体的皮肤、肠胃和呼吸道黏膜等组成，这些纤维组织和上皮细胞构成第一道防线，把人体内部与外部环境隔离开来，确保个体不受病毒的侵害。特异性免疫是人体的主动防御体系，鉴别、消灭进入人体的细菌、微生物。免疫学认为，可疑生物对受害者的感染能力取决于双方细胞的相似性。病毒细胞能削弱形式相似细胞的防御能力，穿透其免疫系统。路易丝和乔是同性恋，都先后抛弃各自的恋人，构成生物的相似性，在生理、政治上奠定了双方相互感染的基础。与乔接触后，路易丝发现他的本质，想回到昔日恋人普莱尔的身边。为挽留两人的感情，乔在海滩上脱去全身衣服高呼"被感染了"（224）。脱下来的衣服象征对抗病毒的生理防御体系——纤维组织和上皮细胞，主动脱去衣服意味着接受被"感染"的意愿。文中"感染"即指生理和思想观念的接受。路易丝一针见血指出，乔身上这张"皮、衣服"就是共和党、保守派、摩门教身份，而不像物质上的"衣服"可轻易剥离。

三、良性变异与恶性变异

病理学认为,病毒入侵后会进一步损害人体的免疫系统,但也会遭遇肌体细胞的免疫应答。免疫应答指细胞识别、对抗、清除体内突变的肿瘤细胞、衰老、死亡的细胞或其他有害的"非己"成分,达到免疫稳定的状态。贝内特认为,"抗体制造的免疫反应就是为了对抗外来物质"(Burnet 68)。细胞学认为,变异细胞分为良性变异和恶性变异,因而免疫应答发挥两种作用,第一是识别并积极对抗非我的生物体,试图将恶性变异转变为良性变异,而非清除它们。有机体中这一过程是排他性的、暴力的、你死我活的。路易丝虽然主张个人自由、人权,反对国家干预,但没有违背法律的行为;虽是同性恋却没有感染上艾滋病,因而属于良性变异细胞。人权是自由派和保守派斗争的焦点之一。传统上美国工会力量薄弱,尤其里根时代的工会力量日渐衰弱,人权走向边缘,因此路易丝抨击美国的人权问题,主张政府要保障同性恋、妇孺等边缘群体的人权。乔代表共和党,主张扩大政府的权力,构成抗体身份,两者针锋相对,充斥着暴力、流血。在同性恋老兵和新泽西工厂"空气和水的保护法案"事件上,两人发生冲突,最后路易丝倒地受伤,影射自由派的失败,证明帝国肌体依然健康、强壮,其免疫应答仍然发挥积极的作用。

其次,疲劳、衰老、病变的自我细胞有时会发生严重变异甚至癌变,达到弱化身体内部和边界的防御的程度,形成恶性变异而必然受到免疫应答的清除。1981 年艾滋病毒被发现以来就成了同性恋者的标志,连同自由主义、共产主义都被视为国家安全的威胁,当时一份参议院报告警告说,"一个同性恋者能污染整个政府……为净化被污染的文化，须大规模地隔离同性恋"（Fiona Paton）。故事开始，罗伊就被检查出艾滋病症和同性恋身份。艾滋病有双重隐喻谱系，既隐喻"入侵"也隐喻"污染"，疾病与道德联系密切，"暴露出道德的松懈或堕落……混乱或腐败被根深蒂固地描绘成疾病"（桑塔格 129）。生理上被病毒感染前，罗伊早已在道德上被"病毒"感染了。从 20 世纪 60 年代开始，罗伊就在卢森堡案件中徇私舞弊，敲诈当事人、威胁司法人员，甚至威胁政治盟友马丁给他送去大量的 AZT 药物——当时治疗艾滋病最有效的药物，全球大约只有 30 位大人物才能享用。同时他一直在鄙视、咒骂共和党政治的虚伪、无耻、谎言，法律就是臭气熏天的肠道，美国不再是天堂，人人罪孽深重（74）。在同性恋观念上，宣扬人父、人子间的暧昧关系，"我有很多个父亲，很有权势"，双方都"愿意为对方去死"（62）。"父亲"指历史人物胡弗、麦卡锡等，暗示双方同性恋关系。因而他是帝国肌体中的恶性变异细胞，必被清除。

　　住院后一切都发生了改变。他不再寻求建立与乔的同性恋关系而转变为真正的父子关系，宽恕乔对他的冒犯，鼓励他回归家庭，并赐予父亲的祝福；此外，他也改变了历史上共和党一直对黑人的蔑视，对贝利兹的称呼由"杂种"、"奴隶"、"黑鬼"转变为"先生"；一改强硬作风，暗示自己病了、衰落了，不再了解美国，不为美国所容，"美国没有疾病的藏身之地……疾病对美国没有用"（210）。"衰落"被想象为堕落、虚弱，是同性恋的象征，折射出对被清除的担忧。政治上的死亡往往加速个体生理上的死亡，果然他在获知被律师资格委员会除名后就断了气。这一盘踞在帝国肌体中的病毒最终被免疫体系清除掉了。60 年代，罗伊确是麦卡锡时代的律师、共和党人、反共人士，是帝国肌体中最积极、活跃的自我细胞。但 20 年后，他的同性恋、艾滋病人身份及贪腐行为都证明他已经是一个病变、衰老的细胞，威胁着美国的安全。

经过自我标识、免疫防御、清除病变细胞等环节后，有机体中坏死的细胞会被酶水分解成核酸、氨基酸等元素，用于培育新生细胞。普莱尔的家族史可以上溯到"五月花"号时期，是剧中唯一的WASP，有着最纯正的盎格鲁—撒克逊血统。但在政治上他又支持同性恋、自由主义，拒绝为上帝代言，暗示他既是共和党帝国肌体中被变异的细胞，又是新帝国肌体中的新生细胞。他死后遗留下来的AZT药物被贝利兹转赠给了普莱尔，挽救了他的性命，让帝国得以延续。

虽然乔也在与免疫细胞斗争过程中存活下来，却因为摩门教徒、犹太人身份而失去继承者资格。同时细胞学认为，变异细胞常具有接受和排斥两方面的特性。一方面他继承了共和党的政治观念，支持里根人格、里根政府，批判自由主义。另一方面他又具有进步性：质疑罗伊的政治道德，拒绝作伪证；愿意接受自由主义。在与路易丝散步的场景中，他高呼"被感染了"即隐指被自由主义思想感染。乔关于雅各布与天使角斗的梦境，反映出内心对同性恋的抵制。雅各布指代共和党、摩门教身份，雅各布的失败象征乔接受了同性恋观念。后来他屈服于诱惑，公开了同性恋身份，与路易丝同居三周，但最终还是离开路易丝，重返家庭。最后众人的团聚中，乔的缺场影射他最终回归到共和党政治肌体中。

四、人权、世界公民、新帝国主义

除同性恋、艾滋病危机、国家政治、宗教信仰危机外，本文还发现剧作既批判了传统帝国，又呼吁了新帝国主义。大卫·哈维将美国史分为新兴帝国（1870—1945）、霸权帝国（1945—1970）和新自由主义帝国(1970—2000)。英国大臣库帕认为美国正处于后帝国时期(Cooper 2002)。

后帝国主义时期,帝国内部常存在一个政治主体——大众,20世纪的大众以反抗帝国权力为主(哈特 373)。他们来自不同文化、种族、职业的社会底层。在健康理念下,患红斑狼疮患者、携带人类免疫缺陷病毒的人等常被认为道德缺失,是"身体麦卡锡主义"背景下的新贱民。普莱尔、路易丝、贝利兹代表不同行业、种族、肤色的社会底层,同性恋、艾滋病人身份强化他们的贱民身份和反叛精神。其中贝利兹是黑人同性恋,是贱民中的贱民,最具革命精神,"美国就是地狱"(246)。

故事中这群"贱民"超越狭隘的爱国主义和民族主义,批判传统帝国中的民族主义、帝国霸权和美国政治,表现出全球化的倾向。在古希腊神话中,当民众无法实现自己的政治主体性时,会创设出一个神话天国来逃避(哈特 374 - 75)。普莱尔借致幻药想象出一个保守上帝主宰的天堂——1896 年大地震时期的旧金山。上帝代表里根,主张静止,回到过去。普莱尔支持进化论,主张社会进步、变革,否定上帝、天国不死的神话,回到人间。人间正处于恐同、恐艾、歧视边缘群体的年代,他将目光投向毕塞达天使公园。公园被想象成一个能够容纳、倾听、解决世界公民诉求的乌托邦,其中的泉水能消除各种痛苦:解除艾滋病人的病痛、给予同性恋公民权、黑人政治权。毕塞达雕像成为美国人心目中拯救大众的天使,世界公民的偶像。

"二战"前共和党施行强硬的内政外交政策,将殖民主义全球化;冷战后,共和党试图建立"人权帝国主义",推行自由、民主、人权,强调"人权大于主权"。尤其在 20 世纪 80 年代,人权成为美国主导下新秩序的基础,1989 年冷战结束标志着新秩序的开启,

2002 年本剧的出现反映出新帝国论的升温。故事结尾雕像下群聚着普莱尔、路易丝、贝利兹、汉娜等代表着新帝国主义、全球化的世界公民进行祈福，祈求和平、人权和世界公民权。所谓世界公民即克服了国家间差异、高度道德化、制约化、差异化的个体（杜兹纳 224）。

公园里天使雕像是仿照罗马帝国的天使雕像建成的，影射两者之间千丝万缕的联系。历史记载古罗马帝国侵占毕塞达时泉水干涸，故事中纽约极寒的天气也使毕塞达喷泉干涸，折射出两个帝国周围窒息、沉闷氛围的相似性。有学者认为，古罗马用各种霸权手段在道德秩序缺失的世界中建立一个新的道德帝国，为后来者树立了一个霸权帝国的榜样（Kaplan 148－53）。美国自由派戴尔德也认为，当今美国应该用自身超强的实力和价值观来创造繁荣、民主化新世界秩序。因此新帝国就是罗马旧帝国的延续，本质没有改变。

20 世纪 80 年代西方接受自由主义，认为全球化资本主义是世界发展的必然出路，国际贸易、国际经济组织在政治中发挥了重要作用。1989 年美国推出"华盛顿共识"，企图引导拉美和东欧国家转向资本主义，接受新自由主义。新自由主义以个人主义为基础，经济上主张彻底私有化、自由化；政治上反对社会主义，鼓吹多党制。90 年代初民主党总统克林顿沿用这一政策，以实现瓦解苏联的目的。第二部"变革"影射 1989 年总统戈尔巴乔夫的改革。

千禧来临、气候回暖、天使喷泉、冷战结束、人权发展都折射出国际政治环境的变化：以色列、阿拉伯、捷克、南斯拉夫、柏林等意识形态斗争激烈的地方正走向和平，但和平的前提是人权、民主、全球化。普莱尔模仿《西风颂》中"冬天已经来临，春天还会远吗？"欢呼新帝国，"世界将会发展。我们都将是公民。这一刻已经到来"(298)。昭示人权等帝国意识将遍布全球。80年代"华盛顿共识"在西方的推动下,导致1991年苏联解体,货币贬值,经济动荡、衰退,酿成"俄罗斯悲剧"。1992年《变革》的俄文标题"Perestroika"(经济改革、重建),确证了剧中"冬天"、"痛苦"的影射内涵——"俄罗斯悲剧"。

结语

政治舞台剧《天使在美国》描绘了20世纪八九十年代同性恋、艾滋病、自由主义等不同文化政治势力对帝国肌体的穿透,以及肌体的防御、反击过程,揭示出双方斗争的现实。一方面它批判了保守主义共和党政治的固执、守旧,又预言了新帝国秩序自由、民主、人权;罗伊因艾滋病而死、乔缺席天使公园齐聚和普莱尔拒绝上帝拯救等事实,都暗示了新帝国对共和党政治的抛弃。另一方面,自由、人权、全球化等观念反映社会对新帝国的期待:新秩序中,美国继续发挥救世主作用,以美国方式带领世界迈向21世纪。英国人库帕梦想,在人权和全球化的基础上,欧洲各国和美国须联合组建一个新的帝国联盟来领导世界(Cooper 2002),但2002年美国已经建立一个全球帝国,基础正是美国的新保守主义和新自由主义,直接回应了库帕。

引用文献(**Works Cited**)

Burnet, Frank Macfarlane. *The Integrity of the Body*. Cambridge, Mass. : Harvard UP,1962.

Cooper, Robert. "Why We Still Need Empires." *The Observer* 7 April, 2002.

Costas，Douzinas. *Human Rights and Empire*. Trans. Xin Hengfu. Nanjing：Jiangsu People Press，2012.

［杜兹纳：《人权与帝国》，辛亨复译，南京：江苏人民出版社，2012 年。］

Epsterin，Julia. *Altered Conditions：Disease，Medicine，and Storytelling*. New York：Routledge，1995.

Fujita，Atsushi. "Queer Politics to Fabulous Politics in *Angels in America*：Pinklisting and Foegiving Roy Cohn. "*Tony Kushner：New Essays on the Art and Politics of the Plays*. Ed. James Fisher. McFarland & Company，Inc. Publishers，2006.

Harvey，David. *New Empire*. Trans. Chu Lizhong，Shen Xiaolei. Beijing：China Social Sciences Press，2009.

［大卫·哈维：《新帝国主义》，初立忠、沈晓雷译，北京：社会科学文献出版社，2009 年。］

Kaplan，Robert D. *Warrior Politics：Why Leadership Demands a Pagan Ethos*. New York：Vingage Books，2002.

Kushner，Tony. *Angels in America，A Gay Fantasia on National Themes*. New York：Theatre Communications Group，Inc. 1994.

Lieban，R. W. "The Field of Medical Anthropology. "*Culture，Disease，and Healing：Studies in Medical Anthropology*. Ed. David Landy. New York：Macmillan. 1977.

Negri，Antonio，and Michael Hardt. *Empire：The Political Order of Globalization*. Trans. Yang Jianguo. Nanjing：Jiangsu People's Publishing House，2005.

［麦克尔·哈特、安东尼奥·耐格里：《帝国：全球化的政治秩序》，杨建国译，南京：江苏人民出版社，2005 年。］

Otis，Laura. *Membranes：Metaphors of Invasion in Nineteenth-Century Literature，Science，and Politics*. Baltimore：The Johns Hopkins UP，1999.

Paton, Fiona. "Naked Lunch, National Insecurity, and the Gothic Fifties." *Texas Studies in Literature and Language*. 52. 1 (Spring 2010). 48 - 69.

Sontag, Susan. *Illness as Metaphor and AIDS and Its Metaphors*. Trans. Chen Wei. Shanghai: Shanghai Translation Publishing House, 2003. [苏珊·桑塔格:《疾病的隐喻》,程巍译,上海:上海译文出版社,2003 年。]

作者简介:蒋天平,南华大学外国语学院教授;胡启海,湖南第一师范学院外国语学院教授。

阿特伍德疾病叙事中的医学话语批判

王韵秋

苏珊·桑塔格(Susan Sontag)曾经发现,18—19世纪的文学叙事中充斥着对当时的流行病——肺结核的描述。它时常与"优雅"联系起来,构成贵族阶级的"文学话语丛"(16)。当肺结核获得实证医学上的突破、贵族阶级分崩离析之后,其文学隐喻也偃旗息鼓。步入20世纪,一种新的疾病隐喻代替了肺结核,那就是癌症。随着癌症患病率与致死率的提高,其呈现出的隐喻性比肺结核更加广泛。在当代女作家玛格丽特·阿特伍德(Margaret Atwood,1939—)的疾病叙事之中,癌症显示出"性别政治"的独特一面。然而,与桑塔格一样,阿特伍德亦认识到了疾病隐喻文化现象的弊端,因而一方面诉诸癌症的隐喻,用以指涉医学知识话语对女性身体的"微观式"规训,另一方面又从叙事内部通过"自我指涉"对疾病"去意识形态化"。这两个方面形成一种"双向性",构成了其疾病叙事的审美品质与思想内涵。

一、癌症叙事与性别政治

作为一种疾病叙事,癌症主要出现在阿特伍德的三部小说之中:20 世纪 80 年代的《肉体伤害》(*Bodily Harm*,1981)、90 年代的《强盗新娘》(*The Robber Bride*,1993)与 2000 年的《盲刺客》(*The Blind Assassin*)。三者构成了一个有关癌症的"疾病叙事丛",以叙事内部的时间顺序呈现了癌症作为一种政治话语的历史所指。从总体上看,在这三部作品中,被癌症侵害的人均是女性,而她们所罹患的又均是与女性性别器官相关的癌症。《盲刺客》中,身处 20 世纪初的阿黛利亚死于不知名的妇科癌症。《强盗新娘》中,身处 20 世纪 70 年代的赞妮雅以子宫类的癌症来招摇撞骗。《肉体伤害》中,身处 20 世纪 80 年代的主人公雷妮深受乳腺癌的折磨。

具体来看,三种与性别相关的癌症因为历史语境的不同,在隐喻层次上的指涉对象也不相同。《盲刺客》中,女主人公的祖母在 1913 年死于某种"妇科病变"(64)。据女主人公回忆,祖母阿黛利亚出生高贵,是典型 19 世纪没落贵族女性:她身边的仆人都认为她是一个"温柔如丝,遇事冷静,但意志坚定"(58)的女人。"她注重文化修养,而且在道德上面具有一定的权威。"(58)她穿着考究,总是保持着 19 世纪的女性衣着风格。她对自己的性别自觉也是 19 世纪贵族阶级女性的标准,例如时刻保持漂亮的妆容,在公共场合小口吃饭(60),甚至是在自己病重的时候,她都"姿势优美,腰挺得比大多数男人都要直"(64)。阿黛利亚对于这种形象的维持本无特殊之处，但若将此与桑塔格的一项历史文化研究联系在一起，便显示出了其微妙之所在。

据桑塔格所示，19世纪，当肺结核被人视为一种"经过修饰的、优雅的病"时，癌症则被认为是"卑鄙的"(16)。肺结核的病态被人争相效仿，癌症却是被隐瞒起来的。肺结核能够用来隐喻贵族的精神面貌和文人的气质才情，癌症却只能用来隐喻与此相反的东西。阿黛利亚在患病之后反而更加注重自身的女性形象，这虽然一方面显示出她与彼时父权意识形态的藕断丝连，但也暗含了对这种意识形态的摧毁与对自身身份的维持。阿特伍德借助"癌症隐喻"，揭示了彼时女性意识觉醒的程度，但更为巧妙地并没有将有关"女性本质"的问题停留在某一个时代，而是将其置于历史的发展过程中。这体现在阿黛利亚与其孙辈的对比上。阿黛利亚的孙辈认为阿黛利亚将自己塑造出来的形象强加于其他女性身上无疑也是某种"封建残余"作风，因而拒绝成为阿黛利亚"要求的那种人"(《盲刺客》62)。这便从侧面说明女性自身的觉醒并不是一成不变，而是随着历史变化而变化的。早期"女性主义者"与后期"女性主义者"、早期女性独立与后期女性独立在概念与意义上均存在着差异。关于"女性本质"的讨论只是形而上学内部的先验假设，它与女性的具体历史境遇仍有一段距离。

如果说《盲刺客》由于内部的时代背景限制，并没有澄明阿黛利亚所患癌症的种类，那么《强盗新娘》、《肉体伤害》也因叙事历史背景而有了具体类型。这些癌症虽然指涉的都是权力话语制度，但是又有各自的针对性。《强盗新娘》中，三位女主人公均具有一种被桑塔格批判过的文化隐喻视野。她们身处性别意识形态激战尤酣的20世纪70年代，所结识的友人赞妮雅以"穿越者"身份(Staels 44)一方面展现出族裔女性对现有男权制度的反击，另一方面又借助男权制度构建的"女性气质"来获取个体存在权力。这种"在现有结构中获取权力"(Kuhn 69)的方式与白人女性主义者的道德观念大相径庭。当赞妮雅告诉她们自己患了癌症后,她们竟深信不疑。而这其中的原因并不是她们看到了诊断书或者某种更加客观的证明,而是在主观意识中把癌症视为一种邪恶的体质,一种道德的衰败。主人公之一查丽丝就确信:"那种苍白,那种病弱的颤动,不会有错,是灵魂的不平衡。"(《强盗新娘》247)在她看来,赞妮雅"充满疾病和腐烂"(490),因而,赞妮娅也一定如其所言,遭受着癌症的折磨。如果说18—19世纪那些善于运用肺结核隐喻的作家们至少意识到肺结核与所喻的事物并不具有客观一致性,那么可以说查丽丝并不是把疾病当作隐喻来使用,而是索性把赞妮雅的民族、癌症,以及道德三者之间进行了等位替换,其中昭示的是种族女性主义者根深蒂固的中心意识与本质主义。

相较癌症在《盲刺客》中的含混不清与在《强盗新娘》中的若有似无,《肉体伤害》中的癌症非常明确——乳腺癌。这本小说的历史背景是北美女性主义此起彼伏的20世纪80年代。正如娜奥米·伍尔夫(Naomi Wolf)的研究所示,步入80年代的北美被一股"女性色情文化"所包围,女性的美与女性的性感联系起来,乳房与乳头都是美丽女性的象征(152)。乳房对女性来说不仅仅是一个性器官,更是一个"展示自己身份的器官"(Cobb and Starr 87)。这也正与豪威尔斯(Howells)对《肉体伤害》的一则评论相映生辉:"这部作品通过一个经受乳腺癌与乳腺切除术的女性审视了女性气质的社会神话、医学上的乳房话语以及女性色情修辞。"(80)小说起始,雷妮对自己的乳房非常重视。她也曾配合自己的情人杰克模仿色情文化中的女性形象,比如穿上"快乐寡妇装,到臀部但不到腰部的红内裤,上面缀着亮晶晶的小金片,带铁圈的胸罩,把乳房勒得紧紧的，顶得鼓鼓的"(12)，然而，在得知自己患了癌症后，她和杰克的性爱随即发生了障碍。她看着自己的身体首先想到的是"它的某些部分可能消失"（《肉体伤害》13）。继而，在等待杰克洗澡的过程中，丧失了以往的期待，感觉"似乎是在牙医的诊所里，等着别人在自己身上做什么……"(13)。再而，雷妮就把自己失去的乳房视为性别身份的缺失，她甚至认为自己丧失了性爱功能。可以说，此处的乳腺癌不仅仅是一种身体疾病，它的器官特殊性让它与性别身份密切相连。乳房的疾病不仅指涉着社会身份问题，更指涉着生理身份问题。

从这三个疾病隐喻层面可以看出，随着历史的发展，性别政治的问题各有不同；而与具体女性结合起来后，不同病人的不同情况又是导致癌症的性别政治呈现差异化的原因。从这一面上来说，阿特伍德的疾病叙事在其批判性上，超越了桑塔格的文化哲学批判，呈现的不仅仅是癌症政治隐喻的普遍性与总体性，更是患者的社会境遇与个体差异。

二、癌症的性别政治与实证医学话语

如果说三部小说构成的"疾病叙事丛"以"错层式"隐喻呈现了阿特伍德对性别政治的历史所指，那么这种历史性同样显示在《肉体伤害》的独立叙事内部。雷妮在切除乳腺之后，借新闻工作之名，前往加勒比海的一个岛国采风。在这段旅行之中，雷妮通过自我反思，完成了对癌症的认识论跨越，从现代微观权力制度中解放出来。也正是这种认识论的超越使得《肉体伤害》相较于《盲刺客》与《强盗新娘》更具有批判意识。

在患病之初，雷妮与《强盗新娘》中的女主人公们一样，都在认识癌症上采取了隐喻式思维,即用一种大众视野,将癌症视为一种"环境与生活方式上的疾病"(Nicholas 608)。雷妮无法接受她患病的事实,因为她觉得自己"每星期游两次泳,不让身体贮藏垃圾食品和烟雾,允许它得到适量的性放松。既然她相信它,那么它为什么还要和她对着干呢?"(《肉体伤害》73)。当雷妮无法从生活方式等外在因素找到原因时,她发现周围的人开始用内在的原因来解释癌症:"癌症是人们在前厅里讨论的话题,但它和腿断或心脏病,甚至和死亡不是一类的,它就像丑闻,与众不同,令人厌恶,是你自找的。"(73)她的母亲也认为患病是"雷妮的错"(73)。而雷妮对癌症与心脏病的比较事实上揭示了一个普遍存在于现实世界的问题:据一项调查显示,在所有致死疾病中,心脏病名列第一(Heron 1),但是,心脏病的隐喻却并没有癌症那么广泛。这就将矛头指向了癌症话语的生成机制。

在桑塔格的研究中,疾病的话语通常跟疾病的难以攻克与神秘相关。如果说这不过是一个有关普遍文化的发现,那么福柯(Michel Foucault)则更进一步指出了这种文化现象背后的深层原因。在《临床医学的诞生》中,他指出:"医学比其他科学更接近支撑着所有科学的人类学框架,实行着超出科学之外的政治功能,并由此衍生了文化隐喻与医学话语不可割断的微妙关系"(221),就是说,癌症话语的生成与医学知识有着密切关系。

这种关系首先表现在解剖学与器官的实证知识话语关系之上。17 世纪开始,医学家、生理学家威廉·哈维(William Harvey)在《心血运动论(ⅩⅤ)》中将心脏、国家与国王进行了一次基于权力话语的知识表述,从此将器官带入解剖学与国家共同构建的权力网之中。对于它们之间的关系,福柯曾经分析道,"解剖学通过对人体器官的空间性划分展露出了一个秩序的世界"(《临》

145)，将人类对表面的关注视线转移至其深层结构之中，并最终确立了"器官的功能性结构"（*Orders of Things* 227 - 228）。换句话说，对某些器官着重关注，认为它们是生命之源，对某些器官不予以重视，认为它们在构成整体生命时没那么重要，某些器官具有特殊功能，某些器官则可有可无，这无形中把某种器官上的疾病与某种秩序话语联系在了一起。

反观《肉体伤害》，癌症的性别政治正是发生在乳房这一器官的解剖学秩序之上。正如前文所述，20 世纪 80 年代的器官美学从一种知识话语秩序中找到了审美契机。女性的某些器官是其美学的表达，而这些器官的优美与否直接与女性身份画上了等号。雷妮的情人杰克对女性的欣赏就在于此。他房间墙上挂着的海报是"一个棕色皮肤的女人穿着一样紧绷绷的东西，双臂在身侧不能动弹，露出胸脯、大腿和臀部"（96）。当他知道雷妮患了乳腺癌之后，"他的手几次拂过她的乳房，生病的左乳房，哭了起来"（13）。他所哀的似乎并不是情人，而是情人的乳房。

然而，毕竟器官的解剖学秩序与器官的美学秩序这一问题由来已久，且解剖学这一学科对于知识结构日渐深化的现代来说，影响力大不如前。随着科学技术的进步，这个秩序需要另一种维持其自身的知识话语。这一点可以从雷妮患病之后的治疗过程中得出。罹患乳癌的雷妮只有手术这么一个选择。手术过后，仍处于麻醉中的雷妮或多或少地透露，在那个时代，常有"性与手术刀这样的伟大故事。这种故事经常以'手术室'作题目，护士丰胸隆乳……"（25）。这简短的描述暗示了如下一层关系，丰乳是女人性与活力的象征，而一把锐利的柳叶刀可以割掉女性的性表现，也可以通过填充一些假体来增加这种性表现。换句话说，解剖学建立起来的器官秩序最终是由另一种学科来完成其权力特质的，那就是外科学。

解剖学带来的权力话语无疑在外科学兴起的时候达到了其最大的规训程度。在此之前,外科学一直在重要性上次于内科。外科医生的主要工作是拔牙、放血,或者修补。这些鲜血淋淋的行为时常让他们被视为"屠夫或者虐待狂"(波特 139)。雷妮认为外科医生丹尼尔的"谋生方式的确是割下别人身上的器官,一旦他们要死了,就拍拍他们的肩膀"(《肉体伤害》186),而她作为外科医生的外公则"切开女人的肚子,把婴儿扯出来,然后缝上。他用普通的锯子为一个男人做截腿手术……"(47)。然而,毕竟外科学与解剖学不一样,后者的对象是尸体,但是前者的对象是活体。柳叶刀下是完全不同的两个世界。正如雷妮对医生丹尼尔的描述那样,"他那双手具有双重功能"(186):一边是拯救生命,另一边则是与死亡接轨。解剖学上对待死尸的暴力在外科学出现之后被转换、遮掩起来。

然而,事实上,在这一从死到生的转变过程中,变化的不仅仅是暴力的形式,也是暴力实施的对象。雷妮患癌后,其第一治疗方案就是手术。在雷妮眼里,手术并不只是手术,它还被赋予了更多隐喻上的含义:"她害怕有人……把她的什么东西切掉……她不喜欢一次被埋葬一个器官,这太像他们经常看到的那些女人,她们的尸身被这一块那一块地丢到沟壑里,或装在绿色的蔬菜袋子里到处乱扔,死了但没受到性侵犯。"(15)显然,雷妮在患病之初的认识结构还具有相当大一部分的隐喻性,但是恰恰是这些隐喻性思维揭示出了一个被掩盖起来的真相:对女性的暴力行为不再局限在法律领域的强奸,而是所谓的"知识"之内。通过解剖学,女性的性器官被第一次以空间地理的划分形式远远地抛在所有器官的边缘,而通过外科学,对女性的暴力则悄悄地从犯罪的领域转移至医学领域。

在外科学这种隐蔽的暴力治疗之后，回诊接替了外科医生们，成为癌症治疗的最后一个阶段。通常，手术成功的病人需要定期进行体检，以确保癌症没有复发。而这相当于将这个病人永远地放置在"全景敞视"的制度之中。丹尼尔对雷妮说："我们得盯着你，一直得这样。"(51)这种被医学制度密切监视的感觉始终徘徊在雷妮的记忆中，以至于在圣万托安的旅行中，她仍然"无法摆脱被监视的感觉"(32)。从器官解剖，到外科手术，再到最后的回诊观察，癌症与实证医学知识完美地接驳在一起，对女性及其身体实施着生命的政治。

三、癌症的性别政治与心理医学话语

如果说雷妮早期的癌症叙事是一种"自我陷入"式的，那么随着她自我反思意识的加强，这种叙事逐渐成为"自我指涉"式的，而其认识论模式也从"隐喻式"的逐渐转向"批判式"的。在这一转变过程中，另一种更为隐秘的知识话语——心理医学被揭露出来。这也同时显示出阿特伍德对现代知识权力"微观"特质的洞见与批判，及其剥离疾病意识形态的策略与意图。

文本之中，比较隐蔽的一点是，雷妮对癌症性别话语的意识恰恰起始于丹尼尔对疾病隐喻的揭示。雷妮在患病后曾一度认为"身体是险恶的孪生子，无论心灵犯下什么罪过，身体便进行报复"，并认为自己患上的并不是作为客观疾病的癌症，而是"心灵的癌症"(《肉体伤害》74)。对于这种隐喻式的思维，丹尼尔从知识角度进行了分析。在与雷妮的谈话过程中，他指出了她混淆疾病客观性与主观性的思维错误，并告诉她"心灵与肉体不可分"(73)，但是癌症"不是象征,是疾病"(74)。丹尼尔的告知颇带"自我指涉性",然而有意思的是,他虽然在这一层面看似对癌症的意识形态进行了剥离,但实际上是将这种"象征"偷梁换柱为另一种更为隐秘的话语维度,即心理知识话语。

在整体医学之中,由于与主体(人)相关,疾病的主观维度与客观维度向来是被统一而视的。在现代西方医学发端之时,笛卡尔就曾在《论灵魂的激情》中研究过爱、恨、恐惧、惊奇等知觉情感对人体机能造成的影响(62-72)。也正如福柯在《疯癫与文明》中的研究所示:19世纪之前,让病人服药,这并不只是生理治疗,也是在治疗病人的灵与肉。让忧郁症患者过劳动的生活,也不是一种心理干预,而是考虑到神经运动、体液浓度的问题(181)。到了20世纪,这类研究依旧广泛存在于科学界,比如某种性格与癌症有一定的联系(或不存在关系)(Eysenck 228),性格上的抑郁能够降低机体免疫系统功能,从而发生自身免疫问题,导致癌症(Segerstrom 92-98)。疾病相对于主体来言,既是一种客观的、自然的过程,也是一种心理现象的外化。换句话说,疾病的主观性本身就是被包含在客观性之中的。这就赋予医学一种权力:它不仅仅可以剥离疾病的意识形态,也可以附加某些与实证科学不相关的主观知识。

丹尼尔使用的正是这种"知识的狡计"。他在指出雷妮隐喻式思维的同时,用另一种心理学上的知识话语填充进去。这让丹尼尔获得了一种心理上的满足。而这种心理满足也成为雷妮开始反思知识话语的起点。雷妮发现丹尼尔并不只与她一个人有暧昧关系,几乎所有的女患者都与他有所暧昧。她后来回忆道:"他救了我们所有人的命,他挨个儿和我们共进午餐,他告诉我们所有人,他爱我们。他认为这是他的职责……他很享受这样。"(133)雷妮虽然也爱上了丹尼尔，但是认识到其中的问题。她能够意识到丹尼尔的知识话语，同样也能意识到自己的心理问题之所在。她颇具"自我指涉"地谈道：自己之所以爱上丹尼尔是因为"在自己的生命获得拯救后第一个看到的就是他"（25），而这也是她用自身认识论反思知识话语的开始。弗洛伊德在《精神分析引论》之中指出，在医生帮助病人抵消压抑与抗力、获得痊愈的过程中，发生了一种"奇特的行为"："病人把一种强烈的友爱感情转移到了医生身上。"（149）反过来，医生也会对病人产生一种好感。这种好感多出自医生对病人和治疗方式见效的情感。而病人的这种情感则是因为在爱上医生之前就已经形成了（150）。雷妮模仿了弗洛伊德的知识话语，但与弗洛伊德并不一致。从后者的心理医学维度来看，这一层话语的目的恰恰是对笛卡尔之后实证医学"灵肉二分"的补偿①。然而，值得注意的是，当它与权力制度结合起来时，心理医学也以其自身知识维度"参与"到医学知识的整体话语构建中②。雷妮的自我反思揭示了丹尼尔使用这一知识话语的政治目的，换句话说，就是进一步发现了心理知识话语自身的意识形态。

　　随着雷妮对其情感的反思，她逐渐认识到，不仅仅是丹尼尔，甚至是杰克也在使用心理知识话语。雷妮曾经想象过如果自己拿杰克开玩笑会怎样："他会怎么想呢？他说他知道游戏和真相的区别，一种是欲望，一种是需要，她却混淆二者。"（227）拉康在其心理

---

　　①　作为一门学科的心理学由威廉·冯特（Wilhelm Wundt）于 1874 年提出。他在《生理心理学的原理》（*Principles of Physiological Psychology*）一书中指出了笛卡尔以降医学发展的一个弊端，即实证医学对心理与精神的排斥，而其生理心理学就是要重新确立这些联系，既要从身体出发联系意识，也要反过来从意识出发观照身体。

　　②　关于心理学的男权制度与知识话语问题请参考拙作：《从俄狄浦斯情结到俄瑞斯忒斯情结——西方精神分析的"母亲转向"》（《成都理工大学学报（社会科学版）》2016 年第 4 期）。

学知识中对"欲望"和"需要"进行过区分,指出"欲望"并不是一个经验着的实体,而是一个实体缺乏的在场。"需求"则是一种本能行为。"欲望"不能像"需求"一样被满足,而是在无限的能指循环中被呈现出来(151-154)。杰克也煞有其事地运用这种知识性区分,认为雷妮的玩笑是一种游戏,是一种欲望的变体。他笃定雷妮是"带着伤痛在玩游戏,没有乐趣,不仅没有乐趣,而且不公"(227),换句话说,他认为雷妮在患病后仍与他维持关系并不是出于客观的感情,而是一种情感缺乏的表现。尽管雷妮在此处只是一种自我主观臆断,但这表明了她自身对知识话语的认识与使用,而之后的事实也表明,杰克最终还是以这种情感的不公平性为由离开了雷妮。

从杰克到丹尼尔,二人都以心理知识话语作为达到自己目的的手段,在纠正雷妮混淆主观与客观的同时构建自己的主观知识话语,以此排除了雷妮女性言说的合法性。但有意思的是,雷妮也恰恰是在与他们的知识话语的博弈中逐渐掌握了知识,并通过叙述上的"自我指涉"进一步揭露了男权制度的"微观"性,从而显示出阿特伍德对性别政治的层层剥离与深刻批判。

结语

疾病因其与人类的关系,在西方世界中始终具有客观与主观两层意义。其客观性来源于实证知识与身体的关系,而其主观性则往往来源于话语知识与主体意识的关系。疾病的隐喻背后体现的是西方世界的二元割裂视野,而长久存在于西方思维中的"灵肉二分"又将那些不断产生的疑难杂症隐喻化、话语化。从近日因新冠肺炎疫情引起的文化事件来看,西方世界的疾病隐喻时至今日都未曾退却。这一问题不仅引起了国内外学者的热议,也同样引起了阿特伍德的关注。2020 年 4 月 16 日,阿特伍德在《卫报》(*The Guardian*)上针对日渐"意识形态化"的新冠大流行指出,"当恐慌流行的时候,人们总会渴望有什么东西可以被指责。如果你可以找到被指责的东西,人们就可以消除威胁。"她对疾病意识形态的批判一如其疾病叙事所表现的那样:没有哪个时候比现在更需要将疾病还于其客观性。

引用文献（Works Cited）

Atwood, Margaret. *The Blind Assassin*. Trans. Han Zhonghua. Shanghai: Shanghai Translation Press, 2006.

［玛格丽特·阿特伍德:《盲刺客》,韩忠华译,上海:上海译文出版社,2006 年。］

---. *Bodily Harm*. Trans. Liu Yuhong, et al. Shanghai: Shanghai Translation Press, 2010.

［玛格丽特·阿特伍德:《肉体伤害》,刘玉红等译,上海:上海译文出版社,2010 年。］

---. *Robber Bride*. Trans. Liu Guoxiang. Nanjing: Nanjing UP, 2009.

［玛格丽特·阿特伍德:《强盗新娘》,刘国香译,南京:南京大学出版社,2009 年。］

---. "When People Are in Panic, They Always Want to Blame Something." *Bjnews* 19 April 2020. 〈http://www. bjnews. com. cn/culture/2020/04/19/718604. html〉. 〈https://www. theguardian. com/books/2020/apr/16/margaret-atwood-covid-19-lockdown-is-not-a-dystopia-handmaid-s-tale〉.

［玛格丽特·阿特伍德:《人们在恐慌的时候,总希望能指责什么东西》,《新京报》2020 年 4 月 19 日。］

Cobb，Shelly，and Susan Starr. "Breast Cancer，Beauty Surgery and the Makeover Metaphor." *Social Semiotics* 22 (2012)：83‒101.

Descartes，René. *On the Passion of the Soul*. Trans. Jia Jianghong. Beijing：The Commercial Press，2016.

［勒内·笛卡尔：《论灵魂的激情》，贾江鸿译，北京：商务印书馆，2016 年。］

Eysenck，Hans J. "Personality，Stress，and Disease：An Interactionist Perspective."*Psychological Inquiry* 2 (1991)：221‒232.

Foucault，Michel. *The Birth of the Clinic*. Trans. Liu Beicheng. Nanjing：Yilin Press，2011.

［福柯：《临床医学的诞生》，刘北成译，南京：译林出版社，2011 年。］

—. *Madness and Civilization*：*A History of Insanity in the Age of Reason*. Trans. Liu Beicheng and Yang Yuanying. Beijing：The Joint Publishing Company，2007.

［福柯：《疯癫与文明》，刘北成、杨远婴译，北京：三联书店，2007 年。］

—. *The Orders of Things*：*An Archaeology of the Human Sciences*. New York：Random House，Inc，1970.

Freud，Sigmund. *An Introduction to Psychoanalysis*. Trans. Gao Juefu. Beijing：The Commercial Press，1984.

［西格蒙德·弗洛伊德：《精神分析引论》，高觉敷译，北京：商务印书馆，1984 年。］

Harvey，William. *An Anatomical Disquisition on the Motion of the Heart and Blood in Animals*. Trans. Tian Ming. Wuhan：Wuhan Press，1992.

［威廉·哈维：《心血运动论》，田洺译，武汉：武汉出版社，1992 年。］

Heron，Melonie. "Deaths：Leading Causes for 2012." *National Vital Statistics Reports* 64 (2015)：1‒94.

Howells，Coral Ann. *Margaret Atwood*. 2nd ed. New York：Palgrave，2005.

Kuhn, Cynthia G. *Self-Fashioning in Margaret Atwood's Fiction: Dress, Culture, and Identity*. New York: Peter Lang Publishing, 2005.

Lacan, Jacques. *Four Fundamental Concepts of Psychoanalysis*. Trans. Alan Sheridan. New York: Norton Company, 1978.

Nicholas, G. "Metaphors and Malignancy: Making Sense of Cancer." *Current Oncology* 20 (2013): 608 – 609.

Porter, Roy. *The Cambridge Illustrated History of Medicine*. Trans. Zhang Daqing. Jinan: Shandong Huabao Press, 2007.

［罗伊・波特:《剑桥医学史》,张大庆等译,济南:山东画报出版社,2007 年。］

Segerstrom, Suzanne C. Brain. "Individual Differences, Immunity, and Cancer: Lessons from Personality." *Psychology: Behavior & Immunity* 17 (2003): 92 – 98.

Sontag, Susan. *Illness as Metaphor*. New York: Farrar, Straus and Giroux, 1978.

Staels, Hilde. "Parodic Border Crossing in the *Robber Bride*." *Margaret Atwood, the Robber Bride, the Blind Assassin, Oryx and Crake*. Ed. Brooks Bouson. New York: Continuum, 2010. 36 – 50.

Wolf, Naomi. *The Beauty Myth: How Images of Beauty Are Used against Women*. New York: Anchor Books, 1991.

作者简介:王韵秋,杭州电子科技大学外国语学院讲师。

从残疾研究视角看石黑一雄
《莫失莫忘》的人文关怀

任　冰

　　石黑一雄(Kazuo Ishiguro，1954—　)是英国当代著名移民作家。他的作品不但吸引了全球读者，而且受到学术界和评论家们的一致好评(Sebastian 1)。石黑一雄研究专家辛西娅·黄曾评价其小说"将不同的声音和关切熔于一炉……所写的小说被置于历史背景之中，具有丰富的文化内涵和人文主义价值取向"(qtd. in Brian 101)。从创作数量看，石黑一雄的作品并不算多，但几乎每部作品都获得重要奖项。正是因其作品所承载的社会责任，人们才关注到其中的人文主义内涵。就这些小说的主题而言，石黑一雄通过对人性的持续拷问，表达自己对后现代人类生存境况的思考和对社会边缘人与弱势群体的人文主义关怀。无论是《被掩埋

的巨人》(*The Buried Giant*，2015)中那对远古时代的老夫妇,《长
日留痕》(*The Remains of the Day*,1989)里的英国管家,还是《莫
失莫忘》(*Never Let Me Go*，2005)中的克隆人,都被写成人群中
的异类、与所属时代格格不入的边缘人。《莫失莫忘》的主人公更
是如此,成了不能称为正常人的他者,身体和心理都与正常人迥异
的克隆人。

故事的叙述者凯西和她的朋友们未来会成为人类移植手术的
备用器官,并且在"捐献"出三到四个器官后就会因丧失重要身体
器官而逐渐死亡。小说以凯西的口吻回忆她在英国寄宿学校黑尔
舍姆作为护理员和捐献者的成长经历及与露丝、汤米两人的友情
和爱情的故事。这部融合文学自然主义与魔幻现实主义且具有反
乌托邦色彩的科幻小说一经面世,即在欧美获如潮好评。英国《卫
报》评论这是"石黑一雄关于人类关系的持久性的最深刻的阐述"
(转引自欧荣 115);美国《出版商周刊》评价小说是"一个史诗性的
道德恐怖故事,以一种辛辣而令人痛苦的缩影的形式讲述……石
黑一雄编织出了一个犀利而又谨慎的科学超越道德的故事"
(115)。《纽约时报》的书评认为石黑一雄的意图并非指向基因复
制技术带来的伦理问题,而是"更个人的,更文学的"(115)。

小说在国内外评论界也引起广泛关注。国内学者的研究涉及
存在主义、镜像理论、精神分析、伦理批评、反乌托邦思想等多个方
面。国外学者的研究更加多样,除上述视角外还涵盖小说中的艺
术和创造力问题,酷儿理论视域下克隆人的异性恋倾向研究,更有
评论家探讨为何捐赠者不反抗也不逃跑的疑问。这些研究呈现出
跨学科的趋势,结合社会学、伦理学、历史学、心理学等学科知识对
石黑一雄的文学创作进行了多方位考察。然而,迄今很少有学者
从残疾研究层面对这部小说进行剖视。正如残疾研究学者汤姆森

（Rosemarie Garland Thomson）所言："到底什么样的生命才值得存活在这个世界上？生命会有优劣之分吗？残疾人该如何在这个世界上生活？我们的社会到底怎样面对残疾人这一弱势群体？"（136）。《莫失莫忘》对这一问题做出了微妙而深刻的探索——在黑尔舍姆这个怪异而充满悖论的小世界里，克隆人本是身体健康的，但为治疗正常人的伤残，他们被迫捐献器官逐渐沦为丧失身体重要器官的残疾人。正常人类为了自身利益不惜代价研制出克隆人，在证明其人性之后残忍地剥夺他们的身体器官甚至生命。从某种程度上讲，这些正常人因为人性的缺失，也逐渐变得"残疾"。本文借助残疾研究理论解读《莫失莫忘》中的人文主义关怀，希望能拓宽人们对文本的研究视野。

一、对克隆人的残疾解读

1970 年以来，随着残疾人权运动在西方的兴起，关注弱势群体的残疾研究逐渐成为新的研究热点，并获得广泛发展。现代意义上的"残疾"已偏离传统的医学与病理学定义，而更加广泛地指向身体、认知和感官的差异与能力。它比大多数其他形式的身份更具流动性，因为它可能在任何时候发生在任何人身上（Adams 5）。不过，"残疾本身并不产生意义，其意义实质上是由它所存在的社会文化所赋予的……社会通过排除或歧视，并创造情感、感官认知或建筑障碍使得个人变得残疾"（Hall 21）。早在 20 世纪 90年代初，费易（Thomas Fahy）和肯布尔·金（Kimball King）两位学者在观照文学创作中的残疾病躯或受损身体意象时就特别注重对来自社会反应的分析，认为残疾的意象与观看者本人的心理及所处社会环境有着直接的联系（转引自杨金才 105）。

对健康与残疾之间的流动性描绘，进而感知身体与精神的残缺图景是《莫失莫忘》的重要特点。故事叙述者凯西和她的朋友们是虚构的未来世界的克隆人，本来出生时身体是健康的，但因为他们被制造的目的就是为人类捐献器官，因此在捐赠重要器官后变得残疾。他们在捐赠的过程中感受到病痛和虚弱，甚至生命也被人类社会强制压缩为不到四十年。身体，尤其是克隆人捐献后受损的身体，是小说展示的主要场域。文中多次描绘凯西等人体会到的身体残缺的痛苦，例如，凯西在给露丝做护理员时，"只有一次，她痉挛得厉害，身体扭曲到了很不自然的可怕姿态，我即刻就要叫护士给她增加镇痛药了，这时，仅有不多的几秒时间，她直直地望着我，确切地认出了我。在捐献者们骇人的挣扎过程中，偶尔会达到这样汪洋大海中小岛一样的短暂清醒"（石黑一雄 264）。此外，克隆人注定不能生育，也没有父母，这是她们生理残疾的另一特征。

小说里，凯西非常珍视的一盘磁带中有一首歌曲叫作"莫失莫忘"。她被这首歌深深地打动，想象着圣灵被自己感动而赋予自己一个孩子。她把枕头当成孩子随歌舞蹈，时时吟唱"宝贝，宝贝，莫失莫忘"（石黑一雄 79）。正是因为生理上的残缺和特殊的身份，克隆人被视作底层人。石黑一雄将他们因人类的自私而遭受的身体残疾和精神苦痛展现得淋漓尽致，让人感到十分震撼。人类社会的强权可以使克隆人残废，给他们带来身体和精神的双重创伤。

在《非凡的身体》一书中，汤姆森审视了怪异凝视的现象。在巴塞洛缪博览会的怪异表演秀上，促销员利用人类的好奇心来攫取利润。而在怪异秀舞台上，所有人类的复杂性都降低到了单一的程度，人类的怜悯更是从来没有出现过（70）。在怪异秀舞台上，残疾被作为凝视对象来观赏而加以物化。在石黑一雄的小说中，虽然没有任何怪异的表演或旁观,但克隆人具有类似的从属地位和相近的"怪异感"。凯西曾回忆与夫人的一次邂逅所带来的自我认知的重塑。她和朋友突然出现在夫人身边,并观察她的反应:"我至今都能栩栩如生地看到,她似乎在拼命压抑住周身的颤抖,那种真正的恐惧,怕我们中的哪一个会不小心碰到她。"(石黑一雄 40)凯西意识到"露丝说得对:夫人的确怕我们。但她害怕我们就像是有的人害怕蜘蛛一样"(40)。捐赠者们终于发现自己与其他人的不同,即使他们不恨也不想伤害自己,但她们还是会给人带来恐惧和不适。后来,在与艾米莉小姐及夫人会面时,艾米莉小姐对凯西坦承:"我们都怕你们。我本人就不得不每天跟自己对你们的恐惧做斗争,我在黑尔什姆的每一天几乎都是如此。有时候我从书房窗口望着你们,我会感到那么强烈的厌恶。"(石黑一雄 303)

在正常人看来,残疾是歧视的对象,被作为凝视对象来观赏甚而物化,因而残疾者会感到心理上的自卑。厄文·戈夫曼(Erving Goffman)认为身体残疾会引起耻辱感(stigma),他将这种耻辱感定义为一种因与他者的互动而破坏正常的身份定义的过程(4)。这种耻辱感可能来自身体的残疾或精神上的疾病,也可能来自异常的个人特征,如同性恋,某种犯罪行为或是种族和国籍的问题。这种耻辱和自卑不仅与失去自尊有关,还与社会、经济和政治上的歧视有关。心理上的耻辱感和自卑致使露丝与凯西认为她们的原型都是低等的人。当露丝去诺福克找寻自己的原型时,她遇见一位 50 岁左右的女性,与自己完全不像。濒临发疯之际,露丝方才恍然大悟,"我们是从废柴复制来的。吸毒的、卖淫的、酗酒的、流浪汉,也许还有罪犯,只要不是变态就行。这才是我们的来源⋯⋯如果你想去找原型,如果你认真想去找,就得去那些醒龊地方找。

你得去垃圾堆里翻。去阴沟里找,那才是我们这些人的出身之地"(石黑一雄 185)。凯西是如此善良、阳光并且充满同情心的女孩,但她认定自己的原型是色情画报中的妓女。如此,小说呈现了身体的异常如何使人的内心变得敏感自卑,表现出独有的反常与自我沦丧。

二、对正常人的残疾解读

与其他少数群体不同,残疾人是一个可渗透的类别。一旦出生,个人不太可能改变种族或生物性别,但是,人人都可能变成残疾人。随着医疗技术的进步,许多出生就有缺陷的人能够保存生命,但无法避免成为残疾人。正如小说中的克隆人因为捐赠变得残疾,艾米丽小姐这样的正常人最终也变成残疾人。小说结尾处,凯西和汤姆去拜访夫人时见到艾米丽小姐坐在轮椅上,"轮椅中的身躯孱弱并且扭曲,是那个声音,比其他的一切都更清楚地让我认出了她"(石黑一雄 286)。石黑一雄采用隐喻的方式描写这个受损的身体,艾米丽小姐的残疾预示了她身体的无助与政治上的无能为力。她无法行走,无法改变残忍和不公的政权。随着年龄的增长,几乎所有人都会经历身体或精神上的残疾。石黑一雄通过描写这位老年妇女身体状况的恶化隐喻普世残疾的状况:和克隆人一样,老年人随着年龄的增长也会逐渐变得虚弱和无助。不过,艾米丽小姐在得到捐赠后重回正常状态,她对凯西和汤米说:"我最近身体不太好,但我希望不用长久靠这玩意才能行动。"(石黑一雄 288)可见,正常和残疾之间的界限并非一成不变。那么,是消除残疾还是和谐共存,这是小说给我们提出的重要问题。

学界对艾米丽小姐人物形象的分析十分耐人寻味。有学者认为艾米丽是克隆人真正的家长,让他们的生活具有意义。艾米丽小姐认为凯西和汤米是她事业的成果,她对两个孩子意味深长地说道:"看看你们俩! 出息得多好! 你们都受过教育,有文化。"(石黑一雄 293)她为自己的作品感到自豪,因为她证明了克隆人也是有灵魂的。但当读者期待艾米丽会有更多的情感流露时,她一心都放在要卖掉的柜子上,连基本的待客礼仪都没有了。她告诉凯西和汤米:"亲爱的,虽然我很想多陪你们待一会儿,但没办法,因为过一会儿就会有人来取我的床头柜。那是件好东西。"(石黑一雄 288)作为接受器官移植的受益者,人类的冷漠和无情令人不寒而栗。为了自己的生存,人类制造出可以提供器官的克隆人。由于人性的缺失,小说中的正常人也都变得"残疾"了。残疾成为一个"符号",成为欲望和残忍的载体。更可怕的是,这种精神与人性上的残疾异化了人们的思维和行动,使人类在没有做好充分准备的情况下,制造出人类的复制品——克隆人。虽然克隆人是绝症患者的救命稻草,但大家并没有像尊重同类一样尊重她们。小说结尾,夫人看到凯西和汤米时,凯西说道:"我感到周身一阵寒意,很像多年之前,在主楼里我们伏击她的那次。她的眼神依然冰冷,脸色可能比我记忆中还要严厉。我不知道她是否当下就认出了我们;但毫无疑问的是,她看了一眼,立刻就认定我们是什么人,因为我们看得出她一下子变得僵硬起来——仿佛两只很大的蜘蛛就要朝她爬过来。"(石黑一雄 277)人类从自私的角度发明了克隆人,但在内心深处否认克隆人作为人的存在,他们将自己视为中心,不顾任何恶劣的后果。凯西等人在作品里几乎始终处于失声的状态和边缘的地位。他们是被人类利用的工具,而正是这种剥削利用导致了克隆人的病残。从某种意义上而言,克隆人实际上是社会弱势群体的隐喻,他们存在的意义在于被盘剥。通过对克隆人悲惨命运的描写,作者对心灵的残缺和人性的冷酷进行鞭笞。通过阅读克隆人的故事,我们能洞察现实世界的影子,领悟作家精心创作的人性缺失的挽歌。

三、对黑尔舍姆怪异小世界的残疾解读

小说中的黑尔舍姆无疑是个怪诞并独特的小世界。在这个怪异的存在中,残疾引发的社会观念和优生世界的建构值得深入探讨。优生学(Eugenics)是指运用遗传原理和相关手段改善人类自身素质的研究。它诞生于19世纪末的英国,由英国人弗朗西斯·高尔顿(Francis Galton)首次提出。优生学利用选择性生殖、基因操纵、选择性流产等现代医疗技术手段优化人口素质,消除残疾。1900年前后,美国学者开始将高尔顿的研究引入国内,优生学逐渐在美国落地生根,并迅速进入繁荣阶段,20世纪40年代渐渐走向衰落。其衰落的原因在于优生学界内部的变化以及国际形势所引发的公众态度的转变。纳粹德国在"二战"爆发后对残疾人采取的安乐死计划更让美国民众意识到优生世界的建构是对生命权的剥夺。优生运动的失败以及新优生学的建立给人类带来重要启示:对科学知识技术的运用应立足于对人与人性的关怀、对道德和伦理的尊重,应努力摒弃社会偏见的影响。

在小说《莫失莫忘》中,石黑一雄对黑尔舍姆充满悖论的描绘充满深意。首先,人们认为病残是一种负担,他们试图建立优生世界,竭尽全力消除残疾。这所寄宿学校的设置像是纳粹对残疾人安乐死计划的再现。人类利用现代基因工程技术制造出克隆人,让她们捐献自己的器官供人类使用。她们是人类生理的完全复制,被制造出来时非常健康,符合人类社会所谓的正常标准。她们

富有才华、能力突出，也很有教养，却无法掌控自己的命运，只能屈从于人类的安排，失去自己的器官而变成残疾人。人类在消除残疾的过程中因而又制造出新的残疾人。从表面上看，身体健康的克隆人是为治疗普通人而变得残缺。但人类并不这样认为——他们把克隆人看作低人一等的残疾者，是没有价值的牺牲者。这种自相矛盾的逻辑实为对优生世界建构的一种强化。

其次，这些克隆人被黑尔舍姆的老师证实在心理上具备和人类一样的特征。正如校长艾米丽小姐所说，希望在冷漠的社会中提供一个"更加人性、更加合理"的对待生命的方式，并向世人证明克隆人拥有人类的灵魂，"如果学生们在人道、文明的环境中长大，他们就有可能像任何普通人类成员一样，长成会体贴、有智慧的人"（石黑一雄 293）。在黑尔舍姆接受的贴近人类社会的教育给学生们一种错觉：自己在很大程度是正常人，可以被人类社会接纳。但当汤米和深爱的凯西申请延期捐献而找到艾米丽小姐时，她们被告知自己的身份与人类不同。人类只是把她们当作活体移植器官的来源，用以治疗病残，人类社会从未打算承认克隆人的人类身份或是接纳她们。无论怎样展现自己的人性、能力和品格，她们都不可能逃脱为人类牺牲的命运。人类有意将克隆人放在阴暗的角落，漠视、歧视她们，说服自己这些并不足以成为人类，只是怪异的存在。

石黑一雄在小说中聚焦身处社会底层的克隆人，将其所受肉体与精神上的痛苦展现得淋漓殆尽，迫使读者不断反思世界的建构：到底什么人值得存活在这个世界？生命有优劣之分吗？如何评断孰去孰留？《莫失莫忘》在提出这些问题之后，引申出最为关键的思考题：是否可以把残疾人从人类社会去除？这些看似悖论的叙述和对现实问题的拷问是小说最引人入胜的地方。即便在医疗技术高度发展的当今时代，残疾仍旧不可预测，人类无法也不应消除残疾、建立优生世界。我们不该质诘"世界上应不应该有残疾？"，而应反思"残疾人如何在我们共有的世界中生存？"。残疾是人类发展不可避免的一种变异，保护残疾人就是保护人类物种的多样性。消除残疾不能保证世界的完美，相反，残疾的存在却为世界提供了多种表达的可能。我们应客观地理解、善待残疾人，努力构建充满包容的社会。如何理解并支持残疾人这个弱势群体也许是当今人类社会最重要的伦理问题。

结语

　　与人类社会相比，黑尔舍姆这个小世界是处于弱势的。面对人类的欲望和强权，克隆人们显得凄惨无助。在石黑一雄虚构的世界里，残疾和死亡这两个不可避免的话题跨越时间、空间和物质世界的畛域而穿入我们的生活。他以敏锐的目光及超现实的别致描绘对当今社会的残疾伦理问题给予了回应：人类社会不应消除残疾，而是要创造一个残疾者与正常人和谐共存的包容世界。如是观之，《莫失莫忘》这部超现实小说虽然涉及的是克隆人话题，但对克隆人的描写其实是一种隐喻——克隆人无法掌控的命运隐喻了人类社会中弱势群体所面临的悲惨境遇。石黑一雄并未详细地描绘克隆技术，也未刻意讲述克隆人的反抗，而是冷静地刻画人物、叙述故事。作家以其独特的文学书写为世人看待身处逆境的病残群体提供了全新视角，彰显出浓厚的人文关怀。石黑一雄曾在采访中自陈，也许人们看到了一个怪诞的世界、一个怪异的人群，但是，我想让人们逐渐意识到这不是一个古怪虚构的世界，而是发生在我们每个人身边的故事（qtd. in Shaffer 216）。他的作品让我们不得不重新反思当今社会对待弱势群体的态度，以及我们自身的残疾道德观。

引用文献（Works Cited）

Adams, Rachel, Benjamin Reiss, and David Serlin, eds. *Keywords For Disability Studies*. New York: New York UP, 2015.

Goffman, Erving. *Stigma: Notes on the Management of Spoiled Identity*. New Jersey: Prentice-Hall Inc, 1963.

Groes, Sebastian, and Barry Lewis, eds. *Kazuo Ishiguro: New Critical Visions of the Novels*. New York: Palgrave Macmillan, 2011.

Hall, Alice. *Literature and Disability*. New York: Routledge, 2016.

Ishiguro, Kazuo. *Never Let Me Go*. Trans. Zhang Kun. Shanghai: Shanghai Translation Publishing House, 2018.

［石黑一雄:《莫失莫忘》,张坤译,上海:上海译文出版社,2018 年。］

Ou, Rong. "What Is Human: The Ecological Concerns in *Never Let Me Go*."*The Intersection of Multiculturalism and Multiple Viewpoints* 1 (2013): 115 - 120.

［欧荣:《对人性的持续拷问:解读〈永远不要弃我而去〉中的生态关怀》,《多元文化与多种视点的交汇》2013 年第 1 期,第 115 - 120 页。］

Shaffer, Brian W. , and Cynthia F. Wong, eds. *Conversations with Kazuo Ishiguro*. Jackson: UP of Mississippi, 2008.

Thomson, Rosemarie Garland. "Eugenic World Building and Disability: The Strange World of Kazuo Ishiguro's *Never Let me Go*."*J Med Humanit* 38 (2017): 133 - 145.

—. *Extraordinary Bodies: Figuring Physical Disability in American Culture and Literature*. New York: Columbia UP, 2017.

Yang, Jincai. "Approaching Disability from Steinbeck's California Trilogy. " *Foreig Literature Review* 4 (2009): 105 - 112.

[杨金才:《从"加利福尼亚三部曲"看斯坦贝克的伤残书写》,《外国文学评论》2009 年第 4 期,第 105 - 112 页。]

作者简介:任冰,东北林业大学外国语学院副教授。

全球、残障与物种

——论辛哈《动物之人》的动物叙事

段　燕　王爱菊

　　《动物之人》(*Animal's People*, 2007)是英国作家因德拉·辛哈(Indra Sinha, 1950—　)的代表作之一。作为当代新英语文学的一部厚重之作,小说出版后备受评论界关注,辛哈因此获得 2007年布克奖和 IMPAC 都柏林文学奖提名,并摘取了 2008 年英联邦作家奖。小说以 1984 年美国设在印度博帕尔(Bhpal)的联合碳化(Union Carbide)发生异氰酸甲酯外泄为历史原型,讲述了当地(小说化名 Khaufpur)居民时隔廿余载生命依然岌岌可危,为寻久候不至的正义,民众与美国公司(化名 Kampani)奋力抗争的故事。辛哈将小说背景置于全球化语境下的印度,事件借由一位名叫"动物"(Animal)的灾难致残者以第一人称口述展开,个人遭遇与民族命运错综交织，主人公的"在场"也成为夹杂着第一世界与第三世界、正常与残障、人与动物等多重伦理因子交叠的"见证"。全球化经济浪潮中贫穷南方国度的人民如何受到北方跨国公司的残害及其根源是什么？主人公的残损身体作为个案前景化当地人在地缘政治中动物般的处境外，折射出何种公共领域社会契约既定的结构性特征？新殖民主义和疾病歧视权力话语下人类他者所遭受的暴力如何与现实世界真实动物所经历的他者化相互交缠？人与动物之间应当建立何种新的伦理关系来谋求理想的命运共同体？

　　20世纪80年代以降，西方人文社科研究领域出现了动物转向趋势，文学领域的动物研究随之蓬勃发展，并形成一套独立的批评话语即"动物批评"，这为解决上述一系列疑问提供了可能。1983年，牛津大学的基恩·托马斯（Keith Thomas）在《人与自然世界》（*Man and the Natural World*）一书中较早捕捉到英国现代小说、诗歌和游记等呈现的动物生存境遇。而后，众多学者如马戈·诺里斯（Margot Norris）、马丽安·斯科尔特梅耶尔（Marian Scholtmeijer）开始探索动物书写所关切的种际道德。21世纪以来，史蒂夫·贝克（Steve Baker）、埃里卡·福吉（Erica Fudge）、约翰·西蒙斯（John Simons）等在动物批评学说的理论构建与批评实践方面起到了标杆作用。与此同时，研究视点由早期兰迪·马拉默德（Randy Malamud）着眼于动物诗学的生态审美，发展至肯尼思·夏皮罗（Kenneth Shapiro）和玛丽昂·科普兰（Marion Copeland）提出"动物批评是一种观点立场，任何一部小说皆可从该视角解读"（343），到如今卡里·沃尔夫（Cary Wolfe）认为"动物研究从根本上动摇并重构了有关主体认知与学科范式的根基"（ⅹⅹⅸ）。可见动物批评已超越环境议题，把对自然生态的关注，扩大到对社会、文化乃至整个人类知识体系的反思。要而言之，动物批评就是从文学的动物书写出发,探究关于动物的文学表征及象征意涵与真实动物之间的关系,论析对动物的不同理解如何影响其在人类社会的命运及人类自身,它将自然研究与政治研究相结合,通过对动物本体和伦理地位的双重考察,重新审视人与动物的界限、人类的主体性问题,以及挑战人类中心主义意识形态。辛哈的小说以"动物之人"为题,主人公亦以"动物"命名,并塑造了害虫、野狗、毒蝎等"同伴物种",由此可窥动物之于小说的重要性。本文以动物批评理论为依托,聚焦小说的动物叙事,论释其殖民、残障与动物伦理意义。

一、"孰为害虫":南与北的全球环境公正

相较于对近代西方与其他文化间历史政治所投入的关注,后殖民研究对动物的命运几乎置若罔闻。在指出非欧洲的种种他者为追求西方文化声名优越感付出的代价时,后殖民批评家往往将重心置于人类畛域,鲜少触及动物(Armstrong 413)。事实上,作为一种建立在本体论与现代生物学基础上的意识形态,白人优越论一贯热衷将动物性嫁接给身处边缘位置的民族,借此建构西方主体地位和保持帝国霸权活力。

19世纪末20世纪初,资本主义进入到国家垄断资本主义阶段,拉开了帝国主义全球资本输出的序幕。小说中像康帕尼(Kampani)这类总部位于美国、在印度拥有分支的跨国企业正是西方资本输出的重要工具。史学家埃里克·霍布斯鲍姆(Eric Hobsbawm)分析该进程时指出:"一个由已经开发或发展的资本主义核心地带决定步调的世界经济,轻易便可制造一个由'先进'支配'落后'的世界"。(56)发达国家将非西方国家纳入世界市场,

使之成为原料、廉价劳动和商品市场的提供者。在这种情形下，脱离殖民或半殖民主义泥潭的发展中国家仍未摆脱枷锁，较之从前殖民统治的强权保护，新殖民主义意味着只有剥削而得不到补偿。小说叙述主轴就围绕印度与康帕尼的官司拉锯战展开，后者毒气泄漏不仅没妥善处理，反而竭力逃避责任，"康帕尼老板全躲到遥远的美国，拒绝出席印度法庭，谁也不能把他们怎样"(33)。辛哈受访时谴责"康帕尼们都是残忍贪婪的法人机构"(Sandhya)，某些跨国公司投资实为隐秘的经济奴役，其推行的全球经济内置"中心—外围"的政治秩序，结果只会增大而非缩小贫富国家的差距。

　　然而这并非全部，康帕尼选址印度表面上看是经济渗透，深层缘由却与它的害虫业务——杀虫剂生产有莫大关联。犯罪学研究者表示，博帕尔事故绝非"过失侵权"(negligence tort)，更非 W. 安德森(W. Anderson，联合碳化总裁)、公司律师及西方媒体所声称的"罪魁祸首源于本土工人疏忽"，而应归属"生态犯罪"(eco-crime)(Carrigan 160)。换言之，康帕尼设厂印度是有预谋的。小说对其遭遇臭弹袭击的瞬时反应描写便揭穿了这种有毒资本的别有用心，"康帕尼的英雄们吓得屁滚尿流，这气体准和那晚一样，他们无不清楚吸入毒气死状多惨"(360)。事实上，以康帕尼为代表的高危高污化工厂本就是西方抛掷在外的贱物：资本主义文明在考量利润和空间分配时，往往将危险产业置于全球资本经济体系的边缘地带(尤南半球贫困地区)从而保证自身不受损害，由此完成利润内化与风险外化(Nixon 449)。这证实了西方殖民活动历来践行"生态帝国主义"的事实，相比历史上伴随殖民开拓而来的物种入侵，当代欧美国家"绿色资本主义"所鼓吹的北方国度生态改良，恰是建立在对本国污染进行全球转移上。小说中，辛哈用泛指之词"Kampani"(谐音 company)代替传统确指的命名方式也表明对跨国资本主义时代的担忧,借此作者为第三世界敲响警钟,书中所叙不仅是印度本地场域的高度聚焦,也是亚洲、非洲和拉丁美洲的现实缩影(Mukherjee 216)。正如文中那个设问句所示:"难道被毒害的就一座印度城市? 当然不是。被毒害的还有墨西哥城、河内、马尼拉、哈莱卜吉……"(296)

如果说跨国公司建厂污染地方是不幸,那么南半球贫乡剧毒爆发无疑是压垮骆驼的最后一根稻草。毒气外泄造成考夫波尔(Khaufpur)成千上万人伤亡:主人公"动物"无法站立,国宝级歌唱家失去了动人歌喉,哺乳期母亲乳汁有毒……辛哈将故事发生地取名考夫波尔(意为"恐怖之城"),作者用意跃然纸上。然而康帕尼没有清理工厂就逃了。面对西方资本企业良心泯灭,一位印度老妪向再次被延期的听证会发出质问:"我们的生活长期笼罩在工厂阴影下,你们原说给土地制药,生产农药毒死害虫,结果毒死了我们。我倒要问问:在你们眼里我们和害虫有区别吗?"(306)显而易见,老妪的害虫之问也是辛哈之问。在辛哈看来,北方富人精心准备的全球资本正在侵害后殖民国家的环境正义与民族正义。当种族歧视与物种主义纠缠不清,欧洲主流话语将他者(人和动物)构建为低劣于人类的动物以建立等级从而维护殖民合法性,特别是这种"殖民动物"(colonial animal)进一步被标记为"垃圾动物"(trash animal)害虫时,对其一切行为包括族群清洗变得更加正当,因为作为"垃圾动物"的害虫就是毫无价值、具有威胁的可鄙物种(Nagy and Johnson 1),需要被隔离、驱除甚或消灭。诚如小说所描述的白人思维,"那些穷人命不好,即便没有那工厂,也有肺结核、霍乱和饥荒,横竖都是要死的"(153)。值得注意的是,"二战"期间,德国法西斯曾用同样的毒气屠杀集中营犹太人,而美国联合碳化在惨案后以"商业秘密"为由拒绝向医院披露毒气详情。

对此，辛哈尖锐地指出："故意隐瞒本可拯救生命的信息，等同谋杀。"（322）

"殖民动物"在印度人被冠以"动物的人民"这一称号中得到了淋漓尽致的体现。印度百姓婉言谢绝志愿服务，来自美国的艾莉医生未能认识对方推辞是接连遭遇康帕尼遣派特员搜集情报以便脱责的无奈，却朝随行者"动物"大喊："动物的人民！我他妈不懂你们！"（183）整句大写，作者的强调意图不言而喻。"动物的人民"在字面上指称与主人公"动物"同属南方底层的印度民众，又在隐喻层面暗示了整个印度族群的身份降格即"动物化"（animalization）。艾莉曾将印度人的生存环境形容为"经历地震的虫穴"，这种叙述视角源于对贫窭的绝对贬义构式，"产生于怜悯而非尊重"（Mahlstedt 68）。白人医生艾莉并非个案，那些来自欧美的记者、摄影师对博帕尔事件的言说都带着伪善的腔调。究其根本，这些"外来者"（作者语）对印度的审视是一场自我与他者之间权力不对等的触碰，其始终主张人类理性自我的优越性、人类优于其他物种，而这种人本主义的自我对文明教化使命的欧洲启蒙殖民主义来说极为重要：当被殖民者被理解为未开化的次等人种时，他们若不被当作异类或怪物，就倾向于跟动物联想在一起。

通过以虚衬实的害虫意象，辛哈不仅具象化了"动物的人民"这种思维所指导的殖民实践，同时也表达了对人与动物关系的警醒。所谓的"垃圾动物"即害虫之"害"是相对于人类利益而言，这种界定方法决定了一旦把动物视作资源，人类对动物所为只有利益权衡而不必有道德顾虑。当白色人种视己为优秀人种，有色人种则成为环境污染的转嫁对象；当发达民族视己为天赐物种，低等物种则成为环境破坏的受害者。

二、"人们都叫我动物"：异与常的残障权益平等

研究者指出，人类思想领域和社会结构中本质论思维在残障偏见与物种歧视中发挥着相似作用，那种依循健全规范的能者主义默许人类对动物的剥削，而那些以理性为根基的物种有别论也认可对残障的歧视(Roberts-Cady 99)。所谓能者主义(ableism)，源于现代医学认为残障身体形态和功能偏离正常区间，因此是一种机能或心智失能异常。"有身体缺陷的人即动物，属他者之列"(Davis 40)，这个概念深刻地烙印于社会集体潜意识。

"动物"是印度遭遇跨国资本主义所致环境灾难的受害者。他出生于毒气泄漏前几天，长至 6 岁因后遗症患脊骨软化，身体最高部位为臀，从此无法直立。据"动物"回忆，童年游戏与同伴发生冲突，孩子们开始喊他"动物"，而真正令"动物"之名众所周知的是人们故意在他身上留下泥印并揶揄他"野蛮动物"。上述故事在笑谈中暴露了"动物"因身体缺陷而受排挤的悲哀事实。在解析人的主体建构时，福吉说："'人'是一个只有在差异中才产生意义的范畴，那些界定人性的品质……只有借助动物参照方可理解。"(10)不难推断，"动物"这个称谓完整表述应为身躯异常导致的"非人类动物"。通过简单的背景叙述，辛哈一面喻示了表意的动物作为描述工具用来污名化残障者的社会现实，另一面则展现了主流文化圈残障意味着偏离正常的话语宰制。在此社会偏差理论下，身体是权力角逐的场域，失能者由于身体不同，扮演僭越常模的"异人"角色为"常人"提供注解。可见，"动物"的名字隐含了残障歧视与物种歧视的双重暴力，在这里非人类动物成为主人公"动物"失能他者身份的缺席指涉。

对残障群体而言，被投以异样眼光是他们的首要恐惧。小说中，辛哈真实再现了能者主义通过凝视操演健全概念的行径。普通人卡卡杜看到"动物"所凝结的目光，"仿佛前者眼睛是纽扣而后者眼睛是扣眼"（4）；医生艾莉碰见"动物"所产生的盯视，"感觉她那双眼睛突然变大"（72）。无论哪种情况，凝视将人类寻找叙事的本能外化，这种叙事从本原上讲是新奇的刺激——失能者在所谓的不寻常层面悬置了现代文化遵循的规范，其界定人们的外观、举止和社会关系（Garland-Thomson 37）。除了异样身躯导致外表趋近动物，"动物"的不正常也反映在他身上具有文化论述所说的形而下动物性：行为方面，"动物"不能直立行走，只能像爬行动物那样体腹着地、四肢走窜，而双腿直立是人进化的关键一步；感官方面，"动物"视、听、嗅等感觉特别发达，这种感官是片面发展的，人的感官则获得了均等发展。种种未进化迹象是凝视产生的直接原因，也是凝视与被凝视者之间权力建制的重要基础。凝视者以自居人类的集体潜意识力量观看瑕疵标记的被凝视者，从而建立主客的优劣高下和自他的恐惧敌对，完成对残障的"非人化"（dehumanization）。在作者笔下，这种具有宰制关系的凝视无处不在，"不管往哪儿看，都能看到眼睛"（12）。需要指出的是，辛哈借助人物角色"动物"书写残障所遭受的全景敞式主义凝视，同样见于早期动物园的存在形态：通过观看实现征服，大众视线犹如美杜莎的凝视，不仅异化和物化了动物，也剥夺了动物的主体性。事实上动物园刚向公众开放时，工作人员不得不保护动物免遭观众攻击，因为人们觉得这些动物是战俘，供其侮辱和虐待。通过"动物"的凝视之殇，辛哈旨在说明能者主义与物种主义具有逻辑上和策略上的同质性，两者视线另一端所及之处均是被边缘化的他者，残障与动物之间在概念层面延续着某种形式的压迫或二元对立

（人与非人、理性与身体、文化与自然）。

　　除精神上的权力凝视外，辛哈还描写了残障者被侵犯甚至剥夺公民权及生存权的现实问题。小说中，带着失能身躯的"动物"没有栖身之地，以鬼魅毒气工厂为家，终日同一条野狗为伍。饥肠辘辘时，"动物"跟野狗一起在泔水桶里觅食，人们不是朝他们翻白眼就是拳脚相向。相比普通毒气受害者排一天队看医生，"动物"却连政府医院的大门都进不去；讽刺的是，艾莉诊所的经理同样禁止动物入内，要求把狗留在外面。这些白描式细节无不体现"动物"生活极度恶劣，更映射出失能者因身体弱势而四处碰壁。辛哈所要批判的正是这种社会机制对残障的群集压迫，残障并非失能本身带来的结果，而是由各种政治、经济和文化强制力所造出来的产物，"没有任何一种社会契约，将身心遭受伤残的人们，涵盖到当初选择基本政治原则的订约团体"，"残障从未被视为公众领域的一部分"（Nussbaum 14）。"动物"与野狗命运的相似性，似乎通过譬喻的方式诠释了能者主义与物种主义的勾连，这也进一步印证只要物种主义话语存在，它将永远被某些人当作压迫另一些人的依据。

　　残障的身体政治在"动物"被众人期许接受矫正时达到高潮。在艾莉医生斡旋下，"动物"获得了去美国的手术机会。面临人生关键时刻，"动物"兀自思索：如果接受手术，确实可以站起来，但走路就得拿拐杖。尽管能轮椅代步，但羊场小巷中轮椅可走多远？而他现在能跑、能跳、能爬树，这种生活糟糕吗？根据 C. 巴克尔（C. Barker）的分析，艾莉所代表的医学慈善源于"动物"的可见残疾，其强调失能身躯脆弱是为增强人道主义危机从而坚持西方干预的紧迫性（11）。小说固然展示了"动物"残缺之躯作为个案前景化当地人所经历的殖民创伤，但它也强烈地彰显了失能之异如何被公众构建为他者并制造痛苦叙事，因为治疗后的"动物"虽符合直立人标准却从此丧失自由行动的能力。某种程度而言，"动物"的矫正手术反映了人们处理失能者所使用的方式——摧毁消灭，它意味着残障主体的消亡，包括物理意义和象征意义。这种做法甚至可追溯其哲学渊源，柏拉图认为有缺陷的婴儿应被处死，洛克将缺乏理性的智力残疾定义为非人（L. Carlson 2）。一些公开歧视残障的城市法案更明文规定：凡患病残疾者、缺手断足者、具有任何形式的变异身躯者……不得出现在街道、高速公路及公共场所（Schweik 291）。显然，辛哈并不苟同以科学医疗的理性工具对残障施暴的能者主义，相反却以"动物"拒绝矫正挑战了标准化医学范式的"人"观。

"动物"既被象征，也被写实，在文中承担着溢出的失能含义。通过虚实相生而产生的人兽共体，辛哈刻意塑造"动物"这个角色跨越人与动物的分野，由此揭穿能者主义与物种主义的共谋关系，反思传统医疗论述对残障主体投射的人格污名；通过跳脱以"异"定"常"的框架，辛哈解构了封闭的身份认同，正是排斥和压抑动物（性）的人类界说使得能者主义的非人化过程成为可能。

三、"这就是天堂"：人与动物的命运共同体

通过《动物之人》，辛哈不仅敦促读者认识到人与动物的命运总是以某种暧昧的形式纠结在一起，更直接呼唤对动物的伦理关怀。早在百年之前，社会改革家亨利·索尔特（Henry Salt）就曾断言："把人从残暴和不公中解放出来的过程，将同时伴随解放动物的过程，此两种解放不可分割。"（122）人与动物的伦理关系是一套思想道德修养的锻炼，也是一套改变社会生态的诉求。

在《动物之人》中,作者开篇便描述了人类工业活动对自然生命的戕害。"听,多安静! 没有鸟叫,没有蚱蜢跳,没有蜜蜂嗡嗡,康帕尼的毒气真棒,想清除都清除不了。"(29)动物的消亡是一个危险的信号,正如 R. 卡逊(R. Carson)《寂静的春天》所示,这种具有生态预警意味的后环境启示是对人类中心主义和工具理性主义的抗议。从本质上讲,环境灾难的降临并非源自外在因素,而是人类对生命的认知错误,当人类将自己从自然的范畴中分离、与动物对立,并企图凌驾于万物之上时,也将迎来末日。辛哈反对自然歧视,拒绝物种主义。与开篇形成对比,小说末尾展现了一幅生机勃勃的丛林动物图景:穿梭枝丫的猴子,呢喃细语的鸟雀,徜徉林间的小鹿……"这就是天堂! 这就是! 这就是!"(357)在辛哈笔下,动物是和人类平等的主体,是人类的兄弟姐妹,它们的生命饱含"内容"(content)与"丰盈"(richness)。这就如同汤姆·雷根(Tom Regan)为代表的动物权利论师承康德道义传统提出的"天赋价值说"。雷根认为,人因为拥有天赋价值而享有权利,拥有天赋价值的根据在于人是有期望、记忆和情感等意识经验的"生命主体"(the subject-of-a-life),然而动物也是"生命主体",因此它们也拥有值得人类予以尊重的天赋价值(243)。这种价值赋予动物一种道德权利,决定了人们不能将其仅仅当作促进自身福利的工具。

辛哈对动物生命价值的肯定,不仅包括与人相通或长得漂亮的物种,还包括那些被贴上负面标签的动物。小说以细腻笔触刻画了与"动物"生活在同一空间的蝎子。"我们的朋友"(62)长着细小的腿,把耳朵贴在墙上,就能听见洞里的窸窣声。"瞧,他多可爱,他叫弗朗索瓦。"(299)这种蛛形纲动物由于螯针有毒,长久以来和致命危险有象征联系。在基督教里,蝎子代表暗中埋伏旅者的魔鬼,耶稣对他的门徒明确说,"我已给你们权柄践踏蝎子";中世纪和文艺复兴时,一些厌恶女人的卫道士将蝎子洞穴与女人利用美貌隐藏邪恶目的相类比(Sax 215)。在辛哈的文本世界,蝎子虽然危险("动物"触近蝎子小心翼翼),却不全是危险。环境美学家指出,认识动物应从本体即"动物之所是"出发,基于科学认知"对自然做出恰当欣赏,在根本上是肯定的"(Carlson 5)。事实上,对动物善恶美丑的划分是把生物多样性简化为二元体系的人类中心主义暴力,已被普遍接受的猛兽、益鸟等说法,实质是保障人类利益。由是观之,辛哈对蝎子的描写立足物种本身,其以"朋友"、"可爱"等积极词汇来表述蝎子,不仅肯定了动物自为存在的多样生命,更打破了传统观念对蝎子邪恶的固化认知,这或许也是将蝎子取名"弗朗索瓦"(François,即"自由之人")的要义所在。

　　小说用一种特殊的方式表现了动物生命不可化约的多元态。妮莎给"动物"带回的动物百科全书中,没有一种动物像"动物"——人们所命名的"动物"。同样的情形还出现在另一场景,妮莎帮"动物"搜索关于他的信息,电脑屏幕显示猫头鹰、青蛙等,没有一则信息指向"动物"。这两处充分展现了辛哈给人物角色取名"动物"从而实现一语双关的意旨:一方面,从侧面烘托主人公"动物"的边缘身份和流放状态;另一方面,讽刺了人类忽视物种多样性、把自身以外的动物统一命名"动物"的行为。辛哈的动物多样性思想与雅克·德里达(Jacques Derrida)不谋而合,后者专门创造了一个新词"animot"取代"animal"以拆解西方形而上学的人类中心主义。在德里达看来,人类使用一个单一的概念——"动物"(animal)涵盖大量物种,却给同为动物的自己预留"人类"(human)这一名称(37)。为了凸显人类身份的独特性,动物的多样性被禁锢在一个与"人类"相对的、单一的"动物"概念之中。显然,辛哈呼应德里达的"animot"对人类绝对化和僵硬化的逻各斯中心主义进行了反讽，提醒人们充分尊重动物的他异性。

　　辛哈强调人与动物是相互依赖的命运共同体。他在文中缅怀太谷，世界诞生之初万物生活在一起，那时人还未与其他动物区分开来。除了现实世界的动物天堂，小说还以魔幻现实主义手法勾画出一幅梦幻"天堂"："我们这是在天堂"（355），山丘和森林将永远存在，人作为万物一员，与自然界一切紧密相连，连着飞鸟，连着被水滴压弯腰的草茎。从辛哈的叙述可以看出，人与非人、有生命与无生命的物质都互相融通，地球共同体乃是行动者互相连接组成的复杂网状构造。辛哈着力描绘了"天堂"的石画，上面画着各种动物，中间有些长着两条腿的生灵，除了一些长着角、一些长着尾巴外，"这些生灵既不是人也不是动物，或者说既是人也是动物"（352）。有趣的是，13世纪希伯来文《圣经》的一幅插图里，举行弥赛亚宴饮的义人（the righteous）也拥有人的身体却长着动物的脑袋。吉奥乔·阿甘本（Giorgio Agamben）援引《以赛亚书》对历史终结时"亦人亦兽"的义人形象解释道，"艺术家们给以色列余民配置了一个动物脑袋，他们想借此表达，在末日之际动物与人的关系将呈现崭新面貌，人自身也将与其动物性和解"（3）。从浅层的互文来看，辛哈的"天堂"石画似乎复盘了希伯来文《圣经》的义人审判图，但从深层角度而言，它生动地折射了作者的阿甘本式动物伦理，即消弭人与动物的界限，希冀在未来某刻人与动物建立一种和谐共处的联系。

　　笛卡尔曾说动物是机器，海德格尔认定动物贫乏于世。但在辛哈的文本里，动物自身就是一个完整世界，"是大宇宙中蹒跚的一个完整的小宇宙"（350）。通过写实型的动物书写，辛哈还原动物之于自身的价值，除了从根本上冲破人与动物相互对立的思维定式，也让读者回到动物伦理的哲学议题，反思如何重塑人类与其他物种之间的关系。

结语

在《正义的界限》一书中，玛莎·娜斯鲍姆（Martha Nussbaum）将全球正义、残障权益和动物伦理视为当代社会契约的三大未解难题，认为"它们在不同面向上牵涉到巨大的权力不均与能力不均，某些情况下甚至还包含道德理性本身的不均"（92）。辛哈的《动物之人》用文学形式对此进行回应和思考，作者根据自身的历史记忆与社会责任，在虚实转换中构筑出不同的动物叙事风貌，赋予其深刻的政治寓意、文化内涵和伦理导向。故事中那些人类与非人类动物他者，他们所遭受的苦痛绝非限于某个单一、孤立的问题，而是全球、经济、社会、文化、道德规范等多种因素交融而成的复杂动物问题。如同保罗·谢帕德（Paul Shepard）所言，"在形塑我们的人格身份和社会意涵上，动物扮演了一个至关重要的角色，在人类意识成长的每一阶段，动物都参与其中"（3）。辛哈的动物叙事帮助读者看到了人类学暴力的荼毒和异变，激发读者反省人与动物的关系，重新探究"何谓人"、"何谓动物"以及"何谓生命与宇宙的本质"。

引用文献（Works Cited）

Agamben, Giorgio. *The Open: Man and Animal*. Stanford: Stanford UP, 2004.

Armstrong, Philip. "The Postcolonial Animal." *Society and Animals* 10. 4 (2002): 413 – 419.

Barker, Clare. *Postcolonial Fiction and Disability*. New York: Palgrave

MacMillan, 2011.

Carlson, Allen. "Nature and Positive Aesthetics." *Environmental Ethics* 6. 1 (1984): 5 - 34.

Carlson, Licia. *The Faces of Intellectual Disability*. Bloomington: Indiana UP, 2010.

Carrigan, Anthony. "'Justice Is on Our Side'? *Animal's People*, Generic Hybridity, and Eco-crime." *The Journal of Commonwealth Literature* 47. 2 (2012): 159 - 174.

Davis, Lennard. *Enforcing Normalcy: Disability, Deafness, and the Body*. New York: Verso, 1995.

Derrida, Jacques. *The Animal That Therefore I Am*. New York: Fordham UP, 2008.

Fudge, Erica. "A Left-Handed Blow: Writing the History of Animals." *Representing Animals*. Ed. Nigel Rothfels. Bloomington: Indiana UP, 2002. 3 - 18.

Garland-Thomson, Rosemarie. *Staring: How We Look*. Oxford UP, 2009.

Hobsbawm, Eric. *The Age of Empire: 1875 - 1914*. New York: Vintage Books, 1989.

Mahlstedt, Andrew. "Animal's Eyes: Spectacular Invisibility and the Terms of Recognition in Indra Sinha's *Animal's People*."*Mosaic* 46. 3 (2013): 59 - 74.

Mukherjee, Pablo. "'Tomorrow There Will be More of Us': Toxic Postcoloniality in *Animal's People*." *Postcolonial Ecologies*. Ed. E. DeLoughrey and G. Handley. Oxford: Oxford UP, 2011. 216 - 231.

Nagy, Keisi, and Philip Johnson. *Trash Animals*. Minneapolis: U of Minnesota P, 2013.

Nixon, Rob. "Neoliberalism, Slow Violence, and the Environmental Picaresque."*Modern Fiction Studies* 55. 3 (2009): 443 - 467.

Nussbaum, Martha. *Frontiers of Justice*. Cambridge: Harvard UP, 2007.

Regan, Tom. *The Case for Animal Rights*. Berkeley and Los Angeles: U of California P, 2004.

Roberts-Cady, Sarah. "Exploring Eco-ability: Reason and Normalcy in Ableism, Speciesism, and Ecocide." *The Intersectionality of Critical Animal, Disability, and Environment Studies*. Ed. A. Nocella, A. George, and J. Schatz. Lanham: Lexington Books, 2017. 99 - 114.

Salt, Henry. *Seventy Years Among Savages*. London: George Allen and Unwin, 1921.

Sandhya. "Q&A with Indra Sinha." 2008. Web. 10 Jan. 2020. ⟨http://sepiamutiny. com/blog/2008/03/13/qa_with_ indra_s/⟩.

Sax, Boria. *The Mythical Zoo*. Santa Barbara: ABC-CLIO, 2001.

Schweik, Susan. *The Ugly Laws*. New York: New York UP, 2009.

Shapiro, Kenneth, and Marion Copeland. "Toward a Critical Theory of Animal Issues in Fiction." *Society and Animals* 13. 4 (2005): 343 - 346.

Shepard, Paul. *Traces of an Omnivore*. Washington: Island P, 1996.

Sinha, Indra. *Animal's People*. New York: Simon and Schuster, 2009.

Wolfe, Cary. *What Is Posthumanism?* Minneapolis: U of Minnesota P, 2010.

作者简介:段燕,南京财经大学外国语学院讲师;王爱菊,武汉大学外国语学院教授。